外国文学学术史研究

主编

陈众议

塞万提斯学术史研究

Estudios sobre la historia de estudios cervantinos

陈众议 著

译林出版社

图书在版编目(CIP)数据

塞万提斯学术史研究 / 陈众议著. —南京: 译林出版社, 2014.9
(外国文学学术史研究 / 陈众议主编)
ISBN 978-7-5447-5020-2

Ⅰ.①塞… Ⅱ.①陈… Ⅲ.①塞万提斯, M.D.(1547~1616)—人物研究 ②塞万提斯, M.D.(1547~1616)—文学研究 Ⅳ.①K835.515.6 ②I551.074

中国版本图书馆 CIP 数据核字（2014）第 209239 号

书　　名　**塞万提斯学术史研究**
作　　者　陈众议
责任编辑　王理行
出版发行　凤凰出版传媒股份有限公司
　　　　　　译林出版社
出版社地址　南京市湖南路 1 号 A 楼, 邮编: 210009
电子邮箱　yilin@yilin.com
出版社网址　http://www.yilin.com
经　　销　凤凰出版传媒股份有限公司
印　　刷　江苏凤凰扬州鑫华印刷有限公司
开　　本　718 毫米×1000 毫米　1/16
印　　张　23.5
插　　页　4
字　　数　320 千
版　　次　2014 年 9 月第 1 版　2014 年 9 月第 1 次印刷
书　　号　ISBN 978-7-5447-5020-2
定　　价　58.00 元
译林版图书若有印装错误可向出版社调换
(联系电话: 025-83658316)

总序

在众多现代学科中,有一门过程学。在各种过程研究中,有一种新兴技术叫生物过程技术,它的任务是用自然科学的最新成就,对生物有机体进行不同层次的定向研究,以求人工控制和操作生命过程,兼而塑造新的物种、新的生命。文学研究很大程度上也是一种过程研究,从作家的创作过程到读者的接受过程,而作品则是其最为重要的介质或对象。问题是,生物有机体虽活犹死,盖因细胞的每一次裂变即意味着一次死亡;而文学作品却往往虽死犹活,因为莎士比亚是“说不尽”的,“一百个读者就有一百个哈姆雷特”。

换言之,文学经典的产生往往建立在对以往经典的传承、翻新乃至反动(或几者兼有之)的基础之上。传承和翻新不必说,即使反动,也每每无损以往作品的生命力,反而能使它们获得某种新生。这就使得文学不仅迥异于科学,而且迥异于它的近亲——历史。套用阿瑞提的话说,如果没有哥伦布,迟早会有人发现美洲;如果伽利略没有发现太阳黑子,也总会有人发现。同样,历史可以重写,也不断地在重写,用克罗齐的话说,“一切历史都是当代史”。但是,如果没有莎士比亚,又会有谁来创作《哈姆雷特》呢?有了《哈姆雷特》,又会有谁来重写它呢?即使有人重写,他们缘何不仅无损于莎士比亚的光辉,反而能使他获得新生,甚至更加辉煌灿烂呢?

这自然是由文学的特殊性所决定的,盖因文学是加法,是并存,是无数“这一个”之和。鲁迅谓文学最不势利,马克思关于古希腊神话的“童年说”和“武库说”更是众所周知。同时,文学是各民族的认知、价值、情感、审美和语言等诸多因素的综合体现。因此，文学既是民族文化及民族向心力、认同感的重要基础，也是使之立于世界之林而不轻易被同化的鲜活基因。也就是说，大到世界观，小到生活习俗，文学在各民族文化中起到了染色体的功用。独特的染色体保证了各民族在共通或相似的物质文明进程中保持着不断变化却又不可淹没的个性。惟其如此，世界文学和文化生态才丰富多彩，也才需要东西南北的相互交流和借鉴。同时，古今中外，文学终究是一时一地人心的艺术呈现，建立在无数个人基础之上，并潜移默化、润物无声地表达与传递、塑造与擢升着各民族活的灵魂。这正是文学不可或缺、无可取代的永久价值与恒久魅力之所在。

于是，文学犹如生活本身，是一篇亘古而来、今犹未竟的大文章。

此外，较之于创作，文学研究则更具有意识形态和上层建筑属性，因而更取决于生产力和社会形态、社会发展水平。这也是马克思主义的基本观点之一。如是，我国现代意义上的文学研究起步较晚，外国文学研究更是如此。虽然以鲁迅为旗手的新文学运动十分重视外国文学，但从实际成果看，1949 年前的外国文学研究却基本上属于旁批眉注、前言后记式的简单介绍，既不系统，也不深入。因此，我国的外国文学研究几乎可以说是在新中国成立以后全面展开的，而系统的外国文学学术史研究，这还是第一次。

一

学术史研究也是一种过程学，而且是一种相对纯粹的过程学。不具备一定的学术史视野，哪怕是潜在的学术史视野，任何经典作家作品研究几乎都是不能想象的。

然而，后现代主义解构的结果是绝对的相对性取代了相对的绝对性。于是，许多人不屑于相对客观的学术史研究而热衷于空洞的理论了。在一些人眼里，甚至连相对客观的真理观也消释殆尽了。于是，过去的“一里不同俗，十里言语殊”，成了如今的言人人殊。于是，众生喧哗，且言必称狂欢，言必称多元，言必称虚拟和不确定。这对谁最有利呢？也许是跨国资本吧。无论解构主义者初衷如何，解构风潮的实际效果是：不仅相当程度上消解了真善美与假恶丑的界限，甚至对国家意识形态，至少是某些国家的意识形态和民族凝聚力都构成了威胁。然而，所谓的“文明冲突”归根结底是利益冲突，而“人权高于主权”这样的时鲜谬论也只有在跨国公司时代才可能产生。

且说经典在后现代语境中首当其冲，成为解构对象，它们不是被迫“淡出”，便是横遭肢解。所谓的文学终结论也正是在这样的背景下提出来的。它与其说指向创作实际，毋宁说是指向传统认知、价值和审美取向的全方位的颠覆。因此，经典的重构多少具有拨乱反正的意义。

正是基于上述原由，中国社会科学院外国文学研究所于2004年着手设计“外国文学学术史研究工程”计划，并于翌年将该计划列入中国社会科学院“十一五规划”。这是一项向着重构的整合工程，它的应运而生，标志着外文所在原有的“三套丛书”(即20世纪60至90年代——“文革”时期中断——的“外国文学名著丛书”、“外国古典文艺理论丛书”和“马克思主义文艺理论丛书”)等工作的基础上又迈出了新的一步，也意味着我国的外国文学研究已开始对解构风潮之后的学术相对化、碎片化和虚无化进行较为系统的清算。

于是，关乎经典的一系列问题将在这一系统工程中被重新提出。比如，何为经典？经典是必然的还是偶然的？经典重在表现人类的永恒矛盾(用钱锺书的话说是“两足动物的基本根性”)呢，还是主要指向时代社会的现实矛盾？它们在认知方式、价值判断、审美取向方面有何特征？经典及经典批评与时代社会的生产力和生产关系、经济基础和上层建筑等关系何如？批评及批评家的作用(包括其立场、观点、方法及其与时代社会的一般和特殊关系)又如何？此外，经典作家的遭际与性情、阅历与禀赋，经典的内容与形式、继承与创新，以及文学的一般规律和文学经典的特殊性等诸如此类的问题，都将是本工程需要展示并探讨的。

且说世界文学一路走来,其规律并非羚羊挂角,无迹可寻。童年的神话、少年的史诗、青年的戏剧、中年的小说、老年的传记是一种概括。由高向低、由外而内、由强至弱、由大到小等等,也不失为一种轨辙。如是,文学从摹仿到独白、从反映到窥隐、从典型到畸形、从审美到审丑、从载道到自慰、从崇高到渺小、从庄严到调笑……终于一头扎进了个人主义和主观主义的死胡同。小我取代了大我,观念取代了情节;"阿基琉斯的愤怒"变成了麦田里的脏话;"路漫漫兮其修远,吾将上下而求索"变成了"我做的馅饼是世界上最好吃的";诸如此类,不一而足。是谓下现实主义。当然,这不能涵盖文学的复杂性和丰富性。事实上,认知与价值、审美与方法等等的背反或迎合、持守或规避所在皆是。况且,无论"六经注我"还是"我注六经",经典是说不尽的,这也是由时代社会及经典本身的复杂性和丰富性所生发的。

二

众所周知,文学是人类文明的重要组成部分。马克思主义的经典作家向来重视文学,尤其是经典作家在反映和揭示社会本质方面的作用。马克思在分析英国社会时就曾指出,英国现实主义作家"向世界揭示的政治和社会真理,比一切职业政客和道德家加在一起所揭示的还要多"。恩格斯也说,他从巴尔扎克那里学到的东西,要比从"当时所有职业的历史学家、经济学家和统计学家那里学到的全部东西还要多"。列宁则干脆地称托尔斯泰是俄国革命的一面镜子。这并不是说只有文学才能揭示真理,而是说伟大作家所描绘的生活、所表现的情感、所刻画的人物往往不同于一般抽象的概括、数据的统计。文学更加具体、更加逼真,因而也更加感人、更加传神。其潜移默化、润物无声的载道与传道功能更不待言。站在世纪的高度和民族立场上重新审视外国文学,梳理其经典,展开研究之研究,将不仅有助于我们把握世界文明的律动和了解不同民族的个性,而且有利于深化中外文化交流,从而为我们借鉴和吸收优秀文明成果、为中国文学及文化的发展提供有益的"他山之石"。胡锦涛前不久说过,"我们必须准确把握当代世界和中国发展变化的大势,坚持立足国情,同时又吸收世界文化的优秀成果;坚持立足当代,同时又大力弘扬中华民族优秀文化传统"。这和"洋为中用"、"古为今用"思想一脉相承。

"观乎天文以察时变,观乎人文以化成天下";文学作为人文精神的重要基础和介质,既是人类文明的重要见证,同时也是一时一地人心、民心的最深刻、最具体的体现,而外国文学则是建立在外国各民族无数作家基础上的不同时代、不同民族的认识观、价值观和审美观的形象反映。研究人心自然不能停留在简单抽象的理念上,因此,走进经典永远是了解此时此地、彼时彼地人心、民心的最佳途径。换言之,文学创作及其研究指向各民族变化着的活的灵魂,而其中的经典(包括其经典化或非经典化过程)恰恰是这些变化着的活的灵魂的集中体现。

如是,"外国文学学术史研究"立足国情,立足当代,从我出发,以我为主,瞄准外国文学经典作家作品和思潮流派,进行历时和共时的梳理。其中第一、第二系列由十六部学术史研究专著、十六部配套译著组成:第一系列涉及塞万提斯、歌德、雨果、左拉、庞德、高尔基、肖洛霍夫和海明威;第二系列包括普希金、茨维塔耶娃、康拉德、狄更斯、哈代、菲茨杰拉德、索尔·贝娄和芥川龙之介。

三

格物致知,信而有证;厘清源流,以利甄别。"外国文学学术史研究"中的经典作家作品学术史研究系列,顾名思义都是学术史研究(或谓研究之研究)。学术史研究既是对一般博士论文的基本要求,也是一种行之有效的文学研究方法,更是一种切实可行的文化积累工程,同时还可以杜绝有关领域的低水平重复。每一部学术史研究著作通过尽可能竭泽而渔式的梳理,即使不能见人所未见、言人所未言,至少也能老老实实地将有关作家作品的研究成果(包括有关研究家的立场、观点和方法)公之于众,以裨来者考。如能温故知新,有所创建,则读者幸甚,学界幸甚。相配套的经典论文翻译,则遴选有关作家作品研究的阶段性和标志性成果,其形式类似于外文所先前出版的"外国文学研究资料丛书"。

此次面世的"外国文学学术史研究"中的每一部学术史研究著作将由三部分组成。第一部分为经典作家(作品)的学术史梳理。这是相对客观的,但其中的艰难也不可小觑。首先,学术史梳理既不像平素泛舟书海,拾贝书海,尽意兴而为之的俯拾由已和随心所欲;其次,牵涉语种繁多,而且经过20世纪的形形色色的方法论和批评思潮的浸染,用汗牛充栋来形容经典作家作品研究成果已不为过。因此,要在浩如烟海的研究史料中攫取最有代表性的观点和方法,实在是件考验耐心和毅力的事情。战战兢兢,生怕挂一漏万,自不待言,且挂一漏万在所难免。因此,我们只能择要概述,甚至把侧重点放在经典作家的代表作上。不然纵使篇幅再大,也难以涵括浩瀚的文献资料。换言之,去芜杂的枝蔓和重复的敷衍,留精粹要义和真知灼见是必然的,但也是不容易做到的。它考验我们涉猎的深度和广度,而且也是检验我们学术水准和价值判断的重要环节。

第二部分研究之研究何啻是一大考验。都说20世纪是批评的世纪,在经历了现代主义的标新立异和后现代主义的解构风潮之后,在各种思潮、各种方法杂然纷呈的情况下,如何言之有物、言之成理、不炒冷饭,殊是不易;如何在前人的基础上有所发现、有所前进,就更是难上加难。反过来看,正因为文化相对主义的盛行和批评的多元,也才有了我们展示立场、发表见解的特殊理由和广阔余地。举个简单的例子,解构主义针对二元论的颠覆虽然是形而上学的,却不可谓不彻底。其结果是相当一部分学者怀疑甚至放弃了二元思维,但事实上,二元思维不仅难以消解,而且在可以想见的未来仍将是人类思维的主要方法。真假、善恶、美丑、你我、男女、东方和西方等等实际存在,并将继续存在。与此同时,作为中国学者,面对西方话语,我们并非无话可说。总之,从文学出发,关心小我与大我、外力与内因、形式与内容、反映与想象、情节与观念,以至于物质与精神、肉体与灵魂、西方与东方等诸如此类的二元问题,以及经典在民族和人类文明进程中的地位和作用,依然可以是我们的着力点。当然,二元论决不是排中律,而是在辩证法的基础上融会二元关系及二元之间所蕴藏的丰富内涵和无限可能性。毋庸讳言,改革开放以来,学术界解放思想,广开言路,但日新月异中不乏矫枉过正、时髦是趋。比如大到存在与意识、物质与精神的辩证关系,小到客观与主观、客体与主体等等,都大有乾坤倒转、黑洞化吸之势。至于意识形态"淡化"之后,跨国资本主义的一元化意识形态更是有增无已;真假不辨、善恶不论、美丑混淆的现象所在皆是;个人主义大行其道,从而使抽象的人性淹没了社会性;普世主义势不可挡,以致文化相对主义甚嚣尘上。文学从大我到小我,从外向到内倾,从摹仿到虚拟,从代言到众声喧哗;真实给虚幻让步,艺术向资本低头;对妖魔鬼怪和封建迷信津津乐道,任帝王将相和无厘头充斥视阈,能不发人深省?然而,经典作家是说不尽的,以上的任何一位作家都是无法穷尽的。用巴尔加斯·略萨的话说,伟大的经典具有"自我翻新"的本领。至于何为经典,虽然也是个说不尽的话题,但用简单的方式综观前人的观点,也许可以用两句话来概括:一是它们必须体现时代社会(及民族)的最高认知和一般价值(包括人类永恒的主题、永恒的矛盾);二是其方法的魅力及审美的高度不会随着岁月的更迭而褪色或销蚀。当然这是将复杂问题简单化的一种说法。而本课题便是关乎经典其所以成为经典的一种较为复杂的论证方式。需要说明的是,经典不等于市场。用桑塔亚那的话说,经典不在于一时一地喜欢者的多寡,而在于喜欢者的喜欢程度。如果在此基础上再加上一个历史的维度,那么这话也就更加全面了。

学术史研究的最后部分为文献目录。它在尽可能详尽的基础上,还要有所选择。不然,展示一个经典作家的学术史,光文献目录就可以编辑厚厚的几大本。因此,去粗存精,是为重要或主要文献目录。

最后需要说明的是,"外国文学学术史研究"的中长期目标是在作家作品和流派思潮研究的同时，进行更具问题意识的学术史乃至学科史研究，以期点面结合，庶乎“既见树木，又见森林”；若能密切联系实际，促进中华学术的繁荣、发展和创新，则读者幸甚，我等幸甚。无疑，此工程面向全国高校及科研机构，希望有志于外国文学学术史研究的同仁踊跃加盟、不吝赐教。

陈众议

2009年10月于北京

目录

绪言

一如任何经典作家的学术史，塞万提斯研究汪洋恣肆、了无边际。为避免被浩瀚的资料所淹没，本著仅仅撷取了塞万提斯学术史中最为突出的冰山一角，而这一角便是作为绝对中心的《堂吉诃德》研究。然而，即便如此，也只能披沙拣金，取精用宏；顾此失彼、挂一漏万则是在所难免的。此外，学术史梳理，无论多么简单、客观，也会有意无意地沾染上研究者的色彩。这色彩既有意识形态属性，也不可避免地体现了研究者的视野和学识、性情和偏好。因此，即使笔者恪尽职守，努力做到不偏不倚、客观公允，但事实是，绝对的客观和全面是不存在的。

至于本篇所要展示的研究部分，自然无法涵括整个塞学中的诸多问题，甚至是其中的主要问题；盖因四百年塞万提斯研究如汗牛充栋，成果之繁博，所涉之深广岂是区区一部专著可以一网打尽。况且"一切历史都是当代史"，一切文学也都是当代文学，站在时代的高度，背靠民族文化，塞万提斯无疑也是说不尽的。如是，这无论如何都只是我国塞万提斯学术史研究的一个粗陋的开端。也就是说，本著充其量只能算部分学术史研究或研究之研究，甚至只是笔者塞万提斯研究的一个方面，但毕竟是相对主观的一面，故而更有丑媳妇见公婆的忐忑与羞惭。但是，这种抛砖引玉，无疑是学术发展的重要环节。谓予不信，本人不妨略述如下：

在历时四个多世纪的塞万提斯研究中，《堂吉诃德》始终是无可争辩的中心。尤其是在 17 至 18 世纪，所谓塞万提斯研究，如果称得上研究的话，也只是《堂吉诃德》研究。而且，从某种意义上说，真正为《堂吉诃德》研究鸣锣开道的，是19世纪的浪漫主义。海涅、拜伦等一大批浪漫主义者“拨乱反正”，奉塞万提斯或堂吉诃德为一尊，甚至干脆将自己“等同于”哭丧着脸的游侠骑士。他们的许多观点至今仍萦绕在我们耳边。

然而，正所谓时移世易，时代有所偏侧，19世纪的宏大叙事在20世纪的解构风潮中变得破碎、模糊。于是，反思和重构成了当务之急。于是17至18世纪的那些不是研究的研究逐渐浮出水面，并多少为我们显示了最初的解读。无论如何，从现代接受美学的角度看，它们不仅是有效的，而且为后来的追根溯源、探赜索隐奠定了基础。

最初的接受主要是嘘声和笑声。嘘声来自同时代文人，其中洛佩的判决奠定了塞学最初的负面基调。笑声是一般读者给予塞万提斯的回报。他们不是在堂吉诃德身上看到了自己的影子并和他同命运共欢乐，便是视他为十足的疯子、逗笑的活宝。18世纪是个理性的世纪、启蒙的世纪、新古典主义的世纪，但塞万提斯及其《堂吉诃德》继续面临不同，甚至完全对立的接受与评价。如果说英国翻译家彼得·莫特开启了18世纪正面评价和肯定《堂吉诃德》的先声，那么法国译者阿兰-热内·勒萨热恰好从反面否定了塞万提斯和《堂吉诃德》。后者不仅翻译了阿维利亚内达的伪作，而且在《译者前言》中猛烈地抨击了塞万提斯。因此，塞万提斯必得等到19世纪的浪漫主义时期才真正扬眉吐气。浪漫主义作家对《堂吉诃德》可谓推崇备至。德国作家先声夺人，于1800年和1801年率先推出了两个版本，首先是施莱格尔兄弟，继而是谢林和海涅。与之遥相呼应的，当然还有英国诗人拜伦等。他们对《堂吉诃德》的高度评价，一扫笼罩在塞万提斯头上的阴霾，并奠定了塞学在西班牙乃至世界文坛的崇高地位。与此同时，西班牙本土的塞万提斯研究迅速升温，并在生平和版本研究上取得了骄人的成果。此后，现实主义和辩证唯物主义为塞学扩展了新的维度。屠格涅夫和陀思妥耶夫斯基、马克思和恩格斯等，将塞万提斯及《堂吉诃德》研究引向了前所未有的深度和广度。以上学术史梳理可以证明，或褒或贬，甚至大褒大贬，构成了传统塞学的两大阵营。当然，二者之间也有打破排中律的钩沉索隐和修辞研究，如梅嫩德斯师徒的版本考据或有关学者的审美批评。20世纪的情况有所不同。随着结构主义、后结构主义和各种形式主义、虚无主义批评的兴起，传统意义上的社会历史批评受到了挤压，但意识形态批评同样强劲，尤其是在冷战时期。塞学作为文学批评的一环或一隅，变得越发的五彩斑斓，无论观点还是方法，又何啻五花八门！

因此，本著不可能也无意于评判浩瀚塞学的所有立场、观点和方法，而只想攫取其沧海之一粟，并管窥蠡测，对文学及文学经典其所以成为经典的一般规律和特殊形态发表一家之言，进而对我国当下的文学批评和创作富有借鉴意义的相关方面略陈管见。失当和谬误在所难免，敬请方家读者批评指出，以裨更正。

需要特别说明并鸣谢由衷的是，阿拉伯语学者宗笑飞拨冗为第二编第二章撰写了主体部分，北京大学、南京大学、首都师范大学、北京语言大学的一些同行、新锐帮助翻译了塞万提斯研究资料中的一些篇什。资料部分还选用了一些前辈、同人的译作，谨此一并致谢，但为统一起见，编者对其中的个别译名、释文稍有改动。

第一编

塞万提斯学术史

第一章 17世纪

《堂吉诃德》(*El ingenioso hidalgo don Quijote de la Mancha*) 问世后，最初的接受主要是嘘声和笑声。嘘声来自同时代文人，其中洛佩(Lope de Vega y Carpio, Félix)的判决奠定了塞学最初的基调。笑声是一般读者给予塞万提斯(Cervantes Saavedra, Miguel de)的回报。他们不是在堂吉诃德身上看到了自己的影子并和他同命运共欢乐，便是视他为十足的疯子、逗笑的活宝。

第一节　最初的是非恩怨

我总是夜以继日地劳作，
自以为具有诗人的才学，
怎奈老天无情毫不理会。[1]

这是诗人塞万提斯对自己的总结,它出现在1614年的长诗《帕尔纳索斯山之旅》(*Viaje del Parnaso*)里当非偶然,因为事实上塞万提斯一直未能跻身于"黄金世纪"诗坛的大诗人行列。用当时文坛泰斗洛佩·德·维加的话说,简直"没有比塞万提斯更糟糕的诗人"[2]。除却洛佩的鄙弃,时人对塞万提斯的诗作少有论评。

---

① 巴尔布埃纳·普拉特(Valbuena Prat, Angel):《塞万提斯全集》(*Obras completas de Cervantes*),马德里,阿吉拉尔出版社,1999年,第1190—1221页。

② 洛佩·德·维加:《书信集》(*Antología de cartas*),马德里,卡斯塔利亚出版社,1985年,第68页。

洛佩虽然比塞万提斯年轻十五岁，却被誉为“天才中的凤凰”，连塞万提斯本人也曾称其为“自然界的怪才”[①]，并在十四行诗《题洛佩·德·维加之〈巨龙颂〉》(“A Lope de Vega por su segunda edición de *La Dragontea*”)和《伽拉苔亚》(*La Galatea*)中对其大为赞赏。洛佩则投桃报李，也在他的牧歌体小说《阿卡迪亚》(*Arcadia*,1598)中将塞万提斯写入诗人乐园或世外桃源阿卡迪亚山诸公之列，从而委婉地赞扬了塞万提斯。诚然，他与塞万提斯的矛盾更为世人所津津乐道。两位文坛巨擘有生之年曾偶为邻居，住在弗朗科斯街(今塞万提斯街)，一个在今 11 号的位置，另一个在今 18 号的位置，可以说是低头不见抬头见。凑巧的是，两人都曾是喜剧演员赫罗尼莫·委拉斯开兹(Verázquez,Jerónimo)家的常客。洛佩纡尊降贵是因为委拉斯开兹家有个漂亮的女儿——名伶埃莱娜·委拉斯开兹(Verázquez,Elena)；而塞万提斯所以踏破门槛的原因，却是推销剧本。更巧的是，塞万提斯一家墓地所在的坎塔拉纳街如今成了洛佩·德·维加街。此外，两人曾两次在相近的时间参加相同的教团，还曾先后或同时服务于莱莫斯伯爵和“无敌舰队”。至于两人的创作道路，则更是出奇地雷同：涉足所有的体裁，尽管效果大不一样。可怜的塞万提斯生前从未享受到大作家的荣耀，并且可能至死也没有真正弄清楚洛佩何以轻而易举地在文坛独占鳌头。然而，因为不可究诘的原因，两人反目为仇，以至于塞万提斯对洛佩颇有微词[②]；洛佩则以牙还牙，谓“没有比塞万提斯更糟糕的诗人，也没有哪个傻瓜会喜欢堂吉诃德……”[③]。在一首致塞万提斯的十四行诗中，洛佩更是竭尽揶揄贬抑之能事：

① 见于1615年版《八出喜剧和八出未上演的幕间短剧》(*Ocho comedias y ocho entremeses nuevos, nunca representados*)的《致读者序》(“Prólogo al lector”)。虽然塞万提斯对洛佩的诗才的看法有所保留(比如《帕尔纳索斯山之旅》只给了他区区三行，远不及对贡戈拉和克维多等人的赞美)，却充分肯定了他的喜剧天赋。

② 在《堂吉诃德》第一部第四十八章中，塞万提斯借人物之口说：“戏剧已经成了可以兜售的商品，人们常说(而且说得在理)，不这样做，戏班子就不会收购。剧作家为了抛售自己的作品，也只能投其所好。我说的究竟是否属实，只消看看国内一位大手笔的那些数不清的剧作就一目了然了。他文笔华丽精巧，词曲优美动听，而且充满了庄严的警句，总之是风格高雅，誉满天下。可是为了迎合戏班子的口味，他的作品并非全都十全十美、达到了应有的高度。”译文参考了董燕生译本(《堂吉诃德》，浙江文艺出版社1996年版)。

③ 洛佩·德·维加：《书信集》，第68页。

……
堂吉诃德何足挂齿，
光着腚子到处乱跑，
只会兜售姜黄笑料，
惟有粪坑是其归宿。[①]

有关塞万提斯和洛佩的恩怨是非，自梅嫩德斯·皮达尔(Menéndez Pidal, Ramón)至今，可谓众说纷纭，莫衷一是。两人缘何反目成仇，情同水火？这场恩怨对两人的创作乃至当时的文坛究竟产生了什么影响？诸如此类，也许永远难有定论。

倒是洛佩的判决奠定了塞学最初的基调。尽管罗德里格斯·马林(Rodríguez Marín, Francisco)发现《堂吉诃德》早在其诞生之初就已家喻户晓、妇孺皆知，尽管在短短几十年间就有二十八个版本在西班牙和布鲁塞尔、里斯本、罗马等地问世，但塞万提斯的文名却一直没有摆脱洛佩的判决。

第二节　滑稽的堂吉诃德

当然，与洛佩的疾言厉色不同，时人大都视《堂吉诃德》为不登大雅之堂的遣闷、逗乐之作。据纳瓦罗(Navarro, Alberto)考证："17世纪的西班牙读者，无论有意无意，大多视堂吉诃德为有血有肉的凡胎真身，而非脱离现实、纯属虚构的文学人物。于是，他们在堂吉诃德身上看到了自己的影子，和他同命运共欢乐，从而使源自现实生活的人物重新回到了生活。"[②]此话虽然未可全信，但堂吉诃德自降生之日起，确实一直为人们所津津乐道。著名学者罗德里格斯·马林也曾考证，早在堂吉诃德诞生初期，西班牙人就接纳了他。从1605年到1621年间，在古都巴利

① 转引自阿尔梅罗主编(Armero, Gonzalo ed.)《〈堂吉诃德〉四百年》(*Poesía: Cuatrocientos años de* Don Quijote *por el mundo*)，《诗刊》(*Poesía*)，马德里，2005年(总)第45期，第26页。

② 《吉诃德和堂吉诃德在美洲》(*Quijote y* Don Quijote *en América*)，转引自纳瓦罗：《17世纪西班牙的〈堂吉诃德〉》(El Quijote *español del siglo XVII*)，马德里，里亚尔普出版社(Rialp Ediciones)，1964年，第258—263页。

亚多利德和塞维利亚、萨拉曼卡、科尔尔瓦、萨拉戈萨等许多西班牙城市都出现了堂吉诃德的形象。人们视堂吉诃德为喜庆的标志，在庆祝活动中予以演示："堂吉诃德和桑丘、杜尔西内娅一起，出现在众多民间喜庆节目中，被人们当作逗乐的小丑到处演示……"[①]"谁也没把他(堂吉诃德)视为值得尊重的严肃人物；恰恰相反，他们拿他的形象和德行做笑料……"[②]坡雷尼奥(Porreño, Baltazar)于1662年出版的《好王费利佩三世言行记》(*Dichos y hechos del señor don Felipe el Bueno*)中同样记叙了类似景况，谓国王远远看到有人在哈哈大笑，就对身边的侍从说，"那个读书人不是疯了，便是被堂吉诃德的故事逗乐了"。[③]国王猜对了，因为侍从的调查结果是：那个年轻人果然在读《堂吉诃德》。[④]

此外，同时代的许多著名诗人、作家见证并记叙了《堂吉诃德》的巨大反响。葡萄牙人皮内伊罗·达·维伊加 (Pinheiro da Veiga, Tomé)在1605年7月28日致友人信中如是说：

> 这当儿，有人来唤，叫我看世上最可笑之人。那人便是堂吉诃德，他瘦高个儿，披一件绿色衣裳，甚是不修边幅。他看到有几位妇人在杨树下乘凉，便就地跪下来大示其爱。算他倒霉，两个混混过来了，招来了更多的闲人。围观者足有二百之众。那两个混混学着堂吉诃德的样子，嬉笑喧闹。堂吉诃德只好桑丘似的保持沉默，但姿态依然虔诚。他双手捂着面孔，犹如被人鞭笞一般。而那两个，只管学他的模样跪在地上，说道："弥撒总得有信徒。"说罢，他们开始祈求宽恕……人们忍俊不禁，喧闹声、嬉笑声响彻云霄……[⑤]

① 转引自《17世纪西班牙的〈堂吉诃德〉》，第258—259页。

② 转引自《17世纪西班牙的〈堂吉诃德〉》，第260—263页。

③ 转引自里瓦斯·埃尔南德斯 (Hernández, Ascensión Rivas)：《〈堂吉诃德〉解读》(*Lecturas del* Quijote)，马德里，西班牙学院出版社，1998年，第12页。

④ 同上。

⑤ 皮内伊罗·达·维伊加：《巴利亚多利德记述》(*Memorias de Valladolid*)，转引自罗德里格斯·马林《塞万提斯研究》(*Estudios cervantinos*)，马德里，阿特拉斯出版社，1947年，第110页。据考证，《堂吉诃德》的初版时间应为1604年，由马德里胡安·德·拉·库埃瓦(Juan de la Cueva)印刷所印制，具体出品时间为1604年9月26日；由马德里书商弗朗西斯科·德·罗夫莱斯(Robles, Francisco de)出资，并于同年12月20日开始行销。见《〈堂吉诃德〉四百年》，第19页。

巴利亚达雷斯·德·巴尔德罗马尔(Valladares de Valdelomar, Juan)则更加直截了当,谓拉曼恰的堂吉诃德的所作所为“既可笑,又疯癫”,“故其作品对灵魂更有害,也更意味着让读者浪费时间”。[①]

同样,贡戈拉(Góngora y Argote, Luis de)也在他的一首十四行诗中提到了堂吉诃德和桑丘:

王后生了,路德来了,
异端邪说纷纷攘攘,
骗走了美酒和佳肴,
还有许多金银财宝。

小丑倡优仓促上阵,
大肆炫耀丑态毕露,
只为来使欢愉尽兴,
教务会议成果乃存。

婴儿入了多明我会,
生来就是西班牙人,
举国欢庆不在话下;

穷了我们,富了他人;
还有余兴讴歌伟业:
堂吉诃德、桑丘·潘沙。[②]

此诗是否出自贡戈拉之手,学术界尚有争议,但无论如何,诗中记录的堂吉诃德和桑丘印证了《堂吉诃德》的风行及时人对它的看法。

“黄金世纪”最负盛名的文艺批评家格拉西安(Gracián y Morales,

① 转引自《〈堂吉诃德〉解读》,第13页。

②《贡戈拉诗集》(*Góngora: Poesías*),墨西哥城,波鲁阿出版社,1986年,第221页。这里所说的路德,系泛指英国来使。此前,天主教和新教刚刚达成和解。

Baltasar)更是完全不屑于《堂吉诃德》式的戏仿反讽、嬉笑怒骂，认为文学应该修辞立诚、重教废乐，将一切严格建立在有用的基础之上。[①]

然而，鉴于《堂吉诃德》妇孺皆知的现实和它的逗笑程度，17世纪即有不少戏剧作者或引用，或演绎，或改编，不同程度地将堂吉诃德搬上了舞台。洛佩·德·维加虽然鄙视塞万提斯，对《堂吉诃德》更是竭尽贬斥之能事，但反过来无意中扩大了塞万提斯和《堂吉诃德》的影响。作为西班牙"黄金世纪"的文坛泰斗和戏剧至尊，洛佩在其喜剧《傻夫人》(*La dama boba*，1613)中把女主人公傻夫人比作堂吉诃德，并借人物奥克塔维奥之口说：

好个女堂吉诃德，
只会逗世人发笑。[②]

另一位戏剧大师，《塞维利亚的嘲弄者》(*El burlador de Sevilla*，1630)[③]的作者蒂尔索·德·莫利纳(Tirso de Molina)，也在其作品《想当然的恶果》(*Castigo del penseque*，1613—1615)和《虚假的阿卡迪亚》(*La fingida Arcadia*，1631)中，提到了塞万提斯和堂吉诃德。其中，前者借人物琴齐利亚之口，道出了作者眼中的塞万提斯和《堂吉诃德》：

塞万提斯就是这样，
马德里城耳闻目睹，
无不成了小说作料。
《堂吉诃德》第二部中，

① 他倡导直言不讳的批评方式，更反对将自然理想化，认为艺术不应是自然的附庸、不应人为地给自然戴上漂亮的面具，"有一张虚构的面孔……一切丑陋被忽略不计"；并极而言之，称所谓和谐、美丽的自然"母亲""其实是个后娘"。《批评家》，又译《针砭时弊者》(*El Criticón*)，马德里，卡特德拉出版社，1980年，第97—98页。

② 被认为是洛佩的喜剧代表作和洛佩戏剧的最高成就之一，写男人在两种女人面前的艰难抉择：一个是绣花枕头，即金玉其外、败絮其中的傻夫人；另一个其貌不扬，但聪敏善良。

③ 唐璜因此而走向世界。

拉曼恰人依然如此，
骑着瘦马驽骍难得，
东奔西走只凭意兴，
还有桑丘牵着驴子。[①]

在《虚假的阿卡迪亚》中，人物安赫拉说道：

瞧我在此多么走运，
遇到诸如此类图书！
塞万提斯虽然已故，
《堂吉诃德》又有续著，
第三卷中还有故事，
供人消遣多么有趣！
骑士文学骑士威风，
田园牧歌牧童邀宠，
终于酿成此等噩梦，
丧失理智颠倒神魂，
诲淫诲盗败坏传统！[②]

从以上两段唱词看，蒂尔索·德·莫利纳对塞万提斯和《堂吉诃德》的态度还算平和、公允，至少他并未无视塞万提斯在《堂吉诃德》第一部《前言》中的表述和《堂吉诃德》的描写。他还肯定了桑丘的忠心，并称塞万提斯为“我们西班牙语的薄伽丘(Boccaccio, Giovanni)”。[③]

塞万提斯在《前言》中(借他人之口)开宗明义，写道：

既然您追求的目标是消除骑士小说的影响及世人对它的痴迷，那就不必借用哲人的名言、《圣经》的说教、诗人的杜撰及巧言

① 转引自《〈堂吉诃德〉四百年》，第43页。

② 同上。《堂吉诃德》第二部首版分为三、四两卷。

③ 《托莱多的郊外别墅》(*Los cigarrales de Toledo*)，转引自《〈堂吉诃德〉解读》，第15—16页。

令色和圣徒奇迹……您只管抱定宗旨，直到把骑士小说那一套装腔作势的把戏扫除干净。[1]

《堂吉诃德》又开篇有言：

不久以前，有位绅士住在拉曼恰的一个村里，村名我不想提了……这位绅士闲来无事（他一年到头几乎总是无所事事），就埋头看骑士小说，看得津津有味，爱不释手，简直把打猎啊、打理家业啊忘得一干二净。他如此刨根究底、痴迷于斯，竟不惜变卖良田去买骑士小说，把能到手的统统搬回家来……可怜他被那些巧言令色迷了心志，常常彻夜难眠，一心只为探究个中奥秘而苦思冥想……

长话短说，他钻进书里，从早晨到夜晚，从黄昏到黎明，不能自拔。他这样没日没夜、了无休止，终于脑汁枯竭，失却了理智……

总之，他已经完全失去理性，以至于冒出一个世上最疯癫的荒唐念头：为报效国家、扬名四方，他应该也必须效法书中骑士，去行侠天下……[2]

"黄金世纪"的最后一位大师卡尔德隆·德·拉·巴尔卡（Calderón de la Barca, Pedro）也在其作品中多次提到堂吉诃德并率先使用"吉诃德式"（"quijotesco"或"quijotada"）等概念。其中《萨拉梅亚镇长》（*El alcalde de Zalamea*, 1640）里是这么说的：

有个家伙
跨着瘦骑
驽骍难得，

① 《堂吉诃德》，西班牙皇家语言学院及西班牙语国家语言学院联合校订版，马德里，2004年，第7—29页。译文参考了人民文学出版社1987年版杨绛译本和浙江文艺出版社1995年版董燕生译本。

② 同上。

转过街角，
翻身下马，
身形颇似
堂吉诃德；
塞万提斯
录其事迹。[①]

另一剧作《嫩手不伤人》(*Las manos blancas no ofenden*, 1640)又借人物之口说道：

悠悠骑士文学，
静卧千年古墓，
陪伴堂吉诃德。
仅凭区区造作，
怎能将其复苏？[②]

"黄金世纪"的另一位重要诗人弗朗西斯科·德·克维多(Quevedo, Francisco de)在一首题为《堂吉诃德遗嘱》(*Testamento de Don Quijote*)的谣曲中虽然对堂吉诃德这个人物不无讥嘲，却并未因此而否定塞万提斯：

在生命的磨盘中，
拉曼恰的吉诃德
伤痕累累无生气，
受尽跌打与蹂躏。
躺在盾牌上，
盖着护卫甲，
恰似老乌龟，
缩着脑袋瓜，
声音颤巍巍，

① 见《明天是新的一天》(*Mañana será otro día*, 1646)等。

② 转引自《〈堂吉诃德〉四百年》，第43页。

口授绝命书
(没了门牙,
嘴巴漏风):
“写吧,我的骑士,
上帝保佑我们清净,
我要留下遗嘱,
此乃最后心意……
将我身躯埋葬于斯,
落叶归根还给土地,
可惜血肉消磨殆尽,
实难抚慰它的饥馑。
既然如此瘦削,
无需另寻灵柩;
剑鞘权作棺材,
将我瘦骨安葬。
之前须涂香料,
之后安放教堂;
在我墓碑之上,
刻下如下文字:
‘曾经辗转四方,
征战独眼巨人,
了却盲目一生,
堂吉诃德之灵。’
仗我战功卓著,
送给桑丘岛屿,
虽然并不富庶,
安闲度日可足。
给我驽骍难得,
(并非天赐原野,
养尊处优之地);
老而艰难困苦,

恪尽职守不变，
以便保持晚节，
一心只为战斗。
……
给我心中美人，
百担过冬木柴。
将我宝剑挂起，
裸剑锋利无比，
除却铁锈裹身，
不许随意进鞘。
长矛当作扫把，
驱除梁上蛛网……"①

类似戏仿颇多。此外，当时还出现了一些伪作。其中费尔南德斯·德·阿维利亚内达(Fernández de Avellaneda, Alonso)的《堂吉诃德第二部》(*Segundo tomo del ingenioso hidalgo don Quijote de la Mancha*, 1614)就严重歪曲了堂吉诃德的形象。围绕阿维利亚内达的真实身份，学术界进行了旷日持久的探讨与辨析。过去曾有不少学者认为阿维利亚内达即洛佩·德·维加，但这种观点已经受到愈来愈多的现当代学者的怀疑与否定。

有关这部伪作(或续作)的真实作者，研究界一直众说纷纭，莫衷一是。除洛佩·德·维加外，卡斯蒂略·索罗尔萨诺(Castillo Solórzano, Alonso de)、利尼安·德·里亚萨(Liñan de Riaza, Pedro)、阿利亚加修士(Fr. Luis de Aliaga)、萨拉斯·德·巴尔巴迪略(Salas de Barbadillo, Jerónimo)、帕萨蒙特(Pasamonte, Jerónimo de)、蒂尔索·德·莫利纳、贡萨莱斯(González, Gregorio)等，都曾是怀疑对象。同时，随之产生的还有众多善意的改编，如纪廉·德·卡斯特罗(Guillén de Castro)的同名长篇小说、卡尔德隆·德·拉·巴尔卡的同名喜剧，等等。著名学者梅嫩德斯·佩拉埃斯(Menéndez Peláez, Jesús)称类似改编或仿作仅17和18世纪的西班牙

① 转引自《〈堂吉诃德〉四百年》，第44页。

就多达三十余种。[①]

且说阿维利亚内达在“序言”中为自己辩护并公开贬斥塞万提斯，说他嫉贤妒能、中伤他人，并说：

> 阿卡迪亚有很多人写，狄亚娜更非出自一人之手，何况米盖尔·德·塞万提斯早已老朽，堪比圣塞万提斯古堡。近年来他总是求全责备、闷闷不乐，无论何人何事都让他心绪忿忿。因为如此，他孤家寡人，朋友全无。就算要写献词，也必得临时招募千亲……
>
> 知足吧，抱着《伽拉苔亚》和那些散文体喜剧过活吧，别再拿小说丢人现眼：快烦死人啦！[②]

无独有偶，萨拉斯·德·巴尔巴迪略也于1614年抛出了他的仿作《准点骑士》(*El caballero puntual*)。此作除了歪曲堂吉诃德的形象，还刻意塑造了一个毫无理想主义色彩的投机分子胡安·德·托莱多。这个所谓的骑士使出浑身解数，只为混迹宫廷、跻身上流社会，但最终免不了戏法被人戳穿的尴尬和落魄，以至于不得不回到乡村，在极端的孤苦和潦倒中终其一生。他在致堂吉诃德的信中，谓斗巨人、荡城堡并不难，“难的是面对此时此地的所有不幸，并同各色人等及其丑恶、愤怒与傲慢作不懈的斗争。因为，惟有这些恶行与恶习才是真正的、强大的敌人”。[③]

伪作也罢，仿作也好，阿维利亚内达等人的惟一好处也许是刺激塞万提斯，使他不得不加快步伐，于1615年推出续作，以正视听。

① 梅嫩德斯·佩拉埃斯：《西班牙文学史》，莱昂，埃维雷斯特出版社，1993年，第707页。

② 转引自《〈堂吉诃德〉四百年》，第44页。塞万提斯在《堂吉诃德》第二部“致读者前言”中进行了辩护并借寓言故事以驳斥阿维利亚内达。他还说：“此人不敢在光天化日之下露面，也不敢出示真姓实名，就连出身、籍贯也是伪托的，仿佛犯了弑君大罪。倘若你碰巧见到他，就请转告他：我一点也不生他的气。”

③ 转引自莱奥波尔多·里乌斯(Rius, Leopoldo)《塞万提斯作品批评述要》(*Bibliografía crítica de las obras de Miguel de Cervantes Saavedra*)第一卷，马德里-巴塞罗那，穆里约书店(Librería de Murillo)，1905年，第275页。

第三节 崇高的堂吉诃德

即使有文坛泰斗的判决,即使被大多数人“误读”,《堂吉诃德》在17世纪也并非完全没有知音。事实上,后来的许多观点在当时曾不同程度地露出端倪。除了前面提到的蒂尔索·德·莫利纳(将塞万提斯比作薄伽丘),胡安·德·罗夫莱斯(Robles,Juan de)也曾高度赞扬塞万提斯并将自己比作堂吉诃德,将他全力捍卫的“纯真、优美”的西班牙语比作“杜尔西内娅”。[①]同样,吉尼翁内斯·德·贝内文特(Quiñones de Benavente, Luis)在其幕间短剧《赎罪世界》(*Entremés de la paga del mundo*)[②]等作品中提到了堂吉诃德和桑丘·潘沙,谓堂吉诃德是理想主义者,而桑丘·潘沙是现实主义者。诸如此类,虽然流于简单,因为它们往往只是片言只语,但多少表明时人并非完全没有读懂《堂吉诃德》。

与此同时,被阿索林(Azorín)誉为塞学鼻祖[③]的书检官们给出了最初的评价。其中,马尔克斯·德·托雷斯(Márquez de Torres,Francisco)在批文中是这样评价塞万提斯和《堂吉诃德》的:

> 本人奉国王陛下京都马德里总办古铁雷·德·塞蒂纳(Cetina,Gutierre de)博士之命,审读了米盖尔·德·塞万提斯·萨维德拉的《奇情异想的绅士堂吉诃德·德·拉曼恰》(第二部),并未发现任何有违教义、有伤风化、有背道德规范和人伦美德之处。相反,该书广征博引,极富教益。作者旨在扫除空洞无物、谎话连篇、流布甚广、荼毒无穷的骑士书,并身体力行。所用卡斯蒂利亚语纯朴正宗,并无矫揉造作、哗众取宠之嫌,或有损国语、令明智者恼怒厌弃之风。
>
> 该书针砭流弊,鞭辟入里,恪守基督训世之道,使讳疾忌医者乐于受其良方,于不知不觉中品尝其良药;此药甘之如饴,非但毫不苦涩难咽,而且疗效显著。其难能可贵,在于使人闻过则喜。不少

① 转引自《17世纪西班牙的〈堂吉诃德〉》,第307页。

② 发表时间不详。卡塔雷罗(Cotarelo,Emilio):《幕间短剧选编》(*Colección de entremeses, loas, bailes, jácaras y mojigangas desde fines del siglo XVI a mediados del XVIII*),马德里,西班牙作家新书馆(NBAE),1911年,第501—507页。

③ 转引自《〈堂吉诃德〉四百年》,第42页。

作者不谙和风细雨及动之以情、晓之以理之道,终使一切努力付之阙如。他们不在学识上以第欧根尼(Diogenes)为楷模,却胆大妄为(且不说附庸风雅、装腔作势),模仿犬儒作风,专事中伤诽谤,令人难以接受。幸亏他们发现此路不通,及时止步;否则,后果将不堪设想:变成损人专家,至少让第欧根尼望尘莫及、反称为师,从而在智者面前抬不起头来,在百姓面前威信扫地。至于塞万提斯,无论国内国外,都是有口皆碑。此人与上述人等截然不同,可谓庄重得体;其作品委婉入理,所到之处均颇受欢迎;不论西班牙、法兰西、意大利,还是德意志或佛兰德斯,皆视为奇迹。本人不妨举一例以证之:

今年(1615年)2月,法兰西派使节前来我国商谈法西两国王子公主的通婚事宜。当月25日,本人随上司托莱多大主教堂贝尔纳多·桑多瓦尔·伊·罗哈斯(Sandoval y Rojas,Bernardo)阁下回拜了该使节。陪同该使节访问马德里的不乏文质彬彬、高雅饱学之士,他们走到大主教及众助祭牧师跟前,询问哪些是西班牙最受欢迎的天才作家。本人向他们谈起了正在审阅的有关著作。他们一听塞万提斯之名,便争先恐后、七嘴八舌地议论、赞许起来,谓法国及毗邻诸国都熟悉他的作品,如《伽拉苔亚》,他们之中有人竟能背诵此书的首篇;还有《训诫小说集》(*Novelas ejemplares*)等。他们对作者赞不绝口。本人遂提出带他们去见作者,他们听了更是急切之情溢于言表,并详细询问了他的年龄、职业、身份及财产等情况。本人不得不实言相告,谓作者当过士兵,乃贫穷老迈的一介乡绅。其中一位听罢,便一本正经地说:"如此人等,西班牙理应使其富有,难道国库就不能惠及一二吗?"另一位绅士却不以为然,他尖锐地指出:"倘使贫穷能迫其写作,愿上帝永远不要让他致富,盖因受穷更须写作,结果穷了自己,却富了世人。"

作为审读,此意见似乎略嫌冗长,或许还会招来恭维、溢美之非议,然本人只是从实道来。况且,当今世上谁愿奉承一个无以回报的穷人呢?而阿谀奉承者,即使多么虚情假意、言不由衷,其目的不外乎图个回报。这足可堵住悠悠之口,打消本人之顾虑矣。[①]

① 《堂吉诃德》,西班牙皇家语言学院及西班牙语国家语言学院联合校订版,第539—540页。译文参考了北京十月文艺出版社孙家孟译本。

同样，托莱多的瓦尔迪维埃索(Valdivielso,Joséf de)教士也不约而同地出具了类似的审读意见：

> 奉御前会议诸大臣之命，本人审读了米盖尔·德·塞万提斯所著《奇情异想的绅士堂吉诃德·德·拉曼恰》(第二部)。该书并无违反天主教神圣信仰及伤风败俗之处；相反，却能使人娱而向善、乐而忘忧。古来人等无不称颂寓教于乐，谓此道对国家大有裨益。连素以严肃著称的斯巴达人也崇尚笑口常开，忒萨里亚人则以欢笑庆祝节日……
>
> 该书作者笑里藏真，柔声细语中满储教益，诙谐幽默中施行劝诫；训斥你，却叫你鱼儿遇饵般欣然吞下。如此，作者就能完成其旨在驱除骑士小说之大业。该书天才之作，为我国争光，又深受外国赞美。①

这些虽然都是有关官员站在官方立场上作出的评价，但多少肯定了塞万提斯和《堂吉诃德》的价值。也就是说，即使在当时，《堂吉诃德》也是不乏好评的。当然，几个世纪之后，这些评价连同由御前会议大臣胡安·德·阿梅斯盖塔(Amézqueta,Juan de)以国王名义颁发的一纸"特许"状，又多少印证了后代学人否定塞万提斯的一种观点：塞万提斯是个奉行罗马天主教廷的意志并站在皇权立场上写作的"御用文人"。

与此相仿，1655年版《堂吉诃德》的出品人马特奥·德·拉·巴斯蒂达(Bastida,Mateo de la)在其致弗朗西斯科·达帕塔(Zapata,Francisco)的献词中充分肯定了塞万提斯的功绩，认为《堂吉诃德》用它的嘲讽揭露了古来骑士小说害人匪浅的夸夸其谈，从而解救了那些沉溺于骑士传说而不能自拔的读者。②

同样，尼科拉斯·安东尼认为，《堂吉诃德》用它的滑稽黯淡了它从出的骑士文学。用现在的话说，这是一种反讽式的解构。③

---

① 《堂吉诃德》，第538页。译文参考了北京十月文艺出版社孙家孟译本。

② 转引自《17世纪西班牙的〈堂吉诃德〉》，第305页。

③ 安东尼：《西班牙新图书馆》，转引自《〈堂吉诃德〉解读》，第43页。

约瑟夫·莫雷特(Moret,Joseph)在其作品中借人物之口,谓塞万提斯"是个了不起的好作家,他给出的并非寓言,而是事实"。[①]

除此而外,17世纪西班牙本土对《堂吉诃德》的正面接受还表现为一些有趣的改编。其中,纪廉·卡斯特罗的同名喜剧堪称经典。它对《堂吉诃德》的理解既形象,又深刻,在当时实属难能可贵。卡斯特罗在其作品中突出表现了堂吉诃德的理想主义和人道主义精神。比如,它开篇便是堂吉诃德解救落难妇女的情景:

听,有人求救;
快,快马加鞭!
像是美丽性别
在彼身处困境。
快,桑丘,快!
且看何为骑士……[②]

此后,理发师三言两语道出了堂吉诃德发疯的原因:

堂吉诃德
虽然贫穷,
却是绅士;
大名鼎鼎,
毋庸置疑。
所以发疯,
皆因孤独,
昼夜读书,
满纸荒唐,
……

① 莫雷特:《投向康奇利约学士历史和法律堡垒的泥丸》(*El bodoque contra el propugnáculo histórico y jurídico del licenciado Conchillos*),转引自里乌斯《塞万提斯作品批评述要》,第三卷,第12—13页。

② 转引自《17世纪西班牙的〈堂吉诃德〉》,第268页。

手持长矛，
脚跨瘦马，
出了村庄。
神甫和我
跟随其后，
一为怜悯，
二为友情。[①]

更有甚者，堂吉诃德不拘于表象，对世人的“现实主义”眼光更是大为不屑，他振振有词：

宵小之辈，
难成大事，
只信眼睛，
不谙天道。[②]

可见，即便是在17世纪，《堂吉诃德》在西班牙本土的接受也已经达到了相当的深度和广度。然而限于时人的普遍认知水平，以及洛佩等权威人士竭尽贬抑之能事，《堂吉诃德》终究免不了“花香墙外”的命运，并被贴上了“出口转内销”的标记。

第四节 堂吉诃德在境外

《堂吉诃德》一俟问世，就受到了西班牙邻国的青睐。其中，第一个英译本出自托马斯·谢尔顿(Shelton, Thomas)之手。[③]谢尔顿在致沃尔登爵士(Lord Walden)的信中写道：

---

① 转引自《17世纪西班牙的〈堂吉诃德〉》，第270页。

② 同上，第271页。

③ 据谢尔顿称，他早在1606年或1607年便译出了《堂吉诃德》第一部，尽管出版时间是1612年。

为满足友人的好奇心，鄙人耗时四十天，于五六年前译完了《堂吉诃德的故事》……倘非诸多友人百般敦促，鄙人已然将译作束之高阁。如今，有人对拙译进行了校勘，更正了疏漏，替鄙人省却了一大麻烦（恕鄙人事务繁忙）；出版者又将拙译交到了大人手里。鄙人对此曾有不悦，阁下何等高贵，怎可让拙译玷污了眼睛和双手。然容貌虽丑，鄙人视同己出。为此，鄙人恳请阁下惠览并予庇护……[①]

法译本出自塞萨尔·乌丹（Oudin，César）之手，出版于1614年。法兰西国王路易十三为表彰乌丹，曾赐予三百法郎奖金。在此之前，乌丹还翻译并分别于1608年和1611年出版了《无事生非的好奇者》（*El curioso impertinente*）[②]和牧歌体小说《伽拉苔亚》。乌丹在致国王的献词中写道：

臣多么希望陛下能直接看到或听到这位游侠骑士用母语说话。然陛下日理万机，无暇顾及。于是臣不揣冒昧，跟随其遍游西班牙，并最终将其带回法兰西教他说我们的语言。于是，一如圣太摩（San Pedro Telmo）遇到了风暴（谁人不惧呢？），他惶然而至，来取悦尚未见过他的各色人等。臣不想使他变得更加勇敢，只希望他聊胜于阅读某些虚幻小说；倘有裨益，则不枉所花时间。若陛下能惠顾一二，他也许会张口说他的母语，以谢恩典。那一定会更有意思。臣愿从实招来：臣才疏学浅，加之此类作品原本鲜活，一经移译，就难免有所损失。倘使哪天陛下垂爱，必会有更好的译者乐于效力。论才干，人皆在臣之上；论意志、勤奋与好学，则臣不逊于人。

但愿陛下将这位骑士收于麾下；他必尽心竭力，即使不能征战沙场，也可娱人解愁、聊作消遣……[③]

1618年，法文版《堂吉诃德》第二部在巴黎出版，封面上首次出现了堂吉诃德和桑丘·潘沙的形象：一瘦，一胖；一个骑马，一个骑驴。译者是

① 转引自《〈堂吉诃德〉四百年》，第35页。

② 《堂吉诃德》第三十三至三十五章中的一个故事，几可独立成篇，杨绛译作《何必追根究底》。

③ 转引自《〈堂吉诃德〉四百年》，第36页。

法国作家弗朗塞斯·弗朗索瓦·德·罗塞(François de Rosset,Francés)。

1622年,意大利文版《堂吉诃德》在威尼斯面世,译者叫洛伦佐·弗兰西奥西尼(Franciosini,Lorenzo)。这个译本相当随意。为迎合意大利读者的阅读和生活习惯,弗兰西奥西尼多有变通,甚至擅自改动人物姓名。

1644年,德文版《堂吉诃德》在法兰克福问世,译者帕奇·巴三藤·范德索利(Basteln von der Sohle,Pahsch)很可能是约阿希姆·恺撒(Caesar,Joachim)的笔名。然而这个译本印数很少,几乎没有发行,并且已经失传。[①]该版因为有四幅插图,从而成为《堂吉诃德》的第一个插图本。

1657年,《堂吉诃德》被翻译成荷兰文。这是境外出版的第一个全译本,并配有二十四幅精美的插图。

1662年,插图版西班牙语完全本《堂吉诃德》在布鲁塞尔面世。这不仅是第一个原文插图本,而且发行量相当大。[②]出版商胡安·蒙马特(Monmarte,Juan)在献词中写道:

> 在众多图书当中,《堂吉诃德》固然渺小(即便嘲讽了古往今来的骑士小说,自身终究也是一部骑士小说,旨在消遣受众),但名气却不小……语言幽默风趣,终成道德文章,使人在忍俊不禁中得到启迪,从而学会鄙弃傲慢。它非但在西班牙赫赫有名,在外国同样备受欢迎与尊崇。我敢说(且事实如此),世上没有第二本书耗去这许多纸张、惠及这许多书商。如此成就皆归功于作者妙笔神来,使众口不再难调:无论智者还是笨夫,雅士还是俗人,老汉还是小孩,士兵还是学生,皆欣欣然共赏之。[③]

继1657年荷兰版、1662年布鲁塞尔版及1672年至1673年维尔杜森兄弟(Hermanos Verdussen)版《堂吉诃德》(插图三十四幅)之后,西班牙本土也于1674年推出了一个插图版。该版封面上赫然写着“全新插

① 转引自《〈堂吉诃德〉四百年》,第51页。

② 这个版本还首次将标题改为《奇情异想的骑士堂吉诃德·德·拉曼恰的生平与事迹》(*Vida y hechos del ingenioso cavallero Don Quixote de la Mancha*)。

③ 转引自《〈堂吉诃德〉四百年》,第66—67页。

图修订版”等字样。

1687年,又一英文版《堂吉诃德》在伦敦出版。该版同样配有插图,译者是约翰·菲力普斯(Philips,John)。

1700年,彼得·莫特(Motteux,Peter)的英译本在伦敦出版。译者在序言中说:“在时下的诸多版本中,最不该忘记的是我自己的《堂吉诃德》。我竭尽全力,从前译者手中拯救了塞万提斯,并赋予他以自由:穿上合身的衣服尽情地冒险。”莫特在严厉批评前译者偷工减料的同时,充分肯定了塞万提斯,谓“塞万提斯的语言风格既现代又讲究,男人女人无不言如其人”。[①]这就一言道破了塞万提斯的秘诀:现实主义方法。堂吉诃德和桑丘·潘沙不同,理发师和神甫有别。各色人物因身份不同而语言相异。这正是塞万提斯现实主义方法的最好体现。

此外,画坛对《堂吉诃德》情有独钟。自它流传之日起,欧洲的不少画家、版画家(和铜版画家)以其人物为素材,创作了大量令人过目不忘的鲜活形象。除了大量插图,最值得一提的是法国画家让·莫尼耶(Monier,Jean)为舍韦尼城堡[②]所作的系列油画。有诗为证:

杜尔西内娅在此长眠,
跌打滚爬曾是个胖妇,
呜呼哀哉,寿终正寝;
飞花烟灭,变成灰烬。

虽为村姑却出身名门,
方圆百里,数她有名,
雍雍容容似大家闺秀,
实乃堂吉诃德之心病。[③]

① 转引自《〈堂吉诃德〉四百年》,第74页。

② 法国卢瓦尔河谷地区城堡名,堡内装饰极为精美。

③ 佚名诗人题于壁炉上的《杜尔西内娅》。转引自《〈堂吉诃德〉四百年》,第47页。

第二章 18世纪

虽然18世纪被称作理性的世纪、启蒙的世纪、新古典主义的世纪，但塞万提斯及其《堂吉诃德》继续面临不同甚至完全对立的接受与评价。如果说英国翻译家彼得·莫特开启了18世纪正面评价和肯定《堂吉诃德》的先声，那么法国译者阿兰-热内·勒萨热(Lesage, Alain-René)恰好从反面否定了塞万提斯和《堂吉诃德》。后者不仅翻译了阿维利亚内达的伪作，而且在"译者前言"中猛烈地抨击了塞万提斯：

> 这一部有别于塞万提斯的《堂吉诃德》。谓予不信，我姑且略作说明。米盖尔·德·塞万提斯于1605年出版《堂吉诃德》第一部后，虽说大受欢迎，却没了下文。于是，有个名叫阿隆索·费尔南德斯·德·阿维利亚内达的阿拉贡人于1614年推出了《堂吉诃德》第二部。此作同样获得了不小的成功。眼下的这部首译，正是阿维利亚内达的《堂吉诃德》。塞万提斯见有人捷足先登，便妒火中烧，重新拾起似已放弃的续作……必须指出，两个续作多有相似之处。然而，鉴于塞万提斯在后，阿维利亚内达在先，孰真孰伪，不言而喻。[①]

勒萨热对阿维利亚内达的偏好达到了颠倒黑白、混淆是非的地步。这一定程度上反映了18世纪部分接受者的观点。然而，无论如何，塞万提斯的《堂吉诃德》依然是欧洲读者案头读物之一。

总体说来，整个18世纪，塞万提斯和《堂吉诃德》依然风光无限。虽然新版本、新译本较17世纪有所减少，但时人的阅读热情却有增无减。

① 转引自《〈堂吉诃德〉四百年》，第75页。

至于反面意见,除了洛佩等人的影响,当首推新古典主义的盛行。究其原因,“三一律”明显影响了勒萨热等人对塞万提斯的看法。正因为有褒有贬,18 世纪对《堂吉诃德》的品评较 17 世纪均有所深化,并终使肯定的声音压倒一切地占了上风。明证之一是《堂吉诃德》被先后写入西班牙皇家语言学院的《西班牙语词典》(1737)和狄德罗(Diderot,Denis)的《百科全书》(1751—1765)。

第一节 18世纪上半叶

18 世纪上半叶的一个重要事件是终于有人为塞万提斯作传了。此人叫格雷戈里奥·马央斯·伊·西斯卡尔(Mayans y Siscar,Gregorio)。其所以重要是因为塞万提斯贫困潦倒,有生之年从未享受众星捧月的尊崇,或者荣获宫廷诗人的殊荣,就连一般作家的风光与实惠都不曾沾得一丁半点,生平资料可谓少之又少。倘非马央斯·伊·西斯卡尔及时抢救,塞万提斯何许人,后人恐怕更不得而知了。

在对塞万提斯生平、创作情况作一般性介绍的同时,马央斯·伊·西斯卡尔认为《堂吉诃德》有三大特点:(一)良好的初衷;(二)完美的构思;(三)恰当的语言。[①]他对《堂吉诃德》的述评,几乎完全与塞万提斯在前言中宣称的意图和作品中表现的情形相吻合:

> 米盖尔·德·塞万提斯之意图、思想,在我看来,当作如下阐述:有位拉曼恰绅士叫阿隆索·吉哈达,此翁一门心思全拴在骑士文学上。这在游手好闲、无所事事者中甚为普遍。因过分潜心于骑士文学,他终不免头脑发昏、丧失理智,一如勇往直前的帕拉丁[②]。
>
> 可怜的拉曼恰绅士读了那些神乎其神的骑士故事便信以为真,断言这个扭曲的世界需要游侠骑士去行侠仗义。于是,他立志加入崇高的骑士行列,去为人类执行崇高的使命。[③]

① 马央斯·伊·西斯卡尔:《米盖尔·德·塞万提斯·萨维德拉生平》(*Vida de Miguel de Cervantes Saavedra*),马德里,埃斯帕萨-卡尔佩出版社,1972年,第37—38页。

② 又称圣斗士,系查理大帝(或查理曼)麾下十二骑士之一。

③ 马央斯·伊·西斯卡尔:《米盖尔·德·塞万提斯·萨维德拉生平》,马德里,埃斯帕萨-卡尔佩出版社,1972年,第37—38页。

此外，马央斯·伊·西斯卡尔对《堂吉诃德》的述评不仅牵涉到作品意义、写作风格，还就许多细节进行了独到的分析。比如，他发现《堂吉诃德》并不完全是对古来骑士小说的不折不扣的讽刺性演绎，而是多有创新：

为使读者不至于厌烦，他并不完全戏拟骑士小说，盖因后者乃纯粹的冒险故事。塞万提斯的许多故事是新颖的、逼真的，想象是清晰的、睿智的。各种纠葛构思奇妙又水乳交融；抖开包裹，轻松自如，每每令读者叹为观止……[①]

马央斯·伊·西斯卡尔还发现，惟有两个地方稍嫌突兀，即第一部第三十三至三十四章的"无事生非的故事"和第三十九至四十一章的"战俘的故事"。这些故事或谓插曲，后来果然成了指涉塞万提斯"自由"、"松散"的依据。

几年以后，荷兰率先出版了《堂吉诃德》的缩写本。该版本的一大特色是法国画家夏尔-安托万·夸佩尔（Coypel，Charles-Antoine）的一组洛可可风格的插图。出版人彼得·德·翁特（Pietre d'Hondt，Willem）在出版说明中写道：

这部奇情异想的讽刺小说……便是《奇情异想的绅士堂吉诃德·德·拉曼恰》，它不仅在西班牙深受欢迎，在其他国家也同样广受推崇；它不仅受到闲者的追捧，也广受智者的青睐。它所到之处均大获成功，以至于印刷者、模仿者络绎不绝。它几乎译成了所有欧洲语言，同时成了画界的新宠……

我们推出的这部缩写本，连同三十一幅精美的插图……是尊敬的堂吉诃德最重要、最有趣的冒险经历的写照……那些无暇或者尚未来得及阅读全文的读者，将通过我们的版本对其无与伦比的故事，在忍俊不禁中体悟米盖尔·德·塞万提斯原著的风貌。[②]

① 马央斯·伊·西斯卡尔：《米盖尔·德·塞万提斯·萨维德拉生平》，第41—42页。

② 转引自《〈堂吉诃德〉四百年》，第87页。

与此相对应,否定塞万提斯及其作品的声音依然存在。比如,1738年迭戈·德·托雷斯·维利亚罗埃尔(Torres Villarroel, Diego de)出版了名为《隐士与托雷斯》(*El ermitaño y Torres*)的著作。他在这部著作中认为,阿维利亚内达的作品"更高雅"、"更细腻"。他援引法国译者勒萨热的话说:"阿维利亚内达的桑丘比塞万提斯的桑丘更真实、更有特点。"他还说,阿维利亚内达的作品是西班牙"最富原创精神的作品之一":

> 此乃我国最富原创精神的作品之一,外国人等皆大为羡慕。我们自己的同胞虽对它非常尊崇,盖因我们再也找不出第二部作品比它更好玩、更具国际影响了;然外国读者尤甚。事实上,逗笑传奇中没有哪部作品堪与比肩呢。它的故事在讽刺骑士小说方面达到了登峰造极的地步。[①]

托雷斯和法国译者勒萨热的观点如出一辙。这多少反映了一部分读者的好恶与偏见,比如片面追求语言的华美和场景的高雅。

第二节　18世纪下半叶

到了18世纪下半叶,对塞万提斯及其《堂吉诃德》的传播和接受的热忱较上半叶明显加强,出现了以何塞·卡达尔索(Cadalso, José)为代表的塞学家和以《堂吉诃德》为题材的音乐作品。卡达尔索在充分肯定塞万提斯的基础上,率先提出了"双重意义"说,谓《堂吉诃德》有两个层面:一是显在的层面和意义;二是潜在的层面和意义。[②]遗憾的是,他并未展开对后一个层面的探究。音乐界对《堂吉诃德》的热情升温后,造就了以《堂吉诃德》为题材的几大巴洛克作品和意大利歌剧,如1761年和1762年相继产生了德国音乐家特勒曼(Telemann, Georg Philipp)的《堂吉诃德》(*Don Quichotte*)和法国音乐家菲利多尔(Philidor, François An-

① 托雷斯:《隐士与托雷斯》,转引自瓦列斯(Valles, José Manuel)《占星术与炼金术诵读》(*Recitarios astrológico y alquímico*),马德里,国家出版社,1977年,第113—119页。

② 卡达尔索:《摩洛哥信札》(*Cartas marruecas*, 1773—1774),马德里,卡特德拉出版社,1982年,第224页。

dre Danican）的《海岛总督桑丘·潘沙》(*Sancho Pañza Gouverneur dans L'isle*)。加上稍前亨利·珀塞尔(Purcell, Henry)的《堂吉诃德滑稽故事》(*The Comical History of Don Quixote*, 1694)，以及帕西埃罗(Paisiello, Giovanni)、萨利埃里(Salieri, Antonio)等人的1769年至1771年的同名歌剧,其影响当在同时代的许多文学评介之上。

批评方面,除了前面提到的卡达尔索,当首推塞维利亚美文学院发起的古今文学大讨论。在这场讨论中,塞万提斯的《堂吉诃德》和费讷隆(Mothe-Fénelon, François de Saligne de la)的《忒勒玛科斯冒险记》(*Aventurile lui Telemac*)[①]成为焦点。

坎迪多·玛利亚·特里盖罗斯院士(Trigueros, Cándido María)见证并且积极参与了这场论战。他对塞万提斯的评价代表了相当一部分年轻学者的观点：

> 塞万提斯嘲讽、践踏、摧毁、扫除的是骑士文学的妄想症,以及与之相关的种种荒唐与可笑。这就是他的目的……他还在作品中嘲笑我等身上的可笑之处,借此以唤醒心志,将诸如此类的可笑之恶扫除干净。[②]

他还明确表示,塞万提斯远在费讷隆之上,因为前者集合了西班牙文学诸多优点:原创性、节制性、和谐的风格,以及简洁、自然、可信和情节的

① 费讷隆(1651—1715):法国作家,康布雷大主教、神秘主义学者。出身于贵族世家,曾与新教徒公开辩论,并力主以平等及平和的方式阐述天主教教义。1689年起任路易十四的王孙太傅,并着手创作《忒勒玛科斯冒险记》。该书描写了忒勒玛科斯寻找其父尤利西斯的故事,表达了费讷隆的文学思想和政治抱负。《忒勒玛科斯冒险记》取材于荷马史诗《奥德赛》(*Odyssey*)并糅入其他素材,表现忒勒玛科斯在孟铎尔(智慧神化身)引导下,漂洋过海、千里寻父的冒险经历。他到过许多国家,甚至下过地狱。小说借此以谴责穷兵黩武、好大喜功的暴君。而这里所说的暴君,显然是影射路易十四。

② 特里盖罗斯:《费讷隆之〈忒勒玛科斯冒险记〉与塞万提斯之〈堂吉诃德〉比较批评》(*Comparación crítica entre el* Telemaco de Fenelon *y el* Don Quijote *de Miguel de Cervantes*),转引自阿吉拉尔·皮涅阿尔(Aguilar Piñal, Francisco)《18世纪〈堂吉诃德〉研究拾遗》("*Comentario inédito del* Quijote *en el siglo XVIII*"),《塞万提斯年鉴》(*Anales Cervantinos*),马德里,1959年(总)第8期,第307—310页。

水乳交融、人物的鲜明个性等等。相反,他认为费讷隆缺乏原创性:“倘使不称其摹仿者,还真不知他与荷马、维吉尔及他所熟识的作家有何不同?”[①]

之后是马丁·萨米恩托修士(Fray Martín Sarmiento)在《西班牙诗歌及诗人史记述》(*Memorias para la historia de la poesía y poetas españoles*, 1772)中的一番议论。他高度评价了塞万提斯,并强调了《堂吉诃德》的批判精神和教诲功能:

> 众所周知,诸如此类的夸夸其谈和哗众取宠(指骑士文学)充斥了西班牙……直到17世纪初,米盖尔·德·塞万提斯及其《堂吉诃德》终于使这些无聊的文字声誉扫地并从此销声匿迹。[②]

此外,耶稣会教士弗朗西斯科·哈维埃尔·朗皮利亚斯(Lampillas, Francisco Javier)在驳斥堂吉诃德形象外来说[③]的同时,特别提到了塞万提斯这部作品的创作方法和教化作用:

> 倘使我们承认塞万提斯这部作品的突出贡献,就必须强调:古来谣曲甚或传奇,没有哪一部堪与《堂吉诃德》相媲美。它的作者看到,古来骑士故事的荒唐可笑实在是害人匪浅。它们使年轻人沉溺于斯,满脑子皆希奇古怪、不切实际的念头。他于是用最简捷有效的方式将其扫除:写一部同样令人忍俊不禁的逗笑之作,不动声色地讽刺并置骑士传说于荒唐可笑的境地。这就是《堂吉诃德》。它的创造性、艺术性和实用性在它无与伦比的风格中水乳交融,从而即便是在我们这个时代,即将近两个世纪之后,仍能引人入胜……这是他的同代作家中很少有人能够企及的。[④]

① 特里盖罗斯:《费讷隆之〈忒勒玛科斯冒险记〉与塞万提斯之〈堂吉诃德〉比较批评》,转引自《塞万提斯年鉴》,1959年(总)第8期,第311—319页。

② 萨米恩托:《西班牙诗歌及诗人史记述》,转引自《塞万提斯作品批评述要》,第三卷,第20页。

③ 曾有意大利学者认为堂吉诃德这个形象是塞万提斯从意大利借来的。

④ 朗皮利亚斯:《西班牙文学的历史辩护及其他》(*Ensayo histórico apologético de la literatura española contra las opinions preocupadas de algunos escritores modernos italianos, etc.*),转引自《塞万提斯作品批评述要》,第三卷,第21—22页。

他同时进一步阐述了塞万提斯的其他特征,如"其人物性格自然可信,而且言如其人"。"他是继古希腊大师之后最富有原创精神的作家。"[①]

1780年,西班牙皇家语言学院推出了它的第一个学院版《堂吉诃德》。这本身就意味着一种莫大的认可。该版本附有维森特·德·洛斯·里奥斯(Los Ríos, Vicente de)院士的文章,他同样肯定了《堂吉诃德》的创作方法及教化作用:

> 首先是根治骑士文学的毛病,但相关的说教显然不是《堂吉诃德》的惟一目的。在这部作品中,需要铲除的还有另外一些恶习,它们因为更加司空见惯而对社会、对文学危害尤甚。作者更是热情洋溢、不吝笔墨,一心要守护人类,尤其是同胞的良知善行。正因为如此,他的寓言不仅完全契合其宗旨,而且写得很有节制,可谓恰到好处。种种陋习因之而被连根拔起。诚如作者擅长用讽刺来达到目的:使众生向善,其结果当非简单地铲除骑士文学的种种弊端。事实上,他矛头所向,并旁敲侧击,对社会及各色人等的种种陋见恶习竭尽揶揄。反之,他对各种善行美德不吝赞美。[②]

里奥斯同时认为,塞万提斯的人物多姿多彩,其语言更是丰富的宝库、修辞的典范,它使西班牙语臻于完美:

> 两个主要人物(堂吉诃德和桑丘)构成了人性的两面,同时也是不同话语、不同故事的源泉……堂吉诃德忽而理智,忽而疯癫;桑丘忽而单纯,忽而狡黠……即使那些偶然出现的次要人物,也无不言如其当言、行如其当行。他们虽说是塞万提斯的想象,却一个

① 朗皮利亚斯:《西班牙文学的历史辩护及其他》,转引自《塞万提斯作品批评述要》,第三卷,第21—22页。

② 洛斯·里奥斯 (Los Ríos, Vicente de):《吉诃德赏析》(*Análisis de* Quijote),转引自《塞万提斯作品批评述要》,第三卷,第23—25页。

个活脱脱自然造就。

> 杜尔西内娅这个人物形象系三维合成。一是堂吉诃德充满幻想的描述，使她成为美丽性别的典范……二是桑丘的嘲讽和他粗俗可笑的描述；三是原型，那个真实的村姑。①

1782年，胡安·森佩雷(Sempere, Juan)移译了意大利学者路易斯·安东尼奥·穆拉托里(Muratori, Luis Antonio)的观点，并加以阐发，认为塞万提斯的讽刺技巧达到了无可比拟的效果：

> ……讽刺的效果远胜于直截了当的批判。塞万提斯正是以这种方法一举将骑士道的英雄主义和炙手可热的骑士文学置于可笑的地步。②

1786年，胡安·巴勃罗·佛内尔在柏林科学院作了题为《我们欠西班牙什么？》("¿Qué se debe a España?")的演讲。佛内尔把塞万提斯定于一尊，认为他的出现挽救了全欧洲的读者：

> 对骑士小说的愚蠢热情来自法兰西。从上到下，人们无不趋之若鹜，以作消遣。比维斯(Vives, Juan Luis)③对此多有怨言。而横枪立马将其驱逐的却必得是塞万提斯。他创作了《堂吉诃德》，如阳光驱逐黑暗，将愚蠢无聊、巨人充斥、满是闻所未闻之国度的骑士小说一扫而光。④

1789年，佩德罗·加特尔(Gatell, Pedro)在《〈堂吉诃德〉的道德》(*La moral de* Don Quijote)一书中，除了肯定塞万提斯扫除骑士文学的宗旨，

---

① 洛斯·里奥斯：《吉诃德赏析》(*Análisis de* Quijote)，转引自《塞万提斯作品批评述要》，第三卷，第23—25页。

② 森佩雷：《关于科学及艺术趣味的思考》("Reflexiones sobre el gusto en las ciencias y en el arte")，转引自《塞万提斯作品批评述要》，第二卷，第152页。

③ 比维斯(1492—1540)，西班牙作家。

④ 佛内尔：《我们欠西班牙什么？》，转引自《塞万提斯作品批评述要》，第三卷，第26—27页。

还特别提到了他更为宽广的警世、劝世意图：

> 《堂吉诃德》的所有冒险、所有思考及其名言俚语，都是为了警世劝善，宣讲为人之道。虽然作者的主要目的毫无疑问是清除虚幻荒诞的骑士小说，但本人认为他及堂吉诃德所依从的，是他不同凡响的人生经历。他借《堂吉诃德》以针砭时弊，同时劝人向善并授以安度人生的法则。他选择偶尔清醒的疯子，从事目的崇高的冒险。假如我们悉心观察，就会发现：其实这个疯子就是我们芸芸众生。他义无反顾、不折不挠，却最终后悔莫及……
>
> 然而，无论是疯癫还是清醒，他都是道德的楷模，令世人享用不尽……①

他认为塞万提斯的语言更是令人敬佩。"它那纯粹的卡斯蒂利亚语，既高尚又简洁，让主人说主人的话，仆人说仆人的话。"②

类似评价还见于加尔塞斯（Garcés，Gregorio）、佩利塞尔（Pellicer，Juan Antonio）、金塔纳（Quintana，Manuel José）等人的著述。其中加尔塞斯在《卡斯蒂利亚语活力与优美之基础》（*Fundmento de vigor y elegancia de la lengua castellana*，1791）一书中写道：

> 他（塞万提斯）热情而有效地赞颂美德，并骄傲地予以显示。即使在凡间，他同样功不可没。为了这不可或缺的美德，他立志要驱逐无聊无用的消闲之作……将游侠骑士那一套扫除干净。③

他称塞万提斯为语言天才，谓后者"时而如柏拉图（Plato），辛辣锋利；时而如特伦斯曲，悠扬动听"。

佩利塞尔则在《堂吉诃德》1797年版的出版前言中，除了肯定作品

① 加特尔：《〈堂吉诃德〉的道德》，转引自《塞万提斯作品批评述要》，第三卷，第28页。

② 同上，第29页。

③ 加尔塞斯：《卡斯蒂利亚语活力与优美之基础》，转引自《塞万提斯作品批评述要》，第三卷，第29—30页。

的教化作用，还特别指出了它的反讽手法，认为这恰恰是塞万提斯的高明之处：

> 诚如塞万提斯所言，他的首要任务是“消除世人对骑士书籍的虔信与迷恋”。为此，他假扮游侠骑士，带着满脑子的骑士理想，离乡背井，外出争衡，以恢复日渐衰微的骑士道。为达到嘲讽之目的，他将自己的英雄描绘得滑稽可笑，将那些在骑士眼里堪称壮举的冒险演绎得令人忍俊不禁……
>
> 于是，堂吉诃德·德·拉曼恰成了反讽意义上的高卢的阿马迪斯，从而对一本正经的骑士文学进行了戏谑性模拟。①

他还说，塞万提斯“在狱中没有书本，了无参考，却凭借惊人的记忆和丰富的想象，创作了这部前所未有、高雅脱俗、教益非凡、妙不可言、健康娱人、令人爱不释手的巨著”。“在荷马看来，缪斯们喜欢舒适的环境、美丽的田园、宁静的天庭以及泉水的叮咚，然而，塞万提斯却以完全相反的境遇，在阴暗可怖的铁窗内孕育了完全无愧于她们的伟大作品。不错，他不是第一个囚犯作家，却第一个创作了充满诙谐的有趣之作。”②

金塔纳是塞万提斯的第二位传记作者。他在《塞万提斯生平轶闻》(*Noticia para la vida de Cervantes*，1797)一书中重新梳理了传主生平，同时充分肯定了《堂吉诃德》扫除骑士道流毒的伟大功用：

> 曾几何时，人们浪费时间，倾情于荒唐(指骑士文学)，疏虞了教育，玷污了道德，败坏了传统，满脑子皆是无裨于审美的、可怕的想入非非。骑士文学充斥西班牙。其荒谬无聊为傻子所推崇，为闲者所乐道，甚至为智者所偶爱。塞万提斯不苟且，他要“铲除这瘟疫”。于是，他以极大的智慧和热忱选择了他的英雄，并借以将众多声名显赫的大侠扫除干净。在此行道，他既不是破天荒第一人，亦非完全特立独行、孤立无援。然而，在他之前乃道高一尺，魔高一

① 佩利塞尔：《〈堂吉诃德〉出版前言》(“Discurso preliminar de la nueva edición”: *Don Quijote de la Mancha*)，转引自《〈堂吉诃德〉解读》，第84页。

② 同上。

丈。小打小闹不足以凉水浇背、使人惊醒……路易斯·比维斯、阿莱霍·维内加斯(Venegas, Alejo)[①]等一干哲人,也曾口诛笔伐,声讨骑士文学,但毕竟流于肤浅,以至于对牛弹琴。沉溺于骑士文学的各色人等,根本充耳不闻,视而不见。殊不知要扫除此等瘟疫,非猛药不可也。

当然时机也很重要。此外,人们如此沉溺于斯,必得有相应的时机和高招才能令其迷途知返。倘无娱人之术,便不能将娱人之害驱逐;倘无令人耳目一新之书,便不能取代五花八门的传奇故事。(《堂吉诃德》)充满创造性、想象力和哲理之光辉,并基于真理和审美之原则,终使雅俗共赏、皆大欢喜。[②]

金塔纳同样发现了堂吉诃德和桑丘的双重性格。

与此同时,18世纪对塞万提斯的综合研究(或评价)较17世纪明显上了一个台阶。首先看学者胡安·德·阿拉瓦卡(Aravaca, Juan de)在《巴黎文学札记》(*Memorias literarias de París*)中对塞万提斯所作的品评,他说:

他(塞万提斯)善于想象并创造各种最出人意料的人物性格及其独特的心志、言行和与之契合的环境。其完美和自如程度,简直绝无仅有……[③]

同样,穆纳里兹(Munárriz, Luis)高度评价了塞万提斯的短篇小说,认为它们的纯洁性和丰富性均非同时代其他作家可及。至于《堂吉诃德》,则"两百年来,但见它头顶的光环有增无减"。[④]

在境外,《堂吉诃德》的接受热忱明显回落。18世纪下半叶,在西班

① 维内加斯(1495—1554),西班牙作家。

② 金塔纳:《塞万提斯生平轶闻》,转引自《〈堂吉诃德〉解读》,第84—85页。

③ 阿拉瓦卡:《巴黎文学札记》,转引自《塞万提斯年鉴》1983年(总)第二十一卷,第162页。

④ 穆纳里兹:《修辞与美文解读》(*Lecciones sobre la retórica y las bellas letras*, 1798),转引自《塞万提斯作品批评述要》,第三卷,第32页。

牙以外的整个欧洲，不仅没有出现新译本、新版本，就连批评也是乏善可陈。除意大利学者路易斯·安东尼奥·穆拉托里外，也许只有法国思想家狄德罗和作家阿拔特·胡安·安德列斯(Abate Juan Andrés)的意见填补了这方面的阙如。然而，他们虽明确指出了《堂吉诃德》的作用，但观点并不新鲜。狄德罗在其《百科全书》中是这么评价《堂吉诃德》的：

> 《堂吉诃德》是一部重要作品。其所以重要，是因为它优美的风格、严正的精神、雅致的趣味、敏锐的思想、动人的故事、极致的幽默。堂吉诃德是一位真正勇敢的疯子，他将生活的林林总总混同于冒险故事，并身体力行，投身于他所谓的崇高事业。而在别人看来，他的事业纯属疯癫。然而，在他清醒的时候，他的思想充满了睿智。桑丘·潘沙的单纯，让所有人忍俊不禁、不厌其烦。他言如其人，从不做作。
>
> 为使游侠骑士的那些雷同的冒险故事不至于令人厌倦……塞万提斯在其作品中设置了不少既新鲜又可信的插曲。惟独"战俘的故事"和"无事生非的故事"独具匠心，或可独立成章。作品的风格与人物及事件相吻合。堂吉诃德纯粹、可爱、自然、正义。塞万提斯创造人物的方法如此精当，以至于没有第二个西班牙作家堪与比肩。[①]

安德列斯则于1783年肯定了塞万提斯的反骑士道精神及其教化功能，谓"其真正的光荣，乃如其所愿地把流行并遗害大半个欧洲达数个世纪之久的骑士小说从沉溺于斯的读者手中清除了出去"。[②]

第三节　重要版本、译本：序、跋和注疏

前面说过，《堂吉诃德》在17世纪的欧洲曾风靡一时，涌现了大量版本(译本)。到了18世纪，仍有不少新版本、新译本出现，而且质量有所提高，但数量上明显不能与17世纪相提并论。

① 转引自《〈堂吉诃德〉四百年》，第107页。

② 转引自《塞万提斯作品批评述要》，第三卷，第25页。

18世纪的第一个重要版本是1738年出现在伦敦的西班牙语《堂吉诃德》精装本。其首页是画家肯特(Kent, William)根据塞万提斯在《训诫小说集》序言中的自述而创作的一幅作者画像。这个含有六十八帧精美插图的原文版本多少刺激了西班牙，以至于到了1773年，卡洛斯三世(Carlos III)亲自下令,命西班牙皇家语言学院出版一个更加精美的版本以挽回声誉。国王的命令成全了1780年的西班牙语精装版《堂吉诃德》。该版本同样分四卷,由著名印刷家伊巴拉(Ibarra,Joaquín)担纲实施(故称"伊巴拉版")。它不仅依靠皇家语言学院的专家学者对不同版本进行了严肃的校勘,而且集中了当时西班牙最著名的画家凡十余人绘制插图。

西班牙皇家语言学院在出版前言中写道:"虽然本语言学院的主要任务是确保《堂吉诃德》版本的纯粹与完好,却并不疏虞印制材料和装帧美术环节,以期尽善尽美……"[①]版本附有维森特·德·洛斯·里奥斯院士的文章(详见第二节)和皇家地理专家托马斯·洛佩斯(López,Tomás)绘制的《堂吉诃德之路》(*La ruta de Don Quijote*)。

也是在1780年,魏玛和莱比锡推出了弗里德里希·尤斯廷·贝尔图赫(Bertuch,Friedrich Justin)的新译本。遗憾的是,这个版本画蛇添足地加入了转译自勒萨热的阿维利亚内达版《堂吉诃德》。

一年后,约翰·鲍尔(Bowle,John)在伦敦推出了又一个西班牙语版《堂吉诃德》。这个版本凡六卷,共七百五十套。鲍尔先生虽然只售出了五分之一,即一百五十套,却产生了非凡的效果,盖因六卷中有两卷是注释。用鲍尔的话说:"拥有一个纯粹而完好的版本,是我梦寐以求的事情。为此,我不惜付出任何代价。而我所依从的1605年胡安·德·拉·库埃斯塔(Cuesta,Juan de la)本完全符合我的这个愿望。我基于它并对同样由库埃斯塔出品的第二部进行了细致的校勘，因为另有一个版本和1605年库埃斯塔版同时同地推出。此外,是年出版的还有两个版本,一个在里斯本,另一个在瓦伦西亚。1608年,又有一个版本在马德里问世。我需要对这些版本进行综合研究，因为它们都是塞万提斯在世时出版的……至于第二部,却不存在这样的问题。"[②]

此外,鲍尔在译者前言中写道:

① 转引自《〈堂吉诃德〉四百年》,第118页。

② 同上,第135页。

文学界的诸多人士会对我的做法表示惊讶：一个英国人，不仅要想，而且要做一个西班牙语作家的经典版本，它就是《堂吉诃德·德·拉曼恰》的伟大故事……

事实上，所有精通拉丁语的读者，都愿意获得并轻松阅读这个卡斯蒂利亚语版本（问题在于愿不愿意开始而已）。这是最简单不过的事实。当然，没有生来就会的事情。掌握另一种语言需要时间和毅力。

在西班牙，猪猡阉割师用的是竹笛；而在英国，他们却一概使用牛角号。一方水土有一种说法、一种做法。这就是传统的不同。在文学作品中，这种不同必须加以说明。有鉴于此，本版本广加注释，以裨彰显作品意义。①

《堂吉诃德》的第一个注释本缘此而生。西班牙作家卡西米罗·奥尔特加（Ortega，Casimiro）在得知鲍尔的设想后写信鼓励，称他的做法使塞万提斯终于得到了"一个经典作家应有的荣誉"。②

1781 年至 1784 年，出版家安东尼奥·德·桑恰（Sancha，Antonio de）相继推出了《贝雪莱斯和西吉斯蒙达历险记》（*Los trabajos de Persiles y Sigismunda*）、《训诫小说集》和《帕尔纳索斯山之旅》。

1792 年，伦敦推出了托马斯·斯托瑟德（Stothard，Thomas）版插图本《堂吉诃德》。

1794 年，葡萄牙语版《堂吉诃德》在里斯本面世。这个版本从出于 1605 年马德里第二版，但删去了献词、前言和十首开篇诗。

1797 年至 1798 年，佩利塞尔注释版《堂吉诃德》由小桑恰，即加夫列尔·德·桑恰（Sancha，Gabriel de）出版。这是西班牙本土推出的第一个《堂吉诃德》注释版，其中的不少注疏为后来的研究提供了线索。

18 世纪最后一个重要版本是法国的让-皮埃尔·弗洛里昂（Florian，Jean-Pierre）译本，出版于 1799 年。弗洛里昂在译者前言中写道：

① 转引自《〈堂吉诃德〉四百年》，第118页。

② 奥尔特加：《致约翰·鲍尔的信》（*Carta a John Bowle*，1777），转引自《〈堂吉诃德〉四百年》，第136页。

我曾严厉批评过《堂吉诃德》的法译本，从而萌发了重译的想法。然而，当我投身其中而不能自拔时，我便不再对前译本说三道四了。我只能说，无论如何，我们法语不能满足于一个《堂吉诃德》译本。

本人的主要目的，是为了传达这样一个鲜为人知的事实：堂吉诃德除了逗人发笑，还充满了哲理，即他在嘲讽陋见的同时，颂扬了健康的美德。只要不与骑士有关，他的话便充满睿智、催人向善……

也许，塞万提斯是惟一可以让读者长时间跟随一个尽人皆知的疯子而不厌其烦的人……[①]

类似观点虽然算不得新鲜，但出自法国译者之口，就有了不同的意义。曾几何时，另一位法国翻译家勒萨热如此不屑于塞万提斯，以至于对阿维利亚内达的伪作大加褒扬。

第四节　否定性批评

与此同时，嘘声和反面批评依然存在。即便是那些力挺塞万提斯的作者，也不尽是溢美之词。他们当中不乏客观公允之士，其对《堂吉诃德》等作品中某些“瑕疵”的批评，可谓一针见血、毫不留情。传记作家马央斯·伊·西斯卡尔在其作品中写道：

鉴于本人是塞万提斯的坚定拥护者，不妨对其作品中的某些瑕疵略陈管见。比如他的某些描写超越了可信度，从而滑向了造作。比方说堂吉诃德和比斯开人的一场打斗，那比斯开人明明牵着一头僵驴，怎能如此神速地拔出宝剑，而且另一只手里还拽一个权作盾牌的坐垫。那坐垫明明应该在贵夫人臀下，又怎会突然跑到比斯开人手里？……

还有“无事生非的故事”及其女主人公卡米拉，实难令人置信。

① 转引自《〈堂吉诃德〉四百年》，第148页。

她佯装自言自语,被躲在一旁的阿塞尔莫听个真切。她的独白是如此冗长!通常,戏剧台词中的独白,仅仅是为了向观众点明人物的某些秘而不宣的思想,而不是为了大段大段地自我陈述……

桑丘在第二部第八章中对其主人堂吉诃德的大段言辞,也不符合人物的身份和能力。他这么一个简单粗鲁的仆人,怎么可能说出这样的话来?①

我自然更不能相信上千阿拉贡人可以忍受一个被人玩弄的总督十天八天之久……②

此外,有人上纲上线,指责塞万提斯反国家、反民族。比如约瑟夫·卡里略(Carrillo,Joseph)在其《米盖尔·德·塞万提斯喜剧导言批判》("Coloquio crítico apuntado al prólogo que sirve de delantal a las comedias de Miguel de Cervantes")一文中,吹毛求疵,指责塞万提斯有意丑化西班牙。同样,胡安·马鲁罕(Maruján,Juan)在一首谣曲中猛烈抨击塞万提斯,称后者是"鲜花中的毒草":

塞万提斯最为强悍,
单枪匹马横行天下,
出手毒辣人见人怕,
打得我等遍体鳞伤;

鲜花丛中尤有毒草,
遮遮掩掩藏得很好,

① 桑丘说:"我想这本闲书必是传记啥的……里面讲咱俩的故事,它定是一会儿让我风风光光地骑高头大马,一会儿又像常说的那样把我糟蹋得一无是处。说句心里话,我从来不曾骂过哪位魔法师,也没阔到令人眼红的地步。是的,我会耍点小心眼,偶尔有些刁,可我一副傻呵呵的模样,早像大斗篷似的把这些不好都遮住了。这可是天生的,装也装不出来呢。就算我身无长物,但相信上帝却是真心实意的。神圣罗马天主教会叫咱信啥,咱就信啥。我还跟犹太人势不两立,真的,我一贯如此。单凭这,那些写书的就该对我大发慈悲,别在笔下亏待我。不过话又说回来,他们爱写啥写啥,我光着身子来到世上,现如今还是光身活着,不亏不赚……"《堂吉诃德》,第603—604页。

② 马央斯·伊·西斯卡尔:《米盖尔·德·塞万提斯·萨维德拉生平》,第105—108页。

从头到脚又香又美，
伪善之人害人匪浅。

西班牙人欢欣鼓舞，
以他为荣全无警觉；
他的作品遍地开花，
原来却是屠户刀俎。

再三再四侮辱祖国，
举国上下一无是处，
嬉笑怒骂皆为嘲讽，
……

作品流至诸邦四邻，
以讹传讹甚是闹腾，
朋友敌人信以为真，
西班牙人受尽戏弄。

正是此等文学作品，
国门之外大受欢迎，
一版再版一译再译，
四方纸贵全欧风行。

……①

这是继洛佩和勒萨热之后，塞万提斯及其著作所遭受的最为猛烈、也最为无理的谴责。类似攻击在后来的两个世纪中日益淡出，乃至几近销声匿迹。

① 马鲁罕：《18世纪卡斯蒂利亚语诗歌史略与述评》(*Bosquejo histórico crítico de la poesía castellana en el siglo XVIII*, 1750)，转引自《塞万提斯作品批评述要》，第三卷，第387—388页。这首长诗究竟出自何人之手，学界尚有争议。

相形之下，马央斯·伊·西斯卡尔和特里盖罗斯等人的批评就公允得多。后者在肯定塞万提斯远胜于费讷隆的同时，称费讷隆至少比塞万提斯更严谨。[①]同样，安东尼奥·德·卡普马尼(Capmany, Antonio de)认为《伽拉苔亚》比《堂吉诃德》更完美，也更严谨：

> 《堂吉诃德》的故事并非没有瑕疵。它们见诸风格，而非语言；源于疏忽或者过于谨小慎微，而非无知……他甚至不无卖弄才学之嫌(尽管是借人物之口)，以免诗才在肚子里白白烂掉。[②]

维森特·加西亚·德·拉·韦尔塔(García de la Huerta, Vicente)则不无偏颇地指出，塞万提斯的成就固然不小，却“完全建立在嫉妒心上”：

> 塞万提斯的权威虚妄而无效，盖因他的成就完全建立在嫉妒心上，其对洛佩·德·维加的态度即缘此而起……他的作品之所以讽刺见长，亦皆因此故。堂吉诃德的生平事迹完全是讥嘲，《帕尔纳索斯山之旅》则全然是怒骂。我从未见过如此竭尽嫉贤妒能之能事。[③]

他因而褒扬阿维利亚内达的伪作，称后者对塞万提斯的指责完全正确，同时认为桑丘的驴子莫名其妙地失而复得，完全不能原谅。[④]

此外，佚名作品《审察者》(*El Censor*, 1785)也曾猛烈抨击塞万提斯，谓其疯癫非但特可笑，而且有害：

> 在甚嚣尘上的诸多疯癫中……没有比《堂吉诃德》更可笑、更有害的了。[⑤]

① 转引自《塞万提斯年鉴》(总)第八卷，第317页。

② 卡普马尼：《西班牙戏剧美文之历史与批评》(*Teatro histórico y crítico de la elocuencia española*, 1786—1794)，转引自《塞万提斯作品批评述要》，第三卷，第28页。

③ 转引自《塞万提斯作品批评述要》，第三卷，第389页。

④ 同上第三卷，第390页。

⑤ 同上第一卷，第152页。

综上所述,18世纪依然是褒贬分明的正反两大阵营。正方除卡达尔索关于两个层面或两条线索的点到为止(或浅尝辄止)的评点,马央斯、佩利塞尔、里奥斯等人对塞万提斯的生平及创作方法等进行了多维度的观照与阐述,强调了《堂吉诃德》的反讽、它的原创性、它的现实主义特征以及主要人物的双重性格、形式与内容的完美统一,等等。

反方则主要抨击塞万提斯的"松散"和"任意"。勒萨热甚至攻其一点,不及其余,一叶障目,不见泰山,称阿维利亚内达远在塞万提斯之上,完全无视塞万提斯的理想主义精神和现实主义方法。当然,塞万提斯也是人,也有疏漏和败笔。比如"战俘的故事"和"无事生非的故事",确有生硬、随意之嫌,从而使有关指责得以成立。①

然而,这些人事的瑕疵(还有随心所欲地转换叙事人称,或者桑丘的驴子莫名其妙地失而复得,或者某些不必要的重复等等),并不妨碍我们欣赏《堂吉诃德》。在昆德拉看来,它们恰恰说明了塞万提斯的自由。②

① 比如毛姆(Maugham, William Somerset)在《〈堂吉诃德〉和〈蒙田随笔〉》一文中说,塞万提斯很穷,他写东西多半是为了挣钱,他写了一些类似于短篇小说的东西,就插在《堂吉诃德》里充数。但是,他毛姆把这些东西都读了,就像约翰逊博士读《失乐园》一样,因为觉得该读而不是爱读。毛姆进而又说,读《堂吉诃德》毕竟要看堂吉诃德先生的忠厚老实和宽阔胸襟,尽管他的荒唐历险可能会使你忍俊不禁(他还强调说,其实现代人已经不像他同时代人那样觉得好笑了,因为我们的感情比他们脆弱,觉得对堂吉诃德的玩笑开得过于残酷,使人笑不起来),你却不仅会喜欢这位"愁容骑士",而且还会对他表示尊敬。如果不是这样的话,那你也太铁石心肠了。他是人类奇想的不朽产物,任何一个心地善良的人都会被他深深地打动。参见《读书随笔》,刘文荣译,上海三联书店,1999年,第131—132页。至于纳博科夫(Nabokov, Vladimir)对塞万提斯和《堂吉诃德》的不屑,以及对堂吉诃德的爱怜,更是充满了矛盾(详见第三章)。

② 昆德拉 (Kundera, Milan):《受到诋毁的塞万提斯遗产》,《小说的艺术》(*L' Art du Roman*),董强译,上海译文出版社,2004年(详见第三章)。

第三章 19 世纪

以时代，尤其是时间（世纪）划分文学和文学批评显然是不得已而为之的一种做法。事实上，无论是 18 世纪的巴洛克主义还是新古典主义，或者理性主义和启蒙运动，以至于 19 世纪的浪漫主义与现实主义等等，大都是后人的界定，难有明确的时间界限，彼此之间亦非永远泾渭分明、水火不容。况且各国情况不同，生产力和社会发展水平也不尽相同，文学思想更是大相径庭。拿浪漫主义而言，德国的“狂飙突进”运动一般认为是从 18 世纪 70 年代开始的，而法国的浪漫主义却一直要到 19 世纪 20 年代才真正扬帆起航[1]，尽管也有人称启蒙思想家卢梭（Rousseau，Jean-Jacques）的《新爱洛伊丝》（*Julie ou La Nouvelle Heloise*）为法国浪漫主义的先声。西班牙的浪漫主义就更晚。

且说歌德（Goethe，Johann Wolfgang von）在卢梭“回归自然”思想的感召下，结合英国感伤主义，写出了《少年维特之烦恼》（*Die Leiden des jungen Werther*）和《威廉·迈斯特的漫游时代》（*Wilhelm Meisters Wanderjahre*）等作品。而浪漫主义这一概念，与古典主义相对立，便是由歌德和席勒（Schiller，Johann Christoph Friedrich von）最先提出的。[2]至于现实主义或批判现实主义，则是对浪漫主义的反拨。神奇的是，批判现实主义作家并没有因扬弃浪漫主义而轻视《堂吉诃德》。

① 比如以雨果（Hugo，Victor）的《克伦威尔》（*Cromwell*）及其序言的发表为标志。

② 《中国大百科全书·外国文学》，第一卷，北京，中国大百科全书出版社，1982年，第586页。

第一节 19世纪上半叶

浪漫主义者奉塞万提斯为一尊,对《堂吉诃德》可谓推崇备至。德国作家先声夺人,于1800年[①]及1799年至1801年率先推出了两个"浪漫主义版本"。其中,1799年至1801年版由路德维希·蒂克(Tieck,Ludwig)翻译。早在1797年,蒂克就写信给诗人出版家施莱格尔兄弟,即弗里德里希·施莱格尔(Schlegel,Friedrich)和维尔海姆·施莱格尔(Schlegel,Wilhelm)说:

> 关于塞万提斯的小说,我们的观点完全一致。这使我信心倍增。像歌德那样将《堂吉诃德》翻译过来,是我的理想。为此,我当竭尽所能。而贝尔图赫[②]绝对不是一个堂吉诃德。除了事件相同,他的译文完全失真,甚至风马牛不相及。至于那些纯粹而浪漫的故事、那些优美动人的诗篇、那些甜蜜温存的爱情表演,则完全被他忽略……我不禁要问:他是否理解、究竟多大程度上理解这部作品的真正伟大之处?他仍视它为可有可无的逗笑之作。[③]

蒂克本《堂吉诃德》受到了好评,以至于一个多世纪后,托马斯·曼(Mann,Thomas)仍高度评价这个译本。"塞万提斯借堂吉诃德之口,谓翻译是从反面看弗拉门戈挂毯,'虽然看得见图案,但到处是线头,全无光鲜细腻的形象'。然而,以塞万提斯的名义,我们想要一个例外:路德维希·蒂克,他使堂吉诃德有了第二张面孔,他的德国面孔。"[④]

围绕蒂克本《堂吉诃德》,德国掀起了新一轮塞万提斯热。作家兼出版家弗里德里希·施莱格尔在1800年的一次关于诗歌的笔谈中写道:

---

① 由柯尼希斯勃格(Königsberg,Soltau)翻译,尼科罗维乌斯(Nicolovius,Friedrich)出版。

② 指1780年在魏玛和莱比锡出版的《堂吉诃德》(该版本包含了阿维利亚内达的伪作)。

③ 转引自《〈堂吉诃德〉四百年》,第152页。

④ 同上。

西班牙人的艺术与意大利诗歌有密切的亲缘关系。而英国人，虽然对浪漫事物非常敏感，但得到的却是三手四手货。幸亏出现了两个人类共同的伟人：塞万提斯和莎士比亚。这弥补了英国人的缺憾。这两个伟人如此高大，乃至一览众山小，使其他作家都只是准备、诠释和陪衬。他俩的作品如此丰富，精神如此博大，以至于他们本身就是历史。我们所要做和所能做的，便是寻找线索，以裨对其作品分门别类……

当塞万提斯拿起笔来，而不是宝剑（因为他已经无法使用）[①]，便创作了《伽拉苔亚》，一篇令人陶醉的幻想与爱的永恒乐章，其优雅和甜美程度前所未有。之后，他的剧作被一部部搬上舞台，连同神圣的《努曼西亚》（*El cerco de Numancia*），是古典精神的再现。以上是他诗路的第一个阶段，其特征在于非凡的优美、严肃与温厚。

巨著《堂吉诃德》第一部是他的第二个阶段。在此，他那无与伦比的想象力和创造力得到了充分的发挥。他同时，并以同样的精神创作了一系列小说（Novellen），尤其是他的幽默小说。在晚年，他的喜剧创作受当时流行的审美趣味的影响，疏虞了他的上述精神。但是《堂吉诃德》第二部又回到了自己。在此，他恢复了创造力和想象力，使非凡的睿智和才华得以自由升腾。第二部与第一部完美统一，其高度和深度无可限量。

《贝雪莱斯和西吉斯蒙达历险记》是奇情异想的产物，严肃而隐晦。[②]

同样，德国哲学家谢林（Schelling，Friedrich Wilhelm Joseph von）在其《艺术哲学》（*Philosophie dei Kunst*，1802—1803）中，第一次将堂吉诃德界定为浪漫主义的不朽的典型，从而使塞万提斯成为浪漫主义运动的不二鼻祖。谢林说：

将阿里斯托芬的喜剧降格为讽刺是愚蠢的，同样愚蠢或者更加愚蠢的是将塞万提斯的《堂吉诃德》和一般的讽刺相提并论……

① 指他已经失去一只胳膊。

② 转引自《〈堂吉诃德〉四百年》，第153页。

不消说,迄今为止真正的小说只有两部,一部是塞万提斯的《堂吉诃德》,另一部是歌德的《威廉·迈斯特的漫游时代》。前者来自一个最丰饶的国度,后者产于最贫瘠的土地。我们不能以最初的译本谈论《堂吉诃德》。在那些译本中,诗歌被删除了,小说失去了完整的肌理。

只消提一提《堂吉诃德》,我们就能对人的智慧和神话想象得出概念。堂吉诃德和桑丘·潘沙是人类文明社会的两个神话形象,一如大战风车的故事,是真正的神话传说。在卑贱者的狭隘观念中,堂吉诃德只不过是对骑士小说的讥嘲;而在诗人眼里,他却是人生最普世、最伟大、最形象的写照,并且这种写照是通过最幸运的创造性想象来实现的。这一想象贯穿了最为丰富多彩的形式,使作品不多不少,天衣无缝。它赋予《堂吉诃德》以特别伟大、非凡的品格。与此同时,小说明显由相辅相成的两大部分组成,它们既对立,又统一,却彼此不可或缺。他们是小说中的《伊利亚特》与《奥德赛》。主题是现实与理想的斗争。在第一部分,理想用现实主义方法自然地流露出来。也就是说,英雄的理想遭遇了现实世界、现实环境的阻击。在第二部分,主人公进入理想世界,与之冲突的正是理想本身。也就是说,他终于离开了现实世界,一如《奥德赛》的奥德修斯进入了卡吕普索[①]的海岛。总之,较之于《伊利亚特》的世界,卡吕普索的海岛是个更加虚幻的世界。于是乎喀尔刻[②]出现了。在《堂吉诃德》里则是公爵夫人。她除了缺乏喀尔刻的美貌,别的完全一样……

塞万提斯小说中的英雄是不完美的,甚至是疯癫的,但他的心却是崇高的。但凡不涉及骑士道,他的睿智无人可及,因而也没有谁能真正侮辱到他。围绕着(堂吉诃德的)这种两面性,编织出神奇而丰富的故事。它自始至终引人入胜,发人深省,并使灵魂获得最

① 希腊神话俄奇吉亚岛上的女神,《奥德赛》中的人物,曾把奥德修斯挽留在其岛上。奥德修斯和她住了七年,两人形同夫妻。

② 希腊神话埃埃厄岛上的仙女。奥德修斯及其伙伴漂流到该岛时,伙伴们因喝她调制的魔酒而变成猪猡,奥德修斯前去搭救。喀尔刻被迫使奥德修斯的伙伴恢复原形。奥德修斯与她同居一年,生下忒勒戈诺斯。

安宁的思考。英雄的同伴,那个不可或缺的桑丘·潘沙,就像一个永无休止的节日,令人心旷神怡。

故事所演绎的那方水土、那个时代,集结了欧洲的所有浪漫原则,同时与现实生活水乳交融。这足以使日耳曼诗人对高高在上的西班牙语顶礼膜拜。它拥有原始的牧人、高贵的骑士、众多的摩尔人、毗邻非洲的漫长海岸和抗击海盗等划时代的伟大背景。总之,在西班牙,诗是一种自然存在,就连脚夫的衣着和萨拉曼卡大学的学生装都充满了艺术的气息。即便如此,诗人所选择的情景却多半具有普世性质,如堂吉诃德所遭遇的苦役犯、杂耍艺人、笼中狮,等等。吉诃德眼里的城堡(其实是家小客栈)和美丽女仆则更是随处可见了。相反,一如塞万提斯时代的认知,小说中的爱情却总是那么奇特、浪漫,从而使整部作品散发出热烈、自由的气息和浓郁的地中海风情……古人奉荷马于一尊,盖因他是最幸运的创作者;同理,今人膜拜的是塞万提斯。[①]

使塞万提斯闻达于文学殿堂之上的,除了谢林,当数德国浪漫派的中坚人物海涅(Heine,Heinrich)了,后者关于《堂吉诃德》的论述被认为是19世纪塞万提斯研究的经典之作。

正所谓仁者见仁,智者见智,而且时代有所偏侧。在德国浪漫主义者眼里,《堂吉诃德》成了高不可及的"圣经",而那个被17世纪无数读者当作笑柄的魔侠,"摇身一变",成了浪漫主义的典范。正是受德国古典唯心哲学和卢梭式感觉主义的影响,文学批评从实证主义朝本体论转向。"六经注我"与"我注六经"、作家意图与作品意义的法轮开始倒转,天平迅速倾斜。再加上民族主义和稍后的空想社会主义、浪漫主义如火如荼,从而使塞万提斯在18世纪的基础上进一步扬眉吐气,以至于登峰造极、风光无限。关于塞万提斯的宗旨,以讽刺或戏仿为手段的反骑士道思想退居次要地位,而堂吉诃德的理想主义,甚或浪漫主义精神得到了极大的阐扬与升华。

首先是海涅,他在德文版精印《堂吉诃德》的序言中文情并茂地写道:

① 转引自《〈堂吉诃德〉四百年》,第153—154页。

我童年知识已开、颇能认字以后，第一部读的书就是萨费特赖的米盖尔·塞万提斯所著《曼恰郡敏慧的绅士堂吉诃德的生平及事迹》……

我孩子气，心眼老实，什么都信以为真。这位可怜的英雄被命运捉弄得成了个笑柄，可是我以为这是理所当然，遭人嘲笑，跟身体受伤一样，都是英雄的本分；他遭人嘲笑害得我很难受，正像他受了伤叫我心里不忍。上帝创造天地，把讽刺搀在里面，大诗人在印刷成书的小天地里，也就学样；我还是个孩子，领会不到这种讽刺，看见这位好汉骑士，空有义侠心肠，只落得受了亏负，挨了棍子，便为他流辛酸的眼泪。我那时不大会看书，每个字都要高声念出来，所以花鸟林泉和我一起全听见了。这些淳朴无猜的天然品物，像小孩子一样，丝毫不知道天地间的讽刺，也一切当真，听了那苦命骑士当灾受罪，就陪着我哭。一株衰老不材的橡树微微啜泣，那瀑布般的白色长髯飘扬得越发厉害，仿佛在呵斥人世的险恶。看到那头狮子无心迎斗，转身以屁股相向，我们依然以为这位骑士的英雄气魄可敬可佩。愈是他身体又瘦又干，披挂破烂，坐骑蹩脚，愈见他的所作所为值得夸赞。我们瞧不起那些下流俗物，那种人花花绿绿，穿着绫罗，谈吐高雅，而且顶着公爵头衔，却把一个才德远过他们的人取笑……有一场比武真惨，这位骑士很丢脸，输在人家手里，我一辈子也忘不了念到这段情事的那一天。那是个阴霾的日子，灰黯的天空里一阵阵都是气色凶恶的云，黄叶儿凄凄凉凉从树上落下来，憔悴的晚花奄奄待尽，头也抬不起，花上压着沉甸甸的泪珠，夜莺儿早已不知下落，望出去是一片衰盛无常的景象。我读到这位好汉骑士受了伤，摔得昏头昏脑，躺在地上。他没去掉面盔，就向那占上风的对手说话，声音有气无力，仿佛是坟墓里出来的……我看到这里，心都要碎了……我记得每隔五年看一遍《堂吉诃德》，印象每次不同。后来我快成人，跟这位拥护杜尔辛妮亚的倒霉战士稍稍相安无事，而且嘲笑起他来了。我说，这家伙是个傻瓜……这位好汉骑士想让早成陈迹的过去死里回生，就和现在的事物冲撞，可怜他的手脚以至脊背都擦痛了，所以堂吉诃德主义是个笑话。这是我那时候的意见。后来我才知道还有桩不讨好的傻事,那便是要教未来赶早在当今出现,而且只凭一匹驽马,一副破盔甲,一个瘦弱残躯,却去攻打现时的紧要利害关头。聪敏人见了这一种堂吉诃德主义,像见了那一种堂吉诃德主义一样,直把他那乖觉的头来摇。但是,土博索的杜尔辛妮亚真是天下第一美人,尽管我苦恼得很,躺在地上,我决不打消这句断语,我只能如此……你们举枪刺吧!

伟大的塞万提斯写这部大作,抱着什么宗旨呢?那时候武侠小说风靡了西班牙,教士和官吏都禁止不了,是不是塞万提斯只想把这种小说廓清呢?还是他要把人类一切激昂奋发的热情举动,尤其是武士的英风侠骨,都当作笑柄呢?显然他只是嘲讽那类小说,想点明它的荒谬无理,供大家笑骂,就此把它扫除。他非常成功。教堂里的儆戒和官厅里的威吓都不管事,然而穷文人的一支笔见了效验。他断送了武侠小说;《堂吉诃德》出世不多时,西班牙人全觉得那类小说索然无味,再也不出版了。不过,天才的那支笔总比执笔的人还来得伟大,笔锋所及总远在作者意料之外。塞万提斯不知不觉之中,对人类那种激昂奋发的热情,写了一部最伟大的讽刺小说。这是他没料到的,他这人自己就是位英雄,大半世光阴都消磨在骑士游侠的交锋里,身经勒邦多之役,损失了左手博来点勋名,可是他暮年还常常引为乐事。

……他是罗马教会的忠诚儿子,不仅在好多骑士游侠的交锋里,他身体为它的圣旗流血,并且他给异教徒俘虏多年,整个灵魂受到殉道的苦难。

在《堂吉诃德》里听不见反对旧教的声音,反对君主极权的声音也一样听不见。那些听见这种声音的批评家显然错了。有一派人,把绝对服从君主这件事加以诗意的理想化;塞万提斯就属于那一派。这里的君主是西班牙皇帝,那时候巍巍赫赫,光芒普照大地。一个当笑柄的也觉得沾了威光,宁愿不顾一己的自由……那时候西班牙在政治上的伟大很能够教本国文人变得胸襟高远。在西班牙诗人的心境里,有如在查理五世的国境里,太阳不落……英国伊丽莎白时代就有这种情景,那时候西班牙也诗派勃兴,大可以相提并论。英国有莎士比亚,西班牙有塞万提斯……

> 塞万提斯、莎士比亚、歌德成了个三头统治,在记事、戏剧、抒情这三类创作里各个登峰造极……我说这伟大的三头统治在戏剧、小说和抒情诗里有最高的成就,并非对其他大诗人的作品有什么挑剔……他们的创作里流露出一种类似的精神:运行着永久不灭的仁慈,就像上帝的呼吸;发扬了不自矜炫的谦德,仿佛是大自然。①

同时,海涅高度评价了塞万提斯的两种结合。一种是新与旧的结合,即塞万提斯"一面除旧,一面布新",并且"在武侠小说里安插了对下层阶级的真实描画,搀和了人民的生活,开创了近代小说……他把高超的事物和平常的事物结合在一起,互相烘染衬托,上流人的成分跟平民的成分一般重要。英国人模仿他最早,到如今还学他的榜样。可是在英国小说里,找不到这种上流人的、武侠的、贵族的成分"。这是对塞万提斯不拘一格、并写两面的一种评价。这一评价与西斯蒙迪(Sismondi, Jean Charles Leonard Simonde de)的话加在一起,逐渐被后人演绎为"崇高与滑稽的完美统一"之说。

另一种是堂吉诃德和桑丘·潘沙的完美结合。"他俩从头到底彼此学嘴学样,衬得可笑,可是彼此也相济相成,妙不可言。所以两口儿合起来才算得这部神奇小说的真正主人公。这也见得这位创作家在艺术上的识力以及他那深厚的才力。旁的文人写小说,只有一个主角云游四海;作者势必假借独白呀,书信呀,日记呀,好让人知道这位主角的心思观感。塞万提斯可以随处来一段毫不牵强的对话;那两位人物一开口就是彼此学舌取笑,作者的用意因此更彰著了。塞万提斯的小说所以妙夺天然,都承这两位的情,从此大家纷纷模仿。整整一套小说从这两个角色里生发出来,就像从一颗种子里长出那种印度大树,枝叶纷披,花香果灿,枝头上还有猴子跟珍禽异鸟。不过把一切都算是婢学夫人似的模仿,也不免冤枉……堂吉诃德和桑丘·潘沙的词令可用几句话来概括:前面一位讲起话来,就像他本人那样,老是骑了一匹高头大马;后面一位讲起话来,也像他自己那样,只跨着一头低贱的驴子。"②

①《精印本〈堂吉诃德〉引言》,钱锺书译,《海涅文集·批评卷》,人民文学出版社,2002年,第413—433页。为统一起见,个别译名稍有改动。

② 同上。

此外，海涅在1830年的《游记》中也曾对堂吉诃德的性格称赞有加，并自比之。

当然，海涅并未一味地歌功颂德。他坦言，"我发育得是个青年的时候，伸出稚嫩的手去采生命的玫瑰花，爬上峰巅去攀附太阳，夜里做的梦全是老鹰和清白无瑕的少女，觉得《堂吉诃德》扫兴乏味，看见这部书就不耐烦似的把它搁在一边"了。至于塞万提斯的文风，他也不是全无保留。他说塞万提斯很絮烦，"偶或有那种长句子，冗长得像皇帝出行，前拥后簇着一大堆。一句浩浩荡荡的句子里，往往只有一点儿意思，仿佛一辆金彩辉煌的宫廷大车，驾上六匹盛装丽饰的马，一路行来，好不隆重"。[①]

同时代的英国诗人拜伦(Byron，George Gordon)虽然不像海涅那样视塞万提斯为一尊，却以同样的热情讴歌了堂吉诃德，并为他的遭遇大鸣不平。他在《唐璜》(*Don Juan*)第十三章中这样写道：

八

无论爱或恨我都力求不过分。
但以前可不如此：以前我有时
就不免讥笑，因为不笑就不行，
而且往往那也适合于我的诗。
我倒很想挽救世道，对人们的
堕落不是惩罚，而是予以遏止，
可是塞万提斯在《吉诃德》一书中
却指出那一切努力都是冬烘。

九

呵，那确是太真实而可悲的故事！
尤其可悲的是：它竟使我们发笑；

① 《精印本〈堂吉诃德〉引言》，钱锺书译，《海涅文集·批评卷》，人民文学出版社，2002年，第413—433页。为统一起见，个别译名稍有改动。

吉诃德是正确的，他惟一的目的
是防恶锄奸，而他得到的酬报
是众寡不敌，美德是多么穷困潦倒；
但更令人灰心的是，这篇杰作
对一切深思的人所上的一课。

十

惯于打抱不平，替人伸冤雪仇，
或者救出弱女子，杀死了坏蛋，
或是替土著人推翻外族的压迫，
或是单枪匹马和大批强人作战——
哀哉！难道侠义胆肠竟成了滥调，
只能被游戏文章搜出来作践？
只成了滑稽，不管那美名多难得？
难道苏格拉底也是心智的吉诃德？

十一

塞万提斯把西班牙的骑士风
笑掉了。一笑而把本国的元气
摧毁无遗。自从那以后，西班牙
很少英雄了。固然，小说有魅力，
不料世界竟被它的光彩所夺，
而忘了本。由此足见那本传奇
害莫大焉。无论它怎样名扬天下，
那是以祖国的沉沦作了代价。[1]

毗邻的法语作家同样对《堂吉诃德》褒奖有加。西斯蒙迪说：

① 拜伦：《唐璜》，查良铮译，人民文学出版社，2008年，第656—657页。

《堂吉诃德》的重大贡献在于揭示诗性精神与叙事散文之间的永恒差异。想象和感性都是慷慨的品质，它们使堂吉诃德得以升华。在日常生活中，心灵高尚的人们总是有志于保护弱者、同情被压迫者，因此他们是捍卫正义和单纯的勇士。一如堂吉诃德，他们在任何地方都能发现美德的化身，并对之顶礼膜拜……这种不懈的英雄主义奉献，这种渴望美德的精神，是人类最崇高、最感人的历史奉献，蕴涵着高尚的诗性内核。它不是别的，它是对人类无私情感的崇拜。然而，同是这种品质，高处看是崇高，低处看却是滑稽。正因为如此，有人认为《堂吉诃德》是有史以来最富悲剧色彩的一部作品。事实上，作品的基本思想及其道德观深深地浸润着悲剧色彩的……①

斯丹达尔(Stendhal)说，发现《堂吉诃德》是他生命中最重要的事件：

你能想象我是在怎样的悲壮气氛中感受《堂吉诃德》的！它的发现，是我生命中最重要的事件(我坐在中央公园旁边的第二排椴树下阅读这部作品，那是个一脚深的低洼地)。

谁能相信呢？父亲见我哈哈大笑，过来责怪我，还威胁说要没收我的书(事实上他确实没收了好几次)。他把我带去看他的“土改方案”(改良土地、规划地基)。

有一次我正在看《堂吉诃德》，他突然走了过来。情急之下，我把书藏进了公园东角的一个墙洞里(公园很小，四周是围墙)。②

梅里美(Merimee，Prosper)说：

如果你问一个西班牙人，或任何一个学过西班牙语的人：该如何看待《堂吉诃德》或《训诫小说集》的风格？他的回答也许是不可

① 转引自《〈堂吉诃德〉四百年》，第170页。西斯蒙迪的这段话不断被后人引用，故而成了名言。它和海涅的思想合在一起，被后人概括为“崇高与滑稽”的对立统一。

② 转引自《〈堂吉诃德〉四百年》，第170页。

再造或难以移译。这或许是事实,从某种意义上说,这几可适用所有作家的真正原创作品。然而,塞万提斯的文名当主要归功于他的译者而非他的同胞。在很长一个时期,他的同胞一直视塞万提斯为优雅、规范的叙事作家。只有当全欧洲认为他是最伟大的作家时,他们才恍然大悟。托莱多教士马尔克斯·德·托雷斯硕士有幸成了《堂吉诃德》第二部的书检官。看得出来,他是一位有才华的作家。他居然亲自为塞万提斯填写了《堂吉诃德》第二部的销售许可证(其中对《堂吉诃德》的高度评价在第一章第三节中已有详细介绍)……

上帝保佑马尔克斯硕士,他可真是书检官之楷模。他未对《堂吉诃德》第二部作任何删节,从而使得这段故事得以完整地保存下来,以裨我的同胞对之顶礼膜拜。[①]

阿尔弗雷德·德·维尼(Vigny,Alfred de)说:

……最终迅速抵达我们灵魂深处的惟一的真实目标,便是那虚妄的存在。荣誉、爱情、幸运等等,没有一样是完全存在的。因此,为了对相关事物表达思想,我们就必须并想方设法对自己撒谎,是谓自欺欺人。我们对自己说,那东西是实际存在的,从而一步步制造一个幻影,以便爱戴它或者鄙弃它,使它升华或者让它毁灭。就这样,我们是一群永远的堂吉诃德,却比塞万提斯的这个英雄来得清醒,因为我们知道我们的巨人是风车,只不过我们权当它们是巨人。如此而已。[②]

葡萄牙作家阿尔梅达·加雷特伯爵(Conde de Almeida Garrett)说:

多年以前,莱茵河畔的一位大哲学家[③]写了一部著作,它深刻阐述了人类文明与精神发展(用我们的话说,也即进步)。他发现世界上存在着两种原则:一是精神,它的发展并不完全受制于物质与

① 转引自《〈堂吉诃德〉四百年》,第171页。

② 同上。

③ 指黑格尔(Hegel, Friedrich)。

日常生活。它关注的是那些伟大而抽象的理论,可谓坚韧不拔、持之以恒。它完全可以拿拉曼恰骑士堂吉诃德的著名神话作象征。二是物质,即唯物主义,它无视理论,或者视伟大而抽象的理论为乌托邦。而这或可完美地体现在我们的老朋友桑丘·潘沙身上。

然而,一如狡黠的塞万提斯本人,这两种矛盾对立的品行始终相反相成、结伴而行。有时精神在先,有时物质在前。它们相互推动,又相互掣肘;互为因果,却少有默契……

于是……当今世界像个大卖场,是由桑丘统治的。

也许塞万提斯会姗姗来迟。

于是……我陷入了诸如此类的沉思,心中充满了疑惑:执政为民难道就意味着执政官必须步行上班吗?桑丘·潘沙的血肉之躯和堂吉诃德的崇高精神在心灵深处搏斗厮杀。而上帝永远不会将我们抛弃,无论我们欲望滔天还是窘迫无奈。于是,一位对蒸汽机深信不疑的朋友……开着令人艳羡的汽车过来了,我上了他的车……[①]

与此同时,《堂吉诃德》和塞万提斯的作品继续在欧洲流行。除了前面提到的德文版精印本和英国的罗伯特·斯密克(Smirke,Robert)插图本[②]、意大利的巴尔托罗梅奥·皮内利(Pinelli,Bartolomeo)插图本[③],法国路易斯·维亚尔多(Viardot,Louis)的新译本也配上了精美的插图。

路易斯·维亚尔多在译序中写道:

曾几何时,西班牙语是宫廷、政治、司法和外交语言,流行于巴黎、布鲁塞尔、慕尼黑、维也纳、米兰、那不勒斯等地。如今,法语取代了它的位置……人们开始用自己的语言阅读《堂吉诃德》。不消说,它拥有最多的读者、最多的译本。它被翻译成了荷兰语、瑞典语、丹麦语、俄语,等等。无数作家受其影响,在自己的国家繁衍塞

① 转引自《〈堂吉诃德〉四百年》,第178页。

② 罗伯特·斯密克(1752—1845),英国著名画家,曾为《莎士比亚戏剧》、《圣经》、《一千零一夜》等名著插图。

③ 巴尔托罗梅奥·皮内利(1781—1835),意大利著名画家,风俗主义绘画的创始人。

万提斯的子孙。蒂克和佐尔陶(Soltau,Dietrich Wilhelm)在德国先后推出译本。而英国则至少已有十个不同的译本,依次为谢尔顿本、盖顿(Gayton,Edmund)本、沃德(Ward,Nicholas)本、贾维斯(Jarvis,Charles)本、斯莫利特(Smollett,Tobias George)本、奥泽尔(Ozell,John)本、莫特本[①]、威尔莫特(Wilmot,Montalvo)本、德菲(Durfey,Thomas)本、菲利普斯(Philips,Joseph)本等等。意大利不会少于这个数目……而法国则更多。仅圣-马丁(Saint-Martin,Chartre de)译本就有五十一版之多。你或许难以置信,它的第五十二版居然已经面世……

最大的困难在于如何忠实而完整地移译原著。毕竟是两种不同的语言,两个不同的民族,或者说是两个不同的时空。习惯和嗜好完全不同。我有时必须冒险地使用不同于我们这个时代的表达方式。有人指责说,我这是在拿西班牙语腔。此话差矣。16世纪的法语和西班牙语是很接近的。法国当时臣服于西班牙,法语和西班牙语的许多表达方式是相似的。然而,随着岁月的推移,到了19世纪,法语与西班牙语渐行渐远。因此,与其说我拿西班牙语腔,毋宁说我行文古板。事实上,为了翻译塞万提斯,我作了充分的准备:重读蒙田(Montaigne,Michel de)。[②]

相形之下,同时代的西班牙文坛就显得消沉和保守了。比如费尔南德斯·德·纳瓦雷特(Fernández de Navarrete,Martín)在1819年的《米盖尔·德·塞万提斯生平》(*Vida de Miguel de Cervantes*)一书中,依然将《堂吉诃德》的意义框定在反骑士小说的层面上:

诚如塞万提斯本人所言,(《堂吉诃德》的主要目的)无疑是为了将骑士小说从它们依然横行的世界和众人手里清除干净并使之名誉扫地。他对前人的严正声明深信不疑。像路易斯·比维斯、梅尔乔尔·卡诺(Cano,Melchor)[③]、阿莱霍·维内加斯、佩德罗·梅西亚

① 奥泽尔本和莫特本实为同一译本,后者为译者,前者为译校。

② 转引自《〈堂吉诃德〉四百年》,第174页。

③ 梅尔乔尔·卡诺(1509—1560),西班牙神学家、多明我会教士、加那利主教。

(Mexía, Pedro)[①]、阿隆索·德·乌利奥亚(Ulloa, Alonso de)[②]、路易斯·德·格拉纳达(Granada, Luis de)[③]、贝尼托·阿里阿斯·蒙塔诺(Airas Montano, Benito)[④]、《语言对话》(*Diálogo de las lenguas*)的作者佩德罗·马隆·德·查德(Chaide, Pedro Malon de)[⑤]等西班牙智者都曾揭露过骑士小说的荒诞不经。[⑥]

同时,纳瓦雷特认为,《堂吉诃德》的另一层意义(次要目的)是针砭时弊:

> 与诸多冒险、事件和变故的丰富多彩结伴而至的,是故事所展示的广阔的生活画面,以裨批评和回击社会流弊以及人们普遍关注的种种问题,并借此达到其次要目的。他还以令人赞叹的热忱和富有节制的才情指涉当时的真人真事,以激发时人更大的兴趣。其方法得当而有效,既不公开伤害别人的自尊心,又达到了治病救人的功效,还巧妙地躲过了各种压力或书刊检查。盖因这一切皆以骑士口吻说出,皆在戏谑中展开……[⑦]

嗣后,华金·玛利亚·德·费雷尔(Ferrer, Joaquín María de)在为新版《堂吉诃德》作序时写道:

> 塞万提斯虽然在其作品中抨击了糟糕的骑士文学,却并不打算丢弃骑士精神。他很清楚,骑士小说以情节取胜,因此它并非一无是处。事实上,现代的不少诗人作家正在使中世纪的这些故事复

① 佩德罗·梅西亚(1499—1551),西班牙作家。

② 阿隆索·德·乌利奥亚(1539—1599),西班牙天主教僧侣、军人,曾任加那利总督。

③ 路易斯·德·格拉纳达(1504—1588),西班牙作家。

④ 贝尼托·阿里阿斯·蒙塔诺(1527—1598),西班牙作家、希伯来语学者。

⑤ 佩德罗·马隆·德·查德(1596—1614),西班牙作家、神学家。

⑥ 费尔南德斯·纳瓦雷特:《米盖尔·德·塞万提斯生平》,马德里,皇家出版社(La Imprenta Real),1819年,第103页。

⑦ 费尔南德斯·纳瓦雷特:《米盖尔·德·塞万提斯生平》,第106页。

活，他们热衷于描写战斗，一如沃尔特·司各特（Scott, Walter）以及许多类似的作家。塞万提斯若是看到了他们的作品，准会视同骑士文学，尽管是他心仪的上乘的骑士文学。值得一提的是，塞万提斯为后人指明了方向，并且率先垂范，现身说法：比如创作中理想与现实、自然与虚幻、逼真与奇崛、虔信与讥嘲、严肃与诙谐、雅致与通俗的完美融合；又比如博采众长，各种风格信手拈来、运用自如，且并不违拗自然、人性……①

1834年，迭戈·克莱门辛（Clemencín, Diego）在另一个新版《堂吉诃德》序言中对塞万提斯的反骑士道思想作了如下阐释：

米盖尔·塞万提斯·德·萨维德拉的《堂吉诃德·德·拉曼恰》的冒险故事，俗人视之，不外乎逗笑之作；雅人视之，却是人类智慧所创造的最高贵的道德文章。作者透过嬉笑、欢娱的面纱，在针砭各种流弊的同时，对当时广泛流布于西班牙的骑士小说的疯狂而有害的影响进行了嘲讽与清算。

为了干净利落地达到目的，塞万提斯选择了一条完全不同于其他道德家和司法家的道路，其武器则远胜于理性的推导和禁止。他把堂吉诃德描绘成一个滑稽可笑的游侠骑士，把桑丘·潘沙描绘成与骑士道为伍的荒唐之人。换言之，他在取笑这两个人物的同时，取笑了那些无谓的冒险及其读者。读者于是忘却了骑士道原初时期可能拥有的那些慷慨、可嘉的美德，而有感于它所显示夸张的勇敢和爱情、臆造和无聊。后者与现实世界的文明和秩序格格不入自不待言。读者看到的尽是些多舛的命运、荒唐的历史、颠倒的时空以及没完没了、令人腻烦的所谓冒险和格斗，因此势必对骑士小说产生反感情绪，并最终厌恶、放弃之。这就是塞万提斯的初衷。时间证明他是成功的。②

① 转引自《塞万提斯作品批评述要》，第三卷，第41页。

② 克莱门辛：《堂吉诃德·德·拉曼恰〈序〉》（"Prólogo a la edición de Don Quijote de la Mancha"），马德里，AGUADO，1834年，第I—VI页。

无独有偶，维森特·萨尔瓦（Salvá, Vicente）在《〈堂吉诃德〉是否得到了应有的评价》（“¿Ha sido juzgado *Quijote* según esta obra merece?”）一文中进行了类似的分析：

> 塞万提斯之目的并不在讽刺骑士小说之根本内涵（因为它本身也是一部骑士小说），而是要肃清其中之夸夸其谈和不实之词。他在第一部第四十七和四十八章中，借教长之口道：“我实在觉得所谓骑士小说对国家是有害的。我有时是无聊，有时是上当，几乎把这种小说每本都看过一个开头，可是总看不下去，因为千篇一律，没多大出入。我认为这种作品……都荒诞不经，只供消遣，对身心没有好处，和那种既有趣又有益的故事大不相同。尽管这种书的宗旨是解闷消遣，可是连篇的胡说八道，我不懂能有什么趣味。人要从实际或想象的事物上看到或体味到完美和谐，才会心旷神怡；一切拙劣、畸形的东西不会引起快感。如果小说里讲一个十六岁的孩子，挥剑把一个高塔似的巨人像杏仁糕那样切成两半，或者描写打仗，敌军有百万之众，而主人公匹马单枪，准获全胜，不管读者信不信，这种小说怎么能动人呢？……或者写一个王后或女皇，见到素不相识的游侠骑士，就投身到他怀里，这样有失体统，我们还有什么说的呢？”[①]我不否认，骑士小说充满了幻想和奇幻、滑稽的人物。但其荣誉并不建立在该当建立的基础之上……比如它们让诚实的少女接受骑士的挑逗，通过花园里的隔窗或隔门对话便轻而易举地放松警惕，任人进入她的闺房。然而，我们难道没有看到当今小说在这方面早已有过之而无不及了。现代小说退出了忠诚、老实、荣誉等情感领地。不消说，这些恰恰是年轻人需要的，因为他们这个年龄的人很容易对美好的道德准则产生叛逆。
>
> 为此，我们必须利用残存的公共道德基础重铸道德标准。毫无疑问，重新回到骑士小说将有利于我们实现这一目标。当然，必须对它进行改造，以抛弃那些令人难以置信的夸夸其谈。这正是塞万提斯所希望的。[②]

① 转引自杨绛译本，第409—410页。

② 维森特·萨尔瓦：《〈堂吉诃德〉是否得到了应有的评价》，《巴伦西亚学园》（*Liceo Valenciano*），巴伦西亚，1840年，第77页。

布埃纳文图拉·卡洛斯·阿里保(Aribau,Buenaventura Carlos)在《米盖尔·德·塞万提斯生平》(*Vida de Miguel de Cervantes*,1846)一书中仍围绕作家意图展开讨论,认为《堂吉诃德》所关心的主要是道德问题:

> 作品的真正意图显而易见是道德说教。所谓的骑士小说及其基于无知的所谓中世纪传奇害得许多人神魂颠倒。上至王亲国戚下到黎民百姓,人们言必称骑士小说。这些作品非但毫无启蒙色彩和情感教育的功效,反而诱导人们轻信,甚至迷信,从而混淆理性价值与耸人听闻的夸夸其谈,颠倒是非,败坏传统,以至于让人疯疯癫癫、想入非非。凡此种种无论于家于国,都是祸患无穷。王国的所有司法和政府机关以及仁人志士如路易斯·比维斯、阿莱霍·维内加斯、贝尼托·阿里阿斯·蒙塔诺等都曾愤怒声讨之。然而,若非塞万提斯使出他那无与伦比的讽刺武器,这些文化垃圾将很难被扫除干净并永远埋进历史的忘川。他可谓登峰造极,无人可望其项背。[①]

卡耶塔诺·阿尔贝托·德·拉·巴雷拉(Barrera,Cayetano Alberto de la)则坚持认为,塞万提斯写《堂吉诃德》的主要目的是讽刺骑士小说:

> 就像仁人大哲所普遍认同的那样,塞万提斯写《堂吉诃德》这一杰作的目的是嘲讽骑士小说所宣扬的那些知行。然而,长期以来争论不断,乃至于整个文明世界都在对它进行探讨。尽管那些知行在中世纪产生过积极影响,甚至可以说是一种需要,但随着时间的推移终于成了被嘲讽、挖苦的对象。在理性和求实精神的驱使下,有关情景被夸张到了荒诞的地步。我们的天才作家之所以那么做,正是因为文明和道德的基准。但是,鉴于骑士思想的巨大影响,塞万提斯选择了迂回曲折的表现方式,即用讽刺批判骑士小说的夸

① 阿里保:《米盖尔·德·塞万提斯生平》,马德里,阿特拉斯出版社(Ediciones Atlas),1943年,第137页。

张和偏见，同时把矛头指向了时弊……[①]

第二节　19世纪下半叶

然而，19 世纪 50 年代，西班牙学者拉蒙·安特盖拉(Antequera, Ramón)提出了双重目的说，谓：

塞万提斯的主要目的首先是对世界的批判，其次才是反骑士小说。正因为如此，当他回过头来写前言时便无从下笔矣。他知道自己做了什么：一部前无古人的杰作。这就好比他对主人公的界定："他充满了想法，却无人可以企及。"反骑士小说只是他的另一个目的，尽管他信誓旦旦地表示，他写《堂吉诃德》是为了"将骑士小说的那一套扫除干净"。关于后一点，曾有评论家歪打正着，谓塞万提斯并不清楚《堂吉诃德》的意义。然而，了解事物的关键在于了解其特定的时代背景。要知道，倘使他在前言中对时代有半点不屑，那么他的作品也就免不了被付之一炬啰……

只消认真阅读《堂吉诃德》，我们就不难明白，人物的所作所为不外乎走火入魔或诸如此类的疯癫。这其实很简单，并无奇崛可言。在堂吉诃德和骑士小说之间恰恰横亘着一道鸿沟，深埋其中的才是作品的重要内容。

塞万提斯知道，他的那个时代已经陷入深渊而不可自拔。自上到下迷信盛行。这才是他深恶痛绝的……

骑士小说只是《堂吉诃德》的一个切入口，他由此对许多时弊进行了针砭。[②]

大主教弗朗西斯科·德·希梅内斯(Jiménez，Francisco de)的观点可谓独出心裁。他居然振振有辞地说，塞万提斯用《堂吉诃德》扫除了骑士小说，从而挽救了西班牙王国：

① 转引自《科学与文艺杂志》，塞维利亚，1856年，第9期，第3册。

② 安特盖拉：《〈堂吉诃德〉思想分析》(*Juicio analítico del* Quijote)，马德里，(出版者)萨卡里亚斯·索莱尔(Soler, Zacarías)，1963年，第17—75页。

……出于对上帝的虔诚,塞万提斯不仅回到了家国的怀抱,而且为自己树立了一座丰碑。岁月将无法使它磨损,人们也永远不会使它落入忘川……

我指的就是《堂吉诃德》……塞万提斯用它挽救了祖国。[①]

阿古斯丁·加西亚·德·阿里埃塔 (Arrieta, Agustín García de) 在1864年版《堂吉诃德》的注释中援引塞万提斯在该书上卷第四十七章中的一段话[②],认为如作者所言,其真实意图便是扫除骑士小说的恶劣影响:

教士加斯帕尔·卡尔迪略·德·维利亚尔邦多(Villalpando, Gaspar Cardillo de)在特兰托教务会议中声名鹊起,他于1557年在塞万提斯的故乡出版了《理论学大全》。该书的最大亮点在于揭示骑士小说的巨大危害,即它不仅在市民阶层广为流布,而且还是僧侣阶层的案头读物。这就是说,骑士小说不仅对西班牙举国上下造成了危害,而且其影响业已波及整个欧洲。[③]

阿多尔福·德·卡斯特罗(Castro, Adolfo de)同样认为:

经过反复研究,我愈来愈坚信,塞万提斯创作的《堂吉诃德》除了把骑士文学和我们的舞台陋习扫除干净,没有别的目的。这正是

① 转引自阿森松·里瓦斯·埃尔南德斯《〈堂吉诃德〉解读》,马德里,西班牙学院出版社,1998年,第119页。

② "堂吉诃德……接口说道:'各位绅士先生熟悉游侠骑士的事吗?要是熟悉,我就把我的不幸向各位讲讲;不然呢,我就不白费唇舌了。'……教长听了堂吉诃德的话,答道:'老兄,我对于骑士小说实在是熟悉得很,维利亚尔邦多的《理论学大全》还读得熟。你要是只有这点要求,那就尽管放心把你的话告诉我……我实在觉得所谓骑士小说对国家是有害的。我有时是无聊,有时是上当,几乎把这种小说每本都看过一个开头,可总看不下去,因为千篇一律,没多大出入……"转引自《堂吉诃德》杨绛译本上卷,第437—439页。

③ 维利亚尔邦多:《理论学大全》(*La Summa summu-larum*),转引自维利亚尔邦多《〈堂吉诃德〉注》(*El Buscapié del* Quijote),马德里,西班牙皇家语言学院,1864年,第219页。

他开宗明义表白的思想，非常清楚，毫不含糊，而且在作品中反复重申。这一宗旨以高超的形式表现出来，可谓前无古人，后无来者。它对时弊及骑士小说那一套理念和冒险的讥嘲达到了惟妙惟肖、天衣无缝的境地。①

胡安·巴莱拉（Valera，Juan）1864年9月25日在西班牙皇家语言学院的讲演可谓激情澎湃。他坚定不移地认为《堂吉诃德》的宗旨就是反骑士道：

没有任何民族像西班牙这样受到中世纪骑士精神的浸润，也没有任何心灵像塞万提斯那样燃烧着反骑士小说的激情。当然，更没有谁像他那样遭受如此无情的讥嘲。

塞万提斯在《堂吉诃德》中戏仿了骑士小说。他先褒后贬，却并非有意为之。生性使然，他是无意识的……

在他之前，已有路易斯·比维斯、梅尔乔尔·卡诺、阿莱霍·维内加斯、路易斯·德·莱昂修士（Fray Luis de León）、佩德罗·马隆·德·查德等一干人对骑士文学提出了严厉的批评。塞万提斯只不过来了个釜底抽薪，他成功了。但其戏仿形式是无意识的。他没有别的目的。那些崇拜者为什么就看不到这一点呢？他们非要臆造种种要旨并将其强加给《堂吉诃德》。

诚然，讽刺骑士小说并不意味着塞万提斯反对骑士精神。他要反对的只是骑士小说背时、虚假的文学形式，而非珍视荣誉、忠诚、诚实等高尚品德和理想主义的爱情观。所有这些骑士精神不仅是他的追求，也是所有高尚心灵的永恒追求。

倘使没有这种戏仿形式，那么《堂吉诃德》将无异于同类谴责……也正因为有了这种戏仿，塞万提斯在扫除骑士小说的同时保全了骑士精神……②

① 阿多尔福·德·卡斯特罗：《〈堂吉诃德〉注》，马德里，西班牙皇家语言学院，1864年，第522页。

② 巴莱拉：《全集》（*Obras completas*），第三卷，马德里，阿吉拉尔出版社，1947年，第1009—1075页。

这是塞学界第一次明确提出戏仿(parodia)的概念。

拉蒙·莱昂·马伊内斯(León Maínez,Ramón)和巴莱拉异曲同工,认为塞万提斯创作《堂吉诃德》的目的并不是笼统的反骑士道或骑士精神,而是用古代的骑士精神反衬时代的“骑士思想”:

> 在我们看来,塞万提斯的作品(《堂吉诃德》)恰恰不是为了通常所谓的否定骑士精神。恰恰相反,无论是他的讽刺还是他对骑士小说的无情鞭笞,都看不到任何迄今为止人们所谓的反骑士道意图。我们看到的正是塞万提斯的真实主旨,即拿崇高的古代骑士精神反衬既不崇高也不骑士的现代思想……[①]

阿梅诺多罗·乌达内塔(Urdaneta,Amenodoro)认为《堂吉诃德》的主要目的有三:一、反骑士小说;二、社会批判;三、提供消遣:

> 为读者提供消遣并非塞万提斯主要的、惟一的目的。单纯的消遣无法使他的作品如此深入人心。消遣是他赖以吸引读者、引发好奇的诱饵,同时也是糖衣炮弹以掩饰讥嘲……他在把我们带进一条风景优美的康庄大道的同时,不动声色地对游侠骑士的那一套习俗提出批评并不时地进行社会批判……
>
> 这一切都是在戏拟骑士小说的过程中展开的。[②]

西班牙皇家语言学院院士克雷森特·埃拉苏里兹大主教(Arzobispo Crecente Errazúriz)在肯定《堂吉诃德》反骑士小说主旨的同时,强调了塞万提斯批评同时代作家及读者的不无病态的文学观:

> 确立一种完全独立而有悖甚至批判普世精神的见解,是需要天才的。但塞万提斯所做的不仅仅是这一点:讽刺时代普遍欢迎的

① 转引自《塞万提斯作品批评述要》,第三卷,第133页。

② 乌达内塔:《塞万提斯及其批评》(*Cervantes y la crítica*),加拉加斯,民族观点(La Opinión Nacional)出版社,1878年,第37—128页。

文学理念，而且身体力行地反对广大读者的审美情趣并将使其获得提高……

当然，塞万提斯不是惟一进行这场反低劣情趣斗争的。无论在他之前还是之后，类似文学官司都有不少人卷入，而且每每人数众多、声势浩大……但米盖尔·德·塞万提斯·萨维德拉的做法完全不同，他不是以此学派反彼学派，也不是潜移默化地文火慢炖，而是单枪匹马并且马到成功，干净利落、完全彻底地直达目标。这就好比光明之于混沌，或者一举揭开神秘的面纱，让一切暴露在光天化日之下、众目睽睽之中。于是，《堂吉诃德》的问世立即宣告了骑士文学的终结，包括其作者、作品和读者……①

持类似观点的还有费利西亚诺·奥尔特戈（Ortego，Feliciano）等。奥尔特戈在其《〈堂吉诃德〉之重建》（*La restauración del* Quijote）中对塞万提斯的创作思想和审美特征进行了哲学思考。

文学归根结底是意识形态，无论多么特殊，也总要受制于生产力与上层建筑，总是时代社会生活的反映。批评较之创作则更具意识形态色彩。因此，落后的西班牙是不可能孕育谢林、海涅的。当然，西班牙评论界并非一无是处。他们的不足兴许只在深度，但就其广度而言却是无与伦比的。近水楼台先得月，血缘使他们拥有得天独厚的资源。比如有关作品价值和人物性格，西班牙评论界就不乏真知灼见，且并不拘泥于境外的学说。

19世纪西班牙评论界提出的其他观点大致可分为以下两类：一类是《堂吉诃德》的其他目的与作用；另一类是有关人物的双重特征。

针对第一类，阿古斯丁·加西亚·德·阿里埃塔认为，塞万提斯的伟大之处在于完美地结合了文学的功利性和虚幻性。他并且援引荷马的话说，这样的境界只有天才方可企及。②

阿古斯丁·杜兰（Durán，Agustín）则把注意力放在塞万提斯的社会

① 转引自《塞万提斯逝世二百六十二周年纪念文集》（*Aniversario CCLXII de la muerte de Miguel de Cervantes Saavedra*），圣地亚哥，塞尔瓦特中心书店（Librería Central de Servat），1878年，第50—51页。

② 转引自《〈堂吉诃德〉解读》，第127页。

政治意图上,说他通过讽刺骑士小说达到了针砭上流社会的目的:

> 塞万提斯在其作品中嘲讽了上流社会的夸张与滑稽,并将之与中产阶级的聪敏和理智作比较。同时他借底层民众的平庸、胆怯、多疑和自私以影射暴政及宗教裁判所。堂吉诃德、神甫和桑丘·潘沙构成了当时西班牙社会的主要因素。①

费尔南多·德·卡斯特罗认为,塞万提斯除了反骑士小说,还把矛头对准了时弊和人性:

> 认为塞万提斯的《堂吉诃德》仅仅是为了扫除骑士小说的夸夸其谈,简直是太平庸了。塞万提斯的作品比这些表面现象更深、更远。因为它实际上是针对普遍的人性弱点的。它企图扫除这些弱点,同时解除人们的忧虑。具体说来,它旨在清除西班牙及西班牙人的恶习……
>
> 如果说堂吉诃德代表当时甚至今天西班牙最完美的骑士,那么他的侍从桑丘更是西班牙农民最形象的象征……除此而外,我国内地的各种状况、各种职业、各种习惯尽收塞万提斯笔下……
>
> 总之,堂吉诃德和桑丘不仅仅代表他要讥嘲的游侠骑士和侍从,也不仅仅是民族和时代流弊的见证,而且还是生来为了彰显和根除人性弱点、人性局限及其种种夸张和阙如的。②

此外,胡安·巴莱拉在有关著述中曾经提到故事在塞万提斯创作中的重要地位。他甚至断言,《堂吉诃德》的主旨并非作者在序言中所说的"扫除骑士小说",而是用奇妙的故事取代文学的载道功能:

> 我们知道,人类的有些作品既有诗性,又富有哲理性或科学性。但前者即审美,在这些作品中往往处于次要地位。因为重要的

① 转引自《〈堂吉诃德〉解读》,第128页。

② 卡斯特罗:《塞万提斯文学节集锦》(*Fiesta literaria en honor de Cervantes el 23 de abril de 1869*),转引自《塞万提斯作品批评述要》,第三卷,第65页。

是教诲,是功用。柏拉图就既是诗人,又是哲学家。谁也不会否认,很多智者固然能成为优秀的作家,但一如柏拉图,他们的诗艺往往建立在技巧上面。因此,他们可以创造伟大的思想,却未必具有伟大的诗艺……塞万提斯则不同,他的最大贡献不在科学,而在诗艺。他创作《堂吉诃德》的真正意图便是创造美丽的故事……①

弗朗西斯科·德·贝纳维德斯·伊·纳瓦雷特(Benavides y Navarrete, Francisco de)主教从教士的角度将塞万提斯的作品框定在反对一切非基督教、非天主教思想的神圣范畴内:

塞万提斯的肉身虽然已经离开我们两个半世纪了,可他的思想却依然活着。他还在言说。他的《堂吉诃德》被翻译成了各种文明的语言,因此他正在同不同国家、不同时代、不同嗜好、不同阶层的人们讲述他的故事。他在向人们讲述他生动而朴实的想象,而且语言是那么简练、那么典雅。他反对一切败坏文学和艺术规律的作品,反对一切败坏荣誉和社会规范的事物,当然更反对败坏基督教道德、天主教信仰的言行。他借他的作品与普通人说话,并使他们远离迷信、远离无谓的冒险、远离偶像崇拜、远离家国纷争。他借他的作品与议院和王子们说话,教导他们信守原则、虔诚执政。依此类推,他告诫所有地方、所有时代的所有人群要摒弃弱点和一切偏执,教导他们不要盲目相信任何人,无论他是美丽的公主还是思想的王后,或者最强大有力的骑士,甚至我们这个时代用美丽伪装的物欲、用骄傲武装的疯狂的个人主义和披着神圣外衣的一切理想主义制度……②

费尔南德斯·盖拉(Fernández Guerra, Aureliano)同卡斯特罗等人观点一致,认为塞万提斯创作《堂吉诃德》旨在贬斥时弊和人性弱点:

① 巴莱拉:《全集》,第二卷,马德里,阿吉拉尔出版社,1942年,第281页。

② 转引自《〈堂吉诃德〉解读》,第131页。

在我看来,它(《堂吉诃德》)就像一面明镜,照亮了全人类:人类的共性,无论什么时间、什么地点。它全方位地透视、拍摄了人类的品行和状态,就像一位最最高明的画师。我之所以说他是最最高明的画师,是因为他不仅拍摄了人类外在形态的线条和颜色、光泽和影子,而且透视了他的内心和隐秘,即灵魂的游移状态……[①]

何塞·玛利亚·斯巴尔比(Sbarbi, José María)从社会历史角度评价塞万提斯的作品,认为:

塞万提斯创作《奇情异想的绅士堂吉诃德·德·拉曼恰》的主要动因在于:只要世上还有统治者、法官、国家利益的代表(不论他们是谁,也不论那些职位是什么名目),只要还有后爹、压迫者、既得利益者,就不会有社会公平与公正。只有这世界成为充满堂吉诃德的世界,只有世界充满了富有良知、信仰、正义感的正直好人,这世界才会充满正气,所有的歪风邪气和沉疴流弊才会一扫而光。单靠一个堂吉诃德是远远不够的,他的失败也是不可避免的……[②]

曼努埃尔·德·拉·雷维利亚(Revilla, Manuel de la)在1875年出版的题为《西班牙和美洲的光明》(*Ilustración española y ameiricana*)一书中,将《堂吉诃德》一分为二,即两部《堂吉诃德》:"一部是塞万提斯有意识创作的《堂吉诃德》","另一部是塞万提斯无意识创作的《堂吉诃德》":

塞万提斯有意识创作的《堂吉诃德》正是他同时代人认识和评论的《堂吉诃德》,也是之后极大多数批评家眼里的《堂吉诃德》。这是**历史的**《堂吉诃德》。这部《堂吉诃德》的惟一主旨便是对骑士文学以及中世纪的骑士理想竭尽嘲讽、批评之能事。塞万提斯无意识创作的《堂吉诃德》,是他不曾预想、不曾设计、在无意识中创作的《堂吉诃德》。这是**永恒的**《堂吉诃德》。这部《堂吉诃德》高屋建瓴、

① 转引自《塞万提斯作品批评述要》,第三卷,第95页。

② 斯巴尔比:《塞万提斯一瞥》(*Bosquejo cervántico*),马德里,戈麦斯·富恩特内布罗家族印制(Imprenta de la familia de Gómez Fuentenebro),1903年,第144—145页。

深刻无比地揭示了理想和现实的永恒的矛盾……

那荒唐而夸张的理想主义并非源自理性，而是情感与幻想的产物。它指向难以实现的目标，无视时间和地点，或要复活过去，或要遁入未来。这正是堂吉诃德所象征的理想主义，塞万提斯用讥嘲的鞭子对其进行了无情的鞭笞……由此，《堂吉诃德》成了人类最富有哲学底蕴、最具有道德力量，同时也最具有现实意义的天才之作。

堂吉诃德执着于荒唐背时、毫无胜算的理想。他的荒唐在于他想单枪匹马扮演时代社会的法官。他的背时则是因为他想拿那套只适用于混乱的无政府时期的骑士理念来治理体制强健的现代国家……他毫无胜算就更不待言。他单枪匹马、不切实际，决定了他不可能复活过去的理念。正因为如此，堂吉诃德的行为是荒唐可笑的。[①]

佩德罗·安东尼奥·德·阿拉尔孔（Alarcón，Pedro Antonio de）在1877年当选西班牙皇家语言学院院士的演说中，称塞万提斯的作品具有比反骑士小说更深刻的社会意义：

《堂吉诃德》究竟意味着什么？这部全世界称道的神奇作品对于道统又意味着什么？难道真如塞万提斯所言，它仅仅是一部反骑士小说吗？塞万提斯说骑士小说遗害无穷，而阿隆索·吉哈诺也许正是西班牙政客冒险精神的写照？这就是这部伟大作品的真正目的吗？我以为不然。在我看来，作品的真正目的是嘲讽自私自利，反对社会不公，批判忘恩负义，鞭笞低级趣味，嘲弄那些嘲弄为正义和他人奋不顾身、敢于冒险的勇士的人。[②]

女诗人韦丽利亚·伊·罗德里格斯（Velilla y Rodríguez，Mercedes）则以一首颂歌诠释了《堂吉诃德》的意义：

① 转引自《塞万提斯作品批评述要》，第三卷，第123—124页。

② 转引自《〈堂吉诃德〉解读》，第136页。

啊，多么幸运！
你用创造的灵感
在光辉灿烂的天穹
留下了梦想之魂的真影。
为了一个理想，
为了追随理想之光，
你勇往直前，
直到有一天
从理想的天穹
跌入残酷的现实。
你用不朽的形式
展示神圣的灵感：
灵魂与肉体的战斗。
这是人类永恒的战争。
肉体啊，灵魂的寓所；
灵魂啊，注定要寻找新的天空，
以便自由地飞翔。
耽于疯狂，
无所畏惧，
忘记了自己的归属……
从高空坠落，
跌进可怜的大地、无聊的生活。
搏杀从此开始，
伟大的灵魂，
将情感融入人类命中注定的品性。
它明白你的深意。①

此外，围绕《堂吉诃德》的二元结构及人物性格，西班牙学者进行了

① 梅塞德斯·韦丽利亚·伊·罗德里格斯：《颂歌》(*Oda*)，《塞万提斯逝世二百六十周年纪念文集》(*Conmemoración del aniversario CCLV de la muerte de Cervantes*)，塞维利亚皇家语言学院，塞维利亚，1876年，第36—37页。

旷日持久的争鸣与探询。具体说来，堂吉诃德和桑丘·潘沙的二元建构或双重结构方式，一直是19世纪西班牙学者关注的重点。

迭戈·克莱门辛认为，堂吉诃德和桑丘是一对相反相成的矛盾统一体，但他同时指出，堂吉诃德的性格是一贯的，而桑丘·潘沙却有所游离：

拿两个主要人物而言，堂吉诃德的性格是一以贯之的，桑丘·潘沙却不然。除却在骑士小说问题上的夸张与疯狂，堂吉诃德始终保持着诚实、仁慈、无私、谨慎和明智的品性。他固然因其疯癫而逗人发笑，但同时也因其心灵的高尚而令人敬佩。塞万提斯十分巧妙地赋予其人物以双重性。通常，我们嘲弄的对象可笑而不可敬，但塞万提斯做到了可笑和可敬的完美统一。他将愁容骑士的夸张荒唐同好人阿隆索·吉哈诺的善良单纯的品格合二为一。人们因其癫狂而发笑，同时却因其可爱而起敬。

桑丘的性格却是有所变化、有所游离的。当然，鉴于其无与伦比的喜剧性格，读者往往不予计较或者压根儿视而不察罢了。[①]

何塞·莫尔·德·富恩特斯(Fuentes, José Mor de)从另一个角度评说了堂吉诃德的完整美和桑丘·潘沙的残缺美：

……小说的一个重要特征是它的人物描写，它使我们这部杰作得以成为不朽的丰碑。堂吉诃德在艰难困苦面前，即使是饱受皮肉之苦，也无怨无悔。他坚忍不拔，勇往直前，连一点退缩的念头都不曾有过，更不必说是别的邪念。正是这种英雄品格和单纯善良，使他得到了勇敢者的爱戴和善良者的同情。

……桑丘却是一个既虔信又怀疑的主，因而他具有双重人格……他是人类文学中最具特点的人物之一，迄今难以超越。[②]

① 转引自《〈堂吉诃德〉解读》，第138—149页。

② 富恩特斯：《米盖尔·德·塞万提斯·萨维德拉赞》(*Elogio de Miguel de Cervantes Saavedra*)，巴塞罗那，戈尔奇斯家人出版(Viuda e hijos de Gorchs)，1835年，第3—7页。

安东尼奥·阿尔卡拉·加利亚诺(Alcalá Galiano, Antonio)认为,塞万提斯假借堂吉诃德和桑丘·潘沙以表现人类的双重性格,即堂吉诃德的崇高和桑丘·潘沙的渺小:

两种性格是如此富有个性、如此不同凡响,但同时又如此真实可信。他们轻而易举地让我们想起周遭人等:一个象征着人类最可尊敬的崇高精神,尽管非常极端;另一个直接指向日常生活及生活理念的平庸。一个耽于幻想;另一个工于心计……[①]

在安东尼奥·希尔·德·萨拉特(Zárate, Antonio Gil de)看来,塞万提斯正是借人物(一个极端理想主义,一个极端现实主义)达到教诲目的的:

塞万提斯凭借其伟大天才特有的资质和感悟,也许早就预见到了某些可能的反诘,在夸张的骑士身边,安插了同样夸张的低俗情感。堂吉诃德是个妄想主义者……而桑丘·潘沙则是物质主义的代表。他们互为听众,互为补充,或崇高,或低俗,均不免四处碰壁、饱受惩罚。如此,塞万提斯使他们互为盈缺,从而为真正的骑士和好人指明了道路:不偏不倚。而这正是理性状态下的堂吉诃德。而这又使得堂吉诃德无论多么疯癫,都不足以引起鄙夷。读者喜欢他,嘲笑他的夸张和荒唐,并从中汲取了教训。[②]

同样,费尔南多·德·卡斯特罗认为,堂吉诃德和桑丘·潘沙构成了一对矛盾,即前者的理想主义和后者的实用主义:

塞万提斯知道如何借堂吉诃德以惩戒那些善意的夸张,也知道如何借桑丘以更正物质主义的低俗本能……我们由此总结人类

① 转引自《塞万提斯作品批评述要》,第三卷,第51页。

② 萨拉特:《文学手册》(*Manual de literatura*),第二卷,瓦尔帕拉伊索,托尔内罗·伊·贝尼特斯出版社(Tornero y Benítez Editores),1847年,第277—278页。

社会的全部存在，即以堂吉诃德为典型的源远流长的理想主义和以桑丘为代表的无知之众。

……一个是道德和诗性，另一个是物质和平庸；一个钟情于英雄的理想主义，另一个沉溺于功利的个人主义；一个是崇高和精神的化身，另一个是利益和本能的代表。[①]

如是观者颇多。同样，19 世纪后半叶西班牙学界强调《堂吉诃德》原创精神和高超技艺的也大有人在。费尔南德斯·德·纳瓦雷特、克莱门辛、何塞·德·拉·雷维利亚(Revilla, José de la)等均从不同的角度赞美了塞万提斯。但相反的声音依然存在，只不过较 17 乃至 18 世纪已大为减少。所谓的反面声音也只是不痛不痒的批评或"瑕不掩瑜"之类的泛泛而论，本质上并没有超越此前的发现，比如某些矛盾和遗忘(布埃纳本图拉·卡洛斯·阿里保)[②]、布局的任意性和不连贯性(胡安·巴莱拉)[③]，等等。

在历数了以上有关西班牙学者的观点和评述之后，我们或可暂时将西班牙搁置一旁，以便重新回到更为斑斓的世界。事实上，19 世纪末西班牙学术界正蓄势待发，相关情况容稍后再述。

且说引领塞学潮流的依然是外国学者。屠格涅夫(Turgenev, Ivan Sergeevich)在《哈姆雷特与堂吉诃德——1860 年 1 月 10 日为贫苦文学家、学者救济协会而作的公开讲演》中，为俄国的塞学奠定了基调，并对后来的中国对《堂吉诃德》的接受产生了重要影响：

莎士比亚的悲剧《哈姆雷特》的第一版与塞万提斯的《堂吉诃德》的上集是同一年出现的……

……给《哈姆雷特》所作的注释已经有了多少呵，而且将来还

① 转引自《塞万提斯文学节选集》(*Fiesta literaria celebrada en honor de Miguel de Cervantes Saavedra*)，马德里，加夫列尔·阿罕布拉印书馆(Imprenta de Gabriel Alhambra)，1869年，第15页。

② 阿里保：《米盖尔·德·塞万提斯生平》，马德里，阿特拉斯出版社，1943年，第23—24页。

③ 巴莱拉：《全集》，第二卷，马德里，阿吉拉尔出版社，1942年，第278页。

会有许多！对这个真正无穷无尽的典型的研究，得到了多么不同的结论啊！《堂吉诃德》却由于它的任务特异，由于它那好似被南国的太阳所照耀的极其明晰的叙述，解释就少些了。可惜，我们俄国人还没有一部好的《堂吉诃德》译本，对于“堂吉诃德”，我们大部分人还保持着十分不确切的记忆；我们常常把“堂吉诃德”这几个字简单地理解为小丑，“堂吉诃德性格”这几个字在我们这儿是与荒唐、愚蠢这几个词意义相等的。可是，我们应当承认，在堂吉诃德的性格中有着崇高的自我牺牲的因素，只不过是从滑稽的方面来理解罢了。一部优秀的《堂吉诃德》译本对于读者说来确是一件功绩，哪位能把这部出色的作品的全部优美之处传达给我们的作家，将得到万人的感激。现在我们还是回到我们所说的题目上来吧。

我说过，我感到《堂吉诃德》与《哈姆雷特》的同时出现是值得注意的。我觉得，这两个典型体现着人类天性中的两个根本对立的特性，就是人类天性赖以穿转的轴的两极。我觉得，所有的人都或多或少地属于这两个典型中的一个，我们几乎每一个人或者接近堂吉诃德，或者接近哈姆雷特。诚然，现在哈姆雷特比堂吉诃德要多得多，但堂吉诃德还没有绝迹。

现在让我来加以说明……我们从堂吉诃德开始。

堂吉诃德本身表现了什么呢？如果我们不是匆匆地向他一瞥，停留在表面和琐细的事物上，那我们就不会把堂吉诃德仅仅看作一个悲伤的骑士，一个仅仅为了嘲笑古老的骑士小说而被创造出来的人物。大家知道，这个人物的意义在他的不朽的创造者的笔下是扩大了，下集里的堂吉诃德，是公爵和公爵夫人的可爱的朋友，是他那做了省长的侍从的英明的导师，他已经不是上集里，特别是小说开始时我们所看到的那个堂吉诃德，不是那个饱受打击的怪诞而可笑的怪物了；所以我也试图深入到事情的本质里去。我再重复一遍：堂吉诃德本身表现了什么呢？首先是表现了信仰，对某种永恒的不可动摇的事物的信仰，对真理的信仰，简言之，对超出个别人物之外的真理的信仰，这真理不能轻易获得，它要求虔诚的皈依和牺牲，但经由永恒的皈依和牺牲的力量是能够获得的。堂吉诃德全身心浸透着对理想的忠诚，为了理想他准备承受种种艰难困苦,准备牺牲自己的生命。他之所以珍视自己的生命,就是因为生命能作为他在世界上实现理想、确立真理与正义的手段。有人说,这个理想是他的心神错乱的想象从骑士小说的幻想世界里吸取来的。我同意这点,堂吉诃德的喜剧的一面也就在这里,然而理想本身仍然保持着完美无瑕的纯洁。为自己而生活,关心自己——堂吉诃德会感到这是可耻的。他完全把自己置之度外(如果可以这样说的话),他活着是为了别人,为了自己的弟兄,为了除恶,为了反抗敌视人类的势力——巫师、巨人——即反抗压迫者。在他身上没有自私自利的痕迹,他不关心自己,他整个儿都充满了自我牺牲精神——请珍重这个词吧!他有信仰,强烈地信仰着而毫无反悔。因此他是大无畏的、能忍耐的,满足于自己贫乏的食物和简单的衣服:这些他是不在意的。他有一颗温顺的心,他的精神伟大而勇敢;他不怀疑自己和自己的使命,甚至自己的体力;他的意志是不可动摇的意志。永远追求同一个目的,使得他的思想有些单调,使得他的才智有些片面;他知道得很少,而且他也不需要知道很多:他只知道他的事业是什么,他为什么生活在世上,这就是主要的知识了。堂吉诃德可能会使人觉得完全是一个疯子,因为在他眼前毫无疑义的实体性消失了,像蜡一般由于他的热情的火眼而消溶了(他确实把木偶看作活的摩尔人,把山羊看作骑士);他也可能令人觉得他是一个目光短浅的人,因为他既不善于轻易地同情,又不善于轻易地喜悦,但是他像一棵万古长青的大树,把它的根深深地扎在土壤里,既不能改变自己的信念,又不能转移自己的目标;他的坚强的道德观念(请注意,这位疯狂的游侠骑士是世界上最道德的人)使他的种种见解和言论以及他整个人具有特殊的力量和威严,尽管他无休止地陷于滑稽可笑的、屈辱的境况之中……堂吉诃德是一位热情者,一位效忠思想的人,因而他闪耀着思想的光辉。

哈姆雷特又是什么呢?……他是一个利己主义者。

……堂吉诃德遭受了粗野的牧童、被他释放了的罪犯的毒打,可是哈姆雷特却自己使自己受伤,自己折磨自己。

让我们继续来加以比较吧。哈姆雷特是一个王子。他的父亲被篡夺王位的亲兄弟谋杀了,他从坟墓里,从“地狱的巨颚”里出来托付哈姆雷特替自己报仇,而哈姆雷特犹疑不定,装疯卖傻,以责骂自己而自慰,最后,才偶然地杀死了他的继父……而堂吉诃德呢,一个贫穷的、几乎一贫如洗的人,没有任何财产和关系,一个年老孤独的人,却担负了要在全世界除暴安良(完全与他陌生的人)的重任。

……这两类典型在对待女性的态度上也有着许多很有意义的东西。堂吉诃德爱着一个实际上并不存在的女性杜尔西内娅,准备为她而死……哈姆雷特呢,难道他是在爱吗?……有心的读者不必费大力气就会相信,哈姆雷特是一个耽于肉欲的人,甚至于私下里还是一个好色之徒。

哈姆雷特和堂吉诃德都死得震撼人心,但他们的结局却又是多么不同啊!哈姆雷特最后讲的话优美极了。他顺服了、平静了……就只有沉默——这位快要死去的怀疑主义者说道,而他也真的永远沉默了。堂吉诃德的死给人以难以言喻的感动。在这一瞬间,这个人的全部的伟大意义成为每个人都能理解的了。当他从前的侍从想要安慰他而说他们马上又要出发去从事骑士的冒险事业时,这位垂死的人说:"不,这一切永远过去了,我请求大家的宽恕;我已经不是堂吉诃德,我又是仁慈的阿隆索……"[①]

屠格涅夫的比较是标志性的,就像海涅的评论具有划时代意义一样。通过他们的笔,通过他们的评点,堂吉诃德的美德被放大了,堂吉诃德的形象得到了升华。同时代的其他作家、学者、艺术家在他们周围形成一片和声。这种和声在全世界久久回荡,并不断产生新的共鸣,从而确立了《堂吉诃德》的几乎无与伦比的经典地位。黑格尔、马克·吐温(Twain,Mark)、华兹华斯(Wordsworth,William)、乔治·桑(George Sand)、多雷(Doré,Gustave)、瓦雷里(Valéry,Paul)、波德莱尔(Baudelare,Charles)、福楼拜(Flaubert,Gustave)、席勒、圣伯夫(Sainte-Beuve,Charles-Augustin)、雨果、都德(Daudet,Alphonse)、车尔尼雪夫斯基(Chernyshevsky,Nikolay Gavrilovich)、陀思妥耶夫斯基(Dostoievski,

① 屠格涅夫:《哈姆雷特与堂吉诃德》(尹锡康译),转引自《莎士比亚评论汇编》,中国社会科学出版社,1979年,第465—485页。为统一起见,有关译名稍有改动。

Fyodor)、尼采(Nietzsche,Friedrich)、弗洛伊德(Freud,Sigismund)、理查德·施特劳斯(Strauss,Richard)等,都参与了这一"堂吉诃德交响曲"。

黑格尔将《堂吉诃德》概括为"喜剧性的矛盾"。[①]福楼拜在1850年至1869年致友人信中,提到在他学会读书之前,"《堂吉诃德》就已经深入我的记忆了"。他还说,"说到阅读,我始终没有放弃拉伯雷(Rabelais,François);而每到周末,我总是钟情于《堂吉诃德》";"(在它面前)我们全都是矮子。哦,上帝,我们觉得自己好渺小!"[②]

席勒在1781年的《〈强盗〉序言》中将其主人公卡尔比作堂吉诃德,认为他们正是"我们所厌弃而喜爱、所惊讶而怜悯的"。[③]

圣伯夫称《堂吉诃德》为"人性的《圣经》",说"《堂吉诃德》是极少数出类拔萃的作品之一,它太幸运了。它以非凡的技巧和热忱将作家的个性与人类的共性合二为一,从而成了全人类不可多得的共同遗产。它写于一个特定时代,却具有普世意义,化作了人类永恒的想象。自它诞生之日起,全人类都在言说它,并各取所需,视它为知己。儿童在读它,成人在读它。塞万提斯没有想到的,却在我们的意料之中。我们每一个人既是堂吉诃德,又是桑丘·潘沙。固然程度不同,但我们终究无一例外地兼有两面:狂热的理想和世俗的功利。不论年龄,我们很多人都有着同样的特点:睡下是堂吉诃德,醒来是桑丘·潘沙"。[④]

陀思妥耶夫斯基说:"全世界没有比这更崇高和强大的小说了。迄今为止,它是人类思想的最高表征,是人类所能企及的最苦涩的自嘲。倘使世界末日来临,有人问起:'我们都来看看:什么是你们认为真正干净且足以概括人生的东西呢?'人们可以拿着《堂吉诃德》回答说:'这就是我们对于人生的总结……谁能据此为我们定罪呢?'我不知道人类何以如此这般,但是……"[⑤]陀思妥耶夫斯基在《一个作家的日记》中继续说道:

① 黑格尔:《美学》,朱光潜译,商务印书馆,1979年,第316—329页。

② 转引自《〈堂吉诃德〉四百年》,第204页。

③ 席勒:《〈强盗〉序言》,杨文震等译,人民文学出版社,1956年,第3页。

④ 转引自《〈堂吉诃德〉四百年》,第205页。

⑤ 同上,第215页。

有一天，众所周知、仁慈无比的骑士堂吉诃德和他忠诚的侍从桑丘一起，在外面游荡，忽然若有所思。他读到，古来的许多先人，比如高卢的阿马迪斯，有时连年累月地勇斗地狱或魔法师派来的军队，其人数多达十万之众。一般说来，骑士遇到这样的阵势，一定会拔刀相向，同时祈求意中人的保佑。他们必得孤身杀入敌阵，直杀得敌人片甲不留、一个不剩。这一切十分清楚，但那一天堂吉诃德犹疑不决了。他陷入沉思：一个骑士，无论他多么骁勇善战，如何敌得千军万马，且二十四小时之内将对手杀个精光？杀敌需要时间，杀十万之众需要很多时间。这是怎么一回事？

"啊，我总算想明白了，我的朋友桑丘。"堂吉诃德说，"那些军队是由魔鬼组成的，因而是一种想象。千军万马全都是魔法的产物。他们的身躯和我们不同。他们更像某些软体动物、爬爬虫或蜘蛛之类。这样，骑士们只消利剑出鞘，便可所向无敌，因为仅有空气是他们遭遇的阻力。这样，他们一剑下去，就能杀死三个、四个甚至十个敌人。这样，他们能在短短几个时辰内消灭整整一支敌军。"

于是，《堂吉诃德》的作者，这个伟大的诗人、人类心灵的洞识者，抓住了我们心灵深处最神秘的一个方面。再没人可以超越他。你们看，《堂吉诃德》的每一页都表现了人类灵魂的最为神奇的隐秘层面。还有那个桑丘，那个侍从，是感官的体现。他既谨慎又狡黠，却成了世上第一疯子的随从。正是这一个，而非别人！他时常欺骗他的主人，就像欺骗一个无知孩童，但同时他对主人的伟大心灵充满了敬意，而且对他的所有梦幻深信不疑。他坚信他的主人最终会为他夺取一座岛屿。

衷心希望我们的青年能够认真对待世界文学的伟大作品。我不知道现在教给青年的是哪些文学。《堂吉诃德》无疑是最值得他们关注的天才之作，也是世上最悲苦的一部天才之作。处于智商发育过程中的年轻人，读之必受益匪浅。瞧，这里除了有诸如此类的品格，还教人看到人类最美好的品格有可能变得徒劳无益。它让人们发笑。你若无法洞识发现的真谛，不懂得发现"新词"，即便拥有这些美好的品格，也无济于事……此外，我还想强调最后一点，一个人把自己最疯狂、最不切实际的梦想付诸行动，最后却开始犹疑不安。此时,他的所有信仰已荡然无存,这与其说是他发现了自己的疯狂与荒唐,毋宁说是一件次要的事情使他恢复了理智。这个人想入非非的时候突然有种"真实的怀想"。如果说他信以为真的书本欺骗了他,那么他会一辈子受骗上当。书本是会说谎的。那么,如果回到真实中来呢?那就是对更加荒唐的事物信以为真。于是,受魔法师蛊惑的数以万计的敌人变成了软体动物,好骑士的利剑以十倍的努力奋勇杀敌。他终于可以聊以自慰。他有权继续相信第一个梦,因为第二个梦比第一个梦更加荒诞不经。

你们不妨自问是否有过同样的经历。你们是否曾经钟情于某种思想、某项计划或某个女人?然后你们是否对其产生怀疑?这时,你们或许为自己找到了比前者更为自欺欺人的幻想,然后继续执著于你们的钟情并由此摆脱怀疑。[①]

尼采说:"也许你该读一读《堂吉诃德》,倒不是因为它能激发愉悦,而是因为它带来的最枯涩的感觉……它的美德在于使一切个人的痛苦变得微不足道,并因此而使之成为笑柄,令你发出最为自发的笑声。所有充斥人类心灵的情感和价值其实都是吉诃德疯。有时值得领悟,有时则不如懵然不觉。"[②]

弗洛伊德说:"当我还是个学生时,从塞万提斯的原文阅读《堂吉诃德》的渴望,使我无师自通地学会了优美的西班牙语。"他还说:

我刚刚花了两个小时阅读《堂吉诃德》,这实在太享受了。伴随着游侠骑士的冒险经历,卡尔德尼奥和多罗台娅的奇异故事和以塞万提斯亲身经历为依据的囚徒的故事都精心编织,充满了智慧和精彩……在此,堂吉诃德的形象被照亮了,因为他好心未得好报,等来的是残酷的嘲讽和凶猛的棍棒。这样,在现实环境中,他的劣势显而易见。同时,随着情节的进展,他的无能使其悲剧色彩有增无已。由于审时度势,桑丘却非常神奇。他可以随时从幻想回到

① 转引自《〈堂吉诃德〉四百年》,第215—216页。

② 同上,第222页。

真实。[①]

此外，马克思(Marx, Karl)和恩格斯(Engels, Friedrich von)也经常提到塞万提斯及其《堂吉诃德》。恩格斯《德国的革命和反革命》一文中指出，"封建主义自堂吉诃德时代起就总是失算的"[②]，"同这两位德国统一的游侠骑士的英勇事迹和令人惊异的冒险行为比较起来，堂吉诃德和桑丘·潘沙的旅行实在可以算是真正的奥德赛了"[③]。恩格斯借堂吉诃德以讽喻竭力维系封建登记制度的弗里德里希·威廉四世，后者无视德国资本主义的发展，继续实行反动的封建统治。1848年，维也纳人民的起义遭到了残酷的镇压。同维也纳结盟的法兰克福国民议会理应去帮助维也纳人民，但是它无耻地背叛了。法兰克福国民议会进行了旷日持久的辩论，提出了许多建议，却没有任何结论，更没有采取实际行动。它只派遣了两名议员到维也纳进行斡旋，而这两名议员慑于反动势力的恐吓，一味地唯唯诺诺。恩格斯借堂吉诃德和桑丘·潘沙辛辣地嘲讽法兰克福国民议会和两名议员的软弱无能。

同时，恩格斯借堂吉诃德以批评形而上学，谓"骑上他那形而上学的驽骍难得"。[④]唯物辩证法认为物质的运动是绝对的、永恒的，静止和平衡则是相对的、暂时的。相对的静止和永远的变化是一切事物在运动过程中所体现的两种对立统一的状态，但杜林却认为运动和静止都是绝对的。恩格斯嘲笑杜林的这种形而上学的方法，认为他只能用这种方法去探讨康德的"自在之物"，因为后者是不可能认识的。康德同样形而上学地在事物的本质和现象之间画了一道不可逾越的鸿沟。因此，归根结底，杜林和康德的错误是相同的，一如堂吉诃德骑上他那形而上学的驽骍难得。

此外，恩格斯指出："如果堂吉诃德挺着长矛同风车搏斗，那么这是

① 转引自《〈堂吉诃德〉四百年》，第238页。

② 恩格斯：《德国的革命和反革命》，《马克思恩格斯选集》，第一卷，人民出版社，1972年，第513页。为统一起见，个别译名有所改动。下同。

③ 同上。

④ 恩格斯：《反杜林论》，《马克思恩格斯选集》，第三卷，人民出版社，1972年版，第102页。

合乎他的身份和所扮演的角色的;但是我们不能容许桑丘·潘沙做这类事情。”[①]恩格斯以此强调资产阶级对马克思主义的无知和误解是合乎他们的阶级本性的,就像堂吉诃德挺着长矛同风车搏斗一样,是不足为奇的;但是绝对不能容许无产阶级犯同样的错误,就像不能容许桑丘去同风车搏斗一样。马克思也曾指出:“衰落的骑士制度的史诗,骑士的德性在刚刚兴起的资产阶级世界中已显得荒诞和可笑了。”[②]

与此同时,西班牙围绕《堂吉诃德》的研究逐渐形成学派,先后产生了“探秘派”、“歌颂派”、“纠偏派”,等等。

(一)探秘派

首先是以迪亚斯·德·本胡梅亚(Díaz de Benjumea, Nicolás)等人为代表的探秘派。迪亚斯·德·本胡梅亚在1859年至1880年之间,对塞万提斯及其作品进行了长时间的潜心研究,就学界争论的某些问题提出了一得之见。比如,他认为《堂吉诃德》并非塞万提斯心血来潮的偶然发挥,而是他为人为文的必然之作。

> 塞万提斯的不幸一定程度上或者间接来自体制(尤其是宗教裁判所的存在)和费利佩二世(Felipe Ⅱ, 1556—1598,史称腓力二世)的虔诚。然而其更为直接的原因是人们对这一机构(宗教裁判所)有关职能及影响的蓄意滥用和扩大化。这比那个机构本身所造成的危害更严重。所幸的是,那些曾经猛烈抨击塞万提斯并对其造成伤害的,恰恰是时代的良心和仁慈的同行。如今人们达成共识,给塞万提斯的所有“敌人”均冠以阿维利亚内达这个别名。没有例外。文学家、神甫、天主教徒、新教徒等等,但凡参与加害塞万提斯、对其造成伤害、企图掠夺其财产的人,统统受到了惩罚……
>
> 不了解这一点,就不能真正理解《堂吉诃德》。有鉴于此,塞万提斯对所遭受的伤害保持了极大的忍耐,他知道谁是对手,却把一

① 恩格斯:《社会主义从空想到科学的发展》,《马克思恩格斯选集》,第三卷,人民出版社,1972年,第377页。

② 转引自保尔·拉法格(Lafargue, Paul)等:《回忆马克思恩格斯》,人民出版社,1973年,第6页。

切带进了坟墓……宗教裁判所只是一台机器，它无法构成导致塞万提斯不幸的基本因素。文字狱之所以存在，之所以残酷，是因为有嫉妒，有戾气，更有利益驱动。这是解释那个隐形魔法师的最好方式。他看不见摸不着，却始终对堂吉诃德追逼不止……

他在诠释中否定这部作品的真实意图是反骑士小说：

根据有关学者的说法，塞万提斯(创作《堂吉诃德》)是针对中世纪、针对绅士长矛的。也就是说他并非针对所谓的巨人，而是在纸上谈兵。事实上，所有诗人的伟大和骑士的激情都是针对书刊检察官的。从巴利亚多里德到塞维利亚和梅迪纳德尔坎波，全西班牙的书商都只能反复地印一些骑士故事，因为根本没有原创作品。试想一下，假如费利佩下令赦免骑士小说，那么《堂吉诃德》将根本无法产生，塞万提斯也难以流传至今……

如果拉曼恰的骑士之所以横枪立马，仅仅是因为短暂的文学时尚或小小的流弊，那么它一定会烂在图书馆的架子上，从而埋没作者天才的。比如《休迪布拉斯》[1]，它是英语文学中的《堂吉诃德》，无论其讽刺多么犀利、装帧多么豪华，终不免被束之高阁。

此外，迪亚斯·德·本胡梅亚认为，塞万提斯的作品中充满了隐喻：

身体的衰老和瘦弱又有何妨？心灵赋予他赫拉克勒斯般的力量。他的长矛和战斗也是象征性的。对阿尔东萨的骑士之爱也不是一般意义上的男女爱情，而是一种爱智。杜尔西内娅(Dulcinea)是吉哈诺的内化了的心灵之爱，是光明使者(Dina Luce)……一如但丁的哲学之灵(也即贝娅特丽齐)。这种诠释的证据之一，便是阿隆索这个名字，它暗指西班牙历史上赫赫有名的智者阿隆索或阿尔丰索(Don Alonso-Alfonso el Sabio)……而阿尔东萨(Aldonza)，杜尔西内娅的另一个名字也只是阿隆索或阿尔丰索的变体而已……

① 《休迪布拉斯》(*Hudibras*)是英国作家萨缪尔·巴特勒(1612—1680)的代表作。这是英国文学史上第一部针对思想而非人物的讽刺诗，锋芒指向清教徒的狂热、迂腐和伪善。

在他看来，《堂吉诃德》首先是塞万提斯的自传："塞万提斯的一生，尤其是在他的年轻时代，都在努力与敌对势力或异己力量作斗争。用哲学家塞内加[①]的话说，这是件'值得上帝关注的事情'。从某种意义上说，《堂吉诃德》难道不正是塞万提斯这些人生经历的写照吗？"

> 是的，他羸弱，却意志坚强，同那些阻碍人们幸福的事物进行不懈的斗争。显然，诗人的生活遭际和种种不幸无不渗透在其作品之中。我相信，而且有足够的证据相信，塞万提斯在《堂吉诃德》中倾注了自己的全部生活理念。在童年时期，塞万提斯就喜欢阅读骑士文学，对冒险故事充满了好奇，并萌发了最初的匪夷所思的英雄梦。在青年时代，他的所有人生计划和美梦都一个个破灭了，没有奖励，没有勋章，只有失望和失败。金塔纳[②]说过，《堂吉诃德》是灵感的产物，是自然的造化。里奥斯[③]则认为它是塞万提斯拉曼恰之行的偶得之作……

1878年，迪亚斯·德·本胡梅亚出版《有关〈堂吉诃德〉的真相》(*La verdad sobre el* Quijote)。此作基于有关新材料、新观点对塞万提斯的生平、作品进行了梳理和评点，认为塞万提斯的作品完全是对其生平的象征性表现：

> ……他受不幸之星的刺激和鞭策，注定要同可恶的敌人、无耻的阴谋进行战斗。而那些敌人是看不见的，他们躲在阴暗的角落里向他发起进攻。这就好比同邪魔巨人展开搏斗，英雄注定要骑上他的瘦马驽骍难得……然而骑士要面对的并非别的武士，而是脚夫和皮囊、流氓和无赖。这正是塞万提斯的生活。而《堂吉诃德》这个充满人性的故事，正是他给予自己的最佳奖赏、给予敌人的最好还击。也就是说，生活在他的笔下升华了，成为了诗。这就是塞万提斯精神，也是《堂吉诃德》的真正奥秘。

① 指小塞内加(Seneca, Lucius Annaeus，公元前4—公元65)。

② 指马努埃尔·何塞·金塔纳，见第一编第二章第二节。

③ 指维森特·德·洛斯·里奥斯，见第一编第二章第二节。

正是在这样的意义上,《堂吉诃德》才成其为卓越的象征艺术,它自我作古并永彪青史……

其中,镜子骑士的冒险是极富象征意义的,很好地见证了塞万提斯天才的讽刺技巧……镜子使一切一分为二,两种战斗,两种人物在同一时间和地点展示出两种不同的价值:个人利益与普世精神……①

1861年,特奥多米罗·伊巴涅斯(Ibáñez, Teodomiro)在其《〈堂吉诃德·德·拉曼恰〉在19世纪》(Don Quijote de la Mancha *en el siglo XIX*)一书中指出,《堂吉诃德》是一部无时限之作,因此在19世纪依然光鲜。他意在据此论证作品的基督教思想,认为其所以成为经久不衰的经典,是因为它艺术地体现了永恒的基督教精神。他进而认为无论反骑士小说还是精神与物质的斗争,都不能使它获得如此成功。"事实上,堂吉诃德的精神是荒唐可笑的,因为它最终是指向现实的。"

只消悉心研究其作品便不难发现塞万提斯的目标要高远得多。他批判的对象当然也不仅仅是人类特定时期的谬误,而是其全部的过错。他用极其聪敏的方法批判人类过度的思想和行为,包括那些貌似正确和重要的原则及其所掩护的无所不能的极端主义。

这就是说,塞万提斯批判的并非骑士道,而是那个以神圣的名义来到世上除暴安良的魔幻人物。他无视规则,任性而盲目地向一切挥舞宝剑……

《堂吉诃德》是基督教文学的丰碑……它的思想完全符合当今社会。一如塞万提斯时代,我们这个时代依然是乌托邦充斥的时代。它们源自那些貌似正确的似是而非的思想。人们被这些谎称能为人类带来幸福的思想所迷惑……

《堂吉诃德》是一部人类喜剧……现代文明的两大因素令人敬佩地展现在这部杰作的两个人物即堂吉诃德及其侍从身上。他们

① 迪亚斯·德·本胡梅亚:《有关〈堂吉诃德〉的真相》,马德里,加斯帕尔(Gaspar)出版社,1878年,第220—237页。

是人类弱点的化身……[1]

费利西亚诺·奥尔特戈伪称其在版本梳理过程中发现了塞万提斯的亲定本,从而对流传已久的胡安·德·拉·库埃斯塔版《堂吉诃德》进行了一本正经的正本清源。不过,事情很快败露,于是他的所谓《〈堂吉诃德〉还原版》(*La restauración del* Quijote,帕伦西亚,奥尔特戈出版,1883年)便整个儿因人废言地被扫进了学术垃圾堆,尽管他对塞万提斯与宗教裁判所的关系的探本溯源并非毫无道理。

随后,贝尼格诺·帕利奥尔(Pallol,Benigno)用笔名坡利诺乌斯(Polinous)出版了《〈堂吉诃德〉第一部探秘》,逐章对这部作品进行"揭秘"。在帕利奥尔看来,塞万提斯的真正目的远非反骑士道这么简单,或者说反骑士道只是他的障眼法。他要批判的,其实是政治的宗教化或宗教的政治化:

当然,塞万提斯并非第一个使用障眼法的作家。如果一种情绪无法通过正常渠道宣泄,那么他理所当然要寻找变通的方式。这古来有之。只不过我们的作家是第一个言之成章、言之成理的。他巧妙地在其作品中隐藏了另一部作品。他借骑士小说并通过堂吉诃德和桑丘·潘沙以表现人类的永恒矛盾,即灵魂与肉体的矛盾……

接下来(另一部作品)是如何摆脱政治和宗教的双重压迫……正因为如此,在《堂吉诃德》首版封面上有一只手,它正指向一头雄狮和一只雄鹰。雄狮扑住了雄鹰,而塞万提斯在其作品中浓缩的正是这一点:西班牙在忍受压迫。他看到这一暗示并未遭受当局的非难,便大胆地在第二版的封面上用拉丁文写道:POST TENEBRAS SPERO LUCEM。意思是黑暗之后必将迎来曙光。[2]

帕利奥尔甚至直言不讳地说:

① 伊巴涅斯:《〈堂吉诃德·德·拉曼恰〉在19世纪》,转引自《〈堂吉诃德〉解读》,第180—184页。

② 坡利诺乌斯(Polinous):《〈堂吉诃德〉第一部探秘》(*Interpretación del* Quijote *I*),马德里,狄奥尼修德洛斯里奥斯出版社(Imprenta de Dionisio de los Ríos),1893年,第1—24页。

> 塞万提斯眼中的恶的中心乃《圣经》本身……[①]

在帕利奥尔看来，拉曼恰(LA MANCHA，意为斑迹、污点)既指原罪，同时也隐喻，甚至昭示了现实的污秽。

阿多尔福·萨尔迪亚斯(Saldías，Adolfo)认为，堂吉诃德和桑丘分别象征着过去和现在，亦即封建和民主。[②]而巴尔多梅罗·维耶加斯(Villegas，Baldomero)则斩钉截铁地说，塞万提斯通过《堂吉诃德》给以桑丘为代表的西班牙社会下了一剂猛药。[③]

(二)颂扬派

顾名思义，颂扬派对塞万提斯的崇拜达到了五体投地的地步。他们每每借题发挥或突发奇想，把塞万提斯打扮成超人或旷世奇才。1840年，费尔民·卡巴利耶罗(Caballero，Fermín)出版名为《塞万提斯的地理学才华》(*Pericia geográfica de Miguel de Cervantes demostrada con la historia de don Quijote de la Mancha*)的专著，宣告了这一学派的鸣锣开张。此翁析微探幽，认定塞万提斯是位地理学家或诸如此类的天才：

> 一、鉴于其作品中的地理描写，有关人物的旅行线路所包含的地理设计；二、鉴于其人物活动的舞台的选择和有关这些舞台的描述(但并不明确说出地名)；三、鉴于其作品所表现的或抽象或自然的地理概念；四、鉴于其作品给出的特殊的地理学隐喻以及所涉地区人们的特殊的生活习惯和生活方式。[④]

不久，何塞·玛利亚·皮埃尔纳斯·伊·乌尔塔多(Piernas y Hurtado，

① 坡利诺乌斯：《〈堂吉诃德〉第一部探秘》，第24页。

② 萨尔迪亚斯：《塞万提斯与〈堂吉诃德〉》(“Cervantes y el *Quijote*”)，布宜诺斯艾利斯，费利克斯出版社(Félix ed.)，1893年。

③ 巴尔多梅罗·维耶加斯：《喻义学》(*Estudios Tropológicos*)，转引自梅嫩德斯·伊·佩拉约(Menérdez y Pelayo, Marcelino)《塞万提斯研究》，马德里，国家出版社(Edición Nacional)，1904年，第15页。

④ 卡巴利耶罗：《塞万提斯的地理学才华》，马德里，耶内斯出版社 (Imprenta de Yenes)，1849年，第13—14页。

José Marín)出版《〈堂吉诃德〉的经济学思想及其他》(1874),从经济学的角度对塞万提斯进行了赞美。安东尼奥·埃尔南德斯·莫雷洪(Hernández Morejón,Antonio)、尼科拉斯·迪亚斯·德·本胡梅亚、卡耶塔诺·德尔·托罗(Toro,Cayetano del)、埃米利奥·皮·伊·莫利斯特(Pi y Molist,Emilio)等则从病理学或心理学的角度诠释了塞万提斯的医学才能，简直是神乎其神。

(三) 客观派

客观派主要是针对探秘派和颂扬派产生的,其代表人物有胡安·巴莱拉、何塞·玛利亚·阿森西奥·伊·托莱多(Asensio y Toledo,José María)、马塞利诺·梅嫩德斯·伊·佩拉约、莱奥波尔多·里乌斯等。他们认为探秘派和颂扬派夸大其词，甚至望文生义。其中梅嫩德斯·伊·佩拉约是19世纪后半叶西班牙最负盛名的语文学家。他在《西班牙美学思想史》(*Historia de las ideas estéticas en España*, 1883)等一系列著述中反对将塞万提斯及其作品神秘化或科学化：

> 在最近一个时期的某些奇谈怪论中,塞万提斯被顶礼膜拜。其中最可笑的是有人对他进行所谓的实证研究,或任意或机械,或直白或隐晦,挖空心思地从科学或哲学的高度将种种奇特的思想赋予了塞万提斯,从而将《堂吉诃德》变成了最纯粹、最丰富、最了不起的百科全书。而事实上,塞万提斯的思想,如果称得上科学,也只是一般意义上姑妄言之,充其量不会超越16世纪西班牙文化的水平,根本无法上升到(真正)科学的高度。塞万提斯已经名满全球,没有必要再为他涂金添彩。把他当作伟大的作家或伟大的诗人(这没什么差别)就足够了。再则,单纯的文学批评将丝毫不会减损塞万提斯的光辉,相反,那些隐喻性、象征性、神秘性探究对他却是一种丑化。①

他认为那些所谓的研究错就错在一味地要将塞万提斯的伟大归功于其他才学,而非艺术(也许在他们看来艺术是最不足道的)。他们拜塞

① 梅嫩德斯·伊·佩拉约:《西班牙美学思想史》,第一卷,马德里,高科委出版社(Consejo Superior de Investigaciones Científicas),1974年,第742—743页。

万提斯为神学家、法学家、医学家、地理学家,谁知道还有什么家。他们的阅读仿佛是强按牛头饮水。他们一生中或许从来没有真正欣赏过一部伟大而不朽的文学作品。他们对美视而不见，更无从感受审美的愉悦。在他看来,事实上塞万提斯“没有时间,也没有兴趣成为别的”:

> 他毕生从事文学事业。正因为如此,至关重要的往往是艺术家的意见,而非异端邪说。在异端邪说和艺术作品之间,恰恰是批评家赖以存在的空间。后者必须具备应有的专业素质。事实上他们大都具有这样的专业素质,却很少拥有诗人的天赋。盖因批评是一种思辨工作,一种真正的科学研究。它旨在对艺术作品进行重构,同时明确提出艺术家那藏而不露的创作规则。当然,像(《堂吉诃德》)这样伟大的作品通常不会是非理性或难以理喻的,也不会是今天所谓的“无意识”使然。然而,从审美的角度看,其灵感是如此强烈而迅捷,以至于很多艺术家都无法向我们准确地描述那灵光一现的选择,即何以选择这样或那样的表现形式,而非其他。一切都在他们的头脑中酝酿产生,且往往超乎普通人的想象。对于其中的奥妙,只有艺术和科学化合的天才,如歌德,才能表述一二。
>
> 但是，歌德和塞万提斯并不属于同一个时代。在塞万提斯时代,灵感具有相对的新鲜度。这是塞万提斯的幸运。虽然他所拥有的文学原理(我敢说毫不新鲜),并不为他所专有,而是那个时代的共有财产。所有的诗学几乎都教授同样的,完全同样的原理。风气使然,无论是卡斯卡莱斯[①]还是品西亚诺[②]的柏拉图思想,和塞万提斯在《伽拉苔亚》中所表现出来的那种骨子里的神秘主义与色情诗学并无二致。然而使塞万提斯得以出类拔萃并留传于世的,是其表现方法的生动性、表现力和优美程度。正是诸如此类的特征使他的作品不至于跌入忘川。谁不记得堂吉诃德的诗学观点?他同绿袍骑士的谈话,读者一定耳熟能详:“绅士,在我看来,诗好比极其美丽

① 卡斯卡莱斯(Cascales,Francisco 1564—1642),西班牙哲学家,著有《诗学五卷》(*Tablas Poéticas*)。

② 品西亚诺(Pinciano,Alonso 1547—1627),西班牙人文学者,著有《古代诗学》(*La Antigua Poética*)。

娇嫩的小姑娘；其他各门学问则好比一群侍女，众星拱月般围绕在她的身边，为她服务、供她差遣。这样一位姑娘可不是随便哪里都能产生的，她既不来自大街小巷，也不是广场犄角或宫廷深处所能孕育的。诗是千锤百炼的结果，是天才作家手中的无价之宝……她绝对无价……有眼无珠的凡夫俗子和纨绔子弟是不配和她打交道的……此外，我认为先天与后天的结合才是诗的最高境界。单凭机巧是走不远的，光有天赋也是不够的。勤可补拙，后天的工夫可补天赋之缺。天才诗人是先天和后天的完美结合。”类似界定不正是《吉卜赛姑娘》所阐发的吗？诗，“犹如纯洁、诚实、谨慎、敏锐、恬静的姑娘，其美无可俦匹，其德堪称极致。她是孤独的朋友：泉水为她解闷，草原给她安慰，树木替她消愁，鲜花使她快乐。她寓教于乐，让所有亲近她的人感到愉悦”。在《帕尔纳索斯山之旅》中，读者看到的同样是生气勃勃的十音节诗。它们雄辩地驳斥了那些视塞万提斯为蹩脚诗人的真正庸人：

百草为她彰显神奇美德，
树木也把鲜花硕果奉献，
顽石因她孕育珍异宝贝。

神圣的爱心纯洁的柔情，
……

她无所不知又无所不能，
美丽的仙子神圣而高洁，
……

她的华贵服饰令人目眩，
她的举止优雅不同凡俗，
天庭之器尘世难以俦匹。

……

她有天地之灵分外妖娆，
还能拿捏奥秘游刃有余，
……

两位缪斯与她形影不离，
诲人的哲理是天籁箴言，
纯净的文笔雅致而体面。

她能在大白天描绘夜晚，
夜幕浓重不能将她阻拦，
如黎明的露珠晶莹剔透。

她命江水或奔腾或停滞，
她能在你心中煽起怒火，
但转而又换以柔情蜜意。

她勇气过人又才智无比，
刀光剑影她也无所畏惧，
既能让你胜也能使你败。

你看她是如何左右逢源，
牧人也将她歌唱与赞颂，
她掌握着一切红白喜事。

南海的珍珠阿拉伯的香，
台伯河金子西西里的糖，
米兰的时装葡萄牙美女。

……
她是美德颂歌恶习的剑。

……

塞万提斯的主要美学观点在于视诗为一种普世形式，适用于所有内容，(用他的话说)是自足的“科学”：

普天之下哪有什么学问
能与美轮美奂的诗相比？
她的界线由她自己确定。

这一执著于“科学”价值的诗学观念，同样见诸桑蒂亚纳侯爵[①]的《序言与信札》以及其他15世纪著述。然而，塞万提斯从未将这种“科学观”付诸创作实践，而是仅限于理论。至于戏剧和小说，他固然更欲使其恪守相应的规则和原理，而且在伦理和审美的维度上严格遵循爱丽斯标准工艺，但纵使如此，倘以“科学”论之，那也是大错而特错的。事实上，无论何种文学流派，都很难冠以“科学”之名。(塞万提斯说：)“所有这些以及其他许多我未涉及的不当之处，只要宫廷指派一个既聪明又谨慎的人，负责在所有戏剧上演之前审查剧本，就可以得到有效的避免。这个人不仅要负责审查在宫廷里上演的戏剧，而且还要负责审查在西班牙上演的所有戏剧。没有他的批准、盖章、签字，各地都不得上演任何作品。这样，剧作家在把他们的剧本送往宫廷的时候就会小心多了，他们得好好掂量作品能否允许上演，创作当中也会格外小心仔细，因为他们的剧本会受到某个行家的严格审查。”即便是要求查理十世[②]禁止《欧那尼》[③]上演的保守的法国古典主义者也无法说出这样的话来。

然而，这些错误(我重申)从未超出理论的范畴，更不影响塞万

① 桑蒂亚纳侯爵（Marqués de Santillana，1398—1458），西班牙作家，《序言与信札》(*Prohemio y carta*)是他于1449年写给葡萄牙统帅堂佩德罗的。

② 查理十世(1757—1836)，全名为查理·菲利普(Philippe，Charles)，法国波旁王朝复辟后的第二个国王(1824—1830)。

③《欧那尼》(*Hernani*)，雨果的著名诗剧，1830年上演时受到古典主义者的抨击，并遭波旁王朝查禁。

提斯文学思想的正确性和准确性。尤其是他给出的优秀骑士文学之法，俨然摆脱了骑士文学的魔幻桎梏。我无法断言塞万提斯是将史诗引入小说的第一人，因为我们同样无法遵从16世纪那些视赫利奥多罗斯和《阿马迪斯》的作者为叙事诗人的庸俗观点，或者视韵律为诗的偶得因素。进而言之，《堂吉诃德》的作者虽然精通小说法则，却并不像有些人认为的那样始终拘泥于这些法则，而是将其拓展至广阔的物质世界和精神生活。(塞万提斯借人物之口说:)"虚构的故事必须得到读者的理解与首肯，变不可能为可能，变庄严奇崛为平实可亲，这样才能引人入胜，达到情理之中意料之外，令人既惊奇又愉悦的效果。不过，不懂得逼真描摹自然的人是做不到这一点的，而这恰恰又是创造完美艺术的前提。我没见过哪部骑士小说能够称得上部分和整体协调一致的。它们连启承转合都做不到，哪里还能首尾呼应、前后相承呢？而往往是些七拼八凑，似乎作者有意要创造出一个妖魔鬼怪来。"不过塞万提斯发现这些作品也有一个好处，"那就是它们为有才情、有想象力的人提供了广阔的天地，可以任由挥洒，描写什么海难呀、风暴呀、格斗呀、搏杀呀；刻画出十全十美的将校，他不仅足智多谋，能识破狡猾对手的神机妙算，还巧舌如簧，颇能循循善诱、鼓舞士气，而且既能深思熟虑又可当机立断，能攻能守；或者时而是可歌可泣的场面，时而是令人喜出望外的情景；还有美貌纯真、聪颖守礼的仕女，精诚虔敬、勇敢机警的骑士；或者狂妄粗俗的牛皮大王，英明睿智、英勇无畏的君王；或者善良忠诚的臣民，高尚慈祥的爵爷。作者甚至可以炫耀其非凡的学识，如星象学或地理学，或者高超的音乐和行政才能，或者兴之所至当一回魔法师……总而言之，他可以将这些优秀品质集于一人之身，也可以将它们分摊在众人身上，只要笔触超逸，构思巧妙，而且尽可能生动逼真，就一定会写出色彩斑斓、美轮美奂的作品来。一旦完成，必然秀色可餐、美妙绝伦，既给人以教益，又悦人至深。我说过，这才是天下文章应当追求的最高旨趣。通常，这类书籍用的是散文体，作者可以自由自在地写出史诗、抒情诗、悲剧、喜剧，总之是文学和修辞所能涵括的一切门类。史诗既可以写成散文体，也可以用韵律来创作。"

无论这些段落以及类似的论述多么睿智、美妙，都没有超越16世纪通行于西班牙的美学思想。正因为如此，只有那些了解莱昂·埃布雷奥[①]、品西亚诺和卡斯卡莱斯美学思想的人，才能真正把握塞万提斯的诗学思想，而不是在他真正有代表性的、不朽的小说之外夸夸其谈地讨论一些枝节问题。[②]

此外，梅嫩德斯·伊·佩拉约认为，在塞万提斯身上，“我们应该突出其职业作家的身份，他将自己独特的天赋诉诸时人共知的艺术形式中，从而使这些艺术形式更加完美并升华为新的、异乎寻常的美……这个塞万提斯不仅仅是《伽拉苔亚》的作者，也不仅仅是《贝雪莱斯》的作者，而是创作了《堂吉诃德》的塞万提斯”。为了寻找塞万提斯的文学源头，梅嫩德斯·伊·佩拉约进行了旷日持久的钩沉索隐。比如骑士小说《西法尔》同桑丘的关系，便是他的重要发现之一。这层关系经其弟子梅嫩德斯·皮达尔的拓展（至谣曲体幕间剧），为现代塞学奠定了一个重要的基点。梅嫩德斯·伊·佩拉约的另一个重要发现是《贝雪莱斯》中“有更多作者个人的印迹”。[③]

① 莱昂·埃布雷奥（Hebreo, León），又称希伯来人莱昂（原名为Yehuda Abrabanel，1465—1523），葡萄牙犹太诗人，1483年流亡到西班牙。

② 梅嫩德斯·伊·佩拉约：《西班牙美学思想史》，第一卷，第743—759页。

③ 梅嫩德斯·伊·佩拉约：《塞万提斯的文学渊源与〈堂吉诃德〉的写作》（“Cultura literaria de Miguel de Cervantes y elaboración del *Quijote*”），刘莹译，原载《梅嫩德斯·伊·佩拉约全集》（*Obras completas de Menéndez y Pelayo*），第四卷，马德里，高科委出版社（CSIC），1941年，第323—356页。

第四章

20 世纪

20 世纪被誉为批评的世纪。从现代主义到后现代主义，从结构主义到后结构主义，从接受美学到文化批评，不同思潮、不同方法争奇斗艳，各领风骚。全人类的几乎所有经典作家都在结构、解构和重构中被重新诠释。否定之否定，认识之认识，令人眼花缭乱，莫衷一是。然而，《堂吉诃德》似乎非但毫发无损，反而魅力大增。在 2002 年由瑞典学院发起、五十多个国家和地区的百余位作家及文化名人参加的“人类最伟大作品”的评选活动中，《堂吉诃德》以压倒多数的选票（超过百分之五十）名列第一。这就是经典的魅力。

第一节　20世纪之初

19 世纪与 20 世纪之交，世界文坛风云际会，自然主义、象征主义、印象派等文艺思潮此起彼伏，有关塞万提斯及其《堂吉诃德》的讨论却大都围绕传统与现代这对古老的矛盾而展开。首先是“98 年一代”。1898 年，西班牙在与美国的太平洋战争中败北，从而失去了古巴、波多黎各和菲律宾等最后几个殖民地。西班牙帝国彻底崩溃并从此一蹶不振。悲观主义、颓废主义、保守主义大行其道。这恰好与当时流行于西方的所谓的“世纪末情绪”一拍即合。这时，一群血气方刚的青年作家在西班牙文坛脱颖而出。他们年龄相仿，家庭背景、教育程度相当，政治观点和美学追求也相对接近。阿索林（Azorín）[①]、马埃斯图（Maeztu，Ramiro de）、奥尔特加·伊·加塞特（Ortega y Gasset，José）、安东尼奥·马查多（Machado，

① 阿索林（1873—1967），原名马丁内斯·鲁伊斯（Martínez Ruiz，José Augusto）。

Antonio)、乌纳穆诺(Unamuno, Miguel de)等"98年一代"的学者型作家,均对《堂吉诃德》及其接受进行了富有见解的评说。

1901年,新世纪伊始,老作家克拉林在一篇文章中写道:

> 西塞罗[①]称罗马人烂熟于心的《十二铜表法》[②]为第一诗经。《堂吉诃德》也应该是西班牙人的第一诗经。然而,遗憾的是,事实并非如此。必须承认,我们每况愈下的诸多阶层对它的热情同样也是每况愈下。它对我们许多年轻作家的影响也是如此。或者干脆说在他们身上已经看不到它的影子。而它却是我们最伟大的作品,也是全世界最伟大的小说。[③]

同样,马埃斯图在描述历代智者及相关人等不遗余力地纪念和赞美《堂吉诃德》的同时,道出了一个实情:在学术批评日益繁荣的同时,普通读者的阅读热情却呈现不断下降的趋势。他是这样感喟普通西班牙人对《堂吉诃德》这一不朽丰碑的陌生与冷淡的:

> 诚然,一般人等对它(《堂吉诃德》)的热情有减无已……这倒恰好同《堂吉诃德》描写的时代相仿。适值(西班牙)帝国盛极而衰。作品正是对这一衰微状态的极妙写照。西班牙衰老了、疲惫了,因此我说这是一本"老人书"……
>
> 塞万提斯写它的时候也已经步入老年。他名利全无,生活窘迫,贫病交加,狼狈不堪……[④]

---

① 西塞罗(Cicero, Marcus Tullius ,前106—前43),古罗马政治家、演说家。

② 古罗马共和国时代制定的最早的成文法典。因传说刻在十二块铜表上而得名。相传制定于公元前451年和公元前450年,由两个十人委员会负责制定。前者制定了十个法表,后者补充了两个法表。它们公布于罗马广场。刻有法律条文的铜表于公元前390年(或公元前387年)高卢人入侵时被毁,保存下来的仅为不完整的片断条文,散见于较晚时代罗马著作家和法学家的论著和文集中。《十二铜表法》内容庞杂,包括民法、刑法和诉讼程序,基本上是习惯法的汇编。

③ 转引自《〈堂吉诃德〉四百年》,第241页。

④ 同上,第244页。

1905 年,“98 年一代”的重要成员和命名者阿索林应有关部门之邀,为纪念《堂吉诃德》诞生三百周年撰写了一部游记——《堂吉诃德之路》[①]。该书夹叙夹议,沿着塞万提斯虚虚实实的堂吉诃德之路,对广袤的拉曼恰地区和堂吉诃德精神进行了一次全方位的扫描。

同样是在 1905 年, 乌纳穆诺出版了他的《堂吉诃德和桑丘的生平》。此书纵横捭阖,虚实相映,因而被认为是西方浪漫主义批评的集大成之作。事实上,乌纳穆诺不仅徘徊于浪漫主义和现代主义之间,而且毫不拘泥。以下片段或可成为他不拘一格的明证:

> 我们不知道堂吉诃德的生日,不了解他的童年和青年,对他信仰并捍卫的骑士精神的形成过程也一无所知。我们不知道他的父母、家世和祖上人等,甚至不清楚那片他经常打猎的拉曼恰平原的意象是如何印入他的灵魂的。而当他远望那掺杂着虞美人和万寿菊的麦田时,内心究竟又是在描绘着怎样的图景,还有他那不为人知的青春岁月,它对我们来说也是个谜。
>
> 关于他的家世、生日、童年和青年的所有记载都已消失,他既没有给我们留下任何口头传说,也没有任何书面资料可供查询。就算曾经有过,也已经完全散佚,或者被岁月尘封了起来。我们不知道他是否从童年时期就已经显露出英勇气概,就像那些圣徒一样,一出生,为了实践圣徒的苦行,做个好榜样,还在吃奶期就已经在礼拜五和斋戒日不吃奶了。
>
> 关于他的家世, 他本人曾经在成功赢得了曼布利诺的头盔之后和桑丘的交谈中说起过,尽管他“出身名门,有财产,还有权利要求五百苏艾尔多的罚金”;虽然他不是帝王的后代,不过那些有意为他作传的博士兴许还会把他的祖宗考察清楚, 发现他原来是什么国王的第五、六世的子孙。实际上,没有谁的家世不是从这些历史上的帝王传下来的,不过是衰落的帝王罢了。但是,堂吉诃德的家世应该是从平民开始,而后获得前所未有的地位的那种。他的家

① 《堂吉诃德之路》(*La ruta de Don Quijote*),马德里,国内外文库(*Biblioteca Nacional y Extranjera*),1905年。如今,由阿索林考证的“堂吉诃德之路”已然成为西班牙的一个重要旅游开发项目。

世就是从他开始的。

然而，奇怪的是，那些兢兢业业的搜寻者花了这么大力气来调查我们这位骑士的生平和传说，但都没能找到他家世的蛛丝马迹，他们却宁可把一个人的命运归结到他的遗传因素中去。至于塞万提斯，他显然没有这么做。对此，我们不必感到奇怪。总之，我认为堂吉诃德就如同他其他任何作品中诞生的人物一样，是根据作品的存在和塑造的变化而发生着变化的。请不要这么刨根问底地来考究堂吉诃德是否有一个痛风缠身、动不动就伤风感冒的独眼父亲。妄图用此来解释一个英雄的才智，让我非常反感。我只能对自己解释说，这权当是某些人沉迷在自得其乐却让人生厌的信仰中吧。他们相信堂吉诃德不仅仅是一个虚构的、想象的存在：这么出色的一个人物，其所以诞生，是因为和人类的所有奇迹一样，都是有因缘的。

这位绅士在他快五十岁的时候，在一个叫作拉曼恰的地方出现在我们面前。他可怜的日子都是靠"牛肉比羊肉多的砂锅杂烩、晚餐的生肉凉拌葱头、星期六的煎腌肉和摊鸡蛋、星期五的扁豆、星期日的小鸽子加餐"度过的，这些就花了"他四分之三的收入"，还有他的"丝绒裤、节日的黑色细呢子的大氅和丝绒鞋，平日里的上好的本色粗呢子衣服"就刚好花光那些积蓄。饭钱花掉了他四分之三的收入，而身上的衣服又把剩下的四分之一花掉了。所以，他是个穷绅士，也许是个贫病交加的绅士，但同时也是枪架上插着长矛的绅士。他是个穷绅士，但是，他却是财富之子。在他那个时代有个医生叫堂胡安·瓦特，他在他的《科学智力测验》第十六章中有一段话，是说《七章律》[①]中有一段记载，谓骑士的字面意思就是"财富之子"。如果按照现在对"财富"的界定，这是不合逻辑的，但是如果"财富之子"是指美德，那么它的意义也就贴切了，所以堂吉诃德是"美德之子"。我们的绅士多半是在哪个穷乡僻壤中度过的，他的清闲和美德也都是在贫穷中养成的。那片贫瘠的土地哺育了堂吉诃德，它百年以来一直遭受暴雨的摧残，到处都裸露着坚硬的内脏。冬天，那些湍急的河水蜿蜒着流过峭壁山峡，把可以孕育绿色生命

① 《七章律》(*Siete Partidas*)，西班牙中世纪法典。

的肥土卷入污浊并一同汇入大海。只消看一看这幅景象,就能了解那里的情况了。土地的贫瘠使得那里的人们不得不常常迁徙,或者要到很远的地方去谋生。那些靠羊群养家糊口的牧民则得赶着羊群一个牧场一个牧场地去找寻饲料。我们的绅士肯定曾年复一年地看着这些牧民赶着羊群艰辛地往返,他们居无定所,只能随遇而安。我们的绅士如果偶有美梦,那一定是在梦里看到了新的土地,或者梦见自己在环游世界。

他生活清贫,“身材瘦削, 面貌清癯, 每天很早起身, 喜欢打猎”。从这些可以看出他也是个火爆脾气,肝火太盛。我们提到的那本《科学智力测验》,也就是堂胡安·瓦特献给国王费利佩二世的那本书中,有一段解释,说这火爆脾气是聪明的表现,凡是读过这本书的人都会觉得这火爆脾气有多么适合堂吉诃德。那位天主教士圣依纳爵·罗耀拉也有着同样的火爆脾气。关于这位教士,我们有很多话要讲。修士佩德罗·里瓦德内拉在记叙他生平的传记第五卷第五章中写道:圣依纳爵满腔热忱,不过脾气急躁易怒,但是他很快就能自己消火,表现出他“一贯的活力和潇洒,这是他进行事业所必需的”。圣依纳爵和堂吉诃德有相同的脾气,这是很自然的,因为他要做军事首领,要有他的艺术,即军事艺术。即使是细节方面,也要体现出他作为武士的要求。在圣依纳爵传第四卷第十八章里,关于圣依纳爵的相貌体态, 佩德罗修士记叙道: 他额头宽阔而平整,谢顶,有令人尊敬的相貌。这和瓦特医生描述的一个人有军事才干的外部特征的第四条正好符合,那就是秃头。“理由很清楚,”瓦特补充说,“因为这是理性的特征,和其他特征一样,它体现于前额。也就是说, 体内过旺的火气攻击头皮而堵塞了毛发的生长出路。而且,据医生讲,头发生长需要的养分正是头脑吸收养料之后的排泄物。如果火气太大,所有的养料都消耗了,头发也就不能够生长了。”因此,我推断,虽然那些传记作家详细记录了堂吉诃德的生平, 却并没有向我们提及堂吉诃德宽大而平坦的前额和他的秃顶,但他应该就是这个样子。[①]

堂吉诃德喜欢狩猎,通过狩猎他学会某战略战术,比如说跟兔子和石鸡赛跑,然后再回到它们的窝边。想必他会大白天在拉曼恰独自轻装上阵去寻找猎物。

他又穷又清闲,一年到头大都无所事事。世界上没有什么比又闲又穷更明智的事情了。贫穷使他热爱生活,远离骄纵,充满希望,而清闲又让他不停地思考生命,思考紊乱的生活。他清晨打猎,没有几次不是梦想着自己的名字能够传遍旷野,进入万家,在广漠的土地上和漫长的世纪中流传的。这样充满野心的梦想引导着他的贫穷和清闲,使他远离生活的安逸,去追寻无尽的永生。

他已经过了四十多年暗淡的日子。他开始不朽事业的时候,已经年近五十了。在过去的四十多年里,除了打猎和经营他可怜的家产之外,他还做了什么?在他缓慢流淌的生命长河中,他是用怎样的修养来滋养他的心灵的?归根到底因为他是个乐于沉思的人,只有那些善于沉思的人才能做出那样的事业来。

要注意的是,他是直到将近五十岁的时候才开始闯荡世界并投身于救赎事业的,也就是说,那是在他抵达生命的成熟期之后。疯狂的事业一直到他的理智和美德完全成熟后方始展开。他不像那些年轻人,他没有盲目地投身于一个自己并不了解的领域。他是一个聪明、理智的成年人,灵魂已经成熟并让他为之疯狂。

生命的黑暗(和一段不幸的爱情)使他沉迷于骑士小说。"他读骑士小说的痴迷和爱好使他几乎完全忘记了打猎,更不要说家业的打理了。""他甚至变卖了很多法内加的农田来购买这些骑士小说。"毕竟,人不仅仅是靠面包生活的。于是在他的心里浮现出了这些英勇骑士的丰功伟绩,这把他和现实生活剥离开了。他渴望永恒的荣耀,这种对荣誉的渴望便是他行动的动力。

"他这样少睡觉,多读书。他脑汁枯竭,失去了理性。"关于他脑

① 塞万提斯在为自己的短篇小说集所作的序言中,对自己有过类似的描写:"诸位在这里见到的人,长脸瘦削,头发褐色,前额平坦而宽阔,眼神欢悦,适中的鼻子微微弯曲,花白的胡子二十年前还是金灿灿的,不大的嘴巴里还残留着六颗参差不齐、互不相干的牙齿,中等的个子不高不矮,健康的脸色白里透黑,背有些驼,腿脚也不甚灵便……"

汁枯竭这种说法，我前文提到过的瓦特医生在他的书中作了解释：人要有才智，就必须“把脑汁用尽，这样大脑里就只剩下敏锐和强健部分了”。关于让人失去了理性的情况，他跟我们提到了德谟克利特：“他在晚年的时候具有非凡的才智，所以失去了理性，也因此开始造一些谚语和警句，就是这些天人之语让全阿伯地诺的人都为之疯狂。”后来，希波克拉底医生去给德谟克利特治病的时候，他才意识到：“这才是最有智慧的人。”相反，那些让他去给德谟克利特治病的人才是真的疯了。瓦特医生还说：“德谟克利特很幸运，因为希波克拉底医生在那么短的时间里就对人的智慧得出了结论，从这方面讲，德谟克利特是非常谨慎而稳健的，但是在理性方面，他就有所欠缺。然而，希波克拉底却对他的疯狂满怀钦佩之情，而这种疯狂确实是值得钦佩的。”

……我们可怜而聪明的绅士并不是寻求暂时的利益，也不是寻求肉体的愉悦，而是把名声放在一切之上，希望能够千古流芳。他把自己交付给了自己的理想，交给了一个不朽的堂吉诃德，交给了他留下的传奇。耶稣说：“谁失去了自己的灵魂，也就赢得了他的灵魂。”这就是说，他赢得的不是别的东西，而是自己迷失的灵魂。堂吉诃德失去了他的理性，恰恰是为了在另一个堂吉诃德的身上赢回它——一种被美化和升华的理性。①

由于是堂吉诃德三百年华诞，尼加拉瓜诗人鲁文·达里奥（Darío, Rubén）发表了题为《祈吾主堂吉诃德》(*Letanía a nuestro señor Don Quijote*)的长诗。该诗颂道：

……你身披幻想，心怀力量，
头戴理想之盔；
手持盾牌，握紧长矛，
心无旁骛，一往无前，

① 乌纳穆诺：《堂吉诃德和桑丘的生平》(*La vida de Don Quijote y Sancho*)，马德里，卡特德拉出版社，2004年，第157—165页。转引自《塞万提斯研究》中黄绪凤所译的同名片段。本著引用时，对个别字句略有改动。

谁能让你服输？

游侠中的游侠，
用崇高和英武的脚步
净化所有的道路；
摈弃成见并陋习，
无视法律与科学，
不管真理与谎言……

骑士中的骑士，男人中的男人，
先生中的先生，英勇的王子，
向你致敬！我向你致敬，
因为你失去了往日的尊严。
到处是廉价的掌声和不屑，
还有花冠、恭维和愚蠢的喧嚣。

对你而言，过去的胜利和荣光算不了什么，
一切皆有其法则与理由。
如今你忍受夸奖、纪念和演说，
容忍考试、竞赛与题签。
你明明是俄耳甫斯[①]，众人却非要纵情合唱。
……[②]

法国诗人阿波里奈尔(Apollinaire，Guillaume)对此颇有同感。惟其如此，他才更加强调所有人都应该自己去通读《堂吉诃德》，尤其是西班牙人。他援引西班牙作家胡安·韦尔塔斯(Huertas，Juan)的话说："最好的办法是敦请国王下诏，让所有六十岁以下的人都学会读书、写字"，然后阅读《堂吉诃德》。[③]

① 希腊神话中，传为荷马之前最伟大的歌手，能使草木点头，顽石移动，野兽驯服。

② 转引自《〈堂吉诃德〉四百年》，第244页。

③ 同上，第251页。

与此同时,法国导演费迪南·泽卡(Zecca,Ferdinand)和吕西安·农格(Nonguet,Lucien)将《堂吉诃德》搬上了银幕,从此堂吉诃德和他的随从桑丘走进所有人的视阈,无论他们能不能通读塞万提斯的原著。

如果说乌纳穆诺还在古典和现代之间摇摆, 那么奥尔特加·伊·加塞特的批评无疑是现代塞万提斯研究的一个里程碑。后者于1914年出版了《吉诃德冥想》(*Meditaciones del Quijote*)一书。该书别出心裁,从十五个方面以层层递进的方式对自己的理论范式和《堂吉诃德》进行了富有象征意味的诠释:

一、森林 这是一部充满寓意的作品,其中的森林是我们生活的隐喻,尤其是我们的思想以及我们生活的环境和社会。森林不仅仅是指不同的树木,而且指树木背后的复杂的存在。假如我们沿着小径深入进去,就会看到同样的景色。虽然树木不同,但在我们眼里却彼此相仿。无论我们如何巡视,都不会发现森林的真面目。突然,我们会隐约地发现,有人在里面行走,但他的足迹形成了一个怪圈。森林是我们可能的行为之和,一旦完成,这些行动就失去了本真的价值。出现在我们面前的无非是用来隐藏其真面目的一个借口。

二、深层和表象 这个话题与森林密切相关。如果说森林是一种宽泛的比喻,那么现在这个话题就相对具体一些。前面说过,树木造就了森林,也掩盖了森林。然而,森林是存在的。只见树木,不见森林,使森林改变了模样,有了新的表象。很多人因为处在次要的位置,反而可以看得更清楚,尽管生活通常需要功利和显赫。有些人则无法分辨和描述深层,因而不知道事物有不同的层次。深层是藏匿在表象背后的特殊含义。很多情况下,由于我们无法了解事物的本质,这些事物便被赋予了我们的主观色彩。一如深层需要藏匿,表象需要我们去加以掩饰。

三、小溪与黄鹂 思想犹如森林。我们的点滴思想或思想之流犹如黄鹂的鸣叫。首先,我们有两种声音……当我们睁开眼睛、竖起耳朵的时候,印象或看得见、摸得着的世界就会进入我们的视阈和听阈。但是,要想进入世界的深层或高层,我们除了睁开眼睛,竖起耳朵,还要作更大的努力。当然,这种努力并不意味着为这个世界作加法或减法。深层世界和表象一样明确,只不过它需要我们努力去接近而已。

四、**阴间** 这里要比较具体地说说巨大的森林了。这是一片古老的森林,其古老程度相当于一位资深老师的年龄。他阅历丰富,非常睿智,积累了许多人生经验。此外,他冷静而博学,教授方法也是诱导式的。我们确定某种前提时,就自然而然地将这种习以为常的前提当成了真理,但重要的是我们自己去发现真理。森林使老师懂得,现实有许多层面。首先是第一层面。它是先入为主的色彩等要素和推动你去从事某事的欲念。然后才是背后的、更为遥远的深层,它需要我们经过努力才能抵达。描述这些层面需要洞识力。

五、**复述** 这时你手里有一本书,一本《堂吉诃德》。它多少描述了盛极而衰的西班牙。后者的核心价值在当时受到了限制,并因为种种限制而开始失却光彩。小说复述了这段历史。

六、**地中海文化** 这也是关于地中海文化的思考。于是我们的视野被拓展开来……思考是我们进入新世界的方式。这些新的世界充满了思想和观念。我们对它们进行条分缕析, 以便更好地理解。小说让我们看到了日耳曼文化与拉丁文化的差别,让我们发现了海洋的关联导致了海洋文化的特质。

七、**船长对歌德如是说** 这里是文化同文化主体的关系。后者是在前者的浸润下发展起来的。迄今为止,我们仍缺乏界定不同种族赖以生存及其历史范式形成的因果关系的方法, 尽管我们知道很多思想家,尤其是日耳曼文化及其思想家。

八、**金钱豹与感觉论** 希腊艺术在具体的表象之下追求典型性与特殊性。地中海艺术则充满了所谓的现实主义。当然这种提法是值得商榷的。对地中海人而言,重要的不是事物的本质,而是它的现时性。拉丁人把这称作现实主义。我反对这样的标签,因为它强调表象而不注重事物本身……

九、**事物与意义** 这就是说,我们由两大类人组成:观念论者与感觉论者。对感觉论者而言,重要器官有视网膜、味神经和手指肚;对观念论者而言,重要的是观念。观念来自深层知觉器官……

十、**观念** 识别或赋予某事某物以某种概念,是基于我们对特定事物及其意义的询问和理解。观念不能代替事物本身,也无意于抛弃对事物的印象与感觉……但它却是把握事物的有效方式。

十一、**文化** ……一种文化是对不确定因素的某种确定,是对游移现象的某种固定,是对灰暗事物的某种明确。

十二、**认知之光** ……明确不是生活本身,却是对生活的一种把握。人用观念照亮现实。

十三、**整体与个别** ……都说《堂吉诃德》是一部充满讽刺意味的非常深刻的伟大小说，迄今为止没有哪部作品在象征生活的普世意义方面堪与比肩……然而,一个人永远无法脱离其种族文化,因为他永远都是种族的一分子，就像那些随风飘移的云翳中的一丝水分。

十四、**寓言** 话说有一位英国探险家,他想探寻前往北极的道路,于是向北行走了整整一个夜晚。但是,到了第二天,他所处的实际位置离北极越来越远了。原来,他脚下的巨大冰层正在以更快的速度向南迁移。

十五、**对爱国主义的批评** 这里是对西班牙的严厉批评……要进步就必须摆脱过去,扬弃传统。①

奥尔特加·伊·加塞特写道:

福楼拜不畏缩,他坦然承认:“我在阅读《堂吉诃德》之前,心里就已经明白,它是我的源泉。”包法利夫人便是穿裙子的堂吉诃德,是关于灵魂的小小悲剧。她是浪漫小说的读者,也是半个多世纪以来泛滥欧洲的资产阶级理想的代表。讨厌的理想！资产阶级的民主,实证主义的浪漫主义!

福楼拜非常清楚,小说艺术是一种批评体裁,需要戏剧神经。他在创作《包法利夫人》的过程中说:“小说,对我来说,是首选体裁,因为它的主要任务是批评,或者更确切地说是解剖。”他接着又

① 奥尔特加·伊·加塞特:《吉诃德冥想》,马德里,学生宿舍社(Residencia de Estudiantes),1914年,第3—11页。

说,“啊!什么是现代社会最需要的?不是基督或华盛顿,苏格拉底或伏尔泰,而是阿里斯托芬。”

我想,在现实主义范畴,福楼拜是不会受到质疑的。他可以说是这个流派最负盛名的作家。

现代小说之所以很少显示喜剧机理,是因为它的理想同所批判的现实太靠近了。两者之间的距离非常小。理想离地面太近。正因为如此,可以预见,19世纪的小说将很快难以卒读:它拥有的诗性力度太小了。今天已然令我们感到惊讶的是,当我们手捧都德或莫泊桑的小说时,居然没有了十五年前的愉悦。然而,《堂吉诃德》的力度却永远不会被时间消蚀。

19世纪的理想是现实主义。“除了事件,还是事件,”狄更斯在《艰难时世》中的人物如是说。用孔德的话说,它只有如何,没有为何;只有事件,没有思想。包法利夫人和她的扮演者霍梅斯呼吸的是同样的空气(同样的孔德主义氛围)。这好比福楼拜一边读《实证主义哲学》,一边写他的《包法利夫人》……

现实拥有残酷的天赋,它甚至不能容忍理想,哪怕是由它从出的理想。对于19世纪,我既不满足于用英雄气概去否定英雄主义,也无法苟同实证思想……

《堂吉诃德》改变了枯涩的诗性平衡嗜好……但到了19世纪,我的父辈却重新陷入了悲观主义那可恶的泥沼……

基于决定论思想的自然科学首先在生物学上抢占了制高点,达尔文认为他通过生理的需求捕获了生命的本质(我们最后的希望)。生活便只剩下物质和机械的生理。

……个体和环境的关系被颠倒了。不是前者在后者之上,而是后者在前者之中。于是,我们的行为变成了条件反射。没有自由,也没有原创。生活就是接受,接受遗传和环境对我们的影响……达尔文将一切英雄从地球上清扫了出去。于是,实验小说的时代开始了。[①]

1915年,安东尼奥·马查多发表的《奥尔特加·伊·加塞特的〈吉诃德

① 奥尔特加·伊·加塞特:《吉诃德冥想》,第11—21页。

冥想〉》除了给予奥尔特加·伊·加塞特的观点以高度评价,还就《堂吉诃德》一书发表了自己的意见。在他看来,《堂吉诃德》首先是一部西班牙作品,其次是很少有人关注的一个问题:它是一个谜。首先是语言。“塞万提斯是语言高手,他的语言是鲜活的,无论是对白还是叙述……”其次是他的思想。“虽然塞万提斯表面上不屑于苦思冥想,却借人物之口表达了所要表达的思想。”①

1916年,著名学者罗德里格斯·马林在新版(校勘、注释版)《堂吉诃德》②的《致读者》中提出了有悖于奥尔特加·伊·加塞特的观点,谓:

> 无论它多么精美、多么雅致,《堂吉诃德》在我们这个时代已经少有真正的读者了。因此,我在另一个场合说过:“现在谁还在读《伽拉苔亚》?谁还会读《贝雪莱斯和西吉斯蒙达历险记》?它们全都是塞万提斯的作品!……还有《奇情异想的绅士堂吉诃德》,无论如何,在西班牙已经很少有人阅读了。这么说吧,这部伟大的作品已经不在很多读书人的案头了。

罗德里格斯·马林部分地将这些归咎于历代注疏者和批评家,认为他们大都未能很好地领会塞万提斯的精神,并对他无数的所指不甚了了。③

第二节 20世纪20年代

20世纪20年代,现代主义思潮风起云涌、如火如荼,各种流派争奇斗艳、标新立异。与此同时,传统的语文学派依然我行我素,在人文领域进行着孜孜不倦的、考古式的探询与钩沉。比如语文学家梅嫩德斯·皮达尔,又比如阿美里科·卡斯特罗(Castro,Américo)等等,都曾执著于条分缕析的考证与评析。其中,梅嫩德斯·皮达尔的《〈吉诃德〉创作机理的

---

① 安东尼奥·马查多:《奥尔特加·伊·加塞特的〈吉诃德冥想〉》(*Ortega y Gasset y sus* Meditaciones del Quijote),转引自《〈堂吉诃德〉四百年》,第271页。

② 杨绛译本所主要依从的正是其1947年的再版本。

③ 罗德里格斯·马林:《〈堂吉诃德〉致读者》,马德里,图书馆与博物馆联合出版社(Bibliotecas y Museos),1916—1917年,第1—3页。

一个层面》一文，从《堂吉诃德》的创作机理出发，探寻了它同谣曲、骑士小说和幕间剧的渊源关系。而阿美里科·卡斯特罗则更为广泛地探讨了塞万提斯思想。与此同时，堂吉诃德经卢那察尔斯基(Lunacharsky, Anatoly Vasilievich)之手进入了无产阶级革命的语境，于是同一堂吉诃德(即现时的、革命的堂吉诃德和永恒的、人道主义的堂吉诃德之间)的矛盾出现了。①

梅嫩德斯·皮达尔在论及《堂吉诃德》与传统谣曲及骑士小说的关系后，认为它的谋篇布局还受到了一出幕间短剧的影响："那部幕间剧应写于1591年或者更晚一点。它的目的是嘲讽过分流行的各种谣曲。半个多世纪以来，谣曲不停地再版。尤其是一部名为《谣曲之花》集子，从1591年至1597年接连再版并不断加入新的内容(变体)。"

> 那部幕间剧为我们展示了一位名叫巴尔托洛的可怜的农民形象。他看了太多的谣曲，并滑稽地模仿谣曲中的骑士，结果失去了理智。这和骑士小说使堂吉诃德癫狂有异曲同工之妙。那个农民的疯话与堂吉诃德第一次出征及有关那些托莱多商人的描写惊人地相似。巴尔托洛因为疯狂而成了一名士兵，他自认为是摩尔谣曲中的阿尔莫拉蒂或塔尔斐。他想去保护一位被侍童打扰的牧人姑娘，却被那侍童夺去长矛，并被他打倒在地。
>
> 同样，堂吉诃德也被一支商队中的一个骡夫夺去长矛并拷打了一顿。巴尔托洛被打后根本不能站立，他甚至认为自己遭此不幸并不是他的过错，而是他的马不得力。他以这种方式聊以自慰。堂吉诃德趴在地上站不起来，也说过同样的话。他说："这不是我的错，都怪我的马，我才落得如此下场。"
>
> 相似的成分还有很多。每当巴尔托洛想起曼图亚侯爵的那首脍炙人口的谣曲，就会觉得自己是那个在荒凉的树林里受伤的痴情人巴尔多维诺，他大声感叹道：
>
> 我的夫人啊，你在哪里？

① 卢那察尔斯基：《解放了的堂吉诃德》(1922年)，20世纪30年代经瞿秋白(易嘉)和鲁迅的译介进入中国。

怎么对我的痛苦毫无怜悯?

堂吉诃德同样自认为是巴尔多维诺,甚至记起了同样的诗句。就在这时,巴尔托洛的家人们赶到了。他以为是侯爵本人来了,便用谣曲中的新诗问候他们:

噢,尊贵的曼图亚侯爵!
我的叔父!我的骨肉至亲!

当他本村的一位农夫向他走来时,堂吉诃德也说了同样的话。

谣曲片断就这样颠三倒四地出现在这部幕间剧中,有时是出自巴尔托洛之口,有时是出自其他人物之口,他们拿那个疯子作借口,将戏谑的胡言乱语添加到曼图亚侯爵那闻名遐迩的故事当中去。塞万提斯很自然地丢弃了这些令人发笑的戏谑诗文,并将人物的疯癫浓缩成一个故事。在这个故事中,塞万提斯是这样设计的,堂吉诃德没有回答农民提出的任何问题,只是继续吟诵谣曲中的诗句,讲述巴尔多维诺的不幸遭遇,就像是叙述他自己的经历一样。但是,即使是在这个简短的故事中,塞万提斯也被幕间剧的戏谑言行及其模式所吸引。当农夫走向受伤的骑士时,他想起了那位侯爵:

侯爵先生为他摘下头盔,
然后慢慢地注视着他,
用他随身的一块布巾,
为他擦去脸上的灰尘,
脸上干净之后,
终于认出了他。

故事是这样的,农夫向堂吉诃德走去,"揭开他的护眼罩……抹掉他满脸的尘土,终于认出了他,农夫说道……"塞万提斯并不是想借那些胡言乱语去嘲讽什么,却无意间留下了对那部幕间剧的无意识模仿的珍贵痕迹。

巴尔托洛和堂吉诃德是以同样的方式来到他们家乡的。路上，他们的疯狂行为将曼图亚侯爵的谣曲朝摩尔人谣曲推进了一大步。巴尔托洛想象自己成了巴萨镇的镇长，向朋友阿宾塞拉赫抱怨萨伊达的虚伪。而堂吉诃德则幻想自己是那个被俘虏了的阿宾塞拉赫，向典狱长讲述了自己的爱情。接下来，两个疯子都回到了家乡，躺在床上睡着了。然而过了一会儿，他们又冲着那些身心疲惫的亲戚们大声叫喊起来。巴尔托洛说了很多关于特洛伊城火灾的傻话，而堂吉诃德的胡言乱语是关于十二对骑士的一场马战。

"魔鬼附在他的身上，所以他才会变成这样！"巴尔托洛的一位邻居这样说道。"这些该死的骑士小说，已经让您走火入魔了！"这是堂吉诃德到家时他的管家说的话。为什么这位管家厌恶骑士小说，却无视谣曲的危害呢？现在我们来解释这个问题。

我们看到，堂吉诃德的第一次出征和那部幕间剧之间有那么多相似之处，而且在布局上也颇为雷同。因此不能否定两部作品之间的相互关系。现在我们认为那部幕间剧是要嘲讽那些冒失的谣曲读者，即谣曲使巴尔托洛觉得自己是作品中的人物。幕间剧在这方面进行了坚定的批判。塞万提斯意在对骑士读物进行批判，堂吉诃德反复引用谣曲人物的胡言乱语，而这些人物与巴尔托洛想象中的人物是相同的。有些描写完全是题外话。比如阴错阳差，我们假设小说的描写受到了幕间剧的影响，那个疯子梦想自己是巴尔多维诺。这仅仅是幕间剧对小说的负面影响。假如我们突发奇想，假设那部幕间剧是后来问世的，并且是对《堂吉诃德》的效仿，那么通过对这两部作品的内容的基本分析，我们会发现这后一个假设是不能成立的。

此外，为了证明幕间剧出现的时间更早，我们还应该增加另一种实质性的考虑。在那个疯子的头脑里，自己的人格这个概念已经消散了，已经完全被另外一个著名人物的人格所取代了。这个粗俗的家伙是贯穿那部幕间剧的惟一主人公，他仅仅专注于诱发观众的笑声。然而我们在前面说过，《堂吉诃德》中的这类滑稽言语只出现在堂吉诃德第一次出征过程中，即第五章和第七章。这些胡言乱语与堂吉诃德所持的一贯状态不吻合。在使他发疯的英雄们面前，他的人格仍坚定而自豪地展现出来。因此，通过描述托莱多商人，我们可以审视堂吉诃德式的幽默元素。我们必须想到，塞万提斯设计这个片断时，并不是在对他的幻想本身进行完全自由的组合，而是鉴于幕间剧那无法消除的记忆而对人物的幻想进行了概括和浓缩，从而在精神上带给人们以更为生动的喜剧印象。这种深刻强烈的印象促使小说家下意识地做了一个令人费解的替换，即用骑士小说——堂吉诃德疯狂的根源——替换了传统谣曲。此外，在此过程中，小说家自由的创作观念受到了谣曲形式和那个幕间剧的戏谑方法的冲击。

这就是作者酝酿《堂吉诃德》时的文学依据。塞万提斯在幕间剧中发现了一种生动的幽默形式，即对因谣曲走火入魔引起的思维混乱的嘲讽。他认为这部讽刺作品的主题精妙绝伦，但是他聪敏地绕开了谣曲，因为它终究是一种优秀的诗歌传统。因此，为了使这部作品能够反映大众普遍憎恨的另一种文学形式，即骑士小说，他拥抱了时代价值。诚然，当时确有一些作者想扬弃陈旧的谣曲，比如罗伦索·德·塞普尔维达，他们对谣曲已经感到厌倦了，认为它既夸张，又缺乏内涵，但是塞万提斯并没有像塞普尔维达以及那位幕间剧作者那样想。

堂吉诃德回家后睡着了，趁着他从谣曲、从巴尔多维诺的疯狂幻想中暂时解脱出来的机会，神甫和理发师在这位落魄绅士的书房里进行了一次大检查。除了大量的骑士小说，他们还找到了《迪亚娜》(*Diana*)、《伽拉苔亚》以及其他一些田园小说，还有意大利式英雄史诗和《诗库举要》等等。但是，令我们感到惊异的是，那里竟没有一本歌谣集，或者别的诗集，如《谣曲之花》或其他诸如此类的集子。而这些作品都是半个多世纪以来不停出版的。对于塞万提斯来说，那些内容充实的小诗都是奉献给整个西班牙民族的作品，既不会导致像我们这位高不可攀的拉曼恰骑士的癫狂症，也不会受到神甫和理发师的裁决。使堂吉诃德失去理智的罪魁祸首，是那些卷轶浩繁的骑士小说，它们都被神甫和理发师扔到火里烧掉了，其中包括文笔晦涩的《堂弗罗里塞尔·德·尼克阿》和另一部更为庞大的作品《堂奥利房德·德·劳拉》。然而，堂吉诃德的第一次冒险和这些都没有关系，有关系的是《曼图亚侯爵谣》那本小书……

虽然幕间剧对作者的影响比较短暂，但《堂吉诃德》显然比其他骑士小说更重视谣曲。它不仅出现在有关托莱多商人的那些片段，也出现在第二章的某些段落中。七月炎热的一天，夜幕降临，堂吉诃德已经看到了初次出征的希望，来到了蒙铁尔原野上。当这位贵族骑士来到一个客店，也就是他即将被册封为骑士的地方时，他高兴地享受着店主为他提供的寒酸的栖身之处，记起了那首神秘的谣曲《骑士谣》：

甲胄是我服饰，
战斗乃我休憩。

当客店里的女仆帮他脱下甲胄时，他又模仿兰斯洛特谣曲中的诗句胡言乱语说：

自古从无骑士，
幸如堂吉诃德，
刚刚离开故土，
便得佳丽侍奉。

但是一旦塞万提斯忘了那部幕间剧，一切就都改变了。

那些关于某位作者创作渊源的研究是人类赖以理解其文化的首要资源，而诗人是人类文化的重要组成部分。但是……对灵感源泉的研究恰恰是要采用反向思维，以便看到诗人的思路是如何超越其灵感来源的，即如何摆脱它们、评价它们、超越它们。[①]

和梅嫩德斯·皮达尔不同，阿美里科·卡斯特罗从大处着眼，对传统

① 梅嫩德斯·皮达尔：《〈吉诃德〉创作机理的一个层面》（"Un aspecto de la elaboración del *Quijote*"），李想译，原载《关于〈堂吉诃德〉的研究》（*Estudios sobre el* Quijote），马德里，科学与文学艺术协会，1921年，第9—60页。本著引用时，个别字句略有改动。

塞学进行了颠覆,揭示了塞万提斯的复杂性:

假如读者有耐心阅读这部冗长的著作，就一定会看到塞万提斯具有多么复杂的思想意识了。我不知道我的观点能否说服全世界,但只要人们认识到这些有悖于传统塞学的观点存在,我就心满意足了。我们的工作无非是在延续我们最伟大的作家塞万提斯的有关话题。既有历史层面的,也有思想层面的,但归根结底是从塞万提斯出发的。从来没有人说过塞万提斯身上有一个繁复的世界,它是由特定的历史气候决定的。他的作品在这样的气候中得以生长,反映了作者特有的世界观。

人们总是强调作家的天才及其灵感的偶然性，却忘了他的选择和他的主观能动性。连那些沉溺于挖掘卡尔德隆·德·拉·巴尔卡的思想个性及其细节的德国学者，都没有写出一部《塞万提斯思想》来。凡此种种,都是因为受到了偏见的束缚,却没有得到应有的匡正。

完全应该再写一本书来澄清围绕塞万提斯而产生的种种偏见及其根源和传播程度。塞万提斯无疑是我们民族厄运的重要言说者。众所周知,西班牙曾以礼仪之邦闻名于世,它的子孙更是如此。他们却要为前辈的罪过遭受不公之待遇，以至于我们无不相信16世纪的西班牙没有崇高的精神,有的只是仁慈和想象的艺术。

梅嫩德斯·伊·佩拉约发起的挽救西班牙文化运动并没有完全收到预期的效果。这是因为他的基调流于肤浅和就事论事,而且缺乏比较的眼光,即与同时代其他文化的比照。这位大批评家的某些政治和宗教偏见使他无法跨越障碍,进行自由钻研。此外,梅嫩德斯·伊·佩拉约从未明确说出什么是文艺复兴带给我们西班牙的生活新理念。也许他想当然地觉得这不是问题。

于是,无聊的争论开始了,有人认为西班牙参与了文艺复兴运动,有人则持反对意见。奇怪的是,前者大都属于保守人士,而后者却以自由派居多。这样,我们这些从二十年前开始热衷于西班牙过去的人就无所适从了。循着时尚,我于1909年写道,文艺复兴运动没有对西班牙古典文学产生本质影响。而这一观点在今天看来就显得很荒唐了,完全是无知所致。

当时,我甚至远不相信塞万提斯曾经对意大利文艺复兴的精要内容了如指掌。我在那本书的前言中罗列了有关观点,认为塞万提斯仅仅是《堂吉诃德》的作者,从而创造了那样一种独特的风格或诸如此类的艺术形式。但是1916年以来,我逐渐发现了其他可能性,并有幸在《西班牙语文学杂志》(*Hispanic Journal*)上发表了两篇文章。我发现在思想层面上,塞万提斯不同于其他剧作家。他的立场并不完全认同于基督教的仁爱精神,而更多地体现了文艺复兴思想。于是,我第一次在塞万提斯和意大利人文主义之间找到了一个联结点。我的观点既没有获得赞许,也没有引起争论。因为这不是什么了不起的考据发现,当然也就无法引起塞学界认可或否定。当时我应该好好讨论一下有关塞万提斯的"世俗天才"的说法,但在当时的气氛下这么做显然有些操之过急。因此我选择了目前的做法,即沿着1916年开始的道路,一步步走到本著杀青的今天。我要说的是,西班牙不仅参与了文艺复兴运动,而且产生了塞万提斯这样的原创性作家。

知识界之所以小觑我们大作家的重要原因之一,是塞学赖以存在的可悲基础,即我们只知道作家既可怜又琐小的生活细节,如收税、坐牢、被俘以及贫穷的家庭生活,上帝知道还有什么悲惨遭遇(因埃斯佩莱塔遇刺案引出的巴利亚多里德的生活情景,以及他女儿出嫁并居住在蒙特拉街、他和女儿之间因陪嫁引出的纠葛等有关情况)。对这样一个贫穷到了乞讨边缘的作家,似乎谁都可以用第二人称。至于他的思想,当然也不会超越一般时人,如此而已,正如梅嫩德斯·伊·佩拉约所断言的那样,"他没有时间,也没有兴趣成为别的"。有人甚至说,塞万提斯的脑子有问题,而且常常丢三落四、前后矛盾。既然如此,我们倒不如像对待莎士比亚那样,讨论一下那些伟大的作品究竟是不是出自塞万提斯之手。

塞万提斯主义一直被捆绑在学术档案和语言研究上(当然,凭经验,我并不怀疑它们的作用),却很少关注作家的文化养成,即塞万提斯在意大利的密集训练。像塞万提斯这样的人,难道会年复一年地把时间浪费在纸牌和闲逛上吗?然而,有关档案对这段时间竟毫无记载。那么他的阅读呢?对他的创作起到了什么影响?毫无疑问,意大利之旅对塞万提斯的精神生活至关重要。

塞万提斯研究的另一个偏见是神秘主义。现在我终于明白了它的原由。那些严肃学者及其著述认为,塞万提斯的最大特点是幻想和幽默,充其量是从伊拉斯谟(Erasmus, Desiderius)那里继承的狂欢精神和辛辣的讽刺精神。但是,当他们阅读塞万提斯的时候,又分明觉得还有点什么是难以言喻的;觉得作者的思想时显古怪和难以捉摸,却又分明是不言而喻的。他们于是开始胡说八道,无视反宗教改革运动的存在。于是,迪亚斯·德·本胡梅亚等人的历史疑问被人为地抹去了答案,到处是夸夸其谈。于是,塞万提斯成了神秘的、具有共和思想的反宗教斗士。到处是字谜游戏。这太疯狂了!

同时,对神秘派的批评既保守又充满了资产阶级情调。我必须在那场争论中找到自己的出路,那便是重新回到塞万提斯时代,并用语文学方法重新组合各种事实。由此,我们看到了一个极其和谐的、充满理想精神的塞万提斯,包括其所有作品的和谐统一;而他的文学基础则是他那个时代的自然主义和禁欲主义。至于人物心理,除了经验主义、相对主义和"障眼法",便是前笛卡儿文艺复兴思想的精粹体现。这就是说,自然主义与禁欲主义在他身上结出了丰硕成果。还有宗教思想,它是同时代所有大作家的共同财富……[①]

就在这一时期,《堂吉诃德》继续风行,但方法已然不同。除被搬上各种舞台和银幕之外,《堂吉诃德》的各种缩写本开始在世界各地流行。有鉴于此,海明威(Hemingway, Ernest)用嘲讽的口吻写道:

全世界的几乎所有文学经典都被浓缩了。当然是在卡耐基的赞助下,一小撮缩写专家在最近五年间将世界文学名著浓缩成了商人们辛劳之余的快餐食品。

……用这种方式将这些经典送到疲惫或退休商人面前,简直

① 阿美里科·卡斯特罗:《塞万提斯思想》(*El pensamiento de Cervantes*),马德里,埃尔曼多出版社(Hermando),1925年,第401—405页。

太神奇了，尽管这多少有损于诸多学院或大学的努力，因为后者一直致力于将这些赋闲的商人拉到名著跟前。然而，还有一种更简便易行的方法，那就是将这些名著浓缩成报刊标题和相应的内容提要。比如《堂吉诃德》：

诡秘战斗中的疯癫骑士

西班牙马德里(经典消息公司特稿)。乡村骑士堂吉诃德的行为属战争癔癫。他于昨天早晨被捕，当时他正在同风车作战。他无法解释自己的行为。[1]

根据21世纪初美国学者协会在四十所大学的抽样调查，人们的阅读兴趣在20世纪呈直线下降的趋势。假设1900年为100分，那么1914年第一次世界大战前夕为99分，1939年前夕即下降到了73分，然后依次为1964年越战前夕的69分和1993年海湾战争之后的25分。1993年恰好也是美国开始施行信息高速公路战略之际。随着网络信息技术的突飞猛进，经典阅读呈现出几何式下降趋势。

当然，这并不妨碍塞万提斯继续成为经典作家，《堂吉诃德》继续成为经典作品。在2003年由诺贝尔基金会组织的“世界文化名人眼中的伟大文学”抽样调查中，来自世界五十多个国家的百名文化名人将半数以上的选票投给了《堂吉诃德》。可见《堂吉诃德》在多数读者心目中依然是伟大文学的象征。这或许也是柏格森(Bergson，Henri)钟情于堂吉诃德的原因。柏格森说，“堂吉诃德是荒唐可笑的象征”：

他走向了冒险。他的那些读物告诉他，凡骑士必遇巨人，因而需要他去战斗。于是，需要有一个巨人。这一念头犹如先决条件融入了他的精神。巨人伺机而动，以便变成任何物件……于是堂吉诃德看到了巨人，但在别人眼里他们只不过是风车而已。这当然既可笑又荒唐。但它庸俗吗？

① 海明威：《如何浓缩经典》，转引自《〈堂吉诃德〉四百年》，第281页。

此乃事实服从于思想，而非相反。难道你们不觉得这正是我们自己的真实写照吗？[①]

然而，卡夫卡(Kafka，Franz)似乎对桑丘情有独钟。他在1917年的一篇题为《桑丘·潘沙的真实》的随笔里，对桑丘的品德褒扬有加，同时认为堂吉诃德的最大悲剧并非由于他的想入非非，而是同他形成强烈反差的桑丘·潘沙。[②]

第三节 20世纪30年代

如果送你去一个荒岛，而你只能带一样东西，你准备带什么呢？西方人经常用这样的假设来拷问你的心志。有人从实用的角度出发，因而必然会想到火种、刀斧、猎枪或饮食之类；有人却精神至上，会首先想到书。20世纪30年代，托马斯·曼在乘船逃离纳粹德国前往纽约的途中，就带了一本书，它正是《堂吉诃德》。于是，在他的"航海日志"里，这位德国作家写道：

3月20日 (《堂吉诃德》)第一部展示了艺术家是如何不动声色地通过简单而又充满活力的讽刺向时人乃至全世界奉献其天才想法的……堂吉诃德确实是个疯子(这要归咎于骑士小说的荒诞不经)，但他无视现实的执著也确实为他争得了高贵、纯粹和贵族气派……

3月21日 整整一天我都沉浸在塞万提斯的天才史诗当中，追随着他在第二部里的冒险，并有感于他为堂吉诃德和桑丘赢得的巨大知名度……在此，堂吉诃德和他的侍从离开他们的现实，甚至他们赢得众多读者喝彩的文学世界，走进了另一种现实、另一个世界；尽管它们依然是文学的现实、文学的世界，但层次已有所不同，可以说是达到了新的高度……

3月22日 作家所创造的人物在叙述中逐渐长大，而这也许是

① 柏格森：《笑》，转引自《〈堂吉诃德〉四百年》，第282页。

② 卡夫卡：《桑丘·潘沙的真实》，转引自《〈堂吉诃德〉四百年》，第297页。

小说最具魅力的地方。人物本身即是一部小说,它起始于一个简单的讽刺,且并不知道这个人物在人文或象征的意义上属于什么级别,却自然而然地生成为一部巨著……

3 月 23 日 呜呼,我翻阅这部发黄的著作,有感于塞万提斯的极端冷酷,他居然如此这般地和他的人物拉开了距离……他难道没有一点自责、一点自嘲、一点痛苦吗? ……难道这就是幽默的含义吗?

3 月 25 日 同狮子的遭遇,应该是堂吉诃德冒险的高潮,严格地说,也是小说的高潮……作者对人物的疯狂的英雄主义倾注了巨大的热情……他空前地嘲讽其英雄人物的同时,也使后者的形象得到了空前的升华。

3 月 26 日 土生摩尔人里科特的故事,是《堂吉诃德》中最重要、最引人入胜的一段。他是桑丘的老乡,一个小老板。他被逐出西班牙多年以后,思乡情切,竟跟随朝圣队伍回到了拉曼恰……这一章节巧妙而充分地体现了作者对菲力三世和天主教的忠贞不贰……作者反对驱逐政策,但表现方式极其隐讳:通过被驱逐者对故乡的眷恋。

3 月 27 日 文学家、诗人不仅仅是艺术家,或者说他是另类艺术家,即精神艺术家,因为他的表现方式是文字,而文字是一种纯精神工具。他和其他艺术家一样,渴望最后的自由和解放。换言之,他最初可以来自简陋、有限、依附和屈从。事实上,我想说的是,自由仅仅是一种价值,它之所以有效是因为它只相对于不自由而言……塞万提斯越是同情土生摩尔人,他对国家政治的批判也就越强烈……

3 月 28 日 我觉得《堂吉诃德》的结尾有些松散……有些人为的文学痕迹。我不忍心看到堂吉诃德躺在床上,尤其是躺在殓床上接受失败的事实。然而,这恰恰是他病入膏肓的结果,有医生的鉴定为证:"悲哀和郁闷要了他的命。"巨大的悲痛感杀死了他,因为他行侠仗义的事业失败了……我们无不因他的悲痛而悲痛。

3 月 29 日 我梦见了堂吉诃德。他是活生生的一个人,我和他促膝而谈……堂吉诃德和画中不同,他……和我同样恭敬、友善,充满了难以形容的热情。于是我想起了昨天的阅读:“我已经不是从前的堂吉诃德·德·拉曼恰了,我现在是好人、善人阿隆索·吉哈诺。在家里受人尊敬,在外面也人见人爱。”无限的悲痛和怜悯、热爱、尊敬在我心中油然而生……有一种传统,它非常欧洲,那就是怀旧……然而,透过晨雾,我们面前渐渐出现了曼哈顿的高楼大厦,在一片神奇的殖民地风景中,耸立着一座高塔入云的伟大城市。①

豪尔赫·路易斯·博尔赫斯(Borges,Jorge Luis)也于1939年写下了《皮尔·梅纳德,〈吉诃德〉的作者》(“Pierre Menard, autor del *Quijote*”)。博尔赫斯在这篇不是小说的小说里演绎了梅纳德用另一种文字重写《堂吉诃德》的故事,但最后结论是所有的重写或改写都是不可能的,因为所有的书其实都是同一本书。之后,他在另一作品《〈吉诃德〉的部分魔术》(“Magias parciales del *Quijote*”)中就《堂吉诃德》进行了以下评点:

和其他古典作品(《伊利亚特》、《伊尼特》、《法尔萨利亚》、但丁的《神曲》、莎士比亚的悲剧和喜剧)相比,《堂吉诃德》是现实主义的,但它的现实主义和19世纪的现实主义有本质的不同。约瑟夫·康拉德说他在创作中摈弃了超自然因素,因为吸收这些因素意味着否认日常事物的奇妙之处。我不知道米盖尔·德·塞万提斯是否具有同样的直觉,但事实是吉诃德这个人物将平凡真实的世界和充满诗意的想象世界并行地摆在了一起。康拉德(Conrad, Joseph)和亨利·詹姆斯将现实生活写成了小说,因为他们认为现实生活富含诗意;塞万提斯却认为现实和诗意是相互矛盾的。后者把卡斯蒂利亚尘土飞扬的道路和肮脏的客栈同阿马迪斯时代的茫茫原野对立起来……塞万提斯为我们创造了17世纪的西班牙史诗,但自己并不认为那个时代及其西班牙有什么诗意。乌纳穆诺、阿索林或安东尼奥·马查多一类作家,一提起《堂吉诃德》就激动不已。塞万提斯地下有知,一定会大惑不解的。他的创作目标是摈弃神奇,于是他像人们模仿侦探小说那样,不得不拐弯抹角、竭力伪装。塞万提斯

① 托马斯·曼:《随〈堂吉诃德〉航行》,转引自《〈堂吉诃德〉四百年》,第309—310页。

不能采用魔法、巫术之类的情节，但他用巧妙的方式暗示了超自然情境，因而更加成功。塞万提斯骨子里是喜欢超自然事物的。保尔·格罗萨克在1924年指出："塞万提斯粗通拉丁文和意大利文，他的文学修养主要来自被俘囚禁期间浏览的田园小说、骑士小说和神话故事。"《堂吉诃德》与其说是这类虚构作品的解药，毋宁说是恋恋不舍的挽歌。

在现实生活中，每一部小说都是一幅理想的图景；塞万提斯乐于混淆主客观世界，混淆读者和读物。他在讨论理发师刮胡子用的铜钵是不是头盔、驮鞍是不是华丽宝鞍时，所用的语言直截了当；但在别的地方，我说过，却只有暗示。在第一部第六章里，神甫和理发师检查了堂吉诃德的藏书，令人惊讶的是，其中有一本塞万提斯自撰的《伽拉苔亚》。不宁惟是，那理发师居然还是作者的老朋友，他对此书的作者并不十分佩服，认为他与其说是多才，不如说是多灾；他还说，这本书开头不错，结局还不得而知，书里有些想象还算新奇。显然，理发师是塞万提斯的想象，或谓想象的产物，却评点起塞万提斯来了……同样令人惊奇的是，第九章开头说《堂吉诃德》这部小说全然是从阿拉伯文翻译过来的，塞万提斯在托莱多的市场上买到手稿，并雇了个摩尔人将它翻译出来。他把摩尔人请到家里，住了一个半月，终于译完了手稿。这使我们想到了卡莱尔，他伪托《成衣匠的改制》是德国出版的迪奥金尼斯·丢弗斯德罗克博士同名作品的节译本。还有卡斯蒂利亚犹太教博士摩西·德·莱昂的《光明之书》也伪托是3世纪一位巴勒斯坦犹太教博士的作品。

稀奇古怪的混淆游戏在第二部中达到了顶点。书中的主人公说他看过(《堂吉诃德》)第一部，于是《堂吉诃德》的主人公成了自己的读者……这不由得令人迁思《罗摩衍那》，即蚁蛭描写罗摩功绩及其同妖魔作战的史诗。史诗末篇写罗摩的两个儿子不知生父是谁，他们栖身森林，由一个苦行僧教会读书识字。奇怪的是，那位苦行僧即蚁蛭本人，而他教两个少年时所用的课本竟是《罗摩衍那》。一天，罗摩宰马设宴，蚁蛭带两位门徒前来，并让他们用琵琶伴奏演唱了《罗摩衍那》。罗摩听了自己的故事，认了自己的儿子，酬谢了诗人……《一千零一夜》中也有类似写法。这个神奇的故事集由一个中心故事衍生出许多小故事来,枝繁叶茂,令人眼花缭乱,但不是层层递进、主次分明,因而原本深刻的效果变成了波斯地毯似的浮光掠影……最令人困惑的是那个神奇的第六百零二夜的穿插。那夜,国王从王后嘴里听到了她自己的故事,他听到那个包括所有故事的故事之纲,还不可思议地听到了故事本身。读者是否已经清楚地觉察到这一穿插所蕴涵的无穷的可能性和奇异的危险性?故事将周而复始,即王后不断讲下去,国王将永远听下去,而《一千零一夜》的故事将难有完结……哲学的创意并不比艺术的创意平淡,乔赛亚·罗伊斯在《世界与个人》的第一卷里提出如下论点:"假设英国有一块土地,经过精心平整,再由一名地图绘制员在上面画一幅英国地图。地图画得十全十美,再小的细节都分毫不差,就连一草一木都有相应的表现。那么,这幅地图应该包含地图的地图,而第二幅地图则应包含地图的图中之图,依此类推,直到无限。"

图中之图和《一千零一夜》中的一千零一夜何以令我们感到不安?堂吉诃德成为《堂吉诃德》又何以令我们不安呢?我觉得我已经有了答案:如果虚构作品中的人物成了读者或观众,那么作为读者或观众的我们就有可能成为虚构的人物。卡莱尔在1833年写道,世界历史是一部无限推延的神书,是由所有人共同写下的,同时它也写了所有人……①

第四节 20世纪40年代

第二次世界大战期间,塞学重心从西班牙转向了拉丁美洲。流亡风潮使不少西班牙学者、诗人流散至世界各地,尤其是西班牙语美洲。这时,"27年一代"中的路易斯·塞尔努达(Cernuda, Luis)、达马索·阿隆索(Alonso, Dámaso)、佩德罗·萨利纳斯(Salinas, Pedro)、阿马多·阿隆索(Alonso, Amado)等成了塞学主力。1943年,路易斯·塞尔努达率先对"98年一代"的塞学理念发起进攻,谓后者的所谓塞学是"将生活和空气混

① 博尔赫斯:《〈吉诃德〉的部分魔术》,《博尔赫斯全集》(*Obras completas de Jorge Luis Borges*),第二卷,布宜诺斯艾利斯,埃梅塞出版社(Emecé),1960年,第46—48页。

为一谈”。他还不无悲观地指出,塞学陷入了低谷,而“其中的最大怪癖是审视历史的方法明显带有改变历史的企图,仿佛历史是一样尚可改变,或者可供我们嗔怪的东西。这正是西班牙人的通病”。他指名道姓地批评了乌纳穆诺及其《堂吉诃德的生平》,认为他夸夸其谈的惟一目的只是寻找堂吉诃德的墓穴。[①]同样,路易斯·塞尔努达批评“98年一代”的塞学明显具有神秘化倾向,即后者“视堂吉诃德为象征,即西班牙神秘和神奇的化身”。[②]

达马索·阿隆索也在40年代前后发表了一系列有关《堂吉诃德》或塞万提斯的研究成果,其中《堂卡米罗特和堂吉诃德》一篇对梅嫩德斯·皮达尔的“巴尔托洛—堂吉诃德”影响关系进行了修正。在他看来,葡萄牙诗人希尔·维森特(Vicente, Gil)的《堂杜阿尔多斯的悲剧》(*Tragedia de Don Duardos*)对塞万提斯的影响当远远超过那个幕间短剧:“希尔·维森特的人物卡米罗特酷似堂吉诃德,其酷似程度甚至超过了骑士小说中的绅士。其中最逼肖的是二者的怪诞性,它充斥于维森特的作品和堂吉诃德……”

> 那么,现在的问题是塞万提斯究竟有没有可能读到希尔·维森特《堂杜阿尔多斯的悲剧》中的卡米罗特呢?……希尔·维森特的《作品集》曾两次适时地出现在卡斯蒂利亚,一次是1562年,另一次是1586年,何况塞万提斯曾于1581年到访过葡萄牙。因此,他完全有可能读到过前者的作品。[③]

此外,华金·卡萨尔杜埃罗(Casalduero, Joaqín)虽然并不属于“27年一代”,却与后者殊途同归,开创了这一时期的塞学风气。他在《〈吉诃德〉

① 转引自《〈堂吉诃德〉四百年》,第316页。乌纳穆诺的另一篇文章正是以《堂吉诃德的墓穴》命名的。

② 路易斯·塞尔努达:《塞万提斯·1940》,《“27年一代”探访塞万提斯》(*La generación del 27 visita a Cervantes*),马德里,塞万提斯图书馆,2005年,第219页。

③ 达马索·阿隆索:《绅士卡米罗特与绅士堂吉诃德》(“El hidalgo Camilote y el hidalgo Don Quijote”),《“27年一代”探访塞万提斯》,马德里,塞万提斯图书馆出版,2005年,第128—130页。

的意义和形式》(*Sentido y forma del* Quijote)[①]一书中置塞万提斯于巴洛克艺术范畴,并对其几乎所有作品进行了细致入微的探究,从而在细节的把握上将塞学推进了一大步。同样,德国学者赫尔穆特·哈茨费尔德(Hatzfeld,Helmut)采用文本细读的方式在《作为语言艺术的〈吉诃德〉》(*El* Quijote *como obra de arte del lenguaje*)中对《堂吉诃德》进行了细密的分析。此著最初出版于1927年,但真正产生影响是在40年代,后经修订再版于1966年。[②]1947年,美国学者奥布里·贝尔(Bell,Aubrey)以《塞万提斯》(*Cervantes*)为题,将塞万提斯界定为"最典型的西班牙人"。[③]

另一位重要批评家亚历山大·派克(Parker,Alexander A.)于1948年发表了《〈堂吉诃德〉的真实观》("El concepto de verdad en el *Quijote*")一文,对阿美里科的批评提出了不同的看法,认为谈论塞万提斯的真实观不能脱离时代,否则就会"陷入浪漫主义的窠臼"。[④]

与此同时,结构主义和符号学批评开始大量应用于《堂吉诃德》研究,其中又以奥地利批评家莱奥·斯皮策尔(Spitzer,Leo)的作品最具代表性。他于1948年出版了名为《语言学与文学史》(*Linguistics and Literary History: Essays in Stylistics*)的专著,其中以《〈吉诃德〉的语言学透视法》对塞万提斯进行了符号学"透视"。他几乎亦步亦趋地遵循了索绪尔的结构主义语言学理论,对《堂吉诃德》的能指与所指、局部与整体、文本与潜文本等诸多方面进行了条分缕析。此后,各种结构主义与形式主义批评蔚然成风。

翌年,加拿大批评家弗莱(Frye,Northrop)在论及《堂吉诃德》时指出,无论是作家前言还是文本都难以涵括一个伟大作家的意义。[⑤]这一定程度上修正了海涅"伟人之笔高于伟人"的说法。

---

① 华金·卡萨尔杜埃罗:《〈吉诃德〉的意义和形式》,马德里,因苏拉出版社,1949年。

② 奥布里·贝尔:《塞万提斯》(*Cervantes*),诺曼,俄克拉荷马大学出版社,1947年,第12页。

③ 见赫尔穆特·哈茨费尔德(Hatzfeld, Helmut):《作为语言艺术的〈吉诃德〉》,马德里,高科委出版社,1966年。

④ 派克:《〈堂吉诃德〉的真实观》,《西班牙语文学杂志》,马德里,1948年第32期(总),第287—305页。

⑤ 弗莱:《弗莱论文学及文化:报刊文集》(*Northrop Frye on Culture and Literature: A Collection of Review Essays*),Chicago,University of Chicago Press,1978年,第159—164页。

第五节　20世纪50年代

1951年至1952年，弗拉基米尔·纳博科夫应邀在哈佛大学讲学。他非但不承认《堂吉诃德》是“世上最伟大的小说”，而且当着数百学生的面撕毁了这本“残酷”、“粗糙”的书。首先，纳博科夫认为，这部小说的结构、语言和技巧很有问题，因此难以产生美感。其次，他不能忍受塞万提斯的“残酷”，包括后者对堂吉诃德的态度，谓其对人物所遭受的痛苦津津乐道、大加渲染，毫无怜悯之心。当然，纳博科夫并没将“洗澡桶”、“洗澡水”和“孩子”一起扔掉。他反对塞万提斯及其作品，却并不反对堂吉诃德这个人物。他多少有点将自己等同于这个受尽磨难的堂吉诃德。他喜欢这个人物，却并不是因为后者行侠仗义的道德风范，而是因为其诗人气质和惊人的想象力。他说：

它是杰出作品中最瘦骨嶙峋的杰作……曾经被说成是有史以来写下的最杰出的小说。这话当然是胡说八道。实际上，甚至它是世界上最杰出的小说之一这样的话也不能说，但是这部小说的主人公的个性特点却是塞万提斯的天才之一举，因为这个人物，一匹瘦马的背上骑着的一个瘦削的巨人，如此奇妙地在隐约间耸立在文学的地平线上，于是这部书存活下来了……我认为，塞万提斯原先的意图是要把《堂吉诃德》写成一篇比较长的短篇小说，给读者以一两个小时的娱乐，关于这一点是不会有任何疑问的。堂吉诃德的第一次出游，即还没有桑丘参与的那一次，显然是作为单独的一部中篇小说来构思的：它表现出目的与成就的统一，并且含有寓意。可是后来这部书变了，扩充了，结果什么东西都包括了。书的第一部分成四卷——第一卷八章，接着第二卷是六章，然后第三卷是十三章，然后第四卷是二十五章。书的第二部不分卷……

《堂吉诃德》上下两部书构成了一部以残酷性为题的货真价实的百科全书。从这个角度来考察，这部书是有史以来写下的最难以容忍、最缺乏人性的书之一。而且它的残酷性是具有艺术性的。那些杰出的评论家，戴着博士帽、戴着法冠，大谈这部书幽默、仁慈地烘托出成熟的基督教气氛，大谈“一切都因充满爱和友好感情的仁慈举动而变得美好”的幸福世界，尤其是那些大谈第二部某一个“和蔼可亲的公爵夫人”“热情款待堂吉诃德”的评论家们——这些滔滔不绝地大谈特谈仁慈的专家可能读的是别的书，或者他们是透过一层又一层的玫瑰色的薄纱来观察塞万提斯的缺乏人性的世界的……①

几乎就在同时，诗人布拉斯·德·奥特罗（Otero, Blas de）出版了一部名为《堂吉诃德之死》（*La muerte de Don Quijote*）的文集。在他看来，塞万提斯对堂吉诃德的残酷，恰恰也是对自己的残酷。他甚至启用了“自虐”这样耸人的词汇，谓塞万提斯对堂吉诃德的嘲讽和戏弄都是针对他自己的，是一种真正意义上的现身说法。尽管乌纳穆诺将堂吉诃德之死比作基督之死，即为了拯救的牺牲，但奥特罗却坚信死者是善人吉哈诺，而非堂吉诃德。②

第六节 20世纪60年代

60年代，塞万提斯研究再次呈现多元化态势。首先是以英国学者爱德华·赖利（Riley, Edward）为代表的社会历史批评。赖利于1962年出版的《塞万提斯的小说理论》（*La teoría de la novela en Cervantes*）明确提出了时代社会生活与文学创作的关系，认为塞万提斯的小说理论主要来源于时代社会及日常生活，而非传统的诗学原理：

塞万提斯的小说理念主要来源于新亚里士多德主义，也就是16和17世纪的意大利和西班牙诗学思想，尽管这其中不乏新柏拉图主义和其他影响。相形之下，在传统修辞学和新诗学之间，塞万提斯或许更重视后者；在拉丁文学和俗语文学之间亦然。当然，他并不完全排斥传统……

自然的结论（也许并不一定）是，品西亚诺的作品③对塞万提斯

① 纳博科夫：《〈堂吉诃德〉讲稿》，金绍禹译，上海三联书店出版，2007年，第21—39页。

② 转引自《〈堂吉诃德〉四百年》，第327页。

③ 指《古代诗学》对同时代作家产生了重要影响。其作者还于1592年翻译出版了《荷马史诗》，这在当时无疑是重大的文学事件。

产生了举足轻重的影响。当然，这并不表示塔索[①]的影响无足轻重。塔索的《论诗的艺术》(*Discorsi dell'arte poetica*)当创作于1564年，1587年修订后正式出版。他还于1587年修订了1594年出版的《论史诗艺术》(*Discorsi del poema eroico*)。如果塞万提斯在意大利文学圈里熟悉了塔索的第一部作品，那么他又缘何不在《伽拉苔亚》中予以表现，却必得到后期的小说才彰显出来呢？因此，他应该是在回到西班牙之后才接触到塔索的作品的……

诚然，塞万提斯读到无数好书和坏书，也许并没有对他的叙事理论产生本质的影响。也许桑切斯·德·利马[②]的《诗艺》(*Arte poética*)之类的影响更大些，因为这类作品的现实针对性很符合塞万提斯的批判精神。当然，这是在《伽拉苔亚》之后，或许是在阅读了品西亚诺之类的新亚里士多德学说之后。同理，塞万提斯在阅读品西亚诺的过程中，很可能接触到了更多的意大利作家的文学思想。我们不知道这期间究竟发生了什么、谁的影响最大……[③]

另一方面，巴赫金(Bakhtin，Mikhail)虽然没有像对待陀思妥耶夫斯基和拉伯雷那样对待塞万提斯，但还是将他的理论运用到了《堂吉诃德》研究上，并为后者提炼出了三大要素，即“喜剧性(或谓狂欢性)、对话与复调”。[④]此外，巴赫金在诠释怪诞现实主义时曾以《堂吉诃德》为例，认为“在塞万提斯的作品中，戏仿性贬低化的主线具有世俗化、向大地和肉体的再生生产力靠拢的性质”。[⑤]而桑丘·潘沙是这方面的代表，其“唯物主义——他的肚子、食欲，他的大量排泄——就是怪诞现实主

① 塔索(Tasso，Torquato 1544—1595)，意大利诗人，代表作为《解放了的耶路撒冷》(*Gerusalemme liberata*, 1575)。

② 参见约翰逊(Johnson, Carroll)《〈吉诃德〉研究：1925年至今》(“La crítica del *Quijote* desde 1925 hasta ahora”)，《塞万提斯》，马德里，塞万提斯研究中心(Centro de Estudios Cervantinos)，1995年，第323—324页。《〈堂吉诃德〉四百年》，第348页。

③ 桑切斯·德·利马(Sánchez de Lima，Miguel，生卒不详)，16世纪西班牙学者。

④ 转引自《〈堂吉诃德〉四百年》，第350页。

⑤ 巴赫金：《拉伯雷研究》，《巴赫金全集》，第六卷，李兆林等译，河北教育出版社，1998年，第26页。

义的绝对生产基础，对堂吉诃德那种孤立、抽象而又僵化的理想主义来说，这就是为它挖掘的一座快活的肉体墓穴。'愁容骑士'仿佛必须在这个墓穴中死去才能再生"。[①]再者，"在塞万提斯的作品中，肉体和物质开始具有个人的、私有的性质，并变得庸俗化、家常化，从而成为个人日常生活不动因素，成为私欲和占有的对象"。[②]

与此同时，法国学者勒内·基拉尔(Girard, René)对塞万提斯进行了别出心裁的阐释。他出版于1961年的《浪漫的谎言与小说的真实》(*Mensonge Romantique et Vérité Romanesque*)认为，在人的头脑中都有一个"欲望三角"，即客体、介体和主体。这一理论的基点是，人的欲望莫不生成于他人的欲望之后。例如，堂吉诃德的欲望是"十全十美的游侠骑士"阿马迪斯的欲望的延续。他进而认为，几乎所有的文学作品都与三角欲望有关，不过更多的作品自身还处在自发欲望的幻觉中，只是不自知地反映(reflection)出模仿的欲望而已。只有那些穿透了这种幻觉，清醒地认识并揭示(revelation)了欲望三角的作品才是伟大的作品。所以，他特意用"浪漫的"这个词解释有介体却未及揭示的作品，用"小说的"这个词涵括那些揭示了介体存在的作品。现代小说主人公的强烈欲望和其欲望目标并非呈现出一种直线关系，在二者之间往往还有一个欲望介体(mediator of desire)，它直接影响甚至决定着主人公的选择。主人公(主体)、介体、欲望目标(客体)所构成的三角关系，才是现代小说最为内在甚至是惟一的结构形式："概念中的概念，其核心作用不断得到证实的概念，由此可以发现一切母概念，即三角欲望，小说的小说理论将以此为基础。"[③]具体到《堂吉诃德》，除了主人公和阿马迪斯与完美骑士的关系，还派生出了另一个"欲望三角"，即桑丘和堂吉诃德与海岛总督的关系。至于堂吉诃德临终时何以复归现实，基拉尔解释为一种皈依：主体在最后一刻否定了介体，从而用自我的欲望取代了对介体的模仿。

1967年，塞学家马丁·德·里盖尔(Riquer, Martín de)出版《塞万提斯与批评》(*Cervantes ante la crítica*)，对此前的塞万提斯研究进行了并不

① 巴赫金：《巴赫金文论选》，佟景韩译，中国社会科学出版社，1996年，第121页。

② 巴赫金：《拉伯雷研究》，《巴赫金全集》，第六卷，第28页。

③ 基拉尔：《浪漫的谎言与小说的真实》，罗芃译，三联书店，1998年，第54页。

十分系统的梳理。在谈到《堂吉诃德》的喜剧效果时，里盖尔指出，全书惟有一段文字失去了讽刺意味和喜剧效果，因为那早就成了现实：

……塞万提斯在《堂吉诃德》第二部的献辞中写道："最急着等堂吉诃德去的是中国的大皇帝。他一个月前特派专人送来一封中文信，要求我（或者竟可说是恳求我）把堂吉诃德送到中国去，他要建立一所西班牙语文学院，打算用堂吉诃德的故事做教材……"这是《堂吉诃德》中惟一失去喜剧色彩、失去自嘲和讥嘲效果的一段文字……

同时，里盖尔认为：

塞万提斯主义的产生几乎完全依仗《堂吉诃德》的魅力。塞万提斯的其他作品，包括那些不起眼的和无足轻重的篇什均因之而获得关注，有关作家的一切生平细节和影响、摹仿也因之而受到重视。人们一拥而上，其中有作家和学者，也有普通读者和票友，共同谱写了一曲很不和谐的交响曲……[①]

1968年，另一位塞学家阿瓦耶-阿尔塞（Avalle-Arce，Juan Bautista）再一次从文学与生活的关系切入，对塞万提斯的作品和生平进行了细致入微的比照，认为《堂吉诃德》充满了自传色彩：

塞万提斯作品的自传性是审慎的、冷静的、藏而不露的。审慎可能是塞万提斯作品的最大特点，他越是成熟，这种特点就越明显。因此，他对自己的艺术渲染似乎一直停留在被俘和囚徒生涯，而对恩怨情仇却一直讳莫如深。正因为如此，塞万提斯只在《堂吉诃德》（第一部第四十章）中含混地提到了自己的姓氏萨维德拉。这不得不让人想到洛佩·德·维加，二者是多么不同！洛佩是个真正的艺术蜘蛛，他的所有作品都围绕着他的生活经历。因此，说洛佩，就必定要说到他的生活，其作品与生平的关系是那么顺理成章。无

① 转引自《〈堂吉诃德〉四百年》，第351页。

疑,洛佩是将生活艺术化、同时又使艺术生活化的典范……

然而,即使是对他曾经被土耳其海盗俘获的这根小小的经线,塞万提斯的处理也是逐渐变化的……在《伽拉苔亚》中,丁布里奥的幸而获救表明塞万提斯的这段经历是以充满艺术想象的理想主义精神演绎的,即理想战胜了现实……但随着时间的推移,他开始逐步接受现实,于是,在《堂吉诃德》中,囚徒生涯被复杂化了;以至于到了《贝雪莱斯》,现实与未来被悲观地嫁接起来:尽管事件故意交代得很简单,几乎是一笔带过,但结果却非常明了,即堂桑丘营救囚徒的船只没能成功地靠近押送囚徒的船只。[①]

这一时期,阿美里科·卡斯特罗继续沿着既定路径探究塞万提斯思想,其中的一个关注焦点是塞万提斯同伊拉斯谟的传承关系。

第七节　20世纪70年代

70年代初,塞学家马尔克斯·维亚努埃瓦(Márquez Villanueva, Francisco)出版《塞万提斯的文学渊源》(*Fuentes literarios cervantinos*)(1973)一书,对塞万提斯的阅读和借鉴进行了系统的梳理。此后,他又出版了《〈堂吉诃德〉中的人物和故事》(*Personajes y temas del* Quijote)(1975)等专著,详细考察了有关人物及故事的演变过程。从方法论的角度看,他大抵承袭了梅嫩德斯·伊·佩拉约和阿美里科·卡斯特罗在有关著述中所开创的考据法及文本细读法,但求证更为细致,视野更为宽广。此外,卡洛斯·富恩特斯(Fuentes, Carlos)用元文学理论阐释了《堂吉诃德》的"人物阅读"范式。

马尔克斯·维亚努埃瓦不仅追溯堂吉诃德的文学源头,还对桑丘·潘沙的来源进行了探索。他认为桑丘的来源比之前有关评论家提到的要丰富、复杂得多。比如菲利普·瓦格纳(Wagner, Philip)进一步阐释了《西法尔骑士》(*El caballero Zifar*)中的桑丘原型,即侍从里瓦尔多(此前

① 阿瓦耶-阿尔塞:《塞万提斯及其自传性描写》,《塞万提斯新探》("Cervantes y la autobiografía", *Nuevos deslindes cervantinos*),巴塞罗那,阿里埃尔出版社,1975年,第279—333页。

已为梅嫩德斯·伊·佩拉约所发现），但事实相距甚远，盖因里瓦尔多这样的人物既不是《西法尔骑士》独创，亦非西班牙独有。比如法国英雄史诗中就不乏此类人物。同样，有学者将桑丘的原型锁定在16世纪西班牙戏剧的某些既愚蠢又狡黠的小人物身上，甚至还有流浪汉小说中的小癞子。马尔克斯·维亚努埃瓦认为，这类似是而非的观点更不能说明问题。而他本人则从桑丘·潘沙这个名字切入，钩沉索隐，牵出了之前与此名有关的几乎所有作品和谚语，认为桑丘这个名字本身即含愚钝之意，而潘沙更是不少喜剧对笨伯类滑稽人物的指称。马尔克斯·维亚努埃瓦由此得出结论，塞万提斯的人物既非无源之水、无本之木，但其来源也不像之前评论家想象的那么简单。[①]

阿尔邦·富尔逊（Forcione，Alban）以《贝雪莱斯》为个案，再次将塞万提斯定格为"基督教小说家"。他于1972年出版的《塞万提斯的基督教小说：〈贝雪莱斯〉研究》（*Cervantes' Christian Romance: A Study of* Persiles y Sigismunda）逐项分析了塞万提斯最后一部小说的基督教思想。[②]

1975年，卡洛斯·富恩特斯在《塞万提斯或阅读的批评》（*Cervantes o la crítica de lectura*）一书中将塞万提斯与哥伦布相提并论，谓他们一个发明了现代小说，另一个发现了新大陆，却生前谁也不知道自己创下了如此伟业。至于《堂吉诃德》中的元小说或"人物阅读"特征，富恩特斯写道：

> 一如堂吉诃德，塞万提斯是小说《堂吉诃德》的人物的阅读对象。这部几乎无始无终的小说，出生甫始就奄奄一息，必得由阿拉伯历史学家熙德·哈梅特·贝南赫利使它复活，因为是无名的摩尔人将后者的书翻译成了卡斯蒂利亚语，并且成全了阿维利亚内达的伪作……等等，等等。于是，阅读的阅读周而复始。塞万提斯成了博尔赫斯的作者，而博尔赫斯是皮埃尔·梅纳德的作者，皮埃尔·梅纳德则是《堂吉诃德》的作者。

---

① 马尔克斯·维亚努埃瓦：《塞万提斯的文学渊源》，马德里，格雷多斯出版社，1973年，第20—33页。

② 富尔逊：《塞万提斯的基督教小说：〈贝雪莱斯〉研究》，普林斯顿，普林斯顿大学出版社（Princeton University Press），1972年。

塞万提斯翻开他的书，置他的读者于被读、作者于被作状态，尽管他说自己死了，而且是死于威廉·莎士比亚归西的那一天。埃德华多·利萨德昨天和我说起奥古斯托·蒙特罗索[①]，谓后者视塞万提斯和莎士比亚为同一人物。也就是说，债负、战争和牢狱之灾使塞万提斯不得不将自己装扮成莎士比亚，并得以遁入英国剧坛，靠写剧本和演出为生。反之，那个叫莎士比亚的英国人，那个伊丽莎白时代的千面人朗·钱尼[②]则来到了西班牙，并摇身变成了《堂吉诃德》的作者。真实的身份互换及虚构的死亡巧合，使塞万提斯的灵魂有机会从伦敦及时回到莎士比亚身上，从而经历肉体的再度死亡。我不知道他们究竟是不是同一个人物，因为西班牙和英国的日历始终没有达成一致，无论是1615年还是今天。

然而我相信，他们是同一个作者。他们是所有作品的同一个作者。他们随时间而变，超越语言，超越体裁，是荷马、维吉尔、但丁、塞万提斯、熙德·哈梅特·贝南赫利、莎士比亚、斯特恩、歌德、坡(Poe, Edgar Allan)、巴尔扎克、卡罗尔、普鲁斯特、卡夫卡、博尔赫斯、皮埃尔·梅纳德、乔伊斯……他们是同一本开放之书，一本未竟之书的作者，一如《堂吉诃德》中的人物佩德罗·吉尼斯·帕萨蒙特。[③]换句话说，马拉美与小丑帕拉皮亚无异：都是一本无始无终的书……或者乔伊斯是文艺复兴时期的小说家，只不过他同尼古拉斯·德·库萨、乔尔丹诺·布鲁诺和詹巴蒂斯塔·维柯在广场散步时采用了内心独白；还有荷马和乔伊斯，他只不过是西方的第一位和最后一位瞎眼诗人。他们共同书写了这部开放之书：**同一本书，一本完全之书、四海之书、世界之书、众人之书**[④]……

塞万提斯和乔伊斯是两个典范，因为他们分头将现代小说推向了极致：创造了全小说和关于小说自身的小说。虽然他们相隔三

① 蒙特罗索(Monterroso, Augusto, 1921—2003)，危地马拉作家，后移居墨西哥。

② 朗·钱尼(Chaney, Lan, 1883—1930)，美国演员，原名列奥尼达斯·钱尼，因在银幕上塑造一系列怪异形象，如卡西莫多、吸血鬼等而闻名。

③《堂吉诃德》第二部中的人物，指涉《堂吉诃德》伪作的作者阿维利亚内达。

④ 原文分别为西班牙语、意大利语、德语、法语和英语。

个世纪，但都是小说的源头、小说的端极，就像古希腊语中的第一个和最后一个字母阿尔法和奥米伽、奥米伽和阿尔法。

那是一种关于创造的创造，或者创造中的创造……在《堂吉诃德》中，创造的批评也即关于阅读的批评；在《尤利西斯》和《为芬尼根守灵》中，则是一种关于书写的批评……

塞万提斯揭开中世纪英雄史诗的面具并赋予其阅读批评的印记。乔伊斯揭开全部西方史诗(从奥德赛到维多利亚女王)的面具并使之充满书写批评的伤痕。然而，无论塞万提斯还是乔伊斯都必须依靠前人的秩序并对其进行革命性的颠覆才能达到目的，即塞万提斯之对于骑士小说，乔伊斯之对于荷马时代和中世纪经院哲学。他们都相对早熟，尽管没有明说，却无不热衷于批判。然而，他们既不屑于追究行将就木的今天，也不屑于批评款款而来的明天，因为那是相对简单的做法。他们将批评的目标(文学创作的批评)锁定在了阅读和书写上。首先是书面的世界，这个世界在当时尚属新鲜，但在乔伊斯看来却已然老态龙钟。其次是骑士文学，并通过骑士文学，塞万提斯把矛头对准了整个中世纪及其所有准则。再次是文艺复兴运动以降的那个悲天喜地、既古又新的人类历史，并预言了它在乔伊斯时代的全部狂欢。就在这样的阅读之阅读、写作之写作中，塞万提斯和乔伊斯完成了前无古人、后无来者，自然而然、殊途同归的不朽的锈蚀：无与伦比的批评……[①]

1978年，威廉·拜伦(Byron，William)新修《塞万提斯传》(*Cervantes: A Biography*)，用20世纪的不少新方法对传主的生平和作品进行了重新审视，其中有关《训诫小说集》部分引起了较大的关注。比如，他认为，塞万提斯和莎士比亚一样，是需要后人不断释读和发现的天才作家。这尤其体现于他的短篇小说，尽管他不是第一个短篇小说家，正如哥伦布不是第一个抵达美洲的航海家、哥白尼不是第一个天文学家……[②]

① 富恩特斯：《塞万提斯或阅读的批评》，墨西哥城，华金莫尔蒂斯出版社，1976年，第78—109页。

② 威廉·拜伦：《塞万提斯传》，纽约，Doubleday & Company, Inc.,1978年，第485页。

第八节 20世纪80年代

20世纪80年代,后现代批评风起云涌,盛极一时,其中又以解构主义为甚。法国学者德里达(Derrida,Jacques)、拉康(Lacan,Jacques)、福柯(Foucault,Michel)和美国耶鲁学派的德曼(De Man,Paul)、米勒(Miller,Hillis)、布鲁姆(Bloom,Harold)、哈特曼(Hartman,Geoffrey)等几乎同时对以理性主义或逻各斯主义为核心的传统认知方式发起了解构攻势。于是怀疑主义和虚无主义大行其道，但极端的怀疑主义和虚无主义并不适用于具体的文学批评，尤其是解构主义的否定性本质决定了它对文学经典的态度。在包括后殖民主义、后现代女性主义和生态批评在内的后现代语境中,除个别情况(如布鲁姆,却必得到80年代末或90年代)外，也没有哪一个批评大家对塞万提斯的作品进行了直接的解构或品评。有关塞万提斯的后现代批评基本上都是转手货(包括相当一部分博士论文)。然而,批评的繁荣和方法的多元达到了空前的地步。尽管其狂欢景象超越了所有的语言和国界,但不能不承认,美国成了名副其实的塞学中心。换言之,尽管西班牙和欧洲少数学术重镇继续发出自己的声音[其中之一是马德里的塞学专刊《塞万提斯》(*Cervantes*),以及大而化之的文化批评],但最高的分贝无疑来自美国,它涵盖了古今塞学的几乎所有领域。如稍加分类,并择要以述,至少有如下一些作品和篇什值得关注:

一、生平作品概论

里卡皮托,约瑟夫(Ricapito, Joseph):《〈训诫小说集〉:在历史和创造之间》(Novelas ejemplares: *Between History and Creativity*),Indiana, Purdue University, 1980年。

麦克加赫,迈克主编(Mcgaha, Michael ed.):《塞万提斯与文艺复兴》(*Cervantes and the Renaissance*),Newark, Juan de la Cuesta, 1980年。

阿尔马斯·威尔逊,迪亚娜(Armas Wilson, Diana):《塞万提斯的最后一部小说——女性牺牲的微缩神话》("Cervantes' Last Romance: Deflating the Myth of Female Sacrifice"),《塞万提斯》,Madrid,1983年(总第3期),第103至120页。

阿瓦耶-阿尔塞,胡安·巴乌蒂斯塔主编(Avalle-Arce, Juan Bautista

ed.):《塞万提斯与牧歌》(*Cervantes y lo pastoril*),Newark, Newwark Press, 1985 年。

埃尔·萨费尔,鲁斯·安东尼主编(El Saffar, Ruth Anthony ed.):《塞万提斯评论》(*Critical Essays on Cervantes*),Boston, Hall, 1986 年。

弗拉托,贝纳德(Flatow, Bernard):《迭戈·德·哈埃多〈阿尔及尔历史与地理〉中的塞万提斯囚徒经历注疏》("Las referencias al cauterio de Cervantes en *Topografía e historia de Argel* de Diego de Haedo"),《西班牙语世界研究》(*Hispanófila*),Chapel Hill, 1986 年第 1 期 (总第 30 期),第 75—80 页。

索贝哈诺,贡萨洛(Sobejano, Gonzalo):《塞万提斯在当代西班牙小说中》("Cervantes en la novela española contemporánea"),《塔》(*La torre*), Río Piedras, 1987 年第 1 期,第 549—573 页。

布朗, 肯尼思等 (Brown, Kenneth):《塞万提斯遗作两篇》("Dos documentos inéditos cervantinos"),《塞万提斯》,Madrid, 1989年(总第 9 期),第 5—20 页。

克鲁斯,安妮等(Cruz, Anne et.):《塞万提斯及其后现代批评汇编》(*Cervantes and His Postmodern Constituencies*), New York, Garland, 1989 年。

二、主要人物研究

麦克库迪,雷蒙德(MacCurdy, Raymond):《再论桑丘·潘沙的微服私访》("Algo más sobre la visitación subterránea de Sancho Panza"),《西班牙语文学批评》(*Crítica Hispánica*),Pittsburgh, 1981 年(总第 3 期),第 141—147 页。

赫雷罗,哈维埃尔(Herrero, Javier):《杜尔西内娅及其批评》("Dulcinea and her Critics"),《塞万提斯》, Madrid, 1982 年 (总第 2期),第 23—42 页。

加西亚·齐切斯特, 安娜 (García Chichester, Ana):《堂吉诃德和桑丘·潘沙在托波索:迷信与象征主义》("Don Quijote y Sancho Panza en el Toboso: superstición y simbolismo"),《塞万提斯》, Madrid,1983 年(总第 3 期),第 121—133 页。

帕尔,詹姆斯(Parr, James):《论堂吉诃德在第一部中的性格塑造》

(“On the Characterization of Don Quijote in Part I”),《火花集》(*La Chispa*), New Orleans, Tulane University, 1983 年。

法哈多,萨尔瓦多(Fajardo, Salvador):《揭开多罗台娅的面纱或窥淫癖似的读者》(“Unveiling Dorotea or the Reader as Voyeur”),《塞万提斯》,Madrid, 1984 年(总第 4 期),第 89—108 页。

切瓦列, 马克西姆 (Chevalier, Maxime):《桑丘·潘沙与书写文化》(“Sancho Panza y la cultura escrita”),《布鲁斯·沃德罗佩研究文集》(*Studies in Honor of Bruce Wardropper*), Newark, Juan de la Cuesta, 1989年。

三、诗歌研究

卡纳瓦乔,琴(Canavaggio, Jean):《〈帕尔纳索斯山之旅〉中的自传维度》(“La dimension autobiográfica del *Viaje del Parnaso*”),《塞万提斯》, Madrid, 1981 年(总第 1 期),第 29—42 页。

费内略, 多米尼克 (Finello, Dominick):《塞万提斯的诗名概念》(“Cervantes y su concepto de la fama del poeta”),《塔》, Río Piedras, 1987 年(总第 1 期),第 399—409 页。

四、戏剧研究

克罗斯,安东尼(Close, Anthony):《塞万提斯〈当今戏剧故事新艺〉》(“Cervantes' *Arte Nuevo de Hazer Fábulas Cómicas en este tiempo*”),《塞万提斯》, Madrid, 1982 年(总第 2 期),第 3—22 页。

卡纳瓦乔, 琴:《塞万提斯戏剧中的牧人》(“Los pastores del teatro cervantino”),《塞万提斯与牧歌》,阿瓦耶-阿尔塞主编, Newark, Juan de la Cuesta, 1985 年,第 37—52页。

拉布拉多,何塞主编(Labrador, José ed.):《塞万提斯与牧歌》(*Cervantes y lo pastoril*, Cleveland, Cleveland State University Press),1986 年。

五、小说研究

弗乔内,阿尔班(Forcione, Alban):《塞万提斯与人文主义观念:论四篇训诫小说》(*Cervantes and the Humanist Vision: A Study of Four Exemplary Novels*), Princeton, Princeton University Press, 1982 年。

约翰逊,卡罗尔:《疯狂与欲望:〈堂吉诃德〉精神分析》(*Madness and Lust: A Psychoanalytical Approach to* Don Quijote),Berkeley, University of California Press, 1983 年。

布勒兹尼克，多纳拉德(Bleznick, Donalad)：《〈堂吉诃德〉及其他塞作研究》(*Studies on* Don Quijote *and Other Cervantine Works*), South Carolina, Spanish Literary Publications, 1984 年。

达米亚尼，布鲁诺(Damiani, Bruno)：《塞万提斯笔下的死亡主题：〈伽拉苔亚〉》(“Death in Cervantes: *Galatea*”)，《塞万提斯》，Madrid, 1984 年(总第 4 期)，第 53—78 页。

多纳休，达西等(Donahue, Darcy et.)：《有关好人阿隆索·吉哈诺生平一例》(“Sobre un dato de la biografía de Alonso Quijano, el Bueno”)，《西班牙语文学杂志》(*Hispanic Journal*), Indiana, Indiana University of Pennsylvania, 1987 年(总第 9 期)，第 41—44 页。

约翰斯顿，罗伯特(Johnston, Robert)：《〈伽拉苔亚〉：结构统一体》(“*La Galatea:* Structural Unity”)，《塞万提斯》, Madrid, 1988 年专号，第 29—42 页。

维尼亚，弗里德里克(Viña, Frederick)：《〈堂吉诃德〉：西班牙语世界冥想》(Don Quijote*: Meditaciones hispanoamericanas*), Lanham, Unversity Press of Ameirica,1988 年。

巴埃纳，胡利奥(Baena, Julio)：《贝雪莱斯：小说家的乌托邦》(“*Los trabajos de Persiles y Segismunda:* la utopía del novelista”)，《塞万提斯》，Madrid, 1988 年(总第 8 期)，第 125—138 页。

克拉穆罗，威廉(Clamurro, William)：《〈吉卜赛姑娘〉中的价值与身份》(“Value and Identity in *La Gitanilla*”)，《西班牙语文学杂志》(*Journal of Hispanic Philology*),Hammond Indiana, Purdue University Calumet, 1989年(总第 14 期)，第 43—60 页。

乌尔比纳，埃德华多(Urbina, Eduardo)：《〈堂吉诃德〉的前提与目的》(*Principios y fines del* Quijote), Washington, The Catholic University of America,1989 年。

此外还有大量的博士论文和属于比较文学及跨学科领域的专著与论文。其中相对重要的博士论文有：

帕文斯基，埃德加(Paievonsku, Edgar)：《1605 年版〈堂吉诃德〉中的愿景与辩证法》(*Deseo y Dialéctica en el* Quijote *de 1605*), New York

University, 1982年。论文从阿美里科·卡斯特罗的《塞万提斯思想》切入，将塞万提斯的现实观置于文艺复兴时期的亚里士多德主义思想体系，意在廓清塞万提斯现实观的来源与特征。

梅西克，朱迪斯（Messick, Judith）:《女吉诃德》(*The Female Quijote*), Santa Barbara, University of California, 1983年。梅西克用特殊的女性视角即女吉诃德，叙述了文学女性从读者到英雄的演变过程，认为女性文学的崛起对于男性文化而言，恰似堂吉诃德对于他的世界、他的时代。

埃里斯，简妮（Ellis, Jeanne）:《被拯救的和被埋没的：塞万提斯、骑士文学与小说》(*The Saved and the Damned: Cervantes, the Libros de Caballerías, and the Novel*), Cornell University, 1984年。论文针对塞万提斯所关注的骑士小说篇什，分析了塞万提斯与骑士小说的关系，并由此探究传承与鄙弃的微妙，甚至悖论关系。

弗林，苏珊（Flynn, Susan）:《〈堂吉诃德〉在音乐中》(*The Presence of* Don Quijote *in Music*), The University of Tennessee, 1984年。论文梳理了不同时期的音乐家对《堂吉诃德》的特殊解读。

马德里，莱利亚（Madrid, Lelia）:《塞万提斯与博尔赫斯：符号的转化》(*Cervantes y Borges: la inversión de los signos*), Boston University, 1985年。论文从符号学的角度探究了博尔赫斯和塞万提斯之间的互文性。

喀麦隆，道格拉斯（Cameron, Douglas）:《〈堂吉诃德〉中对话与插曲的连贯性》(*The Coherence of Dialogue and Interpolation in the* Quijote), San Diego, University of California, 1986年。论文考察了《堂吉诃德》第一部和第二部的异同，并由此认为它们恰好分别代表了理想主义和现实主义倾向。

罗德里格斯，阿尔贝托（Rodríguez, Alberto）:《思与言：〈堂吉诃德〉中的独白与对话研究》(*Pensar y hablar: un estudio del monólogo y diálogo en el* Quijote), Brown University, 1987年。论文对作品中的独白和对话进行比照，探讨并强调了《堂吉诃德》中的"潜对话"及其对对话的某种解构作用。

多特拉斯，安娜·玛利亚（Dotras, Ana María）:《西班牙元虚构小说：

塞万提斯、加尔多斯、乌纳穆诺和托伦特·巴利亚斯特尔》(*The Spanish Metafictional Novel: Cervantes, Galdós, Unamuno and Torrente Ballester*), The University of Massachusetts, 1989 年。该论文借塞万提斯等经典作家的作品以勾勒西班牙小说的元虚构传统并揭示了元虚构或元小说在小说创作中的作用,尤其是在现实和虚构、生活和艺术之间所产生的“互动”作用。

吉尼翁内斯,戴维(Quiñones, David):《塞万提斯的客栈:戏剧技巧与感官欺骗》(*Ventas cervantinas: la técnica dramática y el engaño de los sentidos*), The University of Massachussetts, 1989 年。此论文摘取《堂吉诃德》中的几处客栈以及在客栈中发生的故事,探讨了其中的人生哲学以及上下两部前言的不同之处。

卢卡斯,凯伦 (Lucas, Karen):《塞万提斯与狂欢精神》(*Cervantes and the Carnival Spirit*), Stanford University,1989 年。论文借巴赫金的狂欢理论讨论了《堂吉诃德》所彰显的文艺复兴时期的狂欢精神。

里德,科丽(Reed, Cory):《塞万提斯创新剧与幕间短剧传统》(*Cervantes' Drama of Regeneration and the Popular Tradition in the Entremeses*), Princeton University, 1989 年。通过对有关剧作的分析,里德认为塞万提斯将一些现代戏剧形式,如巴赫金所谓的“小说剧”,提前植入了幕间喜剧。

除此而外,80 年代的另两个重要声音分别来自卡尔维诺(Calvino, Italo)和昆德拉。前者在《白骑士蒂朗》(“Tirante el Blanco”)一文中写道:“骑士品德的最后掌门人堂吉诃德是一个完全通过书本来建构自己的存在和自己的世界的人物。”[①]而昆德拉则在《小说的艺术》(*L'Art du Roman*, 1986)中对塞万提斯的遗产进行了重估:

> ……多亏有塞万提斯从而形成了一种伟大的欧洲艺术。这一伟大的欧洲艺术正是对被遗忘了的存在进行探究。
>
> ……
>
> 塞万提斯那部伟大的小说究竟想说什么?关于这一点已有大

① 卡尔维诺:《为什么读经典》(*Perché leggere i classici*),黄灿然等译,译林出版社,2006年,第62页。

量的文献。有的认为是对堂吉诃德虚无缥缈的理想主义的理想化批评。有的则认为是对同一种理想主义的颂扬。这两种阐释都是错误的,因为它们都把小说的基础看作是一种道德的态度,而不是一种探询。

……

堂吉诃德启程前往一个在他面前敞开着的世界。他可以自由地进入,又可以随时退出。最早的欧洲小说讲的都是一些穿越世界的旅行,而这个世界似乎是无限的……在狄德罗之后的半个世纪,在巴尔扎克那里,遥远的视野消失了,就像被现代建筑遮住的风景。这些现代建筑是些社会机构:警察局、法庭、金融与犯罪的世界、军队、国家,等等。巴尔扎克的时代不再具有塞万提斯或狄德罗那种呵呵的悠闲。他的时代已登上了被人称为历史的列车。上车容易下车难。然而,这趟列车还没有什么可怕的地方,它甚至还有些魅力。它向所有的乘客许诺,前方会有冒险,冒险中还能得到元帅的指挥棒。

再往下,对爱玛·包法利来说,视野更加狭窄,以至于看上去像被围住似的。冒险已处于视野外的一边,对冒险的怀念是无法忍受的。在日常生活的无聊中,梦与梦想的重要性增加了。外在世界失去了的无限被灵魂的无限所取代。个体具有无法取代的惟一性的巨大幻觉,最美的欧洲幻觉之一,绽放开来。

但是,当历史,或者历史的残留物,即一种全能的社会的超人的力量控制人类的时候,灵魂是无限的这一幻想就失去了它的魔力。历史不再向人许诺元帅的指挥棒,它甚至不肯向他许诺一个土地测量员的职位。面对着法庭的K,面对着城堡的K,又能做什么?做不了什么。他至少可以跟他之前的爱玛·包法利一样去梦想?不,境遇的陷阱太可怕了,像一台吸尘器,将他的所有想法与所有情感都吸走:他只能不停地想着对他的审判,想着他那土地测量员的职位。灵魂的无限,假如有的话,至此已成了人身上几乎无用的附庸。

……

小说的精神是复杂性。每部小说都在告诉读者:“事情要比你想象的复杂。”……

小说的精神是延续性。每部作品都是对它之前作品的回应，每部作品都包含着小说以往的一切经验……[①]

第九节　20世纪90年代

90年代继续80年代的狂欢，但总体上分贝有所减弱(尽管专著和论文的数量有增无已)，理论创新(或颠覆)势头大为减缓，重构的呼声超越了解构的狂热。明证之一便是哈罗德·布鲁姆的《西方正典》(*The Western Canon*)(出版时间为1994年)。

布鲁姆在《西方正典》中以《塞万提斯：人生如戏》为题，重构了塞万提斯。他说：

……只有塞万提斯和莎士比亚可以高居荣耀的顶峰：他们总是走在你之前使你无法超越。

读者感受到《堂吉诃德》的魅力后只会觉得充实而不会失落什么。许多时候人们在阅读但丁、弥尔顿或斯威夫特时不会产生这样的感觉……莎士比亚接近于塞万提斯；因为这位剧作家一直让我们感受到他无处不在的非功利的创造能力。虽然塞氏始终小心地表现为忠实的天主教徒，但我们从不把《堂吉诃德》当作一部信徒之作。他可能是一个老基督徒，而不是出自改宗的犹太人或新教徒家庭，不过，我们无法确认他的身世，正如我们难以确知他的处世态度一样。对他的种种反讽特征，我们无法加以描述，也不可能完全忽略。

……我认为巴斯克文人米盖尔·德·乌纳穆诺是所有批评者中最尖锐、最具吉诃德式特性的人。他的"生命的悲剧意识"这个说法出自他对塞万提斯大作的深切了解，乌纳穆诺认为这部小说足以替代《圣经》而成为真正的西班牙圣书。乌纳穆诺称主人公为"吾主堂吉诃德"，他是卡夫卡之前的卡夫卡式的人物，因为他的疯癫来源于对卡夫卡所谓"不可摧毁性"的信仰。乌纳穆诺的"愁容骑士"

① 昆德拉：《受到诋毁的塞万提斯遗产》，《小说的艺术》，董强译，上海译文出版社，2004年，第3—26页。

是生存的探索者，他仅有的疯狂举动就是对死亡的圣战："堂吉诃德的疯癫真伟大，原因在于产生疯癫的根源也伟大，即永不熄灭的生存渴望，这是最张狂的傻事和最英勇的行为的源头。"

依此观之，堂吉诃德的疯癫等于拒绝接受弗洛伊德所说的"现实检验"，或曰现实原则。当堂吉诃德与必然的死亡交友时，他死得很快，这就回到了被认为是死亡崇拜的基督教——在西班牙的空想家中，乌纳穆诺并非惟一这么看的人。对乌氏来说，小说中的快乐仅仅属于桑丘·潘沙，他净化了自己的保护神堂吉诃德，因而高兴地跟着那垂头丧气的骑士去经历每一桩冒冒失失的错误历险。这一解读又一次接近于卡夫卡杰出的寓言《桑丘·潘沙的真实》，这则寓言讲述了桑丘一口气读完所有骑士故事，直到他想象中的守护神，即人格化的堂，带着他一路开始冒险。卡夫卡也许是把《堂吉诃德》改变成了一个长而苦涩的犹太笑话……

也许只有《哈姆雷特》能够像《堂吉诃德》那样激发出如此多的不同阐释。我们无法清除对哈姆雷特的浪漫主义解释，而堂吉诃德也已引起了一个人数众多而持久的浪漫主义批评派别，同时还有反对理想化塞万提斯主人公的各种专著和文章。浪漫派学人(包括我自己)视堂吉诃德为英雄而不是傻瓜，拒绝把小说解读为以讽刺为基调的作品，并在书中发现了一种关于堂吉诃德的探求的形而上的或幻想的态度，这使得塞万提斯对《白鲸》产生影响的说法似乎顺理成章。从1802年德国哲学家兼批评家谢林到1966年的百老汇音乐剧《拉曼恰人》，对堂吉诃德那被认为不可能的梦想探求的赞颂一直持续不断。

……

堂吉诃德既非疯子又非傻瓜，他只是一位游戏的侠客。游戏是自发的行为，不同于疯癫和犯傻。赫伊津哈认为，游戏有四大特征：自由、无功利性、排他性或限定性、秩序。这些特征在堂吉诃德的游侠经历中都能看出，但不完全适用于桑丘忠诚的随侍，因为桑丘投入游戏时总是很迟钝。堂吉诃德把自己提升到理想的时空，忠于自由、忠于非功利性和独善其身、遵从限制，直到最后他被击败，于是就放弃游戏，重新恢复基督徒的"清醒"，然后死去。

……

莎士比亚笔下人物没有像堂吉诃德与桑丘那样的相互交流，因为他写的朋友和恋人们从不认真地听取别人的倾诉……

塞万提斯一直谨慎地和一位西班牙先辈保持着距离。他最为接近的是改宗者费尔南多·德·罗哈斯，即精彩的叙事剧《塞莱斯蒂娜》(*La Celestina*)的作者，该剧因其粗犷的非道德主义和缺乏神学假定而不是一部真正的天主教作品。塞万提斯认为，"如果多遮掩住一些人性的话，我认为它就是一部圣书"，这显然是指人类的性欲拒绝接受任何道德的羁绊。堂吉诃德当然对自己的性欲强加了一些道德的限制，以致他快要成为一位传道士了，这也是乌纳穆诺所说的真实的他……

塞万提斯是否属于强迫改宗的犹太人后裔这件事并不重要，因为正如斯皮泽尔所确知的，他不屈服就等于自杀。不管《堂吉诃德》是什么或不是什么，它都算不上一部忠于天主教的小说，或如斯皮泽尔所暗示的是在赞美"至高无上的理性"……

……塞万提斯和莎士比亚都是多重复杂的：它包容我们，涵括我们之间千差万别的变化。堂吉诃德和桑丘都很聪明，尤其当我们将二人一起看待时更是如此，正如智慧与语言艺术是福斯塔夫、哈姆雷特以及罗瑟琳等人的特征。在全部西方经典中，塞万提斯的两位主人公确实是最突出的文学人物，(顶多)只有莎士比亚的一小批人物堪与他们并列。他们身上综合了笨拙和智慧，以及无功利性，这也仅有莎士比亚最令人难忘的男女人物可以媲美。塞万提斯如莎士比亚一样使我们自然化了：我们再也不能看出是什么因素让《堂吉诃德》具有如此永久的原创性和莫测的陌生性。假如在最伟大的文学之中仍能找到人世游戏，那么舍此无他。①

1993年，在塞万提斯故乡阿尔卡拉·德·埃纳雷斯召开的塞万提斯国际研讨会上，与会者围绕塞万提斯作品的有关人物展开讨论，并结集出版了《塞万提斯作品中的人物建构》(*International Colloquium on the*

① 布鲁姆：《西方正典》，江宁康译，译林出版社，2005年，第95—109页。人名书名的译法稍有改动。

Construction of Character in the Works of Cervantes: Selected Papers)。从方法论的角度看,文集依然呈现出多元态势,但其重构的意图已然露出端倪。[①]同年有两部专著是讨论《训诫小说集》的,一部是桑切斯(Sánchez, Francisco)的《阅读与表征:塞万提斯〈训诫小说集〉文化研究》(*La lectura y representación: análisis cultural de las* Novelas ejemplares *de Cervantes*)[②],另一部是特雷莎·西尔斯(Sears, Theresa)的《利益婚姻:〈训诫小说集〉中的理想与意识》(*A Marriage of Convenience: Ideal and Ideology in the* Novelas Ejemplares)。[③]关于《堂吉诃德》的专著就更多了,其中比较重要的有埃尔·萨费尔的《吉诃德的愿望:塞万提斯精神分析》(*Quixotic Desire: Psychoanalytic Perspectives on Cervantes*)。[④]

1994年,托马斯·哈特(Hart, Thomas)在《塞万提斯的经典虚构:〈训诫小说集〉研究》(*Cervantes' Exemplary Fictions: A Study of the* Novelas Ejemplares)中对塞万提斯短篇小说的虚构艺术进行了细致的总结。[⑤]同年国际西班牙语学者协会出版五卷本文集,其中不少篇什是讨论塞万提斯的。[⑥]

1996年,亨利·沙利文(Sullivan, Henry)在《疯狂的炼狱:塞万提斯〈堂吉诃德〉第二部研究》(*Grotesque Purgatory: A Study of Cervantes'* Don Quixote, *Part II*)中对塞万提斯的狂欢精神进行了概括和总结。[⑦]

1997年,威廉·克拉穆罗在《塞万提斯及其时代研究》(*Studies on Cervantes and His Times*)中逐篇梳理了塞氏作品,试图在社会秩序和个

① 《塞万提斯》专号,马德里,1995年(总第15期)。

② 《阅读与表征:塞万提斯〈训诫小说集〉文化研究》,纽约,Peter Lang, 1993年。

③ 《利益婚姻:〈训诫小说集〉中的理想与意识》,纽约,Peter Lang, 1993年。

④ 埃尔·萨费尔:《吉诃德的愿望:塞万提斯精神分析》,伊萨卡,Cornell University Press,1993年。

⑤ 《塞万提斯的经典虚构:〈训诫小说集〉研究》,列克星敦,University Press of Kentucky,1994年。

⑥ 维耶加斯,胡安主编(Villegas, Juan ed.):《国际西班牙语学者协会文集》(*Actas Irvine de la Asociación Internacional de Hispanistas*),五卷,欧文,University of California, 1994年。

⑦ 沙利文:《疯狂的炼狱:塞万提斯〈堂吉诃德〉第二部研究》,宾夕法尼亚,The Pennsylvannia State Press,1996年。

人身份之间建构某种联系。[①]

此外，有关塞万提斯的讨论在比较文学和一些跨学科研究中继续延展。比如1999年出版的《作为个性的作家》(*The Author as Character*)[②]收集了塞万提斯与马洛等外国作家的比较。詹姆斯·帕尔主编的《穆里略文集：塞万提斯研究》(*On Cervantes: Essays for A. Murillo*)(1991)同样收录了穆里略(Murillo, Luis A.)关于塞万提斯和其他作家的比较研究，其中包括塞万提斯与加西亚·马尔克斯(García Márquez, Grabriel)的比较研究——《〈堂吉诃德〉与〈百年孤独〉》("*Don Quijote* y *Cien años de soledad*")[③]等。

除了《穆里略文集》外，90年代另有几位重要塞学家的著述结集或修订出版，如罗雷(Lo Re，Anthony)的《〈堂吉诃德〉外围研究集》(*Essays on the Periphery of the* Quixote)(1990)[④]、阿伯莱达(Arboleda, Arturo)的《塞万提斯元戏剧理论与形式》(*Teoría y formas del metateatro en Cervantes*)(1991)[⑤]、赖利的《塞万提斯的小说理论》(*Cervantes' Theory of the Novel*)(1992)[⑥]，等等。

与此同时，《塞万提斯》等专门刊物继续出版，有关塞万提斯的博士论文有增无已。

第十节　中国接受

虽然塞万提斯戏说其小说得到了中国大皇帝的赏识，谓后者急于让他来做西班牙语文学院的院长并用《堂吉诃德》做教材；他甚至在第二部中让堂吉诃德胡诌了一个叫安赫丽卡的美人，还让她"即位做了中国女皇"，但事实上不仅他的中国梦未能做圆，就连他的作品也姗姗来迟，而且必得由周氏兄弟来请。

① 克拉穆罗：《塞万提斯及其时代研究》，纽约，Peter Lang, 1997年。

② 弗兰森主编：《作为个性的作家》，麦迪逊，Faileigh Dickinson University Press, 1999年。

③ 穆里略：《穆里略文集：塞万提斯研究》，纽瓦克，Juan de la Cuesta, 1991年。

④ 罗雷：《〈堂吉诃德〉外围研究集》，纽瓦克，Juan de la Cuesta, 1990年。

⑤ 阿伯莱达：《塞万提斯元戏剧理论与形式》，萨拉曼卡，萨拉曼卡大学出版社，1991年。

⑥ 赖利：《塞万提斯的小说理论》，纽瓦克，Juan de la Cuesta, 1992年。

1918年，周作人率先在《欧洲文学史》中对《堂吉诃德》进行了概括性的评介，谓塞万提斯“以此书为刺，即示人以旧思想之难行于新时代也，惟其成果之大，乃出意外，凡一时之讽刺，至今或失色泽，而人生永久之问题，并寄于此，故其书亦永久如新，不以时地变其价值。书中所记，以平庸实在之背景，演勇壮虚幻之行事。不啻示空想与实际生活之抵触，亦即人间向上精进之心，与现实世俗之冲突也。Don Quixote后时而失败，其行事可笑。然古之英雄，先时而失败者，其精神固皆Don Quixote也，此可深长思者也。”[①]

1922年，林纾、陈家麟翻译的《堂吉诃德》第一部——《魔侠传》由上海商务印书馆出版。同年9月，周作人撰文介绍《堂吉诃德》，并将屠格涅夫的观点引入中国，认为《堂吉诃德》和《哈姆雷特》“这两大名著的人物足实以包举永久的二元的人间性，为一切文化思想的本源；堂吉诃德代表信仰与理想，汉列忒（哈姆雷特）代表怀疑与分析”。“这两种性格虽是相反，但正因为有他们在那里互相撑拒，文化才有进步”。周作人还就作品的精义发表了自己的看法，说“著者在第二部第七十二章里说得很是明白：主仆末次回来的时候，山差望见村庄便跪下祝道，‘我所怀慕的故乡，请你张开眼睛看他回到你这里来了——你的儿子山差邦札（桑丘·潘沙），他身上满是鞭痕，倘若不是金子，请你再张了两臂，接受你的儿子吉诃德先生，他来了，虽然被别人所败，却是胜了自己了。据他告诉我，这是一切胜利中人们所欲得的胜利了……’，这一句不但是好极的格言，也就可以用作墓碑，纪念西班牙与其大著作家的辛苦而光荣的生活了”。[②]

也许正是出于这样的理解，周作人后称《堂吉诃德》是他“很喜欢的书的一种”，“随时翻拢翻开，不晓得有几十回，这于我比《水浒》还要亲近”。[③]

鲁迅接受《堂吉诃德》和周作人相仿，他不仅一直珍藏着“莱克朗氏万有文库”（*Reclam's Universal-Bibliothek*）本，[④]而且自20年代起陆续收

① 周作人：《欧洲文学史》，岳麓书社，1989年，第131页。

② 周作人：《“魔侠传”》，《自己的园地》，《自己的园地·雨天的书·泽泻集》，岳麓书社，1987年，第72页。

③ 周作人：《塞文狄斯》，《自己的园地》，《自己的园地·雨天的书·泽泻集》，第167页。

④ 姚锡佩：《周氏兄弟的堂吉诃德观》，《鲁迅研究资料》第22辑，中国文联出版公司，1989年，第325页。

集了好几种日译本。[1]鲁迅的阿Q(《阿Q正传》发表于1924年)则被认为颇有堂吉诃德的影子。40年代初就有人撰文称"董·吉诃德和阿Q两个人的名字,很流行于中国的知识分子之间,我们常常听讽刺或骂人的话:'你这家伙阿Q精神十足!''你呢!是董·吉诃德。'这是把阿Q和董·吉诃德并列,真的,一般人都把董·吉诃德和阿Q'无意间'并列起来"。[2]

但阿Q显然只是堂吉诃德的一个反面。也就是说,鲁迅用阿Q创造了一个毫无理想主义色彩的反堂吉诃德。此外,基于形象,有人把"Q"字中的尾巴视作辫子。而实际上它与堂吉诃德颇有渊源。首先,阿Q的"精神胜利法"几乎完全是堂吉诃德的"精神胜利法"的翻版:堂吉诃德屡战屡败,却总是自我安慰。比如他大战风车失利后对侍从桑丘说,要不是魔法师捣鬼,把巨人变成了风车,那巨人一定不是他的对手。其次,鲁迅赖以指涉"阿桂"或"阿贵"的Q,恰恰是吉诃德的第一个字母。倘非有意,鲁迅又为何非得用一个洋文字母指代一个地道国人的名讳?无独有偶,塞万提斯在确定堂吉诃德的名号时也颇费了一番周折,他在《堂吉诃德》第一部第二章中写道:"前面说过,此正传的作者断定他姓吉哈达,而不是别人所说的吉萨达。"但堂吉诃德临终时确认他的真名为"阿隆索·吉哈诺"。同样,鲁迅在《阿Q正传》第一章"序言"中写道:"立传的通例,开首大抵该是'某,字某,某地人也',而我并不知道阿Q姓什么……我又不知道阿Q的名字是怎么写的。他活着的时候,人都叫他阿Quei,死了以后,便没有一个人再叫阿Quei了……"至于Quei是桂还是贵,竟也无从知晓。而籍贯呢,塞万提斯声称"不久以前,有位绅士住在拉曼恰的一个地方,它的名字我不想提了……"鲁迅则说,"倘他姓赵,则据现在好称郡望的老例,可以找《郡名百家姓》上的注解,说是'陇西天水人也',但可惜这姓是不甚可靠的,因此籍贯也就有些决不定……"

倘使鲁迅没有读过《堂吉诃德》,那倒是巧了。但鲁迅已然读过《堂吉诃德》,并一直对它爱不释手。直至1928年,他还约请郁达夫将屠格涅夫的《哈姆雷特和堂吉诃德》从德文转译过来,发表在他们合编的《奔

① 娅青:《对西班牙文学的思考》,《鲁迅藏书研究》,中国文联出版公司,1991年,第251页。

② 荷影:《关于"董·吉诃德"和"阿Q"》,转引自钱理群《丰富的痛苦——堂吉诃德与哈姆雷特的东移》,北京大学出版社,2007年,第191—192页。

流》(创刊号)上。根据屠格涅夫的观点,鲁迅在“编校后记”中把堂吉诃德精神概括为“专凭理想勇往直前去做事”,而哈姆雷特则“一生冥想,怀疑,以致什么事也不能做”;并说“后来又有人和这些专凭理想的堂吉诃德式相对,称看定现实而勇往直前去做事的为‘马克思式’”。[①]同时他希望在自己主编的《朝花小集》丛书里出一个“可读的”《堂吉诃德》译本。当时行世的惟有1922年林琴南和陈家麟根据《堂吉诃德》第一部编译的《魔侠传》,但30年代接连出版了四种新译本,即1931年开明书店的贺玉波译本、1933年世界书局的蒋瑞青译本、1937年启明书局的温志达译本和1939年商务印书馆的傅东华译本。而创造社、太阳社认定中国革命的首要目标是反对帝国主义,这时正冷嘲热讽地攻击鲁迅为中国的吉诃德先生。鲁迅于1932年撰写了题为《中华民国的“堂吉诃德”们》的杂文,之后又于1933年和瞿秋白一同发表了《真假堂吉诃德》,对某些口头英雄及其精神胜利法进行了抨击。与此同时,鲁迅还和瞿秋白一道(前者从德文译出了第一章,后者从俄文译出了全文)翻译了卢那察尔斯基的《解放了的堂吉诃德》。鲁迅在瞿译《解放了的堂吉诃德》“后记”中说,“吉诃德的立志去打不平,是不能说他错误的;不自量力,也并非错误。错误是在他的打法。因为糊涂的思想,引出了错误的打法……而且是‘非徒无益,而又害之’的”。[②]事实上,问题既不在骑士道,也不仅仅在打法,而是在于理想主义的脆弱。在严酷的现实面前,任何萦纡的道论都是一样的无能为力。

为了团结鲁迅,中共中央曾派遣李立三前去做两社的工作,于是围绕“中国堂吉诃德”的首次交锋宣告终结。较之两社的革命动机,鲁迅显然太文学,文学得深刻,文学得彻底;而周作人则更是书生气十足了。后者除了自己在著述中倾情介绍《堂吉诃德》,还深刻地用堂吉诃德思想影响了他的弟子们。其中,废名就曾以小说《莫须有先生》模仿了《堂吉诃德》。

1938年,唐弢发表《吉诃德颂》。适值抗战,作者表示要为被嘲笑的堂吉诃德翻案,认为堂吉诃德是个光荣的名字,他“勇往直前,不屈不挠”;他“将是新的、无可訾议的战士”;他“自觉底站在公理这一面而战斗着,为不幸者和被压迫者而防围着的”;他“不仅出现在书本里,同时也活

① 《鲁迅全集》,人民文学出版社,1981年,第七卷,第158页。

② 《鲁迅全集》,第七卷,第397页。

在每一个时代、每一个国家里,历史正是靠着‘为大众去冒险’的精神而进展的”。[①]这几乎成了抗战时期大多数中国知识分子的共识。何其芳抵达延安的歌就印证了作为个人的知识分子融入革命队伍的喜悦,[②]而巴金则更加明确地写道:“一个人的生命是容易毁灭的,群体的生命就会永生。把自己的生命寄托在群体的生命上,换句话说,把个人的生命联系在全民族(再进一步则是人类)的生命上面……”[③]当然事情总有例外,比如张天翼在1942年初出人意料地呼唤起哈姆雷特来,提出了“怀疑是再认识的先锋”这样的时鲜论调,其目的显然是要从群体中唤回个人,是要像丹麦王子那样“发出‘人’的喊声”。他由此认为哈姆雷特精神才是“近代精神”。他还说“那位拉·曼恰的骑士在失败之际,所受到的挨打,吃石子,被敲掉牙齿,被关在牛车里:都是肉体上的痛苦,而内心上,他到底是满足的,能够给他自己一种大喜悦。而这位丹麦王子呢,却是熬受着内心的痛苦,无法自娱,自己硬着头皮喝自己所酿制出来的苦酒……”[④]

一如20世纪二三十年代《堂吉诃德》在中国的接受具有文学和政治双重色彩,八九十年代的探讨依然不乏双重色彩。这符合文学的特性。“文革”前后,杨绛先生首次从西班牙语原文(1952年罗德里格斯·马林校勘本)翻译了《堂吉诃德》(首版于1978年由人民文学出版社推出,1987年推出修订版)。20世纪八九十年代以来,由于中国社会逐步进入了商品经济和市场经济时代,物欲的膨胀在一定程度上导致了精神的错位、理想的失落。于是堂吉诃德又一次成为人文学者关注的对象,出现了一批有关堂吉诃德,尤其是堂吉诃德与阿Q的比较研究方面的著述。其中比较重要的有陈涌的《阿Q与文学经典问题》[⑤]、秦家琪和路协新的《阿Q和堂·吉诃德形象比较研究》[⑥]、李春林的《欲望与想象的互相转化》[⑦]、张梦阳的《阿Q新论:阿Q与世界文学的精神经典问题》[⑧]以及

① 《唐弢杂文选》,人民文学出版社,1955年,第122—123页。

② 《何其芳文集》,第一至二卷,人民文学出版社,1982年。

③ 巴金:《一点感想》,《呐喊》,1937年8月第1期,第6页。

④ 《张天翼文学评论集》,人民文学出版社,1984年,第606—623页。

⑤ 载《鲁迅研究》,1981年第3辑。

⑥ 载《文学评论》,1982年第4期。

⑦ 载《广东鲁迅研究》,1992年第2期。

⑧ 张梦阳:《阿Q新论》,陕西人民教育出版社,1996年。

钱理群的《丰富的痛苦——堂吉诃德和哈姆雷特的东移》。以后者为代表，堂吉诃德的冲动在中国逐渐转化为政治思考。有关学者把堂吉诃德精神放大为民族意识，不仅提出了“集体堂吉诃德”等概念，而且从中国现代历史的某种集体盲动性看到了发动新启蒙运动的可能性。与此同时，又有二十余个译本[①]在神州大地上相继问世，从而使《堂吉诃德》这块精神画饼在市场经济中显示出新的活力。但是，一如滴水落进水里，启蒙的意图几乎没有得到任何回应。一个个译本倒是在受出版市场驱济的大潮中继续貌似风光地热卖着。人们继续在发财致富的道路上前赴后继、奋勇向前。然而，还是那句老话：惟其如此，我们才更需要堂吉诃德。也惟其如此，堂吉诃德随时都会以不同的形式出现在我们的身边。因为，我们毕竟还没有找到平衡“道”“器”的妙方，也远没有抵达与高度发达的物质生产相对应的精神境界。

① 如董燕生译本（浙江文艺出版社，1995年）、屠孟超译本（译林出版社，1995年）、孙家孟译本（北京十月出版社，2001年）、张广森译本（上海译文出版社，2003年）、崔维本译本（中国少年儿童出版社，2007年）等。

第五章 余音缭绕

都说20世纪是批评的世纪，尤其是在后现代语境中，绝对的相对性代替了相对的绝对性，于是难免众声喧哗，各弹各的琴，各唱各的调。随着后现代主义浪潮的消退，批评陷入相对的低潮，但这恰恰也为重构和整合创造了条件。

2002年，在瑞典文学院、诺贝尔基金会和瑞典图书俱乐部联合举办的一次民意测验中，五十四个国家和地区的一百位作家投票选举"人类最佳文学作品"，《堂吉诃德》名列第一，其得票率高达50%以上，从而将普鲁斯特、莎士比亚、荷马、托尔斯泰、陀思妥耶夫斯基、卡夫卡、福克纳及加西亚·马尔克斯等作家的作品远远地甩在了后面。

2005年，西班牙政府在《堂吉诃德》问世四百周年之际组织了一系列活动，其中有"塞万提斯年"和由此派生的重振阅读运动。同年，西班牙皇家语言学院邀请全世界西班牙语国家的语言学院联手推出了新版《堂吉诃德》。四位西班牙籍著名作家和塞学专家为此书作序，它们是马里奥·巴尔加斯·略萨（Vargas Llosa, Mario）的《面向21世纪的小说》（"Una novela para el siglo XXI"）、弗朗西斯科·阿亚拉（Ayala, Francisco）的《〈堂吉诃德〉的发明》（"La invención del *Quijote*"）、马丁·德·里盖尔的《塞万提斯与〈堂吉诃德〉》及弗朗西斯科·里科(Rico, Francisco)的《作品注疏》（"Notas al texto"）。

巴尔加斯·略萨的文章由五部分组成，即"虚构与生活"、"自由人的小说"、"《吉诃德》的祖国"、"现代之书"和"《吉诃德》的时间"，涵括了古今塞学的几乎所有重要话题，其整合和重构意图显而易见。

……让阿隆索·吉哈诺成为堂吉诃德·德·拉曼恰的那个梦想并非出于怀旧,而是因为一个更具野心的理想:实现神话,让虚构变成现实。

……一如小说是关于虚构的虚构,《堂吉诃德》还是一首自由之歌。我们不妨在堂吉诃德对桑丘的一番教导面前稍加逗留:"桑丘,自由是上天赐给人类的最大福祉。陆地和海洋中没有哪种财宝堪与媲美。为了自由和荣誉是可以用生命去冒险的。反之,牢狱之灾是人类最大的灾祸。"(第二部第五十八章)

此言背后,亦即小说人物背后的潜台词便是塞万提斯本人。他知道自己在说什么。曾几何时,他在阿尔及尔经历了五年囚徒生活,回到西班牙后又因债务问题和作为无敌舰队军需所遭受的指控,有过三次牢狱之灾。这些非凡的经历无疑加深了他对自由的理解和渴望,以及他对丧失自由的恐惧。也正是这些经历使这番肺腑之言显得更为真切,也更为深刻有力,从而为奇情异想的绅士的绝对自由精神奠定了基础。

那么堂吉诃德的自由思想究竟是什么呢?它便是18世纪以降欧洲国家所谓的自由派思想:自由即个人选择生活的神圣权利和既无外来压力,亦无附加条件,完全尊重个人的聪敏与智慧。这就是几个世纪后以赛亚·伯林[①]所说的"否定的自由",即不受干扰的和非强制性思想、言论和行为。寓居于这种自由思想的灵魂具有怀疑权威和否定一切滥权的深刻性。

我们知道堂吉诃德对自由的歌颂恰恰是在脱离无名公爵夫妇的魔掌之后。尽管堂吉诃德被公爵夫妇奉为上宾,但后者终究是其城堡的至高无上的主宰,即权力本身。尽管奇情异想的绅士受到了种种恭维和款待,但他隐约感觉到了一种威胁并束缚他人身自由的东西:"因为他并没有享受到自得其乐的自由"(丰富的礼品和物质终究不是他自己的)。这种感觉意味着自由是建立在私有(己有)财产基础之上的。一个人只有在其自主性不受制约、其思想和行为

① 以赛亚·伯林(Berlin,Isaiah,1909—1997),英国学者,其自由观在西方知识分子中颇有影响,代表作有《自由论》(1991)等。

完全自由的情况下,才是真正自由的,或者说他所享有的自由才是完全的。"由恩惠和好处驱动的责任和义务会束缚自由的战斗意志。那些由上天直接赐福并得到一小块面包而无需回报,却只要感谢上天的人是多么幸运啊!"这太明白不过了:自由是个人化的,它需要起码的物质保证才能够实现。因此,依靠馈赠和施舍苟活的穷人是没有真正的自由的。当然,在远古,就像堂吉诃德对受到惊吓的牧羊人所说的那样,在遥远的黄金时代,"美德和仁义遍布世界"(第一部第十一章)。在那个伊甸园似的时代,私有制尚未出现,"人们生活的世界没有——你的——和——我的——之分","一切都是共有的"。但后来的历史发生了变故,"于是我们的这些不堪的世纪降临了"。这时,倘使有正义、安全和秩序,那也是"仗了游侠骑士的功劳,他们保护少女和寡妇,庇佑孤儿和穷人"。

……在塞万提斯笔下……西班牙究竟是个什么样子?它是个幅员辽阔的世界,它没有边际,只有无数的人群、村庄和城镇。人们管这个地方叫"祖国"。类似描写和骑士小说颇有几分相似。后者所呈现的帝国呀,王国呀,不正是塞万提斯在《堂吉诃德》中刻意讥嘲的吗?(与其说是讥嘲,不如说是颂扬,即以其最具文学抱负的作品——通过幽默和戏仿——来重构骑士文学所描绘的时代,并使后者的社会和艺术价值得以在与之完全不同的17世纪复活。)

……《堂吉诃德》的现代性在于它的正义感和反叛精神。它使人物服从于改变世界、让世界变得美好的个人职责,尽管当这种理想付诸实践时人物会遇到挫折,甚至挨打、受凌辱,并成为笑柄。同时,它也是一部现代小说,盖因塞万提斯为讲述吉诃德的英雄事迹革新了当时的叙事技巧,从而奠定了现代小说的基础。即便是无意识,现代小说的作者在把玩形式、拿捏时序、操控视角、实验语言的时候,都欠了塞万提斯一份人情。

《堂吉诃德》所体现的形式创新已经从不同角度得到了反复的考量与论证。然而,一如所有伟大的经典作品,它永远都是说不尽的。一如《哈姆雷特》或《神曲》或《伊利亚特》和《奥德赛》,《堂吉诃德》随着时间的推移不断自我翻新,无论是从美学的角度,还是从别的文化及其价值观来看,它都是一个真正的、取之不尽的阿里巴巴宝藏。

也许,《堂吉诃德》对叙事形式的最大革新是塞万提斯的叙述方式。叙述方式是任何小说家必须首先面对的一个问题:由谁来叙述?塞万提斯的回答是启用一种既委婉又复杂的叙事。它对今天的小说家依然具有启发作用。在现代小说中,詹姆斯·乔伊斯的《尤利西斯》和普鲁斯特的《追忆似水年华》都是这方面的明证。在当代拉丁美洲文学中,加西亚·马尔克斯的《百年孤独》和科塔萨尔的《跳房子》也是这方面的显证。

那么,谁是堂吉诃德和桑丘·潘沙故事的叙述者呢?至少有两个:一个是神秘的熙德·哈梅特·贝南赫利,尽管他是间接的,因为他是个阿拉伯人,我们从不直接阅读他的阿拉伯文;另一个是无名氏叙述者,他有时用第一人称,但大多数情况下用第三人称。后者全知全能,不仅请人将前者的叙述从阿拉伯文译成了西班牙语,而且改编、注疏,甚至不时地对原著进行评点。这是典型的中国套盒术:读者阅读的故事从出于另一个故事,一个我们只可推测的更大、更早的故事。两个叙述者的这种并存方式使故事产生了歧义,使人对"另一个"故事即熙德·哈梅特·贝南赫利的故事不甚了了并因而感到疑惑。"另一个"故事虽然与堂吉诃德和桑丘·潘沙的冒险经历有着相当隐秘的关联,但透着一种主观色彩,从而别具决定性的独立自主和原创品格。

然而,这两个叙述者及其巧妙体现的辩证关系不是小说的全部,因为与之并存或穿插其间的还有其他强有力的叙述者:他们既是人物,也是叙述者。一如我们前面提到的几个,他们不是讲述亲身经历,便是描述所见所闻。它们构成了《堂吉诃德》这个虚构套盒的一系列虚构的中国小套盒。

借用骑士小说的典型做法(其中许多作品"原稿"都是在神秘处所找到的),塞万提斯借熙德·哈梅特·贝南赫利以引入歧义并构筑起小说的主要结构形态。

当然,除了叙述者,塞万提斯对小说的另一个重要环节进行了革新:叙事时间。

……一如叙述者,小说的时间也充满了虚构和创意。这些虚构和创意都服从于情节的需要,却从不尊重"真实"的时间概念。

在《堂吉诃德》中并存着几种时间。它们巧妙地交织在一起,从而使小说成为一个独立的、自在的世界。这种独立性和自在性对小说的说服力具有决定作用。一方面是故事中主要人物的活动时间,它约莫有一年半的光景,包括堂吉诃德的三次出游及相关间隙:第一次三天,第二次两个来月,第三次三四个月;此外还有三次游历之间的两个间隙和临终的一段时光。第一次和第二次之间约一个月,第二次和第三次之间在村子里度过的那些日子以及最后的时日,这些时间加起来大约有七八个月的光景。

然而,小说中发生的故事难免瞻前顾后,从而大大拉长了叙事时间。我们在整个故事中看到的许多事件都是在小说主干发生前发生的。我们通过其中的亲历者或见证人获知有关情况,而它们中的一些故事的结束时间正好是小说叙事时间的"现在"。

小说叙事时间中最令人惊奇的是《堂吉诃德》第二部中的许多人物居然是第一部的读者,比如公爵夫妇。于是,在我们面前出现了另外的现实,另外的时间,它们不同于原来小说的叙事时间,因为原先的叙事时间是堂吉诃德和桑丘·潘沙两个人物赖以存在的虚构时间。而现在的时间却是一些读者,如我等现时读者非在;另一些读者,如公爵夫妇和人物同在的时间。这个小小的计谋显然不仅是虚幻的文学游戏,它的功效非同小可,对小说结构有着举足轻重的作用。它一方面大大地扩张了小说的叙事时间,从而变成了(又是一个中国套盒)既能涵括堂吉诃德和桑丘·潘沙等小说人物生活的世界,又能包容其读者(将前者视为记忆中和心目中的文学英雄)的"另一个"现实。后者不完全是我们正在阅读的这一个时空,但无疑是将我们一并包容的。这就像我们所说的中国套盒,大的包容小的,小的包容更小的,(从理论上说)直至无穷。

这个游戏很有趣,但也令人不安。它可以扩展小说时空,牵出其他故事,比如牵出公爵夫妇(他们通过作品了解到堂吉诃德的癖好与偏执);同时还可以令人叹服地展示虚构与生活的复杂关系:生活创造虚构,虚构反过来影响和改变生活,为后者增添色彩、冒险、欢笑、激情和惊奇。

虚构和生活的关系是古今小说的一个经常性内容。塞万提斯在其小说中超前地体现了20世纪的一系列重大的文学冒险：关乎叙事形式的一系列探索（语言、时间、人物、视角、叙事者的功能等等）。这些探索吸引了20世纪最优秀的小说家。[①]

① 巴尔加斯·略萨：《面向21世纪的小说》，《堂吉诃德》（西班牙皇家语言学院及世界西班牙语国家语言学院联合校订版），马德里，2004年，第XIII—XXVII页。

第二编

塞万提斯学术史研究

第一章 塞万提斯的矛盾和偏见

塞万提斯成全了塞学和无数塞学家(反之亦然)。由于长期徘徊在塞万提斯的字里行间,很多塞学家丧失了起码的距离和公允,于是塞万提斯被赋予了无数光环,但是,塞万提斯不是神。他既有凡人的弱点,也常常受制于时代、社会的种种矛盾与偏见。

一

塞万提斯主要生活在费利佩二世时期，这使他有机会目睹西班牙盛极而衰的过程。在他年轻的时候,西班牙拥有辽阔的领土和强大的军队,可谓不可一世,但好景不长,转眼之间,帝国便走向衰败。费利佩即位伊始,虽仍有金银财宝从新大陆滚滚而来,但它们却未能发挥应有的作用，倒是给愈来愈庞大的贵族阶层提供了养尊处优和轻视工商的条件。同时,对新大陆的征服早已尘埃落定,殖民地开始成为一群贪婪总督的囊中之物。为了限制他们的权力,费利佩颁布了无数法令并成立了西印度事务委员会,但正所谓山高皇帝远,费利佩对他的总督们根本鞭长莫及。加之后来实行了长子继承制，美洲实际上成了总督们的美洲——“另一个”庞大而遥远的西班牙。此外,费利佩在欧洲总是祸福相依，而且每每祸比福大。费利佩 1580 年刚刚兼并葡萄牙及其殖民地，1581 年就失去了尼德兰;他 1571 年好不容易战胜了土耳其海军、夺得了突尼斯,1588 年就在英吉利海峡丧失了“无敌舰队”。不断因福致祸的费利佩逐渐转向保守，明证之一是他对内利用宗教裁判所加强专制统治,残酷迫害异端,同时加重工商赋税,从而导致了两极分化和摩尔基督徒起义;他对外则采取绥靖政策,不断向法英妥协。至 1598 年,当费利佩二世被迫离开王位时,西班牙已然经济凋敝,国力衰微。

塞万提斯(1547—1616)全名米盖尔·德·塞万提斯·萨维德拉,有关他的家世和生平少有记载,盖因他并非出生于名门望族,姓氏的贵族头衔也几乎是最低的一等,类似于我国古代的乡绅;至于他的文名,则是后世的事情。关于塞万提斯的母亲,人们知之甚少,她大概出生在一个相当于员外一类的富裕人家。塞万提斯的父亲罗德里戈·德·塞万提斯(Cervantes,Rodrigo de)是胡安·德·塞万提斯(Cervantes,Juan de)的第三个儿子。胡安出生在科尔多瓦南部的一个布商之家,曾就读于萨拉曼卡大学,毕业后出任过公职。也许正是因为这个缘故,胡安于 1530 年携一家老小迁至马德里附近的阿尔卡拉·德·埃纳雷斯。这是一座历史文化名城,其同名大学创建于 1499 年,是马德里一带最古老的大学之一。胡安有三个儿子,塞万提斯的父亲罗德里戈排行老二。所谓"荒年不饿手艺人",胡安大概也是出于诸如此类的考虑,让三个儿子选择了不同的"手艺"。当然,这个"手艺"是需要加引号的,因为当时西班牙帝国正在巅峰路上走得惬意,走得豪壮,一般贵族当不屑于手艺、商贸之类。塞万提斯一家原本门第不高,加之已经没落,是断乎不能不考虑生计的。罗德里戈于是被送进了医学院。可能还是因为生计问题,他大学尚未毕业就当起了外科医生并跟随父亲或独自四处出诊。不久,罗德里戈娶了莱昂诺尔·德·科尔蒂纳斯(Cortinas,Leonor de),并与她生下七个孩子。塞万提斯排行老四,前面还有两个哥哥和一个姐姐。长兄很小就夭折了,连名字都没有留下。二哥叫安德列斯,姐姐叫路易莎。

塞万提斯是在阿尔卡拉的圣母大教堂接受洗礼的。洗礼时间是 1547 年 10 月 9 日,但教堂的有关文件上没记载孩子的出生时间。[①] 有学者推测塞万提斯的出生时间应该距洗礼时间不远,因为当时婴儿的死亡率很高,而洗礼可以"化险为夷"。塞万提斯的童年生活很不稳定。父亲生意不好,决定迁往首都巴利亚多利德。这次举家迁徙并没有给罗德

① 阿萨斯(Hazas,Antonio Rey)在《塞万提斯的文学与生平》(*Miguel de Cervantes: literatura y vida*,Madrid:Ed.Alianza,2005)中认为塞万提斯的生辰可能是1547年9月29日,因为这一天正是圣米格尔节。

里戈带来好运。不久,他便典当所有,而且债台高筑了。因为无力偿还利息,债主们将罗德里戈投进了监狱。后来几经周折,虽侥幸获释,但罗德里戈的处境却仍未得到丝毫的改善,于是只好携家眷离开巴利亚多利德,到故乡科尔多瓦定居。为让孩子们上学读书,罗德里戈绞尽了脑汁。塞万提斯被送进了新建不久的耶稣会学校。后来,还是因为生计问题,父亲又转至塞维利亚。塞维利亚是当时西班牙的商业中心,也是当时欧洲的三大商业名城之一(另外两座是法国的巴黎和西属那不勒斯)。作为欧洲与新大陆的贸易中转站,塞维利亚可谓寸土寸金,因此并没有罗德里戈的立足之地,倒使塞万提斯从洛佩·德·鲁埃达(Rueda,Lope de)的戏剧中获得了灵感,并立志成为诗人。这多少应了四百年以后美国作家海明威的著名论断:"作家的最大不幸是童年的幸福。"(换言之,"童年的不幸是作家的最大幸福"。)

一年以后,罗德里戈不得不离开"遍地黄金"的塞维利亚,以便到新都马德里碰碰运气。这时,罗德里戈从刚刚故世的岳母那里继承了一笔遗产,但他不慎把钱借给了朋友,结果当然是热包子打狗,有去无回。在马德里,塞万提斯开始了最初的文学创作。他效仿诗人的做法,不仅把自己的习作献给王后陛下,而且创作内容也大都是些随波逐流、阿谀奉承的颂歌。即便如此,贫困还是剥夺了他的爱好。他不得不另谋生计,去充当红衣主教胡利奥·阿克夸维瓦的侍从。由于缺乏历史记载,除了几首歌颂王后的诗作,塞万提斯在马德里的生活一直是个空白。而这既为后来的研究者留下了诸多遗憾,也为之提供了附会和想象的余地。比如,曾有学者钩沉索隐,发现当局曾于1569年发布命令逮捕一名叫米盖尔·德·塞万提斯的年轻人。罪名是伤害无辜(被害者是一位叫安东尼奥·德·塞古拉的青年)。该米盖尔被判砍去一只胳膊并逐出首都十年。于是,有人便顺理成章把彼塞万提斯当成了此塞万提斯。有人走得更远,称塞万提斯是同性恋者或犹太异教徒,东窗事发后被宗教裁判所剁掉了一只胳膊;有人甚至认为塞万提斯根本没有参加过勒班托海战。①

① 阿拉巴尔(Arrabal,Fernando):《塞万提斯新传》[原标题为《有个奴隶叫塞万提斯》(*Un esclavo llamado Cervantes*)],马德里:埃斯帕萨-卡尔佩出版社,1996年。而巴尔布埃纳·普拉特在其主编的《塞万提斯全集·〈西班牙俊男〉序言》(马德里,阿吉拉尔出版社,1991年版)中称行凶者为"塞万提斯的一个同名兄弟"。

诸如此类,不一而足。然而,多数学者仍依据塞万提斯有关作品,称他自1571年起在意大利当红衣主教阿克夸维瓦的随从,不久又因勒班托海战逼近而毅然从军。前面说过,费利佩二世时期的西班牙可谓“大有大的难处”。其中最大的麻烦有两个:一个来自北边,即英国的崛起和尼德兰的分裂;另一个来自东边,即强大的土耳其海军。这两股势力不仅对西班牙及整个天主教阵营形成了合围之势,而且对西班牙的霸主地位构成了威胁。为了各个击破,费利佩任命其弟——奥地利总督堂胡安亲王为总指挥并联合威尼斯和罗马教廷的力量,于1571年在希腊勒班托海域与奥斯曼土耳其海军决战。联合舰队大获全胜,并从此阻断了奥斯曼帝国对威尼斯等西方领土的觊觎。据称塞万提斯参加了这次战役并光荣负伤、失去左臂,人称“勒班托独臂”(“El manco de Lepanto”)。战斗结束后,西班牙军队奉命在西属西西里岛休整。可能是因为有伤在身,塞万提斯离开部队,到西属那不勒斯与弟弟会合后准备起程回国。这时,一位女子闯入了他的生活。有研究者认为,那女子便是塞万提斯在牧歌体小说《伽拉苔亚》中写到的雷希娜。1575年9月,塞万提斯带着亲王和塞萨侯爵的推荐信,与弟弟一道登上“太阳号”离开那不勒斯。途中,“太阳号”遭到海盗袭击,船长遇难,塞万提斯和弟弟及其他人等成了俘虏。他们被当作奴隶运至阿尔及尔。阿尔及尔是奥斯曼帝国最繁华的地区之一,奴隶买卖和各种贸易都十分兴旺。海盗用俘虏换物品,而买主则盼望用俘虏换取巨额赎金。塞万提斯本想用两位贵人的推荐信换取一个好差事,哪知反而成了阿尔及尔人索要高额赎金的理由。他们认为,塞万提斯既然带着两位要人的亲笔信,一定不是等闲之辈。为赎救亲人,罗德里戈四处求告,不遗余力,但终究未能筹集到足够的赎金。1577年3月,西班牙教会派员赴阿尔及尔解救囚徒,罗德里戈尽其所有,托教士们赎回两个儿子。由于阿尔及尔人断定塞万提斯是个重要人物,赎金只够救回塞万提斯的弟弟。这样,弟弟和其他一百多名西班牙人回到了祖国,而塞万提斯却留在了阿尔及尔。他多次逃跑未果,直至1580年9月西班牙教会再次派遣使者前往阿尔及尔才侥幸获释。这次,罗德里戈的赎金虽然有限,但教士们携带的部分赎金因找不到赎救对象而成了塞万提斯的救命稻草。塞万提斯在不少作品中写到了这段经历。

然而,获救的欣喜很快被无端的诽谤所冲淡。难友帕斯居然指责塞万提斯的人品,说他在阿尔及尔行为不端。为了保护自己的名誉,塞万提斯进行了旷日持久的取证和辩解。挽回名誉后,他又一次次品尝了"就业"的艰辛。塞万提斯时年三十有余。他当过信差,还可能为一些附庸风雅的人捉刀赶写诗文之类。在此期间,他与有夫之妇安娜发生恋情并有了一个私生女伊萨贝尔。1584年对于塞万提斯来说年景不错,他的牧歌体小说《伽拉苔亚》不仅顺利通过出版审查,而且稿酬不菲:一千三百三十六个雷亚尔。此外,他终于结婚了,但新娘不是安娜,而是比他小十八岁的卡塔林娜。然而,他的婚姻并不美满,新郎新娘几乎一直分居。这给阿拉巴尔等提供了("同性恋")依据,尽管实际情况可能要复杂得多。除了《伽拉苔亚》那笔稿酬,塞万提斯当时基本没有收入。为了尽快在文坛站稳脚跟,他经常到剧场看戏并为某剧团写了两个剧本。后来他又接连写了二十多个剧本,但它们大都已经散佚。戏剧是最受时人欢迎的文化活动,上至达官贵人,下到平民百姓,人们无不对洛佩·德·维加津津乐道。塞万提斯却对后者颇有微词,而后者则干脆对塞万提斯来了个全盘否定。1585年,父亲罗德里戈去世了。塞万提斯的负担有增无已。适逢费利佩二世倾西班牙和葡萄牙之力筹建"无敌舰队",塞万提斯便自告奋勇,谋了个军需职位。"无敌舰队"是费利佩二世用来对付崛起中的英国的。1588年,"无敌舰队"仓促起航,百余艘战船浩浩荡荡地驶向英吉利海峡,结果途遇风暴,不战而败。可笑的是,不仅总指挥梅迪纳·希多尼亚公爵有晕船的毛病,就连普通士兵也十有八九不通水性。"无敌舰队"出师不利暂且不说。在它出师之前,塞万提斯曾热情讴歌这支号称世界第一的庞大舰队。为数万将士提供粮饷可不是件容易的事情,因此,军需官必须强征强收,而这难免要得罪一些地方豪绅。"无敌舰队"败北后,塞万提斯几次申请去美洲殖民地效力未果。与此同时,有人诬陷他任军需官时犯了贪污罪。塞万提斯面临指控。法院判他偿还粮款。塞万提斯不服并上诉。保释后,塞万提斯又为洗刷冤情而进行了旷日持久的调查取证。1594年,塞万提斯终于以令人信服的证据证明了自己的清白。同年,母亲去世了,塞万提斯在马德里谋得一个税收员的职位。收税是件苦差事。适值资本主义原始积累时期,要从新生资本家手里收取税金,谈何容易!登宁在批判资本的时候说:"为了百分之一百的利润,它就敢践踏一切人间法律;有百分之二百的利润,它就敢犯任何罪行,甚至冒绞首的危险。”[①]塞万提斯兢兢业业,终于在商业相对发达的安达卢西亚地区收到了一笔税款。为保险起见,塞万提斯将税款存入塞维利亚商人弗雷伊雷的钱庄,准备用钱庄的银票到马德里换取税款。然而,命运又一次捉弄了他。当他回到马德里时,弗雷伊雷的钱庄竟然已经倒闭。塞万提斯拿着空头支票到处追寻弗雷伊雷,后者却似从人间蒸发了一般,早就消失得无影无踪。于是,塞万提斯身陷囹圄,与各色罪犯为伍达半年之久。后来,当局查清了事情原委,塞万提斯无罪获释。然而,牢狱之灾赋予塞万提斯以极大的创作灵感与冲动。多年以后,他在《堂吉诃德》的前言中写道:“悠闲自得的读者:不用我发誓赌咒,你想必也能理解,我多么希望这本书,作为头脑的产儿,尽可能出落得又漂亮、又优雅、又聪颖。然而,我却无力违背物生其类的自然法则。像我这个才疏学浅之辈的头脑孕育出的,只能是干瘪瘪、皱巴巴、刁钻古怪、满脑子别人始料莫及的胡思乱想,而且又是在牢房里。在那地方,诸事不遂心意,恶声盈耳不绝……”[②]有关《堂吉诃德》究竟是不是受胎狱中,评论界说法不一,但多数人倾向于肯定。正所谓天无绝人之路。出狱后,塞万提斯的经济状况得到了改善,因为太太卡塔林娜从娘家得到了一笔遗产。虽算不得富裕,但塞万提斯毕竟可以潜心写作了。这时,西班牙却走到了多事之秋。先是1597年公主去世,导致全国禁演;紧接着是1598年费利佩二世退位并很快驾崩,全国复又禁演一年。之后便是致使数百万人丧命的世纪末大瘟疫。年轻的费利佩三世软弱无力,大权旁落。西班牙迅速衰败。除了自己的作品可以证明他当时的处境之外,史料上几乎找不到任何有关塞万提斯的景况。“我总是夜以继日地劳作,自以为具有诗人的才学,”塞万提斯曾经这样慨叹。楼下是酒吧,楼上是妓院,塞万提斯在极其恶劣的环境中创作了《堂吉诃德》第一部。1604年,小说通过书检并顺利地交到了出版商手中。翌年,《堂吉诃德》问世并获得巨大成功。人们竞相阅读。一时间,只要有人放声大笑,必定被认为是在读《堂吉诃德》。尽管如此,塞万提斯的生活并未得到改观。他继续含辛茹

① 正是基于其残酷的性质,马克思说:“资本来到世间,从头到脚,每个毛孔都滴着血和肮脏的东西。”《马克思恩格斯选集》,第二卷,人民出版社,1972年,第265页。登宁语出《工联和罢工》,转引自《马克思恩格斯选集》,第二卷,第265页注。

② 此译文参考了董燕生译本(《堂吉诃德》,浙江文艺出版社,1995年,第4页)。

苦、呕心沥血地从事创作。1613年,他的短篇小说集《训诫小说集》出版。翌年,长诗《帕尔纳索斯山之旅》发表。这时,有人觊觎塞万提斯的巨大成功,抢先发表了署名阿隆索·费尔南德斯·德·阿维利亚内达的《堂吉诃德》续集。该续集不仅严重歪曲堂吉诃德的形象,而且对塞万提斯出言不逊。塞万提斯义愤填膺,加快了创作节奏。1615年,《堂吉诃德》第二部问世,几乎同时问世的还有他的戏剧集《喜剧和幕间短剧各八种》。1616年,自知将不久于人世的塞万提斯在病榻上写完了长篇小说《贝雪莱斯和西吉斯蒙达历险记》。是年4月19日,他在前言里安然地向世人道别:"永别了,谢谢各位!永别了,快乐的朋友们!我正在死去,却希望地下有知,对你们的快乐生活感同身受……"四天后,一代巨匠塞万提斯满怀感恩地在贫病交加中与世长辞。那天恰巧也是英国作家莎士比亚撒手人寰的日子。两位巨人仿佛有约:未能同年同月同日生,却得同年同月同日死。然而,他们的境遇又似乎恰好相反:一个命途多舛,枉费了贵族姓氏;另一个春风得意,获得了尊贵的封号。

二

我总是夜以继日地劳作,
自以为具有诗人的才学,
怎奈老天无情毫不理会。[①]

这是诗人塞万提斯对自己的总结,它出现在1614年的长诗《帕尔纳索斯山之旅》上当非偶然。因为事实上,塞万提斯一直未能跻身于"黄金世纪"诗坛的大诗人行列。且不说洛佩·德·维加如何小觑他的诗才,即使塞万提斯本人也常常对自己的诗艺产生怀疑。比如,就在这首长诗当中,他一边为自己喝彩鼓劲,一边慨叹"不少作品确实一塌糊涂。/正因为如此我焦虑忧伤……"[②]我们或可把他的焦虑忧伤视作谦逊,但他不拘一格的文学个性似乎比一般追求语惊四座的巴洛克文人走得更

① 巴尔布埃纳·普拉特(Valbuena Prat, Angel)主编:《塞万提斯全集·诗歌》,马德里,阿吉拉尔出版社,1991年,第1190—1200页。

② 巴尔布埃纳·普拉特:《塞万提斯全集·诗歌》,第1208—1245页。

远。而这也许又足以赋予后人以另一种视角，即以超常之心审察塞万提斯，诚如他在《帕尔纳索斯山之旅》一诗中所吟：

我因构思奇巧非同寻常，
理所当然只能默默无闻……[①]

话虽如此，但塞万提斯的诗名比起他赏识的贡戈拉来，却是逊色得多，作品数量也少得多（倘使不包括《堂吉诃德》中的诗句，流传至今的总共只有三十多首）。除《帕尔纳索斯山之旅》而外，他的诗作大都产于早期，内容也多有应景之嫌。比如他赞美王后伊萨贝尔的五行诗：

烽烟刚刚熄灭，
国土初得安宁，
奇葩世间一朵，
骤然腾空飞逝，
永驻天国不回。[②]

或者歌颂洛佩·德·维加的十四行诗：

维加如同一大片膏腴的沃土，
依附秀美的西班牙蜿蜒起伏；
太阳神阿波罗给他无比钟爱，
赫里孔山泉的流水把他滋补。

丘比特这位播撒壮举的神灵，
向他传授了自己的全部本领；
欢愉的丰收之神也把他佑护；
密涅瓦的智慧永远伴他而行。

① 巴尔布埃纳·普拉特：《塞万提斯全集·诗歌》，第1246页。

② 《塞万提斯全集·诗歌》，第1246页。

诸缪斯为他重建帕尔纳索斯；
在他身边还有忠诚的维纳斯，
生育繁衍众爱神的不尽子嗣。

世间诸君便得到欢娱和益处，
尽享他源源奉献的果实无数：
天使、战将、牧人还有圣徒。①

此诗充满了溢美之词，同塞万提斯后来对洛佩的评价有天壤之别。其中的是非恩怨一直是批评界讨论的话题，也是无数塞学家钩沉的内容。不久前，佩德拉萨·希梅内斯等学者搜集了大量有关两人情仇纠葛的材料，认为隐藏在笔墨官司背后的是一些鲜为人知的微妙而复杂的人际关系。②

《忌妒》(*Los celos*)是塞万提斯的得意之作。他在《帕尔纳索斯山之旅》中提到了这一谣曲。他把忌妒比作亦冰亦火、蛇蝎出没、白骨如山、阴森可怖的地狱："胸中窝藏着黑洞，/ 不见希望和光明。/ 惟有嫉妒和冷酷，/ 叫嚣似烈焰阴风……"③

此外，他在《帕尔纳索斯山之旅》中评古论今、指桑骂槐，得罪了不少同道。好在该作是在晚年发表的，并未给塞万提斯带有多少实际影响。

总体说来，诗歌并非塞万提斯的长项，有限的诗作也远未体现塞万提斯的才华。因此，洛佩对他的评价也不是完全没有根据，只不过偏见使他丧失了公允，尤其是对《堂吉诃德》的认知。当然，平心而论，洛佩基本上是一位缺乏超前意识却颇具整合精神(或大局意识)的文学大师，加上感情因素，他对塞万提斯的评价难免失之偏颇。

① 董燕生译，转引自《塞万提斯全集》，第一卷，人民文学出版社，1996年，第39—40页。

② 佩德拉萨·希梅内斯：《洛佩·德·维加的艺术世界》，马德里，迷宫出版社，2003年。

③《塞万提斯全集·诗歌》，阿吉拉尔出版社，1991年，第1190—1221页。

三

与诗歌不同,塞万提斯的剧作堪称一流,只可惜数量太少,流传至今的就更少,总共只有两部散作和八部喜剧及同样数目的幕间短剧。

一、《阿尔及尔的交易》(*Los tratos de Argel*)

《阿尔及尔的交易》是一部富有自传色彩的三幕喜剧,创作时间当是 16 世纪 80 年代初期。作品讲述西班牙俘虏在阿尔及尔的遭遇:西班牙人奥雷利奥在穆斯林家为奴,女主人撒哈拉狂热地爱上了他,但奥雷利奥心有所属,因为他深爱着西班牙姑娘西尔维娅。为了得到奥雷利奥,撒哈拉使出了浑身解数,甚至不惜重金聘请巫师为她助阵。这时,撒哈拉的丈夫伊索夫为西尔维娅的美貌所倾倒,将她买回家来当女仆。然而无论他多么殷勤,心有所属的西尔维娅就是不为所动。于是,他吩咐奥雷利奥前去游说,而撒哈拉也已"买通"西尔维娅到奥雷利奥那里去当说客。这样,分别已久的两个恋人终于走到了一起。正在他们如胶似漆、难舍难分之际,主人和撒哈拉出现了。他们虽各怀鬼胎,却只好自认倒霉。这时,摩尔国王挑选奴仆,奥雷利奥和西尔维娅都在候选之列。伊索夫因窝藏西尔维娅而被国王斩首。国王为奥雷利奥和西尔维娅的故事所感动,决定放过他们,条件是他们必须交纳两千赎金。

这是一个颇具喜剧色彩的爱情故事。巧合和悬念虽然过于戏剧化,但都天衣无缝。而且,围绕在两对主要人物身边的还有三十几个形象各异的基督徒和摩尔人。其中,战俘萨维德拉明显是以塞万提斯本人为原型的,而那个被标高赎金的安东尼奥也完全是以塞万提斯的亲身经历为蓝本的。

二、《努曼西亚》

《努曼西亚》,全称《努曼西亚之围》,是一出四幕悲剧,创作时间与《阿尔及尔的交易》相近。作品表现了西班牙努曼西亚人民抗击罗马军队入侵的悲壮一幕。故事发生在公元前 2 世纪。当时,罗马军队围困努曼西亚,时间长达十六年之久。在此期间,努曼西亚人不屈不挠,顽强抵抗。绝望的人们宁肯葬身火海,也不愿束手就擒。武士们不堪目睹亲人在饥饿中奄奄待毙,便杀出重围去抢夺敌人的粮食。最后,努曼西亚被敌人攻占。这时,惟一的幸存者竟是一名勇敢的少年。他站在城楼上叱责罗马将军,然后纵身跳下,以身殉职。

这一作品充分反映了塞万提斯的英雄气概和西班牙文艺复兴时期的一种审美理想:回归古典悲剧。无论是在拿破仑军队围困萨拉戈萨时期,还是在佛朗哥围困马德里期间,《努曼西亚》的悲壮气息都得到了极大的张扬。它不仅在西班牙各地久演不衰,而且得到歌德、叔本华等西方文化名人的高度赞扬。

塞万提斯在《喜剧和幕间短剧各八种》的序言里历数西班牙戏剧传统而自慰,说:"我头一个大胆地将五幕剧变成了三幕剧,而且刻意表现人物的内心世界:他们的想象和隐情。我还把伪道士搬上舞台并且得到了观众的认可。我写了二三十个剧本,却从未在舞台上丢人现眼,也没有人对它们喝倒彩、扔垃圾……后来我诸事缠身,不得不离弃戏剧,却冷不丁冒出个大自然的怪物来——洛佩·德·维加。他在喜剧王国一统天下……然而,上帝并非独宠于他,却是把恩泽广为播撒……"塞万提斯充分肯定了自己的贡献, 同时对洛佩·德·维加褒奖有加:"把丑角们玩弄于股掌之中,并使之笑料百出;他的剧本之多,不计其数,每一部都被称作巨著。倘使有谁(他们不在少数)想要企及他的光荣,哪怕是部分光荣,那注定不能如愿。没人能望其项背,数量也难抵一半。"①

然而,更为重要的是,塞万提斯的语言"也符合剧中人物的特点"。②而这一点在《堂吉诃德》中尤其突出。像人物那样讲话和把现实需要凌驾于古典规范之上,也许是塞万提斯对西班牙及西方文学的最大贡献。

三、喜剧八种

塞万提斯创作喜剧和幕间短剧的时间大约在1600年至1610年之间。它们是在1615年首次结集面世的,但上演的情况并不明了。八出喜剧包括《西班牙俊男》(*El gallardo español*)、《争美记》(*La casa de los celos*)、《阿尔及尔的囚徒》(*Los baños de Argel*)、《改邪归正》(*El rufián dichoso*)、《苏丹王后》(*La gran Sultana*)、《爱情迷宫》(*El laberinto de amor*)、《相思错》(*La entretenida*)和《鬼点子佩德罗》(*Pedro de Urdemalas*)。

《西班牙俊男》是一个爱情故事:摩尔姑娘阿拉萨倾慕西班牙勇士

① 巴尔布埃纳·普拉特:《塞万提斯全集·戏剧》,第5—7页。

② 同上,第11页。

费尔南多的英名,要求其追求者、摩尔武士阿里穆泽生擒费尔南多以证明自己的勇武和爱情。为了满足心上人的愿望,同时展示自己的本领,阿里穆泽主动到西军城下向费尔南多挑战。费尔南多重任在肩,不能出城应战,但是,为了给对手和自己证明实力的一个公平机会,他深夜跳下城墙去找阿里穆泽,结果被一队摩尔人兵士发现。费尔南多随机应变,缴械佯降。阿里穆泽请他向阿拉萨证明自己的勇敢。由于阿拉萨以前只知其名,未见其人,费尔南多得以深入虎穴并准备将计就计、粉碎敌人的攻城计划。与此同时,深爱着费尔南多的西班牙姑娘玛尔加丽塔女扮男装到前线寻找心目中的英雄。她一身摩尔男装,骗过了军士人等,但她同样只知英雄之名,却不识英雄其人。最后,费尔南多配合守城将士彻底粉碎了敌人的攻城计划。阿里穆泽成了俘虏,但阿拉萨却因为他曾经捕获费尔南多,决定以身相许。他们的爱情使西班牙将士颇为感动。同样,玛尔加丽塔得到了费尔南多的爱情,有了圆满的归宿。

不少评论家视《西班牙俊男》为塞万提斯的代表剧作。作品对军事斗争和爱情纠葛的完美处理以及玛尔加丽塔女扮男装这个细节,不仅影响了后来的西班牙作家,而且启发了莎士比亚。此外,这一作品表明,塞万提斯在处理现实和虚构的关系方面是何等游刃有余。作品不仅借玛尔加丽塔之口叙述了安东尼奥遇害案和塞万提斯蒙冤逃离西班牙的有关细节,而且在男主人公费尔南多的品行和姓氏(萨维德拉)上做足了文章。它们被认为是《堂吉诃德》之外最能体现塞万提斯其人其文的作品之一。

《争美计》(又译《嫉妒之家》)几乎是一部荒诞剧,以讽刺当时盛行的骑士传说。其主要场景是查理大帝的宫殿。剧作故事平淡,人物离奇,又是查理大帝,又是罗尔丹,还有村姑和哈巴狗,甚至出现了墨林术士的幽灵。批评界对这一作品褒贬不一。有人将这部作品同堂吉诃德在蒙特西诺斯山洞的梦境相提并论,至于是否蕴涵讽刺意味则完全见仁见智。

《阿尔及尔的囚徒》同《阿尔及尔的交易》有相似之处:海盗洗劫了西班牙海岸,掳走了科丝坦莎和她的未婚夫费尔南多。在阿尔及尔,科丝坦莎和费尔南多分别成了考拉利夫妇的仆人,而考拉利夫妇又分别爱上了他们。与此同时,考拉利夫妇的宝贝女儿萨阿拉也悄悄爱上了一个名叫洛佩的基督徒。后来,考拉利夫妇分别让自己的仆人去充当爱情信使和说客。他们将计就计,结果被考拉利夫妇撞个正着。幸好科丝坦莎和费尔南多巧妙应对,才勉强逃过了一劫。这时,萨阿拉不仅使洛佩恢复了自由,而且决定为他改变信仰。最后,费尔南多和科丝坦莎、洛佩和萨阿拉等基督徒安全地逃离阿尔及尔,回到了西班牙。塞万提斯借洛佩之口唱道:

列位看官请听,
故事并非杜撰,
而是实有其事。
上述甜蜜爱情,
来自阿尔及尔,
全是真人真事,
令人心旷神怡,
也有诸多教益。
即便事过境迁,
尚可用作借镜。
戏文到此为止,
结局不同《交易》。[①]

这出喜剧显然是在《阿尔及尔的交易》的基础上敷衍而成的,不仅在主仆关系的主线上设置了一条平行的复线,而且增加了不少矛盾冲突,从而使情节变得更加复杂。此外,为了打发时间,同时坚定意志,囚徒们排演了民族戏剧家鲁埃达的作品。至于剧中的风土人情和理想主义色彩则充分肯定了盛极一时的西班牙喜剧风格。正因为如此,这部喜剧被认为是塞万提斯诸多作品中最富有洛佩精神的,而且创作时间也比较早。

《改邪归正》又译《幸福的无赖》,是一出宗教喜剧,取材于达维拉·帕迪亚教士有关新西班牙人物的记述。主人公鲁哥曾是个游手好闲的

---

①《塞万提斯精选集·阿尔及尔的囚徒》,夏长兵、赵英译,山东文艺出版社,2000年,第189页。

家伙(很像《囚徒》中的司铎),成天胡作非为。类似情景同样出现在塞万提斯的有关短篇小说当中。随着商业的兴盛,塞维利亚成了冒险家的乐园。因此,圣女特雷莎(Santa Teresa de Jesús)曾毫不客气地说,那里的魔鬼比任何地方的更能蛊惑人心。鲁哥正是一个被魔鬼蛊惑的小混混,从塞维利亚到新西班牙,一路上不断作恶,但最后孽缘已尽,修成正果,成为一代圣徒克里斯托瓦尔·德·克鲁斯。类似宗教剧在西班牙并非鲜见,但塞万提斯善于发掘泼皮、混混一类的双重性格:既狡黠又单纯。后者在主人公拯救妓女安娜一节中表现得尤为淋漓尽致。

《苏丹王后》的故事发生在奥斯曼土耳其皇宫。太监鲁四昙把西班牙美女卡塔林娜献给了苏丹。苏丹惑于她的绝世美貌,将她立为王后并答应她可以为所欲为。这时,西班牙囚徒马德里加尔因为爱上阿拉伯姑娘而被判处死刑,又因为答应教法官学习鸟语并使大象学会说话而得到赦免。苏丹下令将两个女奴送给王后。鲁四昙还为王后带来了一名裁缝。可是,王后一见到裁缝就昏了过去。原来那裁缝不是别人,而是王后的父亲。与此同时,苏丹又看上了女奴郎贝托,结果却发现后者是男扮女装,于是恼羞成怒,下令将郎贝托处死。最后,王后出面干预,所有基督徒得到了赦免。这部喜剧虽然富有诗意,却是根据卡塔林娜·德·奥维多的传说改编的。据说她被掳到土耳其不久,便得到了阿穆拉特三世(1546—1596)的青睐并被选为王后。这部作品具备了一般正剧的特点,却因大法官和小丑马德里加尔的介入而平添了喜剧色彩。同时,塞万提斯的剧作往往人物众多,情节相对复杂。《苏丹王后》也不例外。有评论家认为这是塞万提斯最得意、也最富有喜剧色彩的作品之一。[①]

《爱情迷宫》取材于意大利。公爵费德里克的女儿罗莎米拉与罗塞那公爵的儿子曼夫雷多缔结婚约后,乌特里诺公爵的儿子达戈贝托出言不逊、恶意中伤。罗莎米拉的名誉受到质疑,婚约因此取消。这时,多尔兰公爵的女儿胡利娅女扮男装巧遇曼夫雷多并对他一见钟情。多尔兰公爵指责曼夫雷多诱拐少女,曼夫雷多矢口否认。阿纳斯塔西奥公爵出面为罗莎米拉洗刷冤情,同时向后者提出了结婚请求。罗莎米拉对公爵毫无感情,幸亏胡利娅的外甥女波西娅出面斡旋,并冒名顶替,接受

① 巴尔布埃纳·普拉特:《卡斯蒂利亚语文学》(*Literatura castellana*),第一卷,巴塞罗那,青年出版社(Editorial Juventud),1974年,第285—287页。

了阿纳斯塔西奥公爵的爱情。最后,曼夫雷多决定与损毁罗莎米拉名誉的达戈贝托决斗,胡利娅则向曼夫雷多表达了爱意。这简直是一场充满了乔装和纠葛的荣誉加爱情加决斗的中世纪"假面舞会",加上"闲散人等"插科打诨,可谓热闹非凡。几个世纪以后,塞万提斯的这些"化装本领"被一些评论家附会,成为他"善于伪装"、"言不由衷"的如山铁证。

《相思错》(又译《献媚的女人》)被称作袍剑剧。绅士安东尼奥爱上了容貌酷似妹妹的玛尔塞拉(而且巧合的是妹妹也叫这个名字)。虽然结果是"竹篮打水一场空",但情节、对话和内心独白却被指有乱伦嫌疑。这是塞万提斯剧作中最具争议的一出。尽管他的"一场空"打破了剧坛流行的大团圆结局,但巴尔布埃纳依然认为整部作品中最令人难忘的是一句话和两首诗。一句话是"女子最好是贤淑,哪怕佯装又何妨"。[①]两首诗中有一首是:

美丽无比的姑娘,
可怜农夫为了你,
不顾老天逞凶狂,
踌躇满志耕种忙。[②]

《鬼点子佩德罗》的主人公佩德罗是个流浪汉。全剧通过他的插科打诨、穿针引线逐渐展开。他一会儿是媒人,使有情人终成眷属;一会儿又化装成盲人或者吉卜赛人,还混进宫廷参加演出。他甚至装扮成传教士,以超度亡灵为名,骗取他人钱财,或者扮成大学生,招摇撞骗。最后,他又摇身一变成了戏剧家,同人物大谈舞台艺术(这在《堂吉诃德》中发展成了真正的"元文学")。至于佩德罗权作"谢幕"的那段唱词,一直被认为是晚年塞万提斯不屑于洛佩风格的一个明证:

帷幕降落以后,
好戏才算开场,
只需几个小钱,

① 巴尔布埃纳·普拉特:《塞万提斯全集·戏剧》,第212页。

② 同上,第229页。

即可观看全剧，
收场并非团圆，
因为那是俗套；
也不胡说八道：
姑娘刚刚出生，
就有美髯儿孙，
个个冲锋陷阵，
为父报仇血恨，
最后登上王位，
鬼知王国安在。
此类胡编乱造
只可哗众取宠，
……①

四、幕间短剧

塞万提斯的幕间短剧只有八出流传于世。它们是《离婚案法官》(*El juez de los divorcios*)、《流氓鳏夫》(*El rufián viudo*)、《村长选举》(*Elección de alcaldes*)、《守护人》(*La guarda cuidadosa*)、《冒牌比斯开》(*El Vizcaíno fingido*)、《奇迹剧》(*El retablo de maravillas*)、《魔洞》(*La cueva de Salamanca*)和《妒夫》(*El viejo celoso*)。幕间短剧起源于中世纪，相传是宫廷和达官贵人茶余饭后开心逗乐的一种娱乐形式，后来发展成其他剧种幕间休息的填场戏，类似于我们的小品或折子戏。15至17世纪是西班牙幕间短剧的繁荣期。从鲁埃达到卡尔德隆·德·拉·巴尔卡，无数作家热衷于这一体裁。幕间短剧题材广泛，几乎包罗万象，但风格以讽刺、逗趣为主。和以往不同，塞万提斯的幕间短剧具有更加鲜明的现实意义。

《离婚案法官》写四起离婚案，形式类似于情景喜剧。第一起是一个泼妇要求和体弱多病的丈夫离婚。第二起是一个女子要求和穷困潦倒的退役军人离婚。第三起是一个医生要求和他太太分道扬镳。第四起则是一个工人要求永远离开他的妻子。这四对婚姻虽然各有各的不幸，但

① 《塞万提斯全集·戏剧》，第260页。

法官却一味地希望他们言归于好。他使出浑身解数，以为只要动之以情、晓之以理，夫妻们自会懂得"好离不如赖凑合"。作品的人物滑稽可笑，情景真实可感。尤其是那些卑微无助的丈夫，情绪中多少渗透着作者的辛酸和无奈。

《流氓鳏夫》是诗体剧，写主人公不幸丧妻，仆人们前来安慰。他们滑天下之大稽，居然送来了三个妓女，让花心的鳏夫续弦。在这部作品中，不仅流氓鳏夫和小丑的言谈举止令人捧腹，三个放荡不羁的烟花女子也被刻画得妙趣横生。

《村长选举》也是一出诗剧。选举本来是一件严肃的事情，问题在于候选人的品行实在令人忍俊不禁。他们一位是品酒师，能品出盛酒的器具是木是铁还是皮革做的；一位是弹弓手，拥有弹无虚发之绝技；还有一位博闻强记，具有过目不忘的本领。村人请来主考官当场考试。候选人有问必答，把贪婪虚伪表露得淋漓尽致。这里有塞万提斯惯用的夸张手法，同时也有文艺复兴时期多数人文主义作家洞识和揭露人性阴暗面的传统。只不过用村长选举这样一个特殊事件，却是得益于塞万提斯对西班牙社会的深刻了解，得益于他当收税员的经历，非一般作家可以想象。这个短剧创作于 1587 年至 1600 年之间，当时塞万提斯萍踪无定，处境艰难，而作品中的埃斯基维亚斯又是他妻子的家乡，因此故事多少具有现实基础，尽管人物一个个充满了漫画色彩。至于其中的自嘲和嘲讽更是入木三分。譬如，当主考官问及识字念书时，其中一个候选人居然回答说，他不但不会，也无意染指那毫无用处而且可能带来祸殃的玩意儿，因为它可能把男人带向火刑、把女人送进窑子。

《守护人》写一个士兵和教堂司铎同时爱上一位姑娘的故事。姑娘是个女仆，叫克里斯蒂娜。两个男人因她发生纠纷。司铎准备与对手决斗，而士兵则日夜守护着姑娘家的大门，以免别人捷足先登。女主人决定让姑娘亲自遴选佳偶，这引起了士兵的不快。最后，姑娘选择了司铎。塞万提斯通过士兵的嬉笑怒骂展示了自己的态度和偏见：

女人总是选择
毫无价值之物，
皆因趣味低级，

不知何为品德。
既不尊重勇敢，
也不领会性情，
总是见钱眼开；
……[①]

随着市民文化的发展，人文主义和资本主义思想均已深入人心，但是，和世上的所有事物一样，无论人文主义还是资本主义，都具有两重性。他们在解放思想、发展生产力的同时，也为个人主义和拜物主义提供了温床。塞万提斯的作品显然是发展了人文主义思想，从而具备了更加深刻犀利的现实主义精神。

《冒牌比斯开》是塞万提斯的最优秀的幕间剧之一。年轻人索罗萨诺和朋友吉尼奥内斯为了作弄心仪的克里斯蒂娜，设下一个骗局。索罗萨诺告诉克里斯蒂娜，说有个比斯开人要送儿子来萨拉曼卡读书，此翁富得流油，而且傻里傻气。他建议克里斯蒂娜去接近比斯开人并把他脖子上的金链子骗过来。在证实了那链子的含金量之后，克里斯蒂娜便设宴邀请了索罗萨诺和他朋友化装的"比斯开人"。餐桌上，"比斯开人"的洋泾浜西班牙语逗得大家直不起腰来。这时，索罗萨诺告诉克里斯蒂娜，说"比斯开人"家中有人病危，必须马上离开。临行，比斯开人把金项链交给了克里斯蒂娜，以表谢忱，但考虑到自己手头拮据，又改变了主意。克里斯蒂娜把金项链还给了"比斯开人"。索罗萨诺诬赖克里斯蒂娜，说她用假链子掉包坑人而且惊动了警官。克里斯蒂娜哑巴吃黄连，有口难辩。为了平息事端，克里斯蒂娜答应付给警官和索罗萨诺几枚金币。最后，索罗萨诺和"比斯开人"带着乐手前来赔罪。于是，真相大白。有词为证：

女人无论多么精明，
实际都是绣花枕头……[②]

① 《塞万提斯全集·戏剧》，第301页。

② 同上，第322页。

塞万提斯对女性的偏见再一次暴露无遗。一如他经意、不经意流露的种族的(对犹太人或摩尔人等)和宗教的偏见,这是与伟大同在的渺小、与理智共存的情感。它们既是时代文化的镜像,也是人性弱点及作者内心世界的写照。后人正是基于诸如此类的偏见,对塞万提斯有了阿拉巴尔那样的不堪的推测。然而,塞万提斯对女性的冒犯既没有引起同时代作家的质疑,也没有激起女性读者的愤慨,[①]尽管风气使然,不少作家正沉浸在讴歌女性美丽的古典情怀之中。

《奇迹剧》借鉴了胡安·马努埃尔(Juan Manuel)的《卢卡诺尔伯爵》(*El conde Lucanor*)。后者在其第二十二个故事中,描写了那件被安徒生大写特写的"皇帝的新装"。塞万提斯用类似的寓言故事演绎了一出幕间剧:戏班子称所有私生子和血统成问题的人都看不见这出精美绝伦的好戏。所谓血统成问题,是指犹太人和摩尔人,尤其是改信天主教的犹太人和摩尔人及其子女。戏班子在村里搭起舞台,开始演出。舞台上又是魔鬼,又是方舟,还有大量的老鼠。村人为了表明自己血统纯正,一个劲儿地喝彩。村长明明什么也没有看见,也跟着大伙儿装腔作势。这时,一支军队路过该村,见众人疯疯癫癫,当然大惑不解,结果遭到村人的嘲笑。部队忍无可忍,用武力驱散了人群。但是,第二天,"演出"照常进行。这就是所谓的"奇迹剧",和"皇帝的新装"如出一辙,只不过这里戳穿骗人把戏的是军人,而《卢卡诺尔伯爵》中扮演这个角色的是"黑奴",安徒生则最终选择了天真无邪的孩子。塞万提斯可能因为对军旅生涯富有感情,对军人几乎始终正面描写,甚至褒扬有加。这无疑是另一种意义上的偏见。

《魔洞》(全称《萨拉曼卡魔洞》)写一个商人的受骗经历。商人要出远门,太太依依不舍。岂知丈夫刚出门,妻子就和女仆投入了各自的浪漫故事。太太的情人是教堂司铎,女仆的情人是理发师。两对情人缠绵之际,来了一个不速之客。一则心虚,二则为堵幽幽之口,女主人热情款待了不速之客。这时,丈夫因马车故障,中途返回。妻子怕事情败露,立即将情人和陌生人藏了起来。丈夫听见有人呻吟,妻子只好从实招来,说自己收留了一个可怜的穷学生。穷学生现身,称自己法力无边,可以

① 几个世纪后,当科塔萨尔在《跳房子》(1963)中用"阳性读者"和"阴性读者"作出性别暗示时,却受到了全世界女性读者的抗议,以致他不得不作出解释并公开道歉。

同时变出两个魔鬼。他口中念念有词,不一会儿,司铎和理发师出来了。他们听从穷学生的指令,开始亦歌亦舞,描述“萨拉曼卡魔洞”的故事。男主人信以为真,主动要求魔法师和其他两人留下来共进晚餐,并表示愿意拜他们为师,练习魔洞之法。就这样,骗局套骗局,荒唐接荒唐,把人情世态嘲讽个透彻。这应当算是塞万提斯最富有想象力的幕间剧。它把薄伽丘的《十日谈》(*Decameron*)中有关丈夫外出的故事和萨拉曼卡魔洞的传说巧妙地结合在一起,嘲讽和调笑充斥全剧。尤其出彩的是流里流气的学生、傻里傻气的丈夫和妖里妖气的妻子。他们围绕狡黠、忠诚和操守上演了一场无与伦比的闹剧。其中的各色人等都心怀“鬼胎”,不敢捅破穷学生的恶作剧,惟有那丈夫被蒙在鼓里——而这恰恰成就了《魔洞》出色的喜剧效果。不久以后,卡尔德隆·德·拉·巴尔卡重新演绎了这个作品,但效果似乎不及《魔洞》。

《妒夫》写一个心怀嫉妒的老汉和年轻妻子的故事。老汉为了拴住年轻妻子的心,不仅终日里门户紧闭,而且赶走了所有公狗公猫之类的雄性动物。一天,好心的邻居以兜售挂毯为名,敲开了老汉家的门。这时,一个年轻男子趁机溜进门去。年轻的妻子见了美男子不禁芳心大悦。这时,老汉怀疑挂毯有诈,又见妻子心花怒放,不禁妒火中烧,欲闯进卧房看个究竟,结果一盆水迎头浇来,美男子趁机溜出门去。这个故事在塞万提斯的短篇小说中敷衍出一段复杂的婚外恋,从而为后来塞学界的一场旷日持久的“笔墨官司”提供了依据。

四

对道统而言,起源于稗官野史的小说无异于街谈巷议,断乎上不了台面、登不了大雅之堂,因此,我国对小说的重视乃近现代的事情。20世纪甫降,中国文学进入了一个前所未有的“革命”时代,由“革命诗歌”至“革命小说”,并且几乎贯穿了整个20世纪。而作为百日维新的核心人物之一,梁启超自弃改良而鼓吹革命,于1902年率先提出了“欲新一国之民,不可不先新一国之小说。故欲新道德,必新小说;欲新宗教,必新小说;欲新政治,必新小说;欲新风俗,必新小说;欲新学艺,必新小说;乃至欲新人心,欲新人格,必新小说。何以故?小说有不可思议之力支配人道故”。他还同时归纳出小说“熏”、“浸”、“刺”、“提”四大功用。[①]话虽如此，但真正对中国小说作客观梳理和系统评价却必得到鲁迅时期。在西方，情况虽非如此，但小说作为市民文化的载体，其体裁地位的奠定也是17世纪以后的事情。比如塞万提斯时代如洛佩、贡戈拉等文豪泰斗，无不以诗人或戏剧家自居；二等作家也概莫能外。胡安·马努埃尔的《卢卡诺尔伯爵》只不过是一个开端。薄伽丘却正在接受正统（尤其是宗教界）的严厉批判，土生土长的流浪汉小说从头到脚都透着下里巴人的气息。然而塞万提斯不拘泥，他是当时极少数把主要精力投入小说创作的作家之一。正因为他的投入，小说得到了长足的发展；也正因为他对小说的巨大贡献，海涅称之为“现代小说之父”。

即使没有《堂吉诃德》，塞万提斯也完全可以凭借其短篇小说高高屹立于世界文学之林。他的《训诫小说集》不仅是继《卢卡诺尔伯爵》、《十日谈》和《坎特伯雷故事集》（*The Canterbury Tales*）之后最具影响力的短篇小说集，而且一举完成了小说从古典到现代的转变。用最为概括的话说，塞万提斯小说的“现代性”特点有：一、将小说明确区分为短、中、长篇，而且身体力行；二、以现实主义精神取代古典理想主义；三、反讽和戏仿成为重要手法；四、题材和形式不拘一格；五、主题和情节相得益彰。

《训诫小说集》虽然是塞万提斯惟一的短篇小说集，但其题材之广泛、形式之丰富均非同时代其他作品可以比肩，其中鲜明的倾向性和强烈的现实主义精神更令同时代作家望尘莫及。这个小说集包括十二个篇什，即《吉卜赛女郎》（*La gitanilla*）、《慷慨的情人》（*El amante liberal*）、《林孔内特和科尔塔迪略》（*Riconete y Cortadillo*）、《英格兰的西班牙女郎》（*La española inglesa*）、《玻璃硕士》（*El licenciado Vidriera*）、《血的力量》（*La fuerza de la sangre*）、《大名鼎鼎的洗碗女》（*La ilustre fregona*）、《两姑娘》（*Las dos doncellas*）、《科尔奈丽小姐》（*La señora Cornelia*）、

---

① 梁启超：《论小说与群治之关系》，《中国历代文选》，上海古籍出版社，1979年，第409—410页。梁启超的这番话是鉴于文艺复兴运动以降西方小说在西方社会生活中的重要作用而言的。众所周知，随着造纸术、印刷术的发展和推广，小说在17、18和19世纪成了大众最主要的精神消费对象。这是因为，小说在当时不仅仅是一种消遣工具，而且还是各种信息和认知方式的主要载体之一，一定程度上弥补了人文主义高涨所引发的宗教衰微和信仰缺位。

《骗婚记》(*El casamiento engañoso*)、《双狗对话录》(*El coloquio de perros*)和《埃斯特拉马都拉妒翁》(*El celoso extremeño*)。另有一些被后人推测为塞万提斯遗作者不在本著评析之列。

对喜欢塞万提斯的读者而言,《训诫小说集》还提供了一个重要信息:塞万提斯的自画像。这也许是他留给世人的惟一自画像。他在作品自序中写道,一位名叫塞萨尔·卡波拉利·佩鲁西诺(César Caporal Perusino)的画家给他画了一幅肖像(这可能也是塞万提斯的惟一肖像,后来见诸几乎所有塞万提斯著作)。塞万提斯援引此翁的话说:"瘦长脸,褐色的头发,宽平的前额,微笑的眼睛,长长的鹰钩鼻显得比例失调,还有花白的胡子(二十年前是金色),浓密的髭须,小小的嘴巴,硕果仅存、东倒西歪的六颗牙齿;他中等个子,肤色黝黑、健康,有点驼背,腿脚也不灵便……"[①]倘使描写还算逼真,那么这副模样和他笔下的堂吉诃德可就相当逼肖了。事实上,后人大多也是从堂吉诃德的形象推想塞万提斯其人的。

此外,塞万提斯借自序以自我评价并阐述了他的小说观,他把小说比作"社会的台球桌",认为"每一个玩球的人都可以从中得到乐趣"。"人不能永远呆在神殿里,不能永远守在教堂中,不能始终从事崇高的事业。人需要娱乐,使忧愁的心获得安宁。为了这个目的,人们栽种白杨,寻找甘泉,平整陡坡,精心修整花园里的草木。我斗胆告诉你一件事情:如果这些作品的故事因为诸如此类的关系使读者产生邪念,那就砍掉我的这只书写的手,也不要出版它们……我已将自己的才华悉数奉献……此外,我还明白,我是第一个用西班牙语创作小说的人。此前人们见到的小说多为译作。[②]而这些小说却是我的杰作,它们既非模仿,更非剽窃。我用我的才智孕育这些小说,我以我的妙笔写下这些小说,经验和素养使它们茁壮成长。"[③]凡此种种,把小说的愉悦功能、教育功能和创作方法阐释得明明白白。然而,这里面既有塞万提斯作为巨匠的智

① 塞万提斯:《训诫小说集·自序》,马德里,卡斯塔利亚出版社,1985年版,第3—4页。

② 12世纪以降,西班牙在出版大量古希腊罗马文学译本的同时,还推出了不少意大利甚至印度和阿拉伯文学译本,其中堪称小说的多数是寓言故事。需要说明的是,塞万提斯虽然颇受流浪汉小说的影响,却并未把它当作真正意义上的小说来看待。

③《训诫小说集·自序》,第4—5页。

慧和明锐,也有他作为凡人的矛盾和偏见。

《吉卜赛女郎》开宗明义,称“吉卜赛人不论男女老幼,来到世上似乎专为做贼。生养他们的是贼,和他们一起厮混长大的是贼,末了自己也自然而然地成了惯贼……”话说吉卜赛老妪收养了一个姑娘作孙女,并给她取名叫作普类希奥莎,意思是既珍贵又聪慧。小说写普类希奥莎和贵族青年的爱情故事。贵族青年为普类希奥莎的美貌所动,化名安德列斯来到吉卜赛人中间。在经历种种艰难险阻之后,小伙子发现了普类希奥莎的身世。原来她出身名门,是被吉卜赛人领养的贵族小姐。这个故事曾被许多作家演绎。直至20世纪,墨西哥作家以长篇小说《叶塞尼娅》和同名影视剧将它发扬光大。众所周知,吉卜赛人是一个流浪的民族,他们来自印度北部,属于类高加索人,11世纪迁至波斯,14和15世纪经西班牙格拉纳达抵达西南欧诸国,不久即在当地所有国家遭到歧视和驱逐,因而长期以来居无定所,足迹遍及世界各地。在西班牙,吉卜赛人人口众多,据不完全统计,15世纪最多时曾达数十万。后来,由于种族压迫和宗教迫害,相当一部分人去了美洲,但仍有一些继续在西班牙及西南欧各国流浪,以卜筮、卖艺为生。在雨果的《巴黎圣母院》(*Notre Dame de Paris*)中,那个可爱的吉卜赛女郎——拉·埃斯梅拉达(La Esmeralda,意为祖母绿)——不仅有着典型的西班牙人名,而且用的也是西班牙巴斯克小鼓。吉卜赛人与西班牙的渊源可见一斑。

且说吉卜赛人在西班牙并未因为人数众多而免受歧视。塞万提斯也不能免俗。他首先把吉卜赛人描写成惯偷,尽管后来笔锋一抖,亮出了普类希奥莎的动人形象,但结果依然令人遗憾(盖因她出身名门,且原非吉卜赛人)。普类希奥莎不仅善良美丽,而且能歌善舞,一支小曲拨动了所有人的心弦:

> 树木无论多么珍贵,
> 如果不能开花结果,
> 年复一年虚度光阴,
> 也会感到无比哀伤;
>
> 情人无论多么真挚,

相爱的心多么纯洁，
命运一旦予以作弄，
灾难便会接踵而至；
……[①]

见她亦歌亦舞，人们无不咂咂称羡。有人说："上帝保佑你，姑娘！"又有人说："可惜是个吉卜赛人！不然，做个大家闺秀也绰绰有余。"还有一些人粗鲁地说："这小妞再出落几年，倒是满不错的料儿，准一个勾魂摄魄的主。"另一些人见她舞步轻盈，便毫无绅士风度地指指点点："孩子，步子要小一点，跳得更快一点……"塞万提斯通过诸如此类的议论，道出了人们对吉卜赛人的不同看法。这些看法虽有不同，但本质上却是万变不离其宗：透着歧视。塞万提斯虽然对吉卜赛人表示同情，对普类希奥莎更是褒奖有加，但本质上仍未能摆脱种族偏见。在塞万提斯看来，普类希奥莎之所以出色，归根结底是因为她出身名门，血管里流着西方上等人的血液。

《慷慨的情人》是一篇典型的塞万提斯风格的爱情小说，不仅故事发生在塞万提斯时代，而且人物的经历也颇似塞万提斯：西班牙青年里卡多和莱奥尼莎被土耳其海盗掳至塞浦路斯。在此之前，里卡多便已钟情于莱奥尼莎，而莱奥尼莎却爱上了纨绔子弟科尔涅奥。如今他们身在异乡，前途未卜。里卡多不计前嫌，千方百计地呵护莱奥尼莎。然而，楚楚动人的莱奥尼莎使塞浦路斯总督哈桑和有关官员人等大为震惊。他们各自找出种种借口，欲将她占为己有。最后，他们争执不下，只得把她送给苏丹。在押送莱奥尼莎的路上，各怀鬼胎的官员们从勾心斗角到互相残杀，最终给船上被迫为奴的基督徒提供了机会。基督徒揭竿而起，夺船回到了祖国。共患难以后，里卡多更加珍惜莱奥尼莎。为了她的幸福，他毅然决定把莱奥尼莎送还给科尔涅奥。经过一番生死考验，莱奥尼莎懂得了何为爱情。她终于抛弃虚荣心，投入了里卡多的怀抱。

这篇小说除了描写爱情，还刻意揭示了命运的无常。其中的许多描写令人迁思《阿尔及尔的交易》或《阿尔及尔的囚徒》。而患难见真情一类的表演，则无疑浓缩了塞万提斯的爱情观、价值观和人生观。

① 《训诫小说集》，第8页。

《英格兰的西班牙女郎》也是一篇爱情小说。16世纪末,英国军队洗劫加的斯,舰队司令在当地掳走一名年仅七岁的西班牙姑娘伊萨贝尔并将她带回伦敦家中。司令太太和儿子里卡雷多是天主教徒,伊萨贝尔在他们的照拂下渐渐长大。不久,伊萨贝尔出落成了人见人爱的西班牙女郎。里卡雷多悄悄地爱上了她。然而,他从小与苏格兰的一位富家姑娘订有婚约,因此担心父母反对他和伊萨贝尔相爱,竟害起相思病来。父母了解他的病因后,同意了他的选择。这时,女王伊丽莎白一世听说伊萨贝尔聪敏美丽,决定招她进宫。司令向女王表达了儿子的心意,女王放弃了自己的要求并答应为年轻人指婚,条件是里卡雷多必须率领队伍剿灭海盗。里卡雷多毅然领兵出海。经过一番厮杀,里卡雷多不仅打败了海盗,而且抢救了一对西班牙夫妇。巧合的是,他们居然是伊萨贝尔的父母。里卡雷多把从海盗手中缴获的财宝献给了女王,把伊萨贝尔献给了她日思夜想的生身父母。转眼即是婚期,一对新人沉浸在欢乐和憧憬之中。然而,宫廷女官的儿子疯狂地爱上了伊萨贝尔。为了阻止婚礼并最终得到佳人的青睐,他要求同里卡雷多决斗。女王下令将他监禁起来,但女官为了儿子,竟在伊萨贝尔的食物中下了毒。经过抢救,伊萨贝尔虽然逃过一死,却面目全非,成了丑八怪。里卡雷多不仅没有嫌弃她,而且更加疼爱她了,无奈他的父母改变了态度,强烈反对儿子同伊萨贝尔结婚。经过一番周折,伊萨贝尔及其父母回到了西班牙。里卡雷多发誓非伊萨贝尔不娶,并只身离开了英国。然而,伊萨贝尔音信杳无。里卡雷多只好苦苦地等待,痴痴地寻找。最后,他终于找到了准备出家的伊萨贝尔。原来,伊萨贝尔曾接到里卡雷多父母的来信,他们谎称儿子已经一命呜呼;姑娘于是万念俱灰,决意遁世绝俗。

这是塞万提斯小说中最牵强的一篇,有关巧合和一而再,再而三的变故实难令人信服。而且用这种方式刻意淡化英西两国的宿怨,多少说明塞万提斯偶尔也会放弃现实主义精神而去拥抱浪漫的理想主义。

《林孔内特和科尔塔迪略》属于流浪汉小说。在此,塞万提斯又回到了他熟谙的现实主义手法。小流浪汉林孔内特和科尔塔迪略在一家客栈不期而遇。两人经历相同,意气相投,很快成了莫逆之交。原来,科尔塔迪略因不堪忍受继母虐待而离家出走,从此流浪在外,行窃为生。林孔内特则因偷了别人的一袋珠宝而被判流放,从此四海为家,卜筮行骗。既然走到了一起，两人便合伙做起了他们的营生。他们在商贸繁盛、富贾成群的塞维利亚游荡，伺机做些偷鸡摸狗的勾当，结果一不小心掉进了大贼窝。那可是个训练有素的盗窃团伙，山头大，规矩多，而且匪警一家。更有甚者，这个团伙居然也有积德行善的时候，应了“盗亦有道”之说。塞万提斯通过两个少不更事的小流浪汉，把16世纪末叶的西班牙社会的阴暗面写了个透彻。

《玻璃硕士》写一个宗教狂式的纯粹疯子。此翁叫托马斯，出身贫寒，以至于流落街头。一天，就读于萨拉曼卡大学的两位年轻绅士收留了他。从此，他一边服侍两位主人，一边在学校读书。后来，他跟随主人去了安达卢西亚，认识了一位名叫巴尔迪维亚的军官并随军官去了意大利，然后经佛兰德返回萨拉曼卡，直至攻下硕士学位并成为律师。这时，城里来了个坏女人。她专门勾引那些意志薄弱的纨绔子弟，使他们纷纷自甘堕落并为她所用。但是，她对托马斯却是一见钟情。为了得到他的爱情，那女子竭尽所能，使出浑身解数，奈何托马斯一门心思全拴在学问上，对财色毫无兴趣。于是，那女子便在吉卜赛女巫的指导下在托马斯的食物里下药，结果不仅没能使他言听计从，反而险些要了他的小命，使他变成了一个彻底纯洁、透明的玻璃人。玻璃人为了保护自己，必须远离芸芸众生。然而，他所到之处，人们无不奉若神怪。有一次，人们问及诗人穷困的原因，他回答说：“那是他们的意愿使然，倘使他们有意伺机勾搭名媛贵妇，发财致富简直易如反掌。因为那些名媛贵妇一个个富得流油，而且金发碧眼、银额朱齿，还有珊瑚似的嘴唇和水晶般的喉咙。她们的泪水像珍珠，呼吸赛过麝香琥珀，脚下踩的是茉莉花和玫瑰花……她们可以把诗人捧上天去，哪怕他们多么蹩脚。”[①]最后，一位高僧解救了他，使他恢复了本来面目。

借疯子之口说出常人所不言，是塞万提斯的惯用手法。作品令人迁思《堂吉诃德》：通过疯子之口，多少道出了作者对不同职业和人群的看法，其中既有诸如妓女、小偷、赌徒、仆人、囚犯等下层人，也有海员、医生、诗人、法官、演员及各色体面人物。作者的矛盾和偏见在有关议论中一览无遗。比如，托马斯反感保姆，甚至对手艺人多有不屑；当然他更加鄙视法官和警察，认为他们是在以公正之名行不公正之事。

① 《训诫小说集》，第112—131页。

《血的力量》是一个富有戏剧性的爱情故事。故事以强奸案开始,以美满婚姻结束。一天,妙龄少女莱奥卡迪娅回家途中遭遇贵族青年罗多尔福,后者觊觎少女美貌,竟兽性大发将她强暴了。莱奥卡迪娅忍辱离开时顺手拿了一尊圣像作证物。几天后,罗多尔福去了意大利,而莱奥卡迪娅却不幸怀孕了。为了掩人耳目,她不得不躲到乡野生下孩子。很快,孩子七岁了,被带回家中抚养。在一次节日庆典中,孩子不慎被马车撞伤,这时,一位陌生骑士将他救起并带回家中医治。所谓无巧不成书,那骑士不是别人,正是孩子的生父罗多尔福。且说莱奥卡迪娅为了探望儿子,不得不重返那曾经剥夺她贞操的地方。为了挽回荣誉并让无辜的孩子不再远离亲生父亲, 她毅然将那尊圣像交还给罗多尔福的父母并把事情经过说明白。老人们感念莱奥卡迪娅的牺牲,决定立即召回刚刚重返意大利的儿子。面对莱奥卡迪娅,罗多尔福悲喜交集。时间证明,他一直深爱着莱奥卡迪娅。于是,一桩荒唐事成就了一桩美满的婚姻。类似故事在洛佩·德·维加和卡尔德隆·德·拉·巴尔卡等“黄金世纪”作家笔下都依稀可见,盖因荣誉、尊严和贞操一直是人文主义和文艺复兴运动以降西方主流社会价值观中不可或缺的美德。对于男性,荣誉和尊严至为重要,而且密不可分。蒙田说过,仙女们引诱尤利西斯的第一手就是:“来啊,尤利西斯,全希腊最光荣的人。”对于女性,则贞操往往等于荣誉和尊严(尽管蒙田呼吁正直的人们宁可失去自己的荣誉,也不要违背自己的良心[①])。然而,事实上,无论荣誉、尊严、贞操还是别的“美德”或“良心”都是相对的,不能一概而论。任何正确的观念或理论必须结合具体情况并根据现存条件加以阐明和发挥。[②]

塞万提斯在这些问题上表现出了他的确定性, 同时也表现出了他的局限性(比方说让莱奥卡迪娅为了贞操而牺牲自己的爱情)。盖因塞万提斯是人,而不是神。我们既不能以今天的认知方式去苛求古人,当然也不能盲目地将古人奉若神明。无论多么高级, 人终究是社会的动物。每一个人从小到大,每一次进步都是有意无意地同自己及他人的需要和不完美作斗争的结果。这种斗争一直从个人延伸到社会、到自然。

① 《蒙田随笔全集》,中卷,潘丽珍等译,译林出版社,2004年,第330页。

② 《马克思恩格斯全集》,第27卷,第433页。

人类只能在斗争中一步一步地向前迈进，任何时候都不能幸免。即便是常常被人们挂在嘴边的人文主义，也未能摆脱人类的根性：个人主义。不是吗？人文主义勃兴(或谓“复兴”)之际，恰恰也是个人主义张扬之时。这是一枚钱币的两面，是由人类无法回避的矛盾品性所决定的。

《大名鼎鼎的洗碗女》也是一篇具有冒险精神和理想主义色彩的爱情小说，虽然情节和内容比较简单，却昭示了塞万提斯的爱情观：贵族青年胡安和迭戈为了冒险，双双放弃舒适的家庭，开始流浪生活，结果各得其所，获得了纯正的爱情。

《两姑娘》同样是一篇爱情小说。特奥多西娅和莱奥卡迪娅两位少女互不相识，却同时爱上了纨绔子弟安东尼奥。安东尼奥利用她们的单纯，先后欺骗并占有了她们。为了捍卫荣誉，特奥多西娅女扮男装，邀兄长拉法埃尔外出游历，伺机寻找负心人。路上，特奥多西娅住进了一个房间。是夜，她在梦中叙说自己的心事，并对兄长可能无法理解她的处境而感到万分忧虑。兄长于是得知了她的心事。之后，他们巧遇女扮男装的莱奥卡迪娅。原来她也是为了寻找安东尼奥才女扮男装、背井离乡的。于是惺惺惜惺惺，两位少女同病相怜，拉法埃尔却因为对莱奥卡迪娅一见钟情而迅速坠入爱河。于是，三个人结伴而行，却各怀心事。最后，他们在巴塞罗那找到了安东尼奥，当时后者正与人争斗并身负重伤。安东尼奥表达了他对特奥多西娅的爱情，而莱奥卡迪娅则接受了“情敌”的哥哥。两对恋人喜结良缘后回到故里，适逢安东尼奥的父亲被迫接受两家长辈的挑战——挽回荣誉的决斗。幸亏两对新人及时赶到，长辈们遂化干戈为玉帛，携手开始了幸福的生活。

中国读者容易在这样的情节面前联想到《女驸马》之类的传奇故事，所不同的是，中国传奇但凡出现女扮男装，几乎必有阴差阳错的机缘巧合，乃至牵出许多附会。比如不是拉法埃尔爱上莱奥卡迪娅，而是相反，因为她的化装如此逼真，以至于他人难以看出破绽；或者两位少女因为彼此素不相识而相互产生爱慕之情；或者拉法埃尔虽然明知道莱奥卡迪娅是“男”，却无法抑制“莫名其妙的爱情”并为自己的“断袖之癖”感到羞愧难当。诸如此类，不一而足。个中原因显然与民族文化传统有关。文艺复兴甫降，新兴的西方戏剧一直是男女同台演出，因此舞台上不存在女扮男装或男扮女装的做法。塞万提斯描写女扮男装的癖好既是艺术想象的结果，也有传统的影响——如西班牙古典谣曲《女兵谣》(*La doncella guerrera*)中类似于花木兰的描写——继而又影响了不少欧洲作家。在中国,受封建思想的制约,男女同台的历史很短,因而女扮男装或男扮女装是习以为常的事情。直至1949年,包括话剧在内的许多剧种还很少用女演员(因此,周恩来、曹禺、黄宗江都曾在南开饰演女角),另有一些剧种,如越剧,则只有女演员。正因为如此,梅兰芳的西行,曾使西方人大为震惊。

《科尔奈丽小姐》的故事发生在意大利。巴斯克青年安东尼奥和胡安放弃萨拉曼卡大学去参加保卫佛兰德的战争。战争结束后,他们准备途经意大利回国。到了博洛尼亚后,两位年轻人忽然乐而忘返。原来,那儿不仅有一流的大学,还有闻名遐迩的美女科尔奈丽。一天,胡安外出散步,有人突然往他怀里塞了一个包袱。他打开一看,却是个新生婴儿。他把婴儿抱回家,托付给女仆照看。不久,他又路遇不平,出手救了一名女子,而那女子正是他朝思暮想、无缘得见的科尔奈丽小姐。原来科尔奈丽小姐早已和费拉拉公爵私订终身并为他生了一个孩子。不料东窗事发,费拉拉决定带科尔奈丽私奔。为方便起见,他们将孩子托付给仆人收养,但科尔奈丽的兄长决意向费拉拉讨回妹妹的名誉,以致发生了孩子被弃的悲剧。胡安知情后和安东尼奥一道去见公爵。经过一番斡旋,科尔奈丽的家人捐弃前嫌,从而使有情人终成眷属。

《骗婚记》顾名思义,是一个有关虚荣和欺骗的故事。主人公阚布萨诺少尉爱慕虚荣,决定娶贵族女子堂娜埃斯特法尼娅为妻。而堂娜埃斯特法尼娅表示自己虽有家财,却罪孽深重。事实上,她早已穷困潦倒,只是临时替女友照看宅第而已。两人完婚后,女友回来了。堂娜埃斯特法尼娅自知事情败露,便溜之大吉了。正所谓偷鸡不成蚀把米,阚布萨诺为自己的自欺欺人付出了代价：堂娜埃斯特法尼娅卷走了他仅有的家当——些许装点门面的赝品和廉价首饰。

《双狗对话录》可以看作《骗婚记》的续篇:阚布萨诺受骗后向老朋友叙述经过,并顺便讲起了两只狗的对话。那两只狗分别叫作贝尔甘萨和西皮翁。前者述说他在不同主人家的遭遇，后者则捧哏似的发表议论。通过狗的对话,作者将塞维利亚等地的屠夫、教士、商人、警察、军人、巫婆、诗人、学者、炼金术士和吉卜赛人的所作所为进行了鞭辟入里的描画。作品基本沿用了流浪汉小说的写法,只不过塞万提斯别出心裁地放弃了流浪汉而起用了"流浪狗",并以狗的忠诚反衬人的伪善。

《埃斯特拉马都拉妒翁》无疑是《训诫小说集》中最具影响也最能代表塞万提斯思想及风格的一篇作品,幕间短剧《妒夫》是其前身。小说的创作时间是1606年前后,1613年收入《训诫小说集》时作了修改。作品写一个埃斯特拉马都拉妒翁。此人年事已高却娶了个如花似玉的年轻姑娘做太太。为安全起见,他送给她一座形同监狱的住宅作新房,并买了众多女奴早晚看护。太太明白丈夫的用意,便足不出户,检点度日。即便如此,丈夫还是放心不下。他下令赶走了最后一只雄性小动物。然而,世上没有不透风的墙。一天,一个浪荡公子装扮成裁缝混进住宅并买通侍女麻醉了妒翁……

笔者不妨从《埃斯特拉马都拉妒翁》切入,对塞万提斯的创作思想和风格作一番考量。在此之前,则或可对他的爱情观稍作梳理。显而易见,塞万提斯是西班牙文艺复兴鼎盛时期的一位典型的现实主义作家,具有鲜明的人文主义精神。前面说过,人文主义的重要特点在于以人为本,用意大利人文主义思想家阿尔贝蒂(Alberti,León Battista)的话说,即人是宇宙的中心。惟其如此,人文主义者强调人的尊严并以人性及其成就和潜能为主要研究对象,认为可想即可为。文学作为人性表征的最佳途径之一,是无数人文主义者优先致力的领域。而爱情作为人类生活的一个永恒的话题,又理所当然地成为人文主义作家描写和宣达的重要对象和主题。尽管早在古希腊时代,不同社会、不同阶级、不同民族和个人已经为我们留下了无数动人的爱情故事,但人文主义作家首次从现实出发,对爱情进行了有褒有贬的诠释,从而把爱情主题提升到了一个崭新的高度。就塞万提斯的小说而言,体面的(即有尊严的)爱情、纯洁的(即非金钱交易的)爱情和忠贞的(即不为条件变化所动摇的)爱情成为主要表现对象,而虚伪、欺骗和极端的门第之见则受到了不同程度的讥嘲和批判。同时,除了惯用的女扮男装和机缘巧合,塞万提斯还尽可能拓展了爱情的形式,有公开的,也有隐秘的,但最终必得是公开的;有合法的、体面的,也有非法的和肮脏的,但最终必得是合法的和体面的;有高尚的、和谐的和门当户对的,也有卑贱的、强扭的和门第悬殊的,但最终必得是体面的、和谐的、门当户对的;有幸福的、持久的和忠贞不渝的，也有悲惨的、露水的和昙花一现的，但最终必得是幸福的、持久的、忠贞不渝的；有一见钟情的，也有日久生情的，但更多的是一见钟情的。荣誉和贞操必须维护，欺骗和嫉妒必遭报应。金钱、地位和夸夸其谈不是爱情的标志，外貌的吸引、知趣的投合和意志的坚强才是真爱的基础：

谁能赢得爱的幸福？
是沉默寡言的人。
谁能登上爱的巅峰？
是意志坚定的人。

——《大名鼎鼎的洗碗女》

然而，塞万提斯是复杂的、矛盾的，其作品亦然。因此，塞万提斯也是说不尽的。

一如《堂吉诃德》首先在英、法、德国受到重视，传统塞学的所谓“定音之锤”，也是由18和19世纪的英、法、德等国读者而非本土的西班牙人敲响的。数百年来，西班牙人对此一直耿耿于怀。然而，就像当初不可一世的帝国盛极而衰使“无敌舰队”全军覆没、“帝国辉煌”转瞬即逝，遂产生了《堂吉诃德》等墙内之树花香墙外的奇特的文化现象；元气大伤、一蹶不振却又不甘纡尊降贵而从此一直闭关自守的西班牙，又不可避免地使困扰着一代又一代西班牙文人的复兴梦想成为泡影。直至19世纪末，由于殖民地丧失殆尽[①]、国内经济濒临崩溃、专制统治难以为继，老牌帝国威风一扫无余的西班牙才不得不略开门户，以迎接将临的、前途未卜的20世纪；而门户开放的结果之一便是使塞学得以在本土拓展的半个多世纪（因内战而告终）的思想解放和文化繁荣（史称“半个黄金世纪”或“白银时代”）。如果说罗德里格斯·马林、梅嫩德斯·伊·佩拉约和梅嫩德斯·皮达尔等跨世纪学者于19世纪末借助语言学等现代方法极大地丰富了塞学，为塞学的“现代化”奠定了基础，那么，到了20世纪中晚期，随着更多原始资料、最早版本或手稿“出土”，塞学中心便明显

① 1898年美西战争后，西班牙丧失了古巴、波多黎各、菲律宾等最后几块殖民地，并由此催生了“九八年一代”。

西移(向西班牙)。于是,天时、地利、人和,西班牙学者率先质疑问难,对一系列传统见解"施以非礼"。

首先,海涅于1837年撰写的德文版《〈堂吉诃德〉序言》[①]无疑是诗人独具慧眼的有力见证,同时也是塞学史上一块高耸着的里程碑。它不愧为19世纪塞学的经典之作,许多观点即便今天仍经得起推敲。然而,受时代社会和主观原因的局限,海涅关于塞万提斯的学说也不是十全十美、无懈可击。譬如,他断言塞万提斯是"罗马教会的忠诚儿子",[②]就有失之偏颇之嫌。

在1925年(《塞万提斯思想》)到1957年(《塞万提斯再探》)以至更晚的一段时间里,西班牙塞学家阿美里科·卡斯特罗连篇累牍、不厌其烦地阐述塞万提斯的"伪善"。[③]他认为,塞翁并非虔诚的天主教徒,而是一个"善于伪装"的、"地地道道的人文主义作家"。[④]阿美里科先生的立论基础是有关文(版)本的比较研究。

在《塞万提斯思想》一书中,阿美里科对罗德里格斯·马林于1901年校勘的短篇小说《埃斯特拉马都拉妒翁》的两个不同文本进行了深入细致的分析比较,发现并断定二者有本质的区别(括号内文字系笔者所注):

1606年(?)手稿	1613年版本
……伊萨贝拉(年轻的夫人)流着泪,半推半就,进了罗阿依萨(浪荡公子)的房间……	(同左,除人物外)
卡里萨雷斯(爱吃醋的丈夫)抹了麻醉药,正睡得死沉……	(同左)
伊萨贝拉不再落泪。她在罗阿依萨怀里	

① 转引自《精印〈堂吉诃德〉引言》,钱锺书译,《文学研究集刊》第二册,中国科学院文学研究所,1956年;后载《海涅文集·批评卷》,张玉书主编,人民文学出版社,2002年,第413—433页。

② 海涅称塞万提斯是"天主教作家"、"罗马教会的忠诚儿子"(钱锺书译作"罗马教会的忠心孩子")。见《海涅文集·批评卷》,人民文学出版社,2002年,第419页。

③《塞万提斯思想》,马德里,塔乌鲁斯出版社,1957年,第223—266页。

④ 同上,第267—288页。

比抹了麻醉药的丈夫睡得还香……	莱奥诺拉(即1613年版中的伊萨贝拉)竭尽全力反抗狡诈的骗子。罗阿伊萨(即罗阿依萨)使出浑身的解数和力气也没能使她就范,终于,他们疲乏了,睡着了……
黎明时分,卡里萨雷斯发现了"奸夫淫妇"……	老天作巧,卡里萨斯(即老版本中的卡里萨雷斯)过早地醒来了……
他看到伊萨贝拉依偎在罗阿依萨怀里酣睡不醒……	(基本同左)

二者的不同是显而易见的。在手稿中,通奸是既成事实且基本上是两厢情愿的;而1613年版本却对此作了更改。[①]阿美里科认为,当时正值反(路德)改革运动高潮,宗教法庭气势汹汹,[②]塞万提斯进行这样的改动"完全是为了掩人耳目",是不得已之举。而它恰恰舍去了文艺复兴运动以来普遍崇尚的性爱描写,掩盖了塞万提斯的真实面目。[③]他还一再以《堂吉诃德》以及其他作品的有关情况或类似描写为例,来说明其大胆推断。他甚至说,塞翁的"伪善"还在于字面上是一个塞万提斯,字里行间(包括删节的和修改的)是另一个塞万提斯。[④]论据之一是,塞翁

① 《埃斯特拉马都拉妒翁》,罗德里格斯·马林校勘本,塞维利亚:迪亚斯出品,1901年,第81—83页。小说结尾大致相同:老丈夫悲愤成疾,一病不起。临终,他后悔当初太忌妒、太自私,以致险些儿毁了别人的青春。他把遗产全部留给了莱奥诺拉(伊萨贝拉)并立下遗嘱,从而成全了两个年轻人。然而,莱奥诺拉不堪舆论的压力,出家当了修女。罗阿伊萨闻讯后在绝望中与人发生争执,死于非命(罗阿依萨则被流放到了美洲)。

② 由于种种原因,西班牙与罗马教廷的关系非常密切,路德、伊拉斯谟等改革派在西班牙一直受到打击。著名诗人,如胡安·德·梅纳(Mena, Juan de)、路易斯·德·莱昂、克维多等,均因莫须有的"新教倾向"而受到不同程度的谴责。1612年,西班牙还颁布了《禁书总目》,从而使许多作家受到制裁。

③ 《塞万提斯思想》,第245—266页。

④ 同上。

既可将堂吉诃德打扮成虔诚的天主教徒，亦可"借堂吉诃德以亵渎上帝"：

我知道他[1]干的事多半是念经和祷告上帝保佑，我没有念珠，可怎么办呢？

这时他想出一个办法。他把拖在背后的衬衫后襟撕下一大片(阿美里科想象那定是块腐朽不堪、臭不可闻的破布)，挽了十一个结子，其中一个挽得特别大。他在那里一直就把这几个结子当念珠用，念了几百遍《圣母颂》。

的确，这段描写在(1606年)再版时被删去大半[2]，变成了：

"我知道他干的事多半是念经和祈祷。我也要祈求上帝保佑。"他于是用一种植物的果实即栓皮槠子做了一串念珠。[3]

同样，在阿美里科看来，描写市民生活的《训诫小说集》中也有诸如此类的"出格"表现。此外，对于通奸等教会视为有罪的行为，塞万提斯更是态度暧昧。不消说，对所有因性爱"犯罪"的"羔羊"，塞翁从来都手下留情，从宽发落。

阿美里科的上述观点激起了塞学界半个多世纪的骚动，最初的反响是令他绝望的一片嘘声，而后是愈来愈冷静的探讨。比如美国学者派克认为，堂·阿美里科·卡斯特罗的《塞万提斯思想》是迄今为止问世的最重要的塞学著作。"然而，正如多位批评家所指出的，该作也有不少地方值得商榷。其中一点……笔者以为颇有讨论的必要……他竭力将塞万提斯定位为'现代'思想家和抵抗反路德宗教改革运动的斗士，从而

① 指阿马迪斯。

②《堂吉诃德》，杨绛译本，第216页。杨绛先生选择的罗德里格斯·马林版恰好是未经删改的最早版本之一。而其他许多版本所从出的"祖本"其实是后来的那个修订本。据说真正的祖本已经散佚。参见米尔塔·阿吉雷(Aguirre, Mirta)：《塞万提斯小说》，哈瓦那，文学艺术出版社，1971年，第48页。17世纪的葡萄牙文版也对有关章节作了删改。

③《塞万提斯思想》，第262页。

使其哲学和神学思想超越了所处的时代……这未免有些言过其实”。①

同时,有学者从怀疑“强奸未遂”(指《埃斯特拉马都拉妒翁》中罗阿伊萨对莱奥诺拉)的可信度和任意性,进而对1613年版本的权威性提出质疑。怀疑和质疑由此生发开来,以致阿美里科不得不于1967年做出如下解释:强奸未遂可能是因为浪荡公子在女人美丽的胴体前发生了性功能障碍。这种说法虽然有些牵强和主观,但多少可以自圆其说。况且小说人物因为强迫和反强迫而进入梦乡,本身也许只能算是差强人意,但多少可以作为塞万提斯“伪装”的证据。总之,阿美里科由此进一步证明了《埃斯特拉马都拉妒翁》1613年版本的可信性和权威性以及塞万提斯的“变化”,②理由是塞翁的性爱描写由外向内、由明向暗的明显“降格”。③20世纪70年代以来,阿吉雷④、卡萨尔杜埃罗⑤等愈来愈趋于折中而视塞万提斯为受人文主义思想影响的天主教作家。另一方面,以莫洛(Morou,Maurice)为代表的心理学派却认为,通奸是不是既成事实无关紧要,重要的是嫉妒所引发的“心理疾病”。这样一来,两个版本的“本质区别”即使不是“无稽之谈”,至少也是一种“牵强附会”。⑥

孰是孰非,姑置不论。然而,这番旷日持久的争论却为当代塞学拓宽了视野,活跃了思路。

然而,塞万提斯究竟是人文主义者还是官方作家?

显然,塞万提斯一直被视为“官方作家”、“教权意志的代言人”。这种看法主要依据的是19世纪海涅等欧洲经典作家及西班牙学者梅嫩

---

① 西班牙语国家的同行在这个问题上反应比较迟缓,很久以后才有人愤然指责阿美里科的说法近乎“诽谤”(如贡萨雷斯·阿梅苏亚:《塞万提斯,西语短篇小说鼻祖》,马德里,高科委,1956年,第一卷)。

② 《塞万提斯再探》(*Hacia Cervantes*)修订版(Edición renovada),马德里,塔乌鲁斯出版社,1967年,第112—231页。

③ 同上。

④ 阿吉雷:《塞万提斯的小说》(*La obra narrativa de Cervantes*, La Habana: Editorial Arte y Literatura, 1971)。

⑤ 卡萨尔杜埃罗:《〈训诫小说集〉的意义与形式》(*Sentido y forma de las* Novelas ejemplares, Madrid, Gerdos, 1974)。

⑥ 莫洛:《塞万提斯讲稿》(*Monografía de Cervantes*),墨西哥城,墨西哥学院出版社,1988年,第23—31页。

德斯·伊·佩拉约等有关观点所从出的塞万提斯同罗马教会、西班牙当局的关系。

1905年,梅嫩德斯·伊·佩拉约引经据典,大做文章,论证塞万提斯与西班牙当局及宗教法庭的"特殊关系",并从而得出结论,认为塞翁确系"官方作家",他所接受和宣达的也"主要是官方意识"。[①]为此,梅嫩德斯·伊·佩拉约考证并罗列了特兰托教务会议后产生的大量反骑士道作品,[②]其数之众确实令人惊叹。何况,塞万提斯的《堂吉诃德》恰恰是在这个时候经当局(书检机关)审查批准后出版的第一部"反骑士小说"。难怪塞万提斯难脱"官方作家"之嫌。

然而,也正是在这个时候,一发而不可收的骑士小说还照样出,照样流行,而且其数量较之特兰托教务会议之前竟毫不逊色。毋庸讳言,统治阶级对骑士文化的态度意在正本清源,扫除异端邪说,但客观上骑士文化作为中世纪的遗产确实对16和17世纪的西班牙及其文化发展产生了消极影响。对这样一种"遗害无穷"的、背时的文化现象进行讨伐,又未必是为了执行官方或教权旨意。这个问题于是一直困扰着塞学界。

直到阿美里科出现,争鸣才得以真正开始。阿美里科固执己见,极力否定前人的说法。即便是为了自圆其说,他也无论如何不能视塞翁为官方作家,只是苦于没有找到更多令人心悦诚服的论据因而始终未能真正展开这个论题。但是他的对手从未停止对他的讨伐,他们严词声讨他的"伪装"或"伪善"说。例如,莫雷诺·巴埃兹等人在《塞学荟萃》(1973年)中极力褒扬梅嫩德斯·伊·佩拉约,对阿美里科的《塞万提斯思想》和《塞万提斯再探》则大加贬斥。巴埃兹认为:一、塞翁"为上帝及国王陛下"曾远征勒班托等地并身负重伤(左手致残,是年24岁),后又不幸被俘,却忠贞不渝,视死如归;二、战后,塞翁多次表示愿到政府机构供职

① 洛斯桑托斯·奥利维尔(Los Santos Oliver, Miguel de):《塞万提斯生平》(*Vida y semblanza de Cervantes*),巴塞罗那,蒙塔内尔(Montaner)出版社,1946年;奥尔莫斯(Olmos,Francisco):《塞万提斯及其时代》(*Cervantes en su época*),马德里,阿吉雷拉出版社(Ricardo Aguilera Editor),1968年,等等。

② 梅嫩德斯·伊·佩拉约:《美学思想史》,第一卷,马德里:埃斯帕萨-卡尔佩出版社,1941年,第319页。

并一度渴望去新大陆效命；三、他的作品同样体现了他贬抑时弊、报效上帝和国君的坚定信念：《堂吉诃德》执行了特兰托教务会议精神；《训诫小说集》顾名思义也是以教会和官方意识为取向的；他贫病交加中以坚忍的意志完成的《贝雪莱斯和西吉斯蒙达历险记》更是他虔信上帝的最好见证。①

诸如此类，必然要牵涉到另一个至关重要的问题——作者、作品、读者三者的关系。不同时代的读者对同一作者、作品会有不同的理解和阐释。这是接受美学赖以产生和发展的前提和理由。近四个世纪以来，作为主体之一的读者对于塞万提斯及其《堂吉诃德》的接受，也恰恰说明了这一点。然而，塞万提斯既然可以“伪装”自己以“掩人耳目”，那么他在《〈堂吉诃德〉前言》中开宗明义要“把骑士小说的那一套扫除干净”的“宗旨”也便不能令人相信了。尤其是在今天，作品的客观效果(意义)远远超出了作者的“创作意图”，“说不尽的经典”也早已成为一个共识、一种阅读定势。因此，反思阿美里科的挑战，塞万提斯自诩的“宗旨”恐怕就更值得怀疑了。

再说，塞万提斯的“宗旨”果然只是“扫除骑士小说”吗？

愈来愈多的塞学家以为不然。比如古巴女诗人兼教授阿吉雷认为，反骑士道只是塞万提斯迫于情势而使用的一个幌子，深藏其后的是他对骑士道及骑士文化赖以产生、生存并继续繁衍、风靡的土壤，即封建势力根深蒂固的西班牙现实社会的深恶痛绝。当然，更多学者，如法国教授莫里斯·莫洛，对诸如此类的观点不敢苟同。他们强调本文，认为一切本文外的假设、设想、想象和阐释都是对作品的“强奸”，是有害的，不能成立的。②

诚然，无论是从作家意图说，还是纯文本分析或接受美学的角度看，塞万提斯的丰富性和复杂性首先应当归因于他的政治思想和宗教理念同他的创作思想和创作实践之间的巨大矛盾。从单纯的接受角度看，这种矛盾在17、18和19世纪主要表现为滑稽和崇高的对立。随着卡斯特罗的出现，新的矛盾出现了。卡斯特罗不甘率由旧章，对传统塞

① 阿瓦耶–阿尔塞、赖利主编：《塞学荟萃》(*Suma cervantina*)，伦敦，Tamesis Books，1973年。

② 《塞万提斯讲稿》，第56页。

学提出了挑战,精神可嘉且不乏令人叹服的见解。但是,他立论偏激,且不乏矫枉过正之嫌;而且他采用的战术常常顾此失彼,其形而上学倾向也是比较明显的。

首先,他提出"伪装"说甚而"伪善"说的主要依据是《埃斯特拉马都拉妒翁》和《堂吉诃德》等不同文本(和版本)的区别,却全然没有意识到,如果换一个角度看,这些区别又未尝不是别具匠心的技术性删改。譬如,《埃斯特拉马都拉妒翁》1613年版本虽然删去了作为既成事实的"通奸",却使小说的性爱描写达到更高的层次(也可以说是美学价值),因为人物(罗阿伊萨)的"性功能发生障碍"、"强奸未遂"后又被流放到新大陆,不正巧步了妒翁卡里萨斯(卡里萨雷斯)的后尘吗?卡里萨斯(卡里萨雷斯)年轻时到过美洲,发迹后回到西班牙,娶了莱奥诺拉(伊萨贝拉)。他被视作"不称职的丈夫",他同年轻貌美的妻子的关系是"近乎父女的关系"、"未曾发生什么的关系"。凡此种种无不暗示着一种特殊的(也许是病态的)文化或文化心理。而删改之后周而复始,循环往复的象征性结构更不失为对西班牙病态社会的一种生动表现。

此外,从塞万提斯的宗教观、政治观和他的创作思想、创作实践的关系看,阿美里科的"伪善"说或"伪装"说[①]也不是完全没有纰漏的。虽然,爱情和性爱描写在塞万提斯的作品中占有相当大的比重和相当重要的位置,这或可说是他师承古希腊罗马作家、投身文艺复兴运动的最好见证:且不说《训诫小说集》纯粹是以市民的性爱、情爱、婚姻和家庭为题材的言情小说,即便是他的《阿尔及尔的交易》、《流氓鳏夫》、《妒夫》(情节与《埃斯特拉马都拉妒翁》相似)等剧作以及牧歌体小说《伽拉苔亚》、长篇小说《贝雪莱斯和西吉斯蒙达历险记》也无不是以男女之情为主线的。《堂吉诃德》固然是写堂吉诃德的,诸如他的游历、他的奇情异想以致他的爱情,却也免不了插入美人多若泰那样的风流韵事和荒唐、好奇的安塞尔莫那样的爱情悲剧。必须看到,除却堂吉诃德和杜尔西内娅,其他人物的情爱、性爱或婚变又都是以写实的笔法表现出来的。必须强调,在塞万提斯笔下,性并不神秘。恰恰相反,它是自然的。更须强调的是,所有涉及通奸、强奸或强奸未遂的人物,都没有在他的作

① 早在阿美里科·卡斯特罗之前,奥尔特加·伊·加塞特就曾对此有过暗示;海涅也认为"智者的笔比智者本人更伟大";用恩格斯的话说则是"现实主义的最伟大的胜利之一"。

品中受到“应有的”制裁。同时，塞万提斯被指在十四行诗《梅迪纳公爵上任纪》(*Soneto a la entrada del duque de Medina en Cádiz*)等作品中影射、抨击过西班牙军界的腐败无能和僧侣阶层的骄奢淫逸。此外，他的作品又分明是文艺复兴转折时期柏拉图让位于亚里士多德、理想让位于理性、幻想让位于真实的最好见证，而且血脉中涌动着(从荷马到薄伽丘等)西方古典艺术思想的潜流，[①]许多方面都迥异于正统的天主教思想。从这个意义上说，把《训诫小说集》译作《典范小说集》似乎更为确切，盖因“训诫”明显指向“道德”，而“典范”却侧重于“技巧”。

但是，塞万提斯又明明反复强调他对罗马教会和西班牙帝国的忠诚，并且用鲜血证明了这一点。何况，他的作品又大都是经过严格审查后获准于非常时期出版的。[②]

所以，塞万提斯虽非“官方作家”、“教权意志的代言人”，却也不是“善于伪装”的、“地地道道的人文主义作家”，而是一个有着明显矛盾的时代的儿子。其矛盾既体现在他的众多作品前言同作品本身之间，即作家意图(即便是真心诚意的)同本文之间、主观愿望同客观效果之间的距离，也表现在版本与版本、手稿与面世之作、作品与政教意志之间的差别，还突显于他用十四行诗赞美的上帝及国王陛下的英名(包括他们统辖的帝国)同他实际描写的市民生活的琐俗的迥异。不消说，作品一旦成为作品，便再也不以作者的意志为转移了。任何“前言”(说穿了多半是后记)都不可能同作品(本文)划等号。同样，塞万提斯的作品(就其实际效果而言)是断乎不同于他的前言的，甚至是常常同他的政治观、宗教观大相径庭、背道而驰的。这便是伟人之笔高于伟人，也或可称作“现实主义的胜利”吧。

显然，19世纪以降，塞万提斯一直被认为是伟大的现实主义作家。

---

① 阿吉雷教授在《塞万提斯小说》中综述了洛斯·里奥斯、费尔南德斯·德·纳瓦雷特、克莱门辛、罗德里格斯·马林等都曾逐字逐句地考察过塞万提斯的不同作品与相关古典作家的关系。

② 如果说特兰托教务会议和以反宗教改革运动为宗旨的宗教裁判所曾经使西班牙有过一个灰暗的16世纪，那么，到了17世纪，随着官方《禁书总目》(1612年)的颁布，西班牙文坛绝对是一片黑暗的白色恐怖。许多诗人深受其害。就连声名卓著的大诗人克维多也惊恐万状，以致连《骗子外传》那样优秀的作品都成了没人认领的“弃儿”。

既然是现实主义作家,就必定要反映时代社会的本质特点。而塞万提斯时代的本质特点恰恰是没落的封建主义(包括骑士文化)同新兴的资本主义(及其赖以滋生、发展的市民阶级)的矛盾。这对矛盾恰恰是以矛盾的形式反映出来的。既然是现实主义作家,也必定崇尚真实,有倾向性。而塞万提斯正是这样一位崇尚真实、有倾向性的作家。他的作品常常流露出他对真实的虔诚。他建议对撒谎的作家处以极刑。

当然,塞万提斯在描写市民生活的同时,集中表现了超宗教的市民道德意识。这种新道德观体现了新兴资产阶级的人生观、世界观。在《〈训诫小说集〉前言》里,塞万提斯声称,"如果这些作品的故事通过诸如此类的方式使读者产生邪念,那就砍掉我的这只书写的手。"[①]至于何为不道德欲念,他并没有细说。然而,他的作品对道德作出的界定却是明确的:符合自然即为道德,否则便是不道德。这一界定蕴含于作者对人物的态度之中:在《埃斯特拉马都拉妒翁》中,卡里萨雷斯(卡里萨斯)已是个不能尽丈夫义务的老头儿,而伊萨贝拉(莱奥诺拉)却是个风华正茂的年轻姑娘。他们的结合(金钱在那里起决定作用)违反了自然规律,因此,卡里萨雷斯(卡里萨斯)受到了实际的惩罚;相反,通奸或强奸未遂的青年受到了实际的宽恕,而作者寄予同情的女主人公实质上是社会的无谓牺牲品。同样,在《堂吉诃德》第33、34和35章中,因自然的爱情遭到非自然因素的破坏,好奇的(骨子里是嫉妒的)丈夫罪有应得,失去了爱人和朋友。

可见,塞万提斯遵循的自然规律,实际上是新兴资产阶级的道德标准,而不是天主教教义,亦非正统的西班牙皇家法规。

五

作为代表作,《堂吉诃德》无疑是最能反映塞万提斯心志的,但是,由于它的丰富和复杂,有关争论迄今未止。这一点已在第一编有了反映。接下来要做的只是归纳和总结,偏颇与疏漏在所难免;如能有所发现,有所前进,则笔者幸甚。

① 《堂吉诃德》,第二部第三章;《塞万提斯全集·训诫小说集·前言》,第5页。

一、关于版本

《堂吉诃德》的版本研究可谓旷日持久,有关它的首版时间更是众说纷纭。时至今日,比较一致的看法是,首版由胡安·德·拉·库埃斯塔印制于1605年初,尽管仍有一些学者坚持认为最早版本的产生时间应为1604年,理由是洛佩·德·维加等人曾于这个时间提到了《堂吉诃德》。[①] 然而,库埃斯塔版因排字工人的失误,存有大量错字及标点符号问题。这为后来的不少"祖本"或"足本"的出现提供了依据。

此外,早在《堂吉诃德》传到国外之前,它便已经在西班牙产生了巨大的影响,尽管洛佩·德·维加意气用事,称"没有比塞万提斯更糟的诗人,也没有比《堂吉诃德》更蠢的作品"。仅1605年,《堂吉诃德》就再版了五次:马德里一次(库埃斯塔版也是在马德里出品的),里斯本二次,瓦伦西亚二次……巴尔布埃纳·普拉特认为,洛佩之所以如此贬抑塞万提斯,是因为他很可能早在《堂吉诃德》出版以前就已经浏览过手稿,看到了塞万提斯对他的揶揄。[②]巴尔布埃纳·普拉特的话并非没有道理。洛佩作为当时西班牙文坛的泰斗,接受出版商或官方机构的咨询也在情理之中。洛佩在1604年8月14日致友人的信中提到了塞万提斯及其《堂吉诃德》,说:"明年会有不少诗人发表新作;然而,没有比塞万提斯更糟的诗人,也没有比《堂吉诃德》更蠢的作品。"可见,洛佩确实是在"有的放矢"。此外,塞万提斯的书稿是在1604年9月26日获得出版许可的。在这前后,洛佩完全有可能读到塞万提斯的手稿。有关人等对手稿进行删改也是情理中事。

总之,由于手稿的缺失,版本问题远未解决。而目前学界比较认可的版本大都基于罗德里格斯·马林等人于20世纪初的校勘。2005年,西班牙皇家语言学院会同其他西班牙语国家语言学院于首版诞生四百周年之际推出了新校注版《堂吉诃德》。

二、关于形象

尽管堂吉诃德模仿骑士行侠冒险是可笑的,但他同情弱者、疾恶如仇、追求真理、不畏艰难的品格,却是十分崇高伟大的。鲁迅说过,"吉诃

① 加奥斯(Gaos, Vicente):《〈堂吉诃德〉第三卷》(*Don Quijote III*),马德里:格雷多斯出版社,1987年,第8—11页。加奥斯甚至认为最初的版本由四部分组成。

② 巴尔布埃纳·普拉特:《卡斯蒂利亚语文学》,第一卷,第419页。

德的立志打不平,是不能说他错误的","错误是在他的打法"。而堂吉诃德的悲剧恰恰在于目的和方法、主观和客观、意愿和效果的矛盾对立。塞万提斯十分清楚这些矛盾的悲剧因素。他说:"两种愿望一样痴愚:或者要当前再回到过去,或者未来马上在目前实现。"塞万提斯的高明之处在于将堂吉诃德性格中内在的矛盾和悲剧因素用喜剧形式表现出来,使情理之中的悲剧结果在意料之外的喜剧状态中逐步完成。这种悲剧的喜剧效应是塞万提斯的一个重要特征。

正因为喜剧和悲剧、滑稽和崇高、可笑和可爱存在于同一人物身上,他所引发的笑,遂令人回味地成就了一种"含泪的笑",一种发人深省的笑。人们把"含泪的笑"看作近现代喜剧的审美特征。这是因为在古代,喜剧主体始终是安然自得、无忧无虑、和谐自由的(即人物本身不是悲剧型的)。《诗·国风·淇奥》有"善戏谑兮,不为虐兮"之说,意思是喜剧主体所揭露的丑、所引发的笑,不影响主体形象。正如黑格尔所说的那样,古代喜剧是"喜剧人物自己逗自己笑"。因此,遭到戏弄的总是别人或小节,自由的主体在嘲弄或自嘲中得到肯定、高扬,从而生发出自由爽朗的笑。但是到了近现代,主体与自我、主体与客体(即个人与自然及社会)的相对的朴素统一关系被打破了,出现了愈来愈尖锐的分裂和冲突。这样,当主体的崇高受到主体的滑稽的冲击和否定时,喜剧中就不可避免地掺入了悲剧因素,导致了"含泪的笑"。不消说,塞万提斯是最早使喜剧(也可以说是悲剧)主体具有这种高度双重特征的欧洲作家。这使他在反映现实的深度、塑造人物的力度方面,都比前人前进了一大步。

同样,桑丘·潘沙不仅仅是个陪衬。他好比中国相声艺术中的捧哏,是一个不可或缺的角色。他与堂吉诃德一胖一瘦、一矮一高,组成了世界文学长廊上不可多得的一对绝配。虽然他最初只是个傻乎乎的农夫,有点狡黠,有点贪婪,但是随着故事的发展,他的形象逐渐丰满、复杂起来。他黠中有憨,粗中有细,尽管私心不小,对堂吉诃德却是忠心耿耿。

总之,世界文学史上没有第二个人能像塞万提斯那样如此生动地表现文艺复兴和巴洛克时期的艺术思想,更没有第二个人能像他那样将一系列永恒的光明与黑暗、崇高与滑稽、理想与现实等二元因素统一在一对活灵活现的人物身上。而这一切,都离不开桑丘。从某种意义上说,桑丘是堂吉诃德的第一读者。少了他,堂吉诃德只有可悲,没有可笑;只有可怜,没有可爱。[①]

此外,《堂吉诃德》在叙事方法上潇洒自由,不拘一格。它借人物之口,在不少地方穿插了可以独立成章的中短篇小说,而且不断转换叙事人称。譬如首卷第八章突然中断故事并用第三人称叙述说:“可是偏偏在这个紧要关头,作者把一场厮杀截断了,讲说堂吉诃德生平事迹的记载只有这么一点。当然,这部故事的第二位作者决不相信这样一部奇书会被人遗忘,也不相信拉曼恰的文人对这位著名骑士的文献会漠不关心,让它散佚。因此他并不死心,还想找到这部趣史的结局……”而后,作品又变换人称,说:“依我看,这个趣味无穷的故事大部分是散佚了……一想到散佚的部分无从寻觅,而我只读了一小部分,才觉得格外心痒难耐。那样一位好骑士,却没有博学的人来将他的丰功伟绩记录下来,我认为于情于理都说不过去……”有一天,“我”正在托雷多的阿尔伽那市场。有个孩子跑来,拿着些旧抄本和旧书稿向一个丝绸商人兜售。而那些书稿正是原著阿拉伯文的《堂吉诃德》。于是,《堂吉诃德》成了阿拉伯史学家熙德·哈梅特·贝南赫利的著作。于是,第三人称变成了第一人称:“我”花了一个子儿买下书稿并请人翻译成了西班牙文。于是,中断的故事终于接上了,叙述者继续夹叙夹议。而这种被称为“元小说”的方法一直要到现代主义和后现代主义时期才得到重视。

三、堂吉诃德——时代的儿童

海明威说过,童年的不幸是作家的幸福。我们大可不必相信这种说法,却不能否认文学与童年或童心的关系。神话与“童年”的关系毋庸讳言,马克思关于神话是人类孩童时期的艺术创作的说法众所周知;此外,我们不要忘记马克思在谈到希腊神话时还说它是西方艺术创造的武库。后来的神话-原型批评与这一说法如出一辙。在原型批评家弗莱看来,文学叙述是“一种重复出现的象征交际活动”,或者说是“一种仪式”。这种文学等于仪式的观念来自人类学家弗雷泽(Frazer, James George)的《金枝》(*The Golden Bough*, 1880),用荣格(Jung, Carl Gustav)的话说则是原型在“集体无意识”中的转换生成。总之,神话被认为是一

---

① 阿尔比苏·佩雷斯(Arbizu Pérez, José María):《桑丘,〈吉诃德〉的第一读者》(*Sancho, primer intérprete de* Quijote),萨拉曼卡:萨拉曼卡大学出版社,2001年。

切文学作品的铸范典模,是一切伟大作品的基本故事。作为老百姓的心理经验,民间传说很大程度上保存了神话的鲜活基因。正因为如此,神话、传说和童心有着天然的联系。或者说,童心是人类经验的原始宝鉴,因而也更符合作为具有形象思维特征的艺术创造。当然,这里所说的童年或童心是广义的、艺术的。它不那么世故,也不会事事抽象。相对功利的儒文化历来不太重一般意义上的童心和艺术的童心,而这二者也许本来就是相辅相成的。在西方,无论有意无意,这种艺术的童心处处受到保护。即便是在现实主义风行的19世纪,当巴尔扎克们为把文学变成社会历史的忠实记录(或因追求逼真)而热衷于像建筑师般设计写作蓝图的时候,人们也没有忘记肯定塞万提斯那种孩童般的随心所欲。瘦的骑士与胖的农民之间的理想主义与功利主义的斗争,难道不是塞万提斯对时代的一种诘问与怀疑?他寄予瘦的骑士以所有的同情与怜悯,而瘦的骑士又何尝不是一个时代的儿童?我们或可由此联想到曹雪芹的《红楼梦》。所有人几乎都在为它的缺损而遗憾。高鹗们更是补来补去,乐此不疲。我们何尝不可以反过来想一想,曹雪芹既然批阅十载、增删五次,故意删掉一些章回使之圆而未圆也是完全可能的。事实上,那个关于石头的神话、那个关于人物命运的梦,不是已经太圆、太理性、太完满了吗?神话已经预言了宝玉的命运,而太虚幻境又给出了每一个女性的生命轨迹。与神话和梦幻相对应的,恰恰是宝玉的童心。或者换一种角度说,童心是宝玉生命轨迹的完美体现。宝玉从"无材可去补苍天"的顽石到被一僧一道点化为"枉入红尘若许年"的蠢物,是命中注定不能"世事洞明皆学问,人情练达即文章"的。他这个蠢或可对堂吉诃德的疯,总之是不合时宜。这种不合时宜仿佛童心之于充满智慧的市侩和功利、高明的欺骗和虚伪的世界那么不合时宜。而这种不合时宜在《红楼梦》中又恰好与空灵、无为的释道思想相吻合,进而以对抗强大的、无处不在的皇皇儒教。和《堂吉诃德》这么一比,我们就会发现,蠢、呆、疯、癫、梦、幻之类的词儿其实自始至终伴随着宝玉。何况,一如浮士德之与魔鬼,宝玉与释道早有契约;而"满纸荒唐言,一把辛酸泪;都云作者痴,谁解其中味"中的那个痴字,更是意味深长。假如《红楼梦》的作者无论有意无意都是要为宝玉羁留童心(在一定程度上与梦与幻、与疯与癫、与释与道相对应),那么我们关于《红楼梦》也许并非缺损的假设也就完全有可能成立。此外,值得一提的是,和《堂吉诃德》一样,《红楼梦》开篇用的也是民间传说的叙事方式:时间、地点皆隐。《堂吉诃德》所谓"不久以前,有位绅士住在拉曼恰的一个村上,村名我不想提了……据称他姓吉哈达,又称他是吉沙达,说法不一,推考起来,大概是吉哈那",恰好与《红楼梦》从女娲补天遗下顽石到后来又不知过了几世几劫"只取其情理"而"不拘于朝代年纪",并"将真事隐去"的说法如出一辙。

这不能不令人迁思起李贽的一番妙论。温陵居士李贽视童心为本真之源,谓童心失,则本真失。盖因"童心者,心之初也"。"然童心胡然而遽失也。盖方其始也,有闻见从耳目而入,而以为主于其内,而童心失。其长也,有道理从闻见而入,而以为主其内,而童心失。其久也,道理闻见,日以益多,则所知所觉,日以益发广,于是焉又知美名之可好也,而务欲以扬之,而童心失。知不美之名之可丑也,而务欲以掩之,而童心失。夫道理闻见,皆自多读书识义理而来也……"(《童心说》,《焚书》卷三)

"夫心之初,曷可失也?"但古今圣贤又有哪个不是读书识理的呢?这不同样是一对矛盾、一种悖论吗?于是李贽的劝诱是"纵多读书,亦以护此童心而使之勿失焉耳"。

美则美矣,然而它实在只是李贽的一厢情愿、想入非非罢了。因为人是无论如何都不能留住自己、留住童年的。这的确是一种遗憾。

好在童心之真未必等于世界之真,人道(无论是非)也未必等于天道(自然之道)。由于认识观和价值观的差异,真假是非的相对性无所不在,其情其状犹如人各其面。倒是李贽那"天下之至文,未有不出于童心焉者也"的感叹,常使人自然而然地联想到文艺家什克洛夫斯基(Shklovsky, Viktor Borisovich)的陌生说。什克洛夫斯基说过:"艺术知识所以存在,就是为使人恢复对生活的感觉,就是为使人感受事物,使石头显示出石头的质感。艺术的目的是要人感觉到事物,而不仅仅知道事物。艺术的技巧就是使对象陌生,使形式变得困难,增加感觉的难度和时间的长度,因为感觉过程本身就是审美目的,必须设法延长。艺术是体验对象的艺术构成的一种方式,而对象本身并不重要。"[①]什克洛夫斯基

① 《作为技巧的艺术》(*Art as Technique*),转引自张隆溪,《二十世纪西方文论述评》,三联书店,1986年,第75—76页。

基突出了"感觉"在艺术中的位置,并由此衍生出关于陌生化或奇异化的一段经典论述。其实所谓陌生化,指的就是我们对事物的第一感觉。而这种感觉的最佳来源或许就是童心。它能使见多不怪的成人恢复特殊的敏感,从而"少见多怪"地使熟悉的对象陌生化并富有艺术的魅力、艺术的激情。援引博尔赫斯援引的一句话说,是"天下并无新奇",或者"一切新奇只是因为忘却"。这是所罗门的一句话的两种说法,是博尔赫斯从培根(Bacon,Francis)那里借来暗示童心的可贵和易忘的(《永生》,《阿莱夫》,1949年)。

然而,随着岁月的流逝、年岁的增长,童年的记忆、童年的感觉总要逐渐远去,直至消失。于是,我们无可奈何,更确切地说是无知无觉地实现了拉康所启示的悲剧性悖论:任由语言、文化、社会的秩序抹去人(孩子?)的本色,阻断人(孩子?)的自由发展,并最终使自己成为"非人"。反过来看,假如没有语言、文化、社会的秩序,人也就不成其为人了。这显然是一对矛盾,一个怪圈。一方面,人需要在这样一个环境中长大,但长大成人后他(她)又会失去很多东西,其中就有对故事的热衷;另一方面,人需要语言、文化、社会的规范,但这些规范及规范所派生的为父为子、为夫为妻以及公私君臣、道德伦理和形形色色的难违之约、难却之情,又往往使人丧失自由发展的可能。

因此,人无论如何都不能留住自己、留住童年。这的确是一种遗憾。值得庆幸的是,人创造了文学艺术。文学艺术可以用艺术的天真、艺术的幻想留住童心。换言之,正因为人类无法回到自己的童年、恢复童年的敏感,作家、艺术家才不得不通过想象使人使己感受事物,"使石头显示出石头的质感"。曹雪芹曾经借助于刘姥姥的"第一感觉"写出了钟的质感:"刘姥姥只听见咯当咯当的响声,大有似乎打箩柜筛面的一般,不免东瞧西望的。忽见堂屋中柱子上挂着一个匣子,底下又坠着一个秤砣般一物,却不住的乱晃。刘姥姥心中想着:'这是什么爱物儿?有甚用呢?'正呆时,只听得当的一声,又若金钟铜磬一般,不防倒唬的一展眼。接着又是一连八九下。"①

然而,李贽只说对了一半。童心不尽是真,它也有幻的一面。如果说曹雪芹写的是童心之真,那么塞万提斯显然倾向于表现童心之幻。当

① 《红楼梦》,人民文学出版社,1982年,上卷,第100页。

然,所谓童心,本来就是真中有幻,幻中有真;或者真即是幻,幻即是真。且说堂吉诃德带着桑丘在拉曼恰平原上走着,忽然刮起一阵风来,巨大的风车开始转动。堂吉诃德见了便说:“哪怕你们的胳膊比巨人布里亚柔斯还多,我也要叫你们乖乖地服输。”说罢他便在心里将自己托付给了杜尔西内娅,然后横枪跃马冲将上去。桑丘在一边大喊大叫,提醒主人那不是巨人,而是风车。堂吉诃德哪里听得进去,他一枪刺中正在旋转的风车巨翼,连人带马被甩了出去。堂吉诃德摔在地上,落得个鼻青脸肿。

这何其形象地给出了幻的第一感觉,而这种感觉又令人服膺地给出了疯的质感。

诸如此类,在伟大的作家、艺术家手下屡试不爽,但在现当代文学中堪与比肩的也许只有加西亚·马尔克斯的马孔多人。

显然,并非所有作家、艺术家都敬惜童年、珍视童心。惟有那些具有洞察力的人才明白艺术与童年、与童心的原始关系:借助想象挽留、恢复、弹拨读者也许早已麻木沉睡的“第一感觉”。这种“第一感觉”当然不是真正意义上的童年记忆,而是一种艺术再造。比如,我们成年人无法忆起孩提时代第一次遭遇事物的感觉,但是我们可以通过想象或实验看到幼儿第一次看见镜子、冰雪或者任何事物的激动。

也许,对文学的崇敬或眷恋使我们从小便无意识地有一种留住童年的本能(有时甚至是朦胧的记忆)。这种童年既包括遥远的恶作剧与或真或假的恶作剧念头,当然也包括善良而真诚的憧憬与抱负,但童年稍纵即逝,我们使童年留驻或留住童年的目的也就多半随着生活的变迁永远地付之阙如了。

从这个意义上说,作家、艺术家是幸运的,以文学艺术为欣赏对象、研究对象的我们也是幸运的。

这里所谓的童心之幻,是对李贽童心说的一个补充。也就是说,童心之真和童心之幻构成了人类童心这枚钱币的正反两面。它们相辅相成。童心可以戳穿“皇帝的新装”,但同时童心也可以让风车变成巨人,而且让头上的云彩变成天使、地下的动物变成妖怪。进而言之,在特定条件下,童心之幻也即童心之真。童心说:皇帝没穿衣服;童心又说:风车就是巨人。于是,幻即是真,真即是幻。这就是童心的矛盾、童心的奇妙。从某种意义上说，这也是艺术的矛盾、艺术的奇妙，人性的矛盾、人性的奇妙。

六

除上述作品外，塞万提斯还著有牧歌体小说《伽拉苔亚》和长篇小说《贝雪莱斯和西吉斯蒙达历险记》。前者出版于1585年，原名《伽拉苔亚第一部》。这是塞万提斯的前期作品，显得比较传统。牧歌体小说又称田园牧歌体小说，它其实只是传统田园牧歌的一种变体，兴盛于16世纪。牧歌是一种田园诗，通常以牧人之间的对话展开，题材大多为牧人生活和田园风光，是文艺复兴时期欧洲作家对牧人生活和田园风光的理想化表现。牧人们自由自在，享受田园风光，既没有城市生活的烦恼，也无需为权谋和利益勾心斗角。在塞万提斯之前，比较有名的西班牙语牧歌体小说有蒙特马约尔（Montemayor, Jorge de）的《迪亚娜》（*Diana*, 1558）、佩雷斯（Pérez, Alonso）的《续迪亚娜》（*Segunda Diana*, 1563）、希尔·坡罗（Gil Polo, Gaspar）的《恋爱的迪亚娜》（*Diana enamorada*, 1564）等等。

《伽拉苔亚》写牧人的爱情与友谊：年轻的牧人埃利西奥和埃拉斯特罗叙述他们如何深深地爱上了美丽的伽拉苔亚。与此同时，一桩以世仇为背景的爱情悲剧正在上演：利桑德罗杀害了卡利诺。之后，爱情故事接连出现，有浪漫、冒险的，也有忧伤、曲折的。其中甚至不乏青年恋人逃出宫廷到大自然中寻求真爱的插曲。伽拉苔亚崇尚纯真、自然的爱情，父亲却要把她嫁给卢济塔尼亚（葡萄牙）牧人，如此等等。最后，诗人借帕尔纳索斯山上的仙女卡利俄珀追怀往昔，指点文坛。小说以埃利西奥的警告为尾声：倘使伽拉苔亚的父亲决意将女儿嫁给葡萄牙人，那么在他们迎娶新娘时，他将不惜诉诸武力来阻止这桩违背爱情的婚姻。

和当时的其他牧歌体小说一样，《伽拉苔亚》也采取抒情和叙事、诗歌和散文间杂的写法。全书分六章。塞万提斯在《致好奇的读者》中以序言的形式说出了三层含义：一、人们总是错误地认为，只有蹩脚的诗人，才从事田园牧歌写作；二、这部作品是矛盾的产物，盖因他无法在二者之间作出选择："轻率地传播从上帝那里获取的才智"和"因为怀疑及懒散而不敢对自己负责——将作品公诸于世”；三、“不担心有人指责把哲学和爱情混淆起来，因为那些牧人本来就很少处理牧场的事情”；“许多牧人只是乔装打扮、披着牧人的外衣而已”。此外，塞万提斯还一再表示，他写《伽拉苔亚》只是为了练笔，“将来一定奉献给读者一些技巧高超、情节动人的作品”。

在这部作品中，塞万提斯的现实主义精神和反讽风格尚未形成，以致人物和场景都清汤寡水、缺乏生气。即便是那些有意强化戏剧冲突的爱情纠葛和加尔西拉索(Garcilaso de la Vega)式诗句，也大都由于人物本身的干瘪和处理方式的突兀而多少显得有点功力不逮，甚至还有点形过饰非。巴尔布埃纳在总结前人评说塞万提斯借《伽拉苔亚》指涉和影射有些人的同时，认为小说在方法上“缺乏活力”，人物也显得“暗淡无光、十分乏味；既没有激情，也没有现实意义和塞万提斯擅长的笑骂风格”。总之，在巴尔布埃纳和许多批评家看来，塞万提斯的这部作品是随波逐流和缺乏真知灼见的。①

和《伽拉苔亚》不同，长篇小说《贝雪莱斯和西吉斯蒙达历险记》是塞万提斯的遗作，完成于1616年，出版于1617年。鉴于作者曾在《训诫小说集》的序言中提到过它，又鉴于它的前两部和后两部在节奏和结构方面多有不同，有评论家，如阿瓦耶-阿尔塞和梅嫩德斯·佩拉埃斯等，认为小说是在1605年(《堂吉诃德》第一部出版)之前和1615年(《堂吉诃德》第二部出版)之后分别完成的。②

话说骑士贝雪莱斯，化名贝利昂德罗，被某岛的土著俘虏后扔进大海。他在海上漂流时被一群船员救起。这些船员全都是丹麦王子阿纳尔多的部下。阿纳尔多王子为了寻找心上人奥丽丝苔拉(西吉斯蒙达的化名)，派遣陶丽莎前往某岛做卧底。奥丽丝苔拉是世间少有的美人儿，即使才智高超的画家也无法展现她的美貌。王子一心想娶她为妻，国王也服膺于她的才貌。然而，奥丽丝苔拉却始终不予首肯，因为她已心有所属。自从奥丽丝苔拉被海盗掳走后，王子便寝食难安，最终决定扮成海盗，四处寻找奥丽丝苔拉的下落。王子见贝雪莱斯仪表堂堂、谈吐不凡，遂向他吐露隐情。贝雪莱斯自称是奥丽丝苔拉的兄长，表示愿意接替陶

① 巴尔布埃纳·普拉特：《塞万提斯全集·伽拉苔亚》，第1—5页。

② 梅嫩德斯·佩拉埃斯：《西班牙文学史》，第695页。

丽莎,替王子寻找妹妹。就这样,贝雪莱斯顺理成章地加入了王子的冒险行动。他男扮女装,被阿纳尔多卖给了岛上的土著。岛上的土著为了让岛上最勇敢的男子和世间最美丽的女子结婚生子然后登基为王,高价从海盗手中买下了许多美女。然而,岛上的土著人从未见过如此美丽的"姑娘",便不惜代价买下了贝雪莱斯。且说土著中有个叫布拉达米罗的,好勇斗狠,目中无人。他自从见到了男扮女装的贝雪莱斯,便对他一见钟情并暗下决心,非他莫娶。土著们准备按照自己的习俗牺牲一名俘虏。那俘虏不是别人,正是女扮男装的奥丽丝苔拉。她的奶娘冲上前去,准备揭开奥丽丝苔拉的伪装。说时迟,那时快,贝雪莱斯箭步来到奥丽丝苔拉身边,及时阻止了刽子手。二人相见,不禁悲喜交集。宁死不屈的奥丽丝苔拉几乎来不及惊愕,就和心上人拥在了一起。贝雪莱斯趁机在她耳边交代了几句,便开始兄妹相称。见二人抱作一团、泣不成声,布拉达米罗跳将出来,不准任何人碰二人一个指头。这时,土著头领一箭射中了布拉达米罗的咽喉,使其当场毙命。紧接着头领自己也倒下了,因为有人将一把锋利的石刀刺进了他的胸膛。土著们开始自相残杀,乱作一团。

这时,一名年轻的土著突然蹿上来用不那么流利的卡斯蒂利亚语示意贝雪莱斯一行随他逃之夭夭。一并逃走的除了奥丽丝苔拉,还有奶娘科洛埃丽娅。他们跌跌撞撞,来到一个山洞。接应他们的是一位老者和两个女子。原来那位老者是西班牙人,叫安东尼奥,多年前曾随卡洛斯五世转战南北,后因与人斗殴遭人追杀,最终漂泊至此。土著少女莉可拉救了他并和他生下了一儿一女。那个带领众人逃离血腥现场的人正是安东尼奥夫妇的儿子。

鉴于岛上的土著大都死的死、散的散,被囚禁在附近小岛上的基督徒集合在一块儿,并用莉可拉的金子换了四条小船。小船在大海上漂泊,一个意大利人讲起了他的冒险经历。他原是一名舞蹈教师,因为工作关系结识了一位富家千金,二人私订终身后离家出走。女方的家长对他心怀仇恨,并将他当作诱骗犯缉拿归案。在死囚室中,一位女巫用魔法解救了他,并用飞毯把他送到了挪威。挪威人对他的故事毫不惊诧,因为那里的女巫能把人变成狼。后来他被一个意大利商人收留,此人专和海岛土著做生意。一次,他和主人的船队载着货物向海岛驶去,结果途中遇险,唯他一人逃过一劫,落入土著之手。他听说岛上土著为了试验什么预言是否灵验,每隔一段时间就会杀死一名男俘。继而,一个葡萄牙人开始讲述他不幸的经历。他原是葡萄牙贵族,青春年少之际,适逢邻家有女初长成。他被女孩的美貌所吸引,和其他公子王孙一样痴迷她、追求她。然而,对方却一直以年少不思嫁搪塞并敷衍众人。两年以后,他终于得到了女方父母的青睐。然而,就在他准备大礼迎娶的那一天,女孩竟出家成了修女。说话之间,船抵达一座岛屿,贝雪莱斯一行受到了岛上居民的热烈欢迎。不久,阿纳尔多也来到这座岛上。贝雪莱斯和西吉斯蒙达不得不小心周旋。后来,贝雪莱斯和西吉斯蒙达上了阿纳尔多的大船,继续向陆地航行。途中,阿纳尔多的手下叛变,大船进水并迅速下沉。阿纳尔多只好让众人分别坐上两艘救生艇逃命。贝雪莱斯和西吉斯蒙达又一次失散了。且说阿纳尔多、西吉斯蒙达和西班牙老汉一家来到一座小岛,恰巧遇见两名骑士正在为一位奄奄一息的姑娘挥剑决斗。那姑娘不是别人,她正是西吉斯蒙达的侍女陶丽莎。陶丽莎没做新娘就一命呜呼了。人们在西班牙老汉的指挥下将她入殓下葬,然后搭乘海盗船继续航行。船长向众人讲述波利卡波国王的故事,说国王为了使自己的臣民健康快乐,经常举办奥运会。冠军是所有人崇拜的偶像,最近一届的得主叫贝利昂德罗;公主辛弗罗莎亲自为他戴上了桂冠,并对他产生了爱慕之情。西吉斯蒙达顿时妒火中烧。正所谓祸福难料,就在西吉斯蒙达焦灼痛苦之时,船被风暴掀翻了。翻船随风漂至波利卡波国王的领地。国王和他的公主都来观望。有人凿开船底,发现了里面的阿纳尔多和西吉斯蒙达。贝雪莱斯看到西吉斯蒙达,顿时喜出望外,而西吉斯蒙达却被辛弗罗莎的名字蒙住了心志。好在他们一直以兄妹相称,旁人并不知道他们另有隐情。险情和爱情使西吉斯蒙达病倒了,却得到了辛弗罗莎的悉心照料。在这期间,辛弗罗莎说出了她对贝雪莱斯的一片真情。西吉斯蒙达听后心绪烦杂,几乎不能自持。麻烦接踵而来。先是国王爱上了她,意欲立她为后。与此同时,一个叫克洛迪奥的小伙子也看上了西吉斯蒙达,并交给她一封情书;而国王的巫师塞诺蒂亚却爱上了西班牙老汉的儿子小安东尼奥,结果遭到了拒绝。小伙子情窦未开,拿起弓箭向塞诺蒂亚射去,却阴差阳错,杀死了克洛迪奥。情况愈来愈复杂,贝雪莱斯和西吉斯蒙达决定尽快离开,但表面上却装得若无其事。他们给辛弗罗莎等人讲了许多离奇的故事。这时,西吉斯蒙达突然失踪。贝雪莱斯心急如焚。原来,国王听信塞诺蒂亚的谗言,背信弃义,决定扣留西吉斯蒙达等人。岛国众臣原本不满塞诺蒂亚弄权,正好趁机谋反。众人离开多事的岛国,抵达隐修岛。贝雪莱斯等人继续讲述神奇的故事。随后,阿纳尔多等人乘船前往法国,贝雪莱斯、西吉斯蒙达和安东尼奥父子等人则搭乘另一条船去西班牙。另有一些人则留在岛上做了隐修士。阿纳尔多临行嘱托贝雪莱斯好好照顾西吉斯蒙达,并请他登基之时娶她为妻、封她为后。

且说贝雪莱斯一行抵达葡萄牙,并根据西吉斯蒙达的请求一律换上朝圣服,以便徒步到罗马还愿。一路上,他们又遇到了许多稀奇古怪的事情。譬如一位森林少女的奇遇,一名朝圣老妪和一个波兰人的离奇身世,等等。在此期间,他们还路遇剪径大盗、一群刚刚获释的囚徒和许多艰难险阻。在西班牙境内,老安东尼奥找到了健在的父母,并决定留下来尽孝,而小安东尼奥和妹妹孔丝坦莎继续陪伴西吉斯蒙达和贝雪莱斯前往罗马。他们穿越摩尔人居住地,途经瓦伦西亚,取道巴塞罗那,然后进入法国。途中不断有信徒加入他们的队伍,并讲述各自的故事。朝圣队伍经米兰抵达罗马附近,在那里遇见决斗负伤的阿纳尔多。众人进入罗马,下榻在犹太人经营的客栈。阿纳尔多讲述他离开众人之后的传奇经历。

西吉斯蒙达和贝雪莱斯的美丽和英俊震撼了罗马,被惊为天人。贝雪莱斯遭妓女陷害,险些送命。西吉斯蒙达中了犹太人的妖术,一病不起。西吉斯蒙达病愈后拒绝了贝雪莱斯的求婚。贝雪莱斯含悲离去。众人万分诧异。西吉斯蒙达道出真情,原来他们既不是兄妹,也非一般恋人,而是一对相互尊重和爱慕的王子和公主。贝雪莱斯独自来到一个地方,侧耳听到恩师塞拉菲多正在讲述他的故事:格陵兰女王欧塞碧娅因为遭受异邦入侵,遂把女儿西吉斯蒙达送到了冰岛,以便许配给贝雪莱斯的兄长马克西米诺王子。然而,贝雪莱斯和西吉斯蒙达彼此相爱,一个非她不娶,一个非他不嫁,因而决定在马克西米诺回国之前双双离开。他们九死一生的冒险经历从此拉开序幕。

最后,马克西米诺染病去世,西吉斯蒙达和贝雪莱斯有情人终成眷属。阿纳尔多则接受了西吉斯蒙达的提议,决定娶西吉斯蒙达的妹妹为妻。

这是一个典型的拜占庭风格的冒险故事，即既有拜占庭式的爱情历险，也有骑士小说的行侠冒险。作品出版后获得巨大成功，当年即有巴塞罗那、瓦伦西亚、潘普罗纳、里斯本、马德里和巴黎等地印制的不同版本问世，并被迅速翻译成多种欧洲文字。那么，塞万提斯何以在《堂吉诃德》之后续写这样一部小说呢？这恰恰说明了塞万提斯的矛盾。塞万提斯后期适值文艺复兴运动完成历史使命，西班牙文学由复古转向变革与创新，文学的自觉意识迅速形成。在这样的历史环境和文学氛围中，塞万提斯左右逢源，并自我作古。这不仅在《堂吉诃德》、《训诫小说集》和他的喜剧中表现得清晰明了，在《贝雪莱斯和西吉斯蒙达历险记》中也可见一斑。

正因为如此，批评界对《贝雪莱斯和西吉斯蒙达历险记》褒贬不一。梅嫩德斯·佩拉埃斯援引阿瓦耶-阿尔塞的话说，《贝雪莱斯和西吉斯蒙达历险记》前后明显不同。的确，《堂吉诃德》第二部出版之后，塞万提斯更加注重故事的可信度了。他对技巧、场景(即故事背景)等进行了重大的调整。总体说来，无论阿瓦耶-阿尔塞，还是梅嫩德斯·佩拉埃斯对《贝雪莱斯和西吉斯蒙达历险记》的评价都不是很高。与此相反，巴尔布埃纳·普拉特却认为，《贝雪莱斯和西吉斯蒙达历险记》是了解塞万提斯其人的最佳途径，因为"《堂吉诃德》使我们认识了塞万提斯的创作方法，而《贝雪莱斯和西吉斯蒙达历险记》却是塞万提斯其人的真实写照"。换言之，塞万提斯在这部小说的前两部当中，"除了展示童年时期的梦想和信仰，还有他英姿勃勃的少年时期的浪漫与幻想"；第三、四部"则是他作为一位久经磨砺的老人对人生、命运的仁慈、宽厚的心境"。[①]"因此，《贝雪莱斯和西吉斯蒙达历险记》表现了塞万提斯的完整的一生。就作者的生平和著作而言，如果《堂吉诃德》苦涩地道出了塞万提斯的理想和现实的矛盾，那么《贝雪莱斯和西吉斯蒙达历险记》则是他返老还童的表征，是一次美梦成真的理想主义冒险。"[②]堂吉诃德和意中人杜尔西内娅的漫画式的可笑爱情，在贝雪莱斯和西吉斯蒙达身上转化为令人信服的美满婚姻；堂吉诃德身上的那些引人发笑的行为，则"在贝雪

① 巴尔布埃纳·普拉特：《塞万提斯全集·贝雪莱斯和西吉斯蒙达历险记》，第2页。

② 同上，第3页。

莱斯身上令人感叹地变成了英雄事迹”。[①]如此等等,无不证明了小说的意义和价值。

然而,最能说明《贝雪莱斯和西吉斯蒙达历险记》存在理由的,也许是它那包罗万象、竭尽雕琢的巴洛克风格。16 和 17 世纪之交,西班牙帝国虽然已经从巅峰滑落,但浮华繁琐的西班牙宫廷礼仪和贵族阶层的奢靡之风已然形成并一发而不可收。风气使然,16 世纪末至 17 世纪末叶,西班牙文学全面巴洛克化。之前相对单纯的人文主义思潮向纷繁淆杂的巴洛克主义过渡,并迅速形成了以贡戈拉为代表的语不惊人死不休的夸饰文风。塞万提斯是最早发现、欣赏贡戈拉诗才的作家。他对于方兴未艾的巴洛克文风自然不能置之度外。正因为如此,他在《训诫小说集》和《堂吉诃德》等作品中早就有意无意地露出了对流浪汉小说的不屑。

总之,塞万提斯在《贝雪莱斯和西吉斯蒙达历险记》中身体力行,上演了一出出神入化的塞万提斯式巴洛克大戏。首先,被许多《堂吉诃德》的读者认为多余和累赘的“何必追根究底”一类的故事,在《贝雪莱斯和西吉斯蒙达历险记》这部作品中成了名副其实的主要内容,通过男女主人公的情感波折和冒险经历,牵引出了连篇累牍的奇幻故事和历史场景。塞万提斯简直要把所有离奇的故事和当时欧洲社会的方方面面一网打尽。于是,除了上演各色各样的人物的各色各样的爱情和传奇,人物及人物的足迹更是遍及整个欧洲,从而展示了一幅中世纪以后欧洲的全景式的画卷。既有犹太人和摩尔人,也有文明人和野蛮人;既有北欧诸国的风土,也有南欧诸国的习俗;既有飞毯、人狼之类的神奇与怪诞,也有忠义与背信、善良与丑恶之类的人情与世故;既有宗教裁判所如何迫害塞诺蒂亚之流、以致她背井离乡,也有贝雪莱斯一路上如何行侠仗义、除暴安良等等。内容之丰富、情节之复杂,均可谓绝无仅有。与此同时,小说饱含诗情画意,既有想入非非的理想主义宣达,也有栩栩如生的现实主义描绘;既写到了托莱多圣女、牧童的天真无忧和幽默风趣,也写到了巫师、商人的处心积虑和兴风作浪(他对犹太人的偏见可见一斑);既有贡戈拉式旁征博涉、一泻千里的磅礴与气势,也有克维多式鞭辟入里、字字珠玑的夸饰和箴言(这曾在《玻璃硕士》中初露端倪);

① 《塞万提斯全集·贝雪莱斯和西吉斯蒙达历险记》,第5页。

既有拜占庭小说的险峻与哀艳，也有骑士小说的雍容与华美。因此，它是一部完全意义上的巴洛克小说。有诗为证：

行人啊，这里没有巍峨的寝冢，
惟有小小的骨灰盒于碑下安葬；
任时光流逝，记忆也随之淡漠，
一代天骄的名字啊，闪烁华光。

浩荡的塔霍，黄沙在两旁流动，
怎比他语言丰富啊，洒洒洋洋；
他的妙语连珠，人们津津乐道，
他的英名是西班牙头上的桂冠。

他的皇皇巨著，部部妙趣横生，
字字精雕细琢，篇篇品格端方；
谁人不惊叹啊，他那高人雅致。

他才华横溢啊，人人敬佩不已，
从西班牙到全世界，人所共知，
面对他的坟冢，惟有热泪如注。①

① 卡尔德隆·德·拉·巴尔卡：《献给奇情异想塞万提斯的十四行诗》(*Soneto al Ingenioso Cervantes*)，《塞万提斯全集·贝雪莱斯和西吉斯蒙达历险记》，第3页。

第二章 塞万提斯的反讽或戏仿

反讽或戏仿(Parody)无疑是《堂吉诃德》赖以成功的重要元素。它不仅使小说充满了喜剧(或悲喜剧)效果,而且奠定了小说的基本(故事)架构。然而,塞万提斯何以形成这种风格却一直是个未解之谜。本著不妨以马科斯·缪勒对《五卷书》的研究(《故事的流动》)为例,对《堂吉诃德》反讽或戏仿风格的可能源头略呈管见。

一

文学流传学派代表人物本菲的《五卷书》西渐研究虽然早已不是什么新鲜话题,但一直没有引起塞学界的足够重视。迄今为止,笔者尚未看到有人将本菲及本菲之后的流传学思想运用到塞万提斯研究中来。这就势必造成塞万提斯与东方文学这一重要关系研究的学理性缺失或断裂。

刘魁立先生在描述本菲思想时图解如下:

《益世嘉言集》
(古印度故事集)
↓
《五卷书》
(古印度故事集)
↓

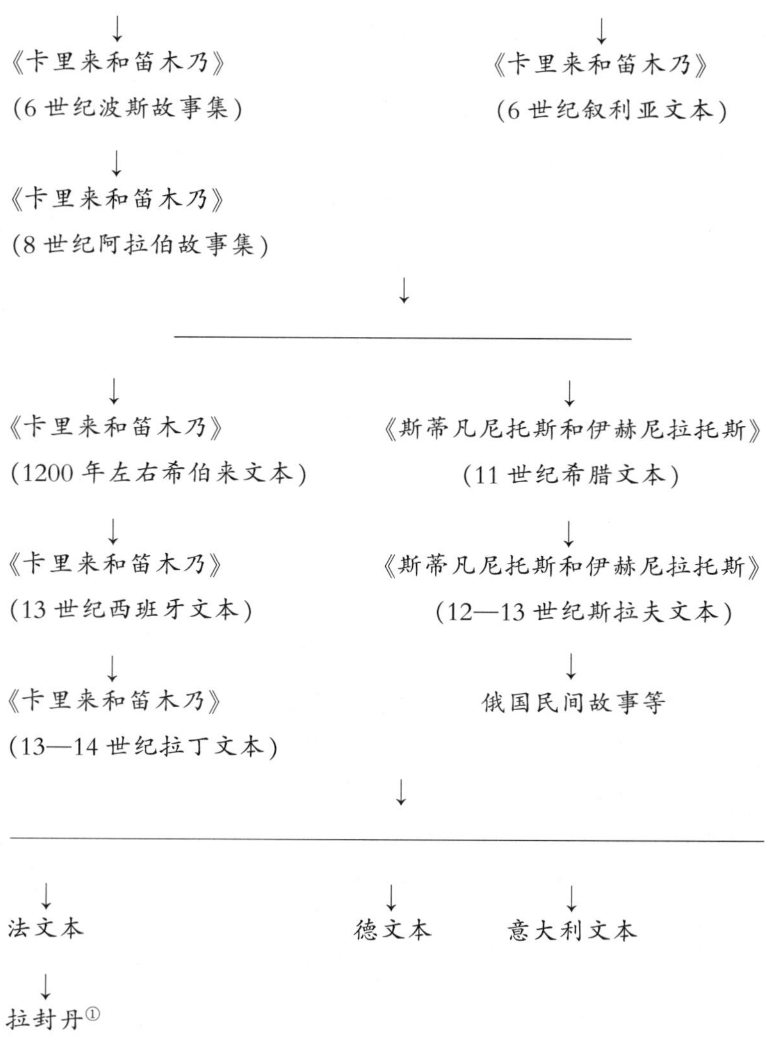

马科斯·缪勒虽然是神话学派的标志性人物,但他并不排斥流传学派,尤其是对本菲有关《五卷书》西渐的观点表示了充分的包容与尊重。他甚至在《故事的流动》中支持并补充了本菲的观点,还拿《五卷书》中的一个故事为例,以验证它从一个民族到另一个民族的流传过程往往既是因袭,也是改造,从而使同一故事具备了不同的色彩。在他看来,这个故事是这样演变的:

① 刘魁立:《欧洲民间文学研究中的流传学派》,《民间文学论坛》,1983年第3期。

一、**印度** 有个婆罗门，他把乞讨来的一罐粥挂在木楔子上，下面置了张床。他躺在床上望着粥罐幻想起来：要是遇到荒年，这一罐粥可就值钱了，它至少能卖一百钱；用这一百钱能买两只羊，羊再生羊，就变成了一群羊；再用羊换水牛，用水牛换马，用马生马，卖掉之后能换多少金子啊！于是，有钱人家的闺女嫁给了他，还替他生了个儿子；儿子要他抱，他怕烦就躲到马棚里看书去了。但儿子找来了，他只好招呼太太来管教。太太没听见，他就站起来打儿子，结果一不小心打翻了粥罐。

二、**阿拉伯** 故事明显染上阿拉伯色彩，从而使婆罗门变成了教士。[①]

三、**希腊** 有位国王问他的谋士：如果一个人想入非非，结果又会如何？谋士回答说：从前有对夫妇，有一次丈夫对妻子说，我想让你生个儿子，有了儿子，我们就更加幸福了。我们来想一想，看给他起个什么名字。妻子回说，你想得倒美，简直就像那个满脸奶油蜜糖却一口没吃到的人。听说从前有个乞丐，妻子接着说，床顶上挂着一罐奶油蜂蜜。一天，他幻想高价卖了那罐奶油蜂蜜，以便用换来的钱买羊。羊生羊，五年之后就会有一大群羊。再用羊换牛。这样，用不了几年，他可就发财致富啦。于是他想到，他要建一栋房子，四面镶金嵌银，还要买好多奴隶，并且结婚生子。孩子将由他亲自教育，不勤俭的，该打的打，该罚的罚。结果随手操起一根棍子来，不慎打碎了蜜罐，奶油蜂蜜洒了他一脸。

四、**德国** 有一对夫妇，他们懒惰成性。为了不必每天外出放羊，他们拿仅有的两只山羊换了一箱蜜蜂。蜜蜂非常勤劳，替他们酿了很多蜜。他们把蜂蜜装在一只陶罐里，搁到柜顶上。为了防备小偷和老鼠，他们在床边放了一根木棍，以便躺在床上就可以驱赶小偷和老鼠。夫妇俩不到晌午是不起床的。有一天，丈夫躺在床上对妻子说，听说女人都贪吃，尤其爱吃甜食。我怕你偷吃蜂蜜，不如我们把它卖了换只鹅回来吧。鹅能下蛋，而且可以随便放养！妻子说，还是等我们有了孩子再说吧，叫孩子去放鹅…… 丈夫反诘说，

① 又译《凯里来与迪木奈》(如天津古籍出版社2004年本)或《克里来与迪木奈》。

你想得美！现在的孩子哪有这么听话。妻子于是说，他不听话，我就用这棍子做家法。她挥舞着木棍，一不小心打碎了蜜罐。

五、**法国**（拉封丹） 有个村妇叫贝莱特，她头顶一罐牛奶到集市上去卖，一路上想入非非，要用牛奶换来的钱置家业，家业日益扩大，使她过上了富裕生活。她高兴得手舞足蹈，结果头顶的奶罐掉下来，摔了个粉碎。[①]

缪勒忽略了一个至关重要的环节：西班牙。有其与阿拉伯文化的特殊关系，西班牙本应该是在希腊文本之前出现的。西班牙文本出现了国王和谋士，并将水牛变成了黄牛和奶牛。而且故事的功能发生了改变，变成了妻子对丈夫的规劝。[②]很显然，希腊文本依从的是西班牙文本或稍后的拉丁文本。

这是一个类似于《南柯一梦》或《崂山道士》的寓言故事，其中的讽刺意味和戏谑精神不言自明。它从印度经阿拉伯人和希伯来人传至西班牙，从而在西方衍生出了诸如此类的变体。奇怪的是，迄今为止从未有人将它同《堂吉诃德》联系在一起。

二

一般认为，文艺复兴运动起源于14世纪的意大利，16世纪达到鼎盛并逐渐席卷整个西欧。然而，14世纪的早期人文主义思潮其实只不过是意大利文艺复兴运动的前奏。当时，意大利的方济各教派主张放弃形式主义的天主教经院神学，倡导走向民众、赞颂自然。诗人但丁和画家乔托则是向着文艺复兴前瞻的早期人文主义者的代表。之后，随着商业的兴盛，封建体制的衰落，新大陆的发现，造纸、印刷、指南针和火药的应用，精神领域才真正开始了回归古希腊罗马文艺的律动。由于西罗马帝国早已瓦解，神圣罗马帝国徒有虚名，而罗马天主教会也越来越无力提供一个稳定、统一的精神支柱；各行省纷纷独立，一些开明教士和世俗学人在构筑本王国或本民族文化基石的过程中，将目光投向了古典

① 参见刘魁立：《欧洲民间文学研究中的流传学派》，《民间文学论坛》，1983年第3期。

② 《卡里来和笛木乃》（*Calila y Dimna*），马德里：阿良萨（Alianza）出版社，2008年，第8章。

文艺和传统价值。1453年,君士坦丁堡的陷落,宣告了东罗马帝国的终结。于是,许多东方学者逃至意大利,并随之带来了古典研究(尤其是古希腊文化研究)的学术传统(希腊语一直是东罗马帝国的官方语言),从而推动了意大利人文主义思想文化运动,催生了达芬奇(Di ser Piero da Vinci, Leonardo, 1452—1519)、米开朗琪罗 (Buonarroti, Michelangelo, 1475—1564)、拉斐尔(Sanzio da Urbino, Raffaello, 1483—1520)等一代文艺复兴巨匠。

然而,东方学者对15世纪意大利的贡献常被一笔带过,西方文艺复兴的另一个源头西班牙更是鲜有学人提及。其时,西班牙正是东方人聚居的地方。西罗马帝国时期,西班牙是犹太人的主要聚居地之一;公元8世纪之后, 西班牙又因为阿拉伯人的入侵而成为东西方文化的桥梁。如果说意大利人文主义的最初表现是13世纪末、14世纪初方济各教派的"激进主义",那么西班牙的早期人文主义应该说是直接由卡斯蒂利亚宫廷的东方人推动的,而且也是在13世纪。从这个意义上说,文艺复兴运动几乎同时发轫于意大利和西班牙, 而且后者对古典文艺的重视程度比同时期的意大利更高,回归力度更强,尽管其高峰期足足晚到了半个世纪。个中原因既有历史和地理方面的,也有政治和经济方面的。历史地理的原因,首先是西班牙与古希腊罗马较之意大利有天然的距离;其次是西班牙长期处于抗击阿拉伯人统治的战争状态,政治经济方面的原因还是"光复战争"。针对阿拉伯人的"光复战争",曾经使西班牙长期处于落后状态,但之后也恰恰是因为"光复战争"的胜利,西班牙建立了强盛、统一的帝国,从而在一定意义上又反过来延长了西班牙的封建制度和"神圣罗马帝国"的寿命,同时也延长了它对意大利的影响。事实上,15世纪末至17世纪初,意大利的大片领土都有西班牙驻军,是受西班牙管辖的。塞万提斯本人年轻时就曾随军驻守那不勒斯,并参加了保卫威尼斯的勒班托海战。

此外,一如拜占庭东方学者的西迁推动了意大利的文艺复兴运动,大量阿拉伯人和犹太人的存在使西班牙首先开始了回归古希腊罗马文化的律动。当然,这其中有一位国王发挥了举足轻重的作用。他便是史称"智者"的阿尔丰索十世。阿尔丰索十世于1252年即位,统治西班牙重要王国卡斯蒂利亚达32年之久。在这期间,他一直致力于卡斯蒂利亚的文化建设。许多文史学者认为,阿尔丰索是中世纪后期欧洲最伟大的人文学者。他毕生致力于发展和规范卡斯蒂利亚语并使它擢升为整个西班牙地区的通用语言(即西班牙语);同时,他"博览兼听,谋及疏贱",将一大批犹太人和阿拉伯人召集到宫中,指挥他们从希伯来文和阿拉伯文翻译了大量古希腊罗马经典,并对当时的几乎所有知识进行了百科全书式的整理。

朱光潜先生曾高度评价但丁的《论俗语》,认为它"是但丁最重要的理论著作"。他甚至用超过《神曲》的篇幅来谈论这部著作,谓"语言问题是中世纪末期欧洲各民族开始用近代地方语言写文学作品时所面临的一个普遍的重要的问题。当时创作家和理论家们对这个问题特别关心。在《论俗语》出版20年之后,1549年,法国近代文学奠基人之一约瓦辛·杜·伯勒,写成了他的《法兰西语言的维护和光辉化》"。[①]约瓦辛·杜·伯勒完全可能受但丁的影响,但将自己的语言发扬光大本身就是中世纪后期或文艺复兴初期欧洲各国(各民族)的当务之急,也是使文学从内容(宗教、神学)到载体(拉丁文)走向广大民众的一件大事。然而,和《神曲》不同,《论俗语》并非用俗语写就,但丁用的是拉丁文。在这方面,阿尔丰索十世要彻底得多。他执政时期出版的许多文本大都采用了卡斯蒂利亚王国的"俗语"卡斯蒂利亚语(即西班牙语)。卡斯蒂利亚语和意大利语一样,也是拉丁语的一种变体,长期以来受到本地和外来因素的浸染。它与一般僧侣和贵族的官方语言拉丁文相对立,是卡斯蒂利亚地区的通俗语言。

有关史料记载,不少犹太人在阿尔丰索十世宫中担任学者、翻译家、顾问、秘书、御医等重要角色。尤其是成立于11世纪的托莱多翻译学校,在阿尔丰索十世时期发挥了重要作用。托莱多是犹太人聚居的地方,而犹太人又是这所翻译学校的主力军。他们把大量的希伯来文献、阿拉伯文献和古希腊文献翻译成卡斯蒂利亚语。至于阿拉伯人,除了建立以科尔多瓦为中心的伊斯兰文化体系,还向卡斯蒂利亚等西班牙王国输送了大批东方学者和翻译人才,其中不少人通晓古希腊文、拉丁文和卡斯蒂利亚语等伊比利亚半岛的拉丁方言。然而,受政治经济等多重因素的制约,阿拉伯译者的劳作大都被岁月的烟尘埋没了。许多作品等

① 朱光潜:《西方美学史》,人民文学出版社,1979年,第137页。

到15世纪末乃至16和17世纪才真正进入人们的视阈，从而获得真正意义上的复兴。也许正因为如此，阿尔丰索十世时期长期未被多数文史学家视作文艺复兴运动的开端。

此外，阿拉伯人早在11世纪就把源自中国的造纸术和印刷术传到了西班牙。到了阿尔丰索十世时期，雕版印刷术在卡斯蒂利亚风行一时，之后（约14世纪末）又引入了木活字印刷，从而加速了西班牙及意大利的文艺复兴运动。

从西班牙俗语文学的角度看，阿拉伯人和犹太人更是极其重要的奠基者。首先，摩尔人（阿拉伯人和北非柏柏尔人）在西罗马全线崩溃后乘虚而入，侵占了伊比利亚半岛的大片领土。当然，摩尔人没有破坏也未能马上致力于建设殖民地文化，但原因可能并不完全像多数学者认为的那样是内讧或者更为残酷的战争。可以说，除了卡斯蒂利亚等少数王国自始至终比较坚决地捍卫各自的领土完整之外（正因为如此，卡斯蒂利亚后来成了"光复"的主力并最终使卡斯蒂利亚语擢升为西班牙地区的通用语言），摩尔人几乎没有遭遇抵抗而在伊比利亚南部地区长驱直入如临无人之境，因为刚刚摆脱罗马统治的伊比利亚当时正处在一种文化"真空"状态，而阿拉伯人带来的恰恰是发达并且不同于拉丁文化的东方伊斯兰文明。因此，与伊斯兰文明在东方的境遇相反，多数伊比利亚的哥特式基督教徒对新的闯入者表现出了异乎寻常的宽容。与此同时，伍麦叶的王子们在殖民地的早期建设中也表现出了异乎寻常的开明。这可能是一种投桃报李式的礼尚往来和良性循环。总之，以科尔多瓦为中心的伊斯兰文化体系迅速形成，并向四周辐射。当时，科尔多瓦吸引了大批志尚高远的东方学者，但这一文化的传播却相当缓慢。语言是其中的主要障碍。因此，即便是在安达卢西亚的伍麦叶王朝开始拥有了大量第三代、第四代土生穆斯林的时候，阿拉伯语也没能在广大的哥特式基督徒中流行起来。有趣的是，许多伊斯兰民歌民谣由于朗朗上口而得以在阿拉伯裔和非阿拉伯裔居民中流传。从现有资料看，最早的伊比利亚的阿拉伯文学作品可能生成于公元8世纪前后。随着著名学者伊本·阿卜杜·拉比希西行，伊本·古太白的《故事源泉》很快衍生出了影响深远的西班牙-摩尔文学作品。这些作品一方面用盎然的诗意描绘了安达卢西亚，使得东方的穆斯林心向往之，另一方面又通过对安达卢西亚传神的描绘传播了富有地方色彩的新阿拉伯诗韵。在他之后广泛流传于阿拉伯世界和伊比利亚的“择吉尔”(即“Zajal”或“Zejel”)很可能就是从拉比希时代生发的。它接近于一种犹太古二重韵诗,诗句包含几个韵节,主韵在韵节之末,比较适合于行吟诗人吟唱,从而催生了以伊本·古斯曼为代表的重要诗群。这种诗体逐步衍生出一种叫作“穆娲啥哈”(“Muwashaha”)的诗体并在12世纪初叶达到高峰。应当说,摩尔人自入侵到七八个世纪后败北撤退,始终未能推广阿拉伯语,但其文学却润物细无声地融入了伊比利亚文化,并为西班牙文学埋下了一块重要的基石。

所谓“穆娲啥哈”,实际上是西班牙犹太人用希伯来文创作的一种诗歌。这种诗歌无论形式还是内容,都是对安达卢西亚阿拉伯诗歌(彩诗)的模仿或移译。著名东方学者萨缪尔·米克洛斯·斯特恩于1948年在研究西班牙诗歌时阐发了“穆娲啥哈”的基本特征及其与阿拉伯诗歌的关系。之后,西班牙学者加西亚·戈麦斯于1952年(通过对部分安达卢西亚阿拉伯诗歌的研究)证实了斯特恩的基本推断,即“穆娲啥哈”是对相关安达卢西亚阿拉伯诗歌的模仿。[①]然而,这仅仅是开始。真正的发现是作为核心内容的“哈尔恰”(Jarcha)。它们作为“定音”(或“结论”)缀于每一首“穆娲啥哈”之后,却全部用西班牙地区的拉丁方言(主要是当时的卡斯蒂利亚语)敷衍而成。上世纪中的这一发现不仅把西班牙民族文学的历史上推了一个多世纪,而且改写了罗曼司欧洲文学的发生史。[②]从字面上看,这些“哈尔恰”又往往出自少女之口,抒发她们的情感。如四句缀:

> 美丽朝阳,
> 来自何方?
> 温暖别人,
> 冷却我心。

① 奥尔特加·伊·加塞特序,伊本·哈兹姆(Ibn' Hazm):《鸽子项链》(*El collar de paloma*),马德里,阿良萨出版社,2000年。

② 在发现“哈尔恰”之前,一般文学史家都把法国普罗旺斯民歌视为最早的罗曼司抒情诗。

又如三句缀：

倘若你是爱我的好男人，
就请吻我樱桃般的嘴唇，
它送你两串洁白的珍珠。[①]

"哈尔恰"也经常以叠句的形式出现，内容哀怨凄婉。半个多世纪以来，西班牙语学者围绕"哈尔恰"进行了许多探索，从而为认识拉丁语及拉丁文学向南欧各罗曼司语及罗曼司文学的转化过程，尤其是为西班牙语文学的产生方式提供了弥足珍贵的资料。此外，"哈尔恰"的一些内容和形式在卡斯蒂利亚语(或葡萄牙语)古典谣曲中得到了融合和发展。

阿拉伯人在西班牙创作的文学作品一直未被纳入西班牙文学史，但它们对西班牙文学的影响却是有目共睹的。此外，公元8—10世纪，入侵南欧的摩尔人在伍麦叶王子们的感召下致力于把包括阿拉伯文学在内的东方经典翻译成拉丁语和卡斯蒂利亚语，其中就有《卡里来和笛木乃》与《一千零一夜》。

三

以塞万提斯的涉猎之广泛，不可能没有接触到《卡里来和笛木乃》。塞万提斯在《训诫小说集·序言》中写道："我还明白，自己是第一个用西班牙语写小说的人。现在印出来的许多西班牙语小说都是从外语翻译过来的，而这些作品却是我自己创作的，既非模仿，也非剽窃……"[②]言下之意，流浪汉小说不是小说，而更早的《卢卡诺尔伯爵》却是对别人的"模仿"。流浪汉小说尚且不论(盖因《小癞子》只是个未竟之作，且专写下里巴人)，那么《卢卡诺尔伯爵》显然受到了《卡里来和笛木乃》的影响。无论是它的形式(伯爵和谋士的问答)还是内容(大多为寓言故事)，

① 弗兰克，玛格丽特：《西班牙–阿拉伯"哈尔恰"与罗曼司诗歌的形成》，墨西哥城，墨西哥学院，1975年，第109页。

② 转引自《塞万提斯全集》中文版，第五卷，第5页。

都明显雷同于《卡里来和笛木乃》,许多地方甚至如出一辙。因此,塞万提斯的话不是无的放矢,而是有针对性的。

之前,塞万提斯就曾在《堂吉诃德》第一部第九章中突然改变叙事者,用第一人称戏言道:

> 有一天,我正在托莱多[①]的阿尔纳集市上走着,看见一个男孩挨近一个丝绸商人,向他兜售一堆手稿和旧抄本。我这人有读书的嗜好,连大街上的破纸片都不会放过。正是出于这种癖好,我顺手从男孩手里接过一个手抄本,一看竟是阿拉伯文。我虽然知道它是阿拉伯文,但不懂它写的是什么,便四处张望,想就近找个懂西班牙语的摩尔人帮我解读一下。找这样的人其实并不太难,即使是更古老、更典雅的语言也有人能译。反正我很快就找到了一个,向他表明了意思,并把手抄本交到了他的手里。他从中间翻开,浏览了一下就笑出声来。我问他笑什么呢,他说是在笑一段旁批。我让他翻译给我听听,他边笑边说:"我不是说了吗,这书页上的旁批说:故事里屡屡提到的这位杜尔西内娅·德尔·索博托, 据说能腌一手好猪肉,整个拉曼恰地区的女人都不及她。"听到杜尔西内娅·德尔·索博托的名字,我顿时惊呆了。我立即想到,那抄本里写的正是堂吉诃德的故事。这么一琢磨,我便忙不迭催他从头译起。他按我的要求顺口把阿拉伯语译成了西班牙语, 结果是这么说的:"堂吉诃德·德·拉曼恰的传记, 由阿拉伯史学家熙德·哈梅特·贝南赫利创作。"一听到这个书名,就甭提我有多高兴了,但我却故意装出若无其事的样子,随后从丝绸商手里夺下了这笔买卖,花了半个雷亚尔收购了小男孩的所有手稿和抄本。那孩子终究不够精明,否则早该看出我迫不及待的样子了。他蛮可以讨讨价,至少要上六个雷亚尔。我急忙带着摩尔人离开了集市,跑进大教堂,求他把所有关于堂吉诃德的抄本都帮我译成卡斯蒂利亚语……

这不是很有趣吗? 它印证了丹埃尔·雨埃在《小说起源》中所说的"小说源自东方"的观点,同时也间接地印证了笔者对于《堂吉诃德》和

① 请注意,是阿拉伯、希伯来和西方文化汇集的托莱多!

《卡里来和笛木乃》的联想。

更为重要的是,《卡里来和笛木乃》的讽刺意味和戏谑精神同《堂吉诃德》具有近乎“通感”的灵犀。倘使没有《卡里来和笛木乃》在西班牙的移译和流传,那么塞万提斯的讽刺和戏谑倒是“人同此心,心同此理”的最佳佐证了,但问题是,在他之前,西班牙明明已经引进了这些东方故事。因此,说《堂吉诃德》受到了《卡里来和笛木乃》的影响,当非无稽之谈。虽然目前还没有直接的证据说明两者的关系,但其中的讽刺意味和戏谑精神或可成为进一步探讨塞万提斯反讽的重要起点。何况在塞万提斯之前,没有哪一种西方作品具有如此强烈的反讽精神,而堂吉诃德与骑士小说的关系,恰恰建立在这种反讽之上。

毋庸讳言,有关《堂吉诃德》反讽精神的研究浩如烟海,但它们始终没有在其源头上提出令人信服的观点。那么,塞万提斯何以采用诸如此类的反讽手法而非别的?《卡里来和笛木乃》等东方文学或可为这方面的研究提供有力的证据。

西班牙塞学家梅嫩德斯·伊·佩拉约曾经写道:“在最近一个时期的某些奇谈怪论中,塞万提斯被顶礼膜拜。其中最可笑的是,有人对他进行所谓的实证研究,或任意或机械,或直白或隐晦,挖空心思地从科学或哲学的高度将种种奇特的思想赋予塞万提斯,从而将《堂吉诃德》变成了最纯粹、最丰富、最权威的百科全书。而事实上,塞万提斯的思想,如果称得上科学,也只是一般意义上的姑妄言之,充其量不会超越16世纪西班牙文化的水平,甚至根本无法上升到(真正)科学的高度。塞万提斯已经名满全球,没有必要再为他涂金添彩。把他当作伟大的作家或伟大的诗人(这没啥差别)就足够了。再则,单纯的文学批评将丝毫不会减损塞万提斯的光辉。相反,那些隐喻的、象征的、神秘的探究对他却可能是一种丑化。”“那些所谓的研究错就错在一味地要将塞万提斯的伟大归功于其他才学,而非艺术(也许在他们看来艺术是最不足道的)。他们拜塞万提斯为神学家、法学家、医学家、地理学家,谁知道还有什么家。他们确实拥有各种各样的才艺和技术,却无视美的存在。他们的阅读仿佛是强按牛头饮水。一生中或许从来没有真正欣赏过一部伟大而不朽的文学作品。他们对美视而不见,更无从感受审美的愉悦。他们迫于阅读所享受的普遍而崇高的声誉,勉强为之,却一辈子都不会真正去欣赏。于是,那些不朽的杰作被纳入了他们的理智。即便他们不那么骄傲,即便他们也会用人类惯有的品行和道理去加以评判,却永远无法理解艺术作品赖以存在的惟一理由,那便是艺术作品的完美程度。于是,他们只好对此避而不谈。”[①]梅嫩德斯·伊·佩拉约认为,除了欣赏,相对科学、公允的研究必须建立在历史还原,即真正的实证的基础上。正因为如此,他的做法与流传学派不谋而合。

本世纪初,梅嫩德斯·伊·佩拉约开始了旷日持久的塞万提斯探源工作(见《塞万提斯研究》之《塞万提斯的文学渊源》),找到了塞万提斯的主要文学由来,包括桑丘的可能原型。然而,梅嫩德斯·伊·佩拉约的钩沉索隐仅仅局限于西方文学和西方传统,而且堂吉诃德的原型也仍然只是阿马迪斯等骑士类人物。至于塞万提斯何以用这种反讽的手法“模仿”骑士小说,梅嫩德斯·德·佩拉约同样也未能说出个所以然来。倒是惯于声东击西的博尔赫斯在《〈吉诃德〉的部分魔术》一文中写道:

> 令人惊奇的是,第九章开头说《堂吉诃德》这部小说全然是从阿拉伯文翻译过来的,塞万提斯在托莱多的市场上买到手稿,并雇了个摩尔人将它翻译出来。他把摩尔人请到家里,住了一个半月,终于译完了手稿。这使我们想到了卡莱尔,他伪托《成衣匠的改制》是德国出版的迪奥金尼斯·丢弗斯德罗克博士同名作品的节译本。还有卡斯蒂利亚犹太教博士摩西·德·莱昂的《光明之书》也伪托是3世纪一位巴勒斯坦犹太教博士的作品。稀奇古怪的混淆游戏在第二部中达到了顶点。书中的主人公说他看过(《堂吉诃德》)第一部,于是《堂吉诃德》的主人公成了自己的读者……这不由得令人迁思《罗摩衍那》,即蚁蛭描写罗摩功绩及其同妖魔作战的史诗。史诗末篇写罗摩的两个儿子不知生父是谁,他们栖身森林,由一个苦行僧教会读书识字。奇怪的是,那位苦行僧即蚁蛭本人,而他教两个少年时所用的课本竟是《罗摩衍那》。一天,罗摩宰马设宴,蚁蛭带两位门徒前来,并让他们用琵琶伴奏演唱了《罗摩衍那》。罗摩听了自己的故事,认了自己的儿子,酬谢了诗人……《一千零一夜》中也有

① 梅嫩德斯·伊·佩拉约:《美学思想史》,第一卷,马德里,高科委出版,1974年,第742—743页。

类似写法。这个神奇的故事集由一个中心故事衍生出许多小故事来，枝繁叶茂，令人眼花缭乱，但不是层层递进、主次分明，因而原本深刻的效果变成了波斯地毯似的浮光掠影……最令人困惑的是那个神奇的第六百零二夜的穿插。那夜，国王从王后嘴里听到了她自己的故事，他听到那个包括所有故事的故事之纲，还不可思议地听到了故事本身。读者是否已经清楚地觉察到这一穿插所蕴涵的无穷的可能性和奇异的危险性？故事将周而复始，即王后不断讲下去，国王将永远听下去，而《一千零一夜》的故事将难有完结……《一千零一夜》中的一千零一夜何以令我们感到不安？堂吉诃德成为《堂吉诃德》又何以令我们不安呢？我觉得我已经有了答案：如果虚构作品中的人物成了读者或观众，那么作为读者或观众的我们就有可能成为虚构的人物。卡莱尔在1833年写道，世界历史是一部无限推延的神书，是由所有人共同写下的，同时它也写了所有人……[①]

一如《红楼梦》是《西厢记》、《牡丹亭》、《娇红记》等中国古典文学的推延，《堂吉诃德》何尝不可以是《卡里来和笛木乃》及《阿马迪斯》等东西方古典文学的推延？塞万提斯的回答应该是肯定的。他写道：堂吉诃德闲来无事，读骑士小说入了迷，终于走火入魔，要效法骑士去行侠仗义……做骑士梦的堂吉诃德不是很像那个故事中做尽发财梦的印度婆罗门或阿拉伯教士吗？如果像西方演绎的多数情况那样，再把农夫（或教士）的棍子变成长矛，让他在梦中肆意挥舞，不就更像堂吉诃德了吗？而塞万提斯不正是假托阿拉伯人、为我们推延“神书”、给我们这些老老少少的做梦人讲做梦故事的那个谋士或妻子吗？

① 博尔赫斯：《博尔赫斯全集》，第二卷，布宜诺斯艾利斯，埃梅塞出版社，1960年，第46—48页。

第三章 塞万提斯的虚构与真实

对于一切优秀文艺作品，虚构与真实犹如鸟之两翼、人之两腿，彼此不可或缺。在塞万提斯的几乎所有创作中，它们也是互为因果的两个方面。尤其是在《堂吉诃德》中，它们更是如影随形、相辅相成。

一

巴尔加斯·略萨在《面向21世纪的小说》中对塞万提斯的虚构艺术进行了勾画：

> 虚构是《堂吉诃德·德·拉曼恰》的一大主题。它以它的理由，它的方式浸入生活，并使后者按照自己的方式改变。于是，被许多现代读者称为“博尔赫斯式”的故事，如《特隆，乌克巴尔，奥尔比斯·特蒂乌斯》，其实是塞万提斯的专利。只不过几个世纪之后博尔赫斯使它得以复活并获得了新的个性色彩。
>
> 虚构是塞万提斯小说的中心，盖因作为主人公的拉曼恰绅士是“移花接木” 的产物（他的疯癫首先是象征性的，其次才是病理性的），是骑士文学幻想的结果。他对阿马迪斯和帕尔梅林们的世界信以为真，终于投身其中，开始了行侠冒险。当然，这种反讽的生活使他遭受了一系列小小的灾难，但是他并没有从现实的惨痛经历中汲取教训。一如虔诚的信徒，他坚信是可恶的魔法师使他的事迹改变了性质，变成了闹剧。他我行我素，矢志不渝。虚构于是渐渐浸润生活，现实慢慢与堂吉诃德的幻想和异想天开趋同。桑丘·潘沙自己也

从最初的功利务实的纯粹地球人蜕变成了第二部中幻想和奇迹的同谋。比如他担任海岛总督时,满心欢喜地投入了虚拟和幻想的世界。他的语言在开始的故事中既简单滑稽又土里土气,却在第二部中变得文雅多了,在某些片段中甚至具备了他主人那样的谈吐。

难道穷人巴西利奥不正是用虚构的计谋从富人卡马乔手中夺回美女季德里娅的吗?(见第二部第十九至二十一章)季德里娅的婚礼正紧锣密鼓地进行着,巴西利奥佯装中剑自杀,身上沾满了血迹。就在“奄奄一息”的时候,他向季德里娅求婚,说如果后者不答应,他就会拒绝忏悔而终。但季德里娅刚答应他,他就复活了,原来他那是在演戏,而身上的血是他预先用小瓶子藏在身上的。虚构产生了效应,而且是在堂吉诃德的帮助之下变成了现实。巴西利奥和季德里娅终成眷属。

堂吉诃德的那些老乡朋友如此憎恶骑士小说,以至于采取宗教裁判所式的手段将阿隆索·吉哈诺的图书馆付之一炬。在他们看来,是虚构(小说)使绅士成了疯子。他们甚至策划并导演了一出戏,以便让愁容骑士恢复理智并回到现实世界中来。但结果正好相反:虚构开始吞噬真实。参孙·卡拉斯科学士两次扮演游侠骑士,第一次自称为镜子骑士,三个月后在巴塞罗那又用了白月骑士的名号。第一次没有奏效,因为堂吉诃德毫无改变;第二次终于达到了目的:战胜了堂吉诃德并迫使其回到家乡、挂枪一年,从而将小说引向了高潮。

但这个反高潮的高潮是被迫的,也是令人哀伤的。正因为如此,塞万提斯在短短几页中将它一笔带过。阿隆索·吉哈诺轻易放弃“疯狂”是不正常的,也是不真实的。于是,他让人物重新回到现实,尽管这现实已经悄悄地发生了变化,即一定程度上变成了虚构,就像哭伯桑丘·潘沙(这正是他的俗称)最后在主人临终的床前所恳求的那样:“您别死啊!”他甚至恳求奄奄一息的堂吉诃德起来,“一起穿上牧人装到田野去”将虚幻的牧歌故事还原成真实的生活。而这恰恰是堂吉诃德最后的梦想(见第二部第七十四章)。

这一现实虚构化过程随着无名神秘公爵的出现达到了高潮。从第二部第三十一章起,这个过程加快了速度,于是大量日常生活事件变成了小说或戏剧性虚构。一如小说中的许多人物,公爵夫妇读过《堂吉诃德》第一部，因此，当他们遇见堂吉诃德和桑丘·潘沙时立即表现出了极大的兴趣，其程度竟不亚于当初堂吉诃德之对于骑士小说。于是，他们决定让城堡的生活变成虚构，让一切符合堂吉诃德沉溺于斯的非现实状态。接连好几章，虚构代替了真实生活，并让后者变成了现实的梦幻和活着的文学。公爵夫妇是出于自私，他们多少有些居高临下地拿他们眼里的疯子及其随从取乐，但事实上游戏渐渐变质，以至于最终吞噬了真实。一天下午，堂吉诃德和桑丘突然离开公爵府取道萨拉戈萨。公爵夫妇不肯就此罢手，竟然动员所有兵力和下人出发寻找那主仆二人，以便将他们带回城堡，因为城堡里已经为阿蒂西多拉准备了一场葬礼，而且人们将看到她死而复生。在公爵夫妇的世界里，堂吉诃德已经不是异想天开的代名词。他就像回到了家里，一切都充满了虚幻：从桑丘执政的巴拉塔里亚岛实现其当海岛总督的心愿，到那匹克拉威来狃神马（其实是四方的一个木匣子外加几个风箱而已），使主仆二人以为是幻想中四面来风的腾云驾雾。

和公爵夫妇相仿，小说的另一位大人物是巴塞罗那的堂安东尼奥·莫雷诺，他同样款待了堂吉诃德，同样为后者设计了虚化现实的场景。比如他家有一颗中了魔法的青铜首级，它能回答人们提出的问题，盖因它能卜会算，洞识人们的过去和未来。叙述者解释说，这是“假的”，因为它只是个空壳儿，有个学士躲在里面回答问题。这不是堂吉诃德式的体验虚构、演绎生活是什么？只不过少了些天真，多了些狡黠吧。

在巴塞罗那期间，堂安东尼奥·莫雷诺陪伴堂吉诃德参观市容（后者背上是插了标签的）。突然，一个卡斯蒂利亚人迎上前来对奇情异想的绅士说：“你是个疯子……（而且）能使所有接近你、和你接触的人发疯。”（第二部第六十二章）卡斯蒂利亚人说得在理，堂吉诃德的疯癫（他的非现实欲）是会传染的，从而激发了周遭人等的虚幻欲。

这说明《堂吉诃德》是一部丰饶的、森林似的、由大大小小的小说和故事组成的小说。不仅有神出鬼没的熙德·哈梅特和另一个叙述者（他自诩为另一个的转述者和翻译者，而实际上却是它的出版者、注疏者和书评家),还有那些穿插在堂吉诃德和桑丘的主干故事之间的《何必追根究底》及卡尔德尼奥和多罗托阿的故事,即故事中的故事。它们散发着被文学虚化的生活气息,同样,小说的许多人物传染上了叙述症或叙述瘾,比如那个美丽的摩尔姑娘或绿加班骑士或米科米科娜公主,都参与了真真假假的故事的叙述,从而在小说的进程中创造了一抹抹语言的风景、想象的风景。它们相互交叠,时启时合,共同用经典风格和常规修辞营造着那道不那么现实主义的自然风景。总之,《堂吉诃德》是一部关于虚构的小说。在这部小说中虚构的生活无处不在,在情景中,在话语中,在人物呼吸的空气中。[①]

二

虚构作为小说创作,乃至一切文学创作的不可或缺的要素,其形态和维度决定了它从联想或想象或夸张乃至幻想的不同称谓。这当然早已是一种共识。然而,问题是虚构始终是针对真实而言的,就像是真实的影子;因此二者的关系剪不断、理还乱,可谓相生相克、相辅相成。也正是因为如此,关乎虚构的言说总是始于真实,而且每每终于真实,难以独立展开。于是,文学或美学意义上的探讨也总是一而二,二而一,难以截然分开。

首先,真实和虚构是文学赖以生存的一对翅膀,二者缺一不可。

其次,文学像钟摆,始终摇摆于真实与虚构之间。换言之,人们对于二者常常有所侧重、有所偏废,古今中外,概莫能外。

在西方,虚构即使是作为一种艺术方法,也并不是从一开始就得到正视的。柏拉图(Plato)因为艺术是摹仿的摹仿而根本无视它的存在。出于偏见,柏拉图几乎称虚构为撒谎,并决意将诗人驱逐出他的理想国。亚里士多德(Aristotle)虽然没有使用虚构之类的概念,却将想象与记忆混为一谈,谓“想象就是萎褪了的感觉”,“一切可以想象的东西本质上

① 《堂吉诃德·序》,马德里:西班牙皇家语言学院及西班牙语国家语言学院2004年联合版,第15—18页。

都是记忆的东西”。[①]因此,为虚构(尤其是想象)正名的西方理论家一直要到浪漫主义时期方始产生。在浪漫主义之前,少有诗人或理论家谈及虚构或想象。第一个为虚构、为想象、为自己辩护的是英国诗人菲利普·锡德尼(Sidney,Philip),他针对柏拉图说:“诗人什么也不证实,因而,也就永远不会说谎。因为我认为说谎就是证实假的是真的,所以其他艺术家,尤其是历史学家,要以人类模糊的知识来证明很多事情,就难免说很多谎话。但是,诗人从不证实什么。诗人不会围绕着你的想象兜圈子施魔法,让你相信他写的就是真实的。他不会援引其他史书里的典故,但是甚至在一开始,他就恳求温柔的缪斯女神给他注入匠心独运的灵感;实际上,诗人不是不厌其烦地告诉你是什么或者不是什么,而是应该是什么或者不应该是什么。因此,尽管他叙述的事不真实,但因为他并没有当作真实的来讲述,他就没有说谎。”[②]而塞万提斯则在创作上率先进行了否定之否定。也就是说,骑士小说是前人的有意识虚构的开端。盖因神话传说是先民无意识幻想的产物,而后来的神学又有意无意地视神为真实,从而遮蔽了神及神的世界作为虚构的本质属性。至于虚构的内涵外延及其与想象或幻想、理性或非理性等诸如此类的关系问题,则皆因立场和出发点的不同而见仁见智,迄今未有定论。鉴于本著侧重于讨论塞万提斯及其虚构与真实的关系,姑且把想象和幻想视为虚构的不同等级与方法。

史忠义先生在梳理中西关乎虚构问题时,从本体论出发,认为中西方在虚构问题上的初始认知并不一样。“原因之一是,《诗经》中的‘国风’、‘雅’、‘颂’都是当时真实社会风貌的反映,人们丝毫没有怀疑《诗经》(艺术)内容的真实性。原因之二是,老庄信奉自然,以自然为道的基本内容,这种观念不怀疑大自然的真实性,因而也无缘于从本体论角度讨论世界之真假和艺术之‘真’等问题……西方则不同。由于荷马史诗和雅典悲剧或颂扬奥林匹亚山的诸神,或以传奇中的英雄人物为对象,与眼前的社会真实和文化真实相差甚远,人们对艺术内容的真实性甚为疑惑。事实上,柏拉图以前的古希腊先民就一直怀疑他们所居住的这

① 《外国理论家作家论形象思维》,中国社会科学出版社,1979年,第8页。

② 转引自塞尔登(Selden,Raman):《文学批评理论——从柏拉图到现在》(*The Theory of Criticism from Plato to the Present*),刘象愚等译,北京大学出版社,2003年,第490页。

个世界的真实性，民间就流传着'摹仿'一说。毕达哥拉斯认为，我们所看到的各种现象都是表面现象，世界的本源（本原）在于'数'。柏拉图提出了后来颇为著名的'理念'说。"[①]这当然是有一定道理的。

但问题是：一、中国除了《诗经》和老庄，也有源远流长的神话传说，还有墨子的"天志"思想（这与柏拉图的"理念"说颇为接近），甚至还有《易》的"以无为本"思想，等等；二、古希腊也不尽是"理念"本体论，早期有巴门尼德的存在本体论，后期有亚里士多德的综合本体论，有学者于是将古希腊本原思想归纳为范畴本体论和宇宙本体论[②]；三、更为奇妙的是，双方关于文学虚构的讨论与肯定却差不多都是从 16 世纪开始的。西方有塞万提斯和锡德尼爵士，中国有谢肇淛的"凡为小说及杂剧戏文，须是虚实相半，方为游戏三昧之笔"之说[③]，也有袁于令的"文不幻，不文；幻不极，不幻"云云[④]。

事实上，由于人类近现代文明以人本（"人事"）取代神本（"天道"）为前提，以现实的理性战胜幻想的神话为基础，因此，作为人类文明重要组成部分的文学非原生形态便不可避免地被赋予了极功利的现实主义精神。"文以载道"、"理性模拟"，几千年来中外文学溜边几乎都是以现实（自然）为主要指向和出发点的。

正因为如此，文学虚构（尤其是幻想）始终未能作为一种相对独立的审美对象而受到重视。然而，无法改变的事实是，不论东方西方，虚构都是文学的起源，小说的缘起；它所构筑的一座座大厦蔚为壮观，有目共睹：远自神话传说，近至科幻小说。在我国，幻想小说贯乎古今。它的产生先于写实小说几百乃至上千年。鲁迅在追究小说起源时说过："考小说之名，最古见于庄子所说的'饰小说以干县令'……至于现在一班研究文学史者，却多认小说起源于神话。因为原始民族，穴居野处，见天地万物，变化不常——如风、雨、地震等——有非人力所可捉摸抵抗，很为惊怪，以为必有个主宰万物者在，因之拟名为神；并想象神的生活，动

① 史忠义：《中西比较诗学新探》，河南大学出版社，2008年，第185—189页。

② 参见寇鹏飞：《古希腊哲学本体论探寻》，《黑龙江教育学院学报》，2006年，第1期（第25卷）。

③ 谢肇淛：《五杂组·十五事部》，上海书店出版社，2001年，第312页。

④ 袁于令：《西游记题词》，转引自朱一玄《明清小说资料选编》，齐鲁书社，1989年，第493页。

作……这便成功了‘神话’。从神话演进，故事渐近于人世，出现的大抵是‘半神’，如说古来建大功的英雄，其才能在凡人以上，由于天授的就是。”[①]于是便有了传说。再后来，由于巫术、宗教迷信的兴盛，又有了志怪、传奇、神魔等内容的故事；而写实主义小说，即鲁迅所说的讲史、演义或“说话”则要到宋朝方始产生。

欧洲小说的产生和发展也经历了类似的过程：先由神话传说到传奇志怪，写实主义，如文艺复兴前夕的流浪汉小说和市民小说，也是很晚才有的。

迄今为止还很少有人系统论述过虚构的源流变迁，更谈不上对它作较为全面的审美把握。鲁迅先生在其《中国小说史略》和《中国小说的历史的变迁》中，虽明确指出了幻想在中国文学史上的悠久传统和重要地位，分析了诸如神话传说、志怪传奇、神魔小说的产生、兴盛的历史原因和现实意义等等，然终究未及对虚构本身作更多的、美学上的阐释。西方对幻想文学的系统考察则是 1960 年代才开始的，而且最终因为无法确定幻想的内涵外延(也即与现实的区别分野)而卡了壳。

法国学者罗歇·凯卢瓦(Caillois，Roger)是幻想文学研究的先行者之一。伍德尔(Woodall，James)在他的传记里写道：罗歇·凯卢瓦曾于 1939 年抵达布宜诺斯艾利斯，他是维克托里亚·奥坎波(Ocampo，Victoria)的朋友。1942 年四五月份，在《南方》(*El Sur*)杂志社举办的讨论会上，博尔赫斯同凯卢瓦发生意见分歧。凯卢瓦从社会学的角度探讨幻想小说，把这种题材的起源追溯到约瑟夫·富歇(Fouche，Joseph)建立的巴黎警察部队，并称爱伦·坡的短篇小说开了这个题材的先河。博尔赫斯讥诮地否定了凯卢瓦的全部观点，认为凯卢瓦的观点不是错不错的问题，而“是愚蠢的无稽之谈”。凯卢瓦在这件事情上表现了足够的宽容大度，1945 年他离开阿根廷回到法国后亲自翻译介绍博尔赫斯。连博尔赫斯也不得不承认，是凯卢瓦把他推向了世界。[②]在《幻想文学选编》(*Anthologie du fantastique*)一书中，凯卢瓦给幻想下了这样一个定义：“异常

① 《鲁迅全集》，第九卷，人民文学出版社，1981年，第301、302页。省略号系引者所加。

② 参见《博尔赫斯：书镜中人》(*The Man in the Mirror of the Book: A Life of Jorge Luis Borges*)，王纯译，中央编译出版社，1998年，第143页。

在习常中突现。”[①]基于这一定义，凯卢瓦在不同场合，对古来幻想文学进行了分门别类。根据他的方法，我们大致可以归纳如下：

(一) 有关天神，如神话；

(二) 有关地狱，如《神曲》；

(三) 有关魔鬼，如《浮士德》；

(四) 有关灵魂，如《哈姆雷特》；

(五) 有关幽灵，如王尔德的《坎特镇的幽灵》；

(六) 有关女鬼，如中国志怪小说；

(七) 有关巫术，如纪伯伦的作品；

(八) 有关死亡，如爱伦·坡的《红色死亡假面舞会》；

(九) 有关吸血鬼，如霍夫曼的作品；

(十) 有关生命物体，如梅里美的《伊尔的美神》；

(十一) 有关看不见、摸不着的存在物，如莫泊桑的《奥尔拉》；

(十二) 有关物体神秘移位或消失的，如《一千零一夜》；

(十三) 有关时间停滞、倒退或超前的，如威尔斯的《时间机器》；

(十四) 有关不明外来物或外星世界，如科幻小说；

(十五) 有关现实与虚构转换或合二为一(在凯卢瓦看来，这类作品最为罕见)；

等等。

凯卢瓦认为第十五类作品极为罕见，其实大谬不然。且说堂吉诃德“绅士闲来无事(他一年到头几乎总是无所事事)，就埋头看骑士小说，看得津津有味，爱不释手，简直把打猎啊、打理家业啊忘得一干二净。他如此刨根究底、痴迷于斯，竟不惜变卖良田去买骑士小说，把能到手的统统搬回家来……可怜他被那些巧言令色迷了心志，常常彻夜难眠，一心只为探究个中奥秘而苦思冥想……长话短说，他钻进书里，从早晨到夜晚，从黄昏到黎明，不能自拔。他这样没日没夜，了无休止，终于脑汁枯竭，失却了理智……总之，他已经完全失去理性，以至于冒出一个世上最疯狂的荒唐念头：为报效国家、扬名四方，他应该也必须效法书中骑士，去行侠天下……”于是，虚构“以它的理由，它的方式浸入生活，并以自己的方式使后者发生改变”。换言之，在塞万提斯笔下，虚构与真实

① 罗歇·凯卢瓦：《幻想文学选编》，巴黎：Gallimard，1966年，第12页。

开始界限模糊,以致水乳交融。

先不说塞万提斯如何在虚构与真实之间孜孜耕耘，即使像博尔赫斯这样的现代作家也提供了可资玩味的大量作品。就说博尔赫斯和卡萨雷斯(Casares, Adolfo Bioy)于 1940 年合编的《幻想文学选》(*Antología de la literatura fantástica*),它所遴选的一大批指向消解虚实界线的“梦幻小品”,其数量之多、传播之广,几可与前十几种幻想小说等量齐观。谓予不信,姑且辑录一二:

1. 《庄周梦蝶》:昔者庄周梦为胡蝶,栩栩然胡蝶也,自喻适志欤!不知周也。俄然觉,则蘧蘧然周也。不知周之梦为胡蝶欤,胡蝶之梦为周欤?

2. 《佛祖》:佛祖释迦牟尼是太阳后裔,在他入床母腹的那天夜里,其母梦见一头六牙大象入驻腹中。占梦的巫师对她说,她的儿子不但要统治世界、使法轮常转,而且将告诉世人如何长生不死。因此,释迦牟尼出生后即被其父苏多丹那国王关进了密宫(故事同希腊俄狄浦斯神话有异曲同工之妙)。与世隔绝 29 年之后,释迦牟尼外出巡游。第一次,他见到一个驼背老人,车夫告诉他,谁都有那么一天;第二次他见到一个病人,车夫说谁都有这个时候;第三次他见到一口棺材,车夫又说谁都免不了一死;最后,他见到了一个无欲无求四大皆空的僧人,终于彻悟……对此,大乘宗的解释最为独到:人生终究是一场游戏,更是一场梦。既然是游戏,一切都在规则约定之中(从而摈弃了多数教派认为是象征和昭示生老病死的寓言的说法);既然是梦,肉身的神看到为他指点迷津的化身:仙身的神,当更不在话下。总之,无论把传说读解为释迦牟尼的一个梦还是王后的一个梦,佛祖的故事将一样天衣无缝。

3. 《双梦记》(《天方夜谭》即《一千零一夜》中两个人做梦的故事,博尔赫斯在早期作品中演绎甚至复述了这个故事，可见他的钟爱程度):话说开罗有个富翁,在自家花园的无花果树下梦见他的财宝在波斯的伊斯法罕,便起程去找。历尽磨难之后,他终于抵达。是夜,海盗来袭,地方守备拼死抵抗。经过一番血战,海盗死伤无数,残部尽数被捕。做梦人也被当作海盗抓了起来。审讯中,做梦人讲述了原委。守备长官忍俊不禁,说:“我也做过类似的梦,梦见开罗有一所房子,房子后面有一尊石晷,石晷后面有一棵无花果树,无花果树后面有一眼喷泉,喷泉下面藏着无数财宝。可我根本不信。"然后,他释放了来自开罗的寻梦人。寻梦人回到开罗,果真在自家花园的喷泉下找到了宝藏。

4.《红楼梦》:《红楼梦》是否幻想小说姑且不论,但博尔赫斯看到的首先是"石头记"和"太虚境"(或者还有"风月宝鉴"),然后才是被前者解构了的现实主义。反言之,博尔赫斯认为《红楼梦》中"令人绝望"的现实主义"令人惊奇"地使神话("石头记")和梦幻("太虚境")成为可能与可信。在他看来,《聊斋志异》具有同等功效。这就出现了只有在博尔赫斯之类的形而上学家眼里才可能出现的二律背反。

凡此种种,不一而足。

这就引出了问题的关键:凯卢瓦缘何对此类作品视而不见?未知是立场使然,还是视野所囿。此外,他所谓的幻想文学事实上只有两类,即源自集体无意识或神话母题的志怪类和文人面壁虚造的梦幻类。而两相比较,凯卢瓦又分明拘泥于前者,否则塞万提斯以及后来的博尔赫斯的缺失将无法解释。

然而,他的同行路易斯·沃克斯(Vox,Louis)却认为"幻想是没有定义的",它"取决于特定的文化氛围以及人们对具体作品的认知"。[①]这显然也是一种定义。

无论凯卢瓦还是沃克斯,都有点让人摸不着头脑。若相信前者,就得先弄清楚什么叫"习常"、什么叫"异常",而这两个概念恰如现实与幻想,既宽泛又模糊,根本难以确定;若接受后者,那么也就等于陷进了类似于先有母鸡还是先有蛋的悖论:幻想的定义取决于某时某地某人对某些具体作品的认同,然没有定义又如何得知某时某地某人的哪些作品属于幻想文学?换言之,在沃克斯看来,任何作品都可能成为幻想作品或者反之,关键在于什么人、什么时候、什么地点和怎么看。这并非完全没有道理。

另一位研究家是托多罗夫(Todorov,Tzvetan),他在这个问题上表现得非常明智。他一上来就对"众所周知"的幻想文学进行了三六九等的划分和大刀阔斧的砍伐,从而避免了直接给幻想下定义的麻烦。

首先,他认为必须缩小幻想文学的范围。因此,他作了如下分类:

---

① 沃克斯:《奇怪的诱惑》(*La séduction de l'étrange*),巴黎:Presses Universitaires de France,1965年,第6页。

神奇——怪谲——幻想。[①]

在他看来，神奇者乃“不可理喻者”，比如初民由于物质而产生的自然崇拜及神话传说。怪谲者是可以理解的(至少在科学发达的今天)，如梦境。幻想者同样不可理喻，而且其不可理喻性无关乎人们的认知水平，如超现实。

这其实也不失为一种定义。

诚然，托多罗夫似乎把我们重新带进了死胡同，因为完全不可理喻的“超现实”是不存在的。从现代心理学角度看，托多罗夫框定的幻想——超现实(他把它界定为从18世纪的卡佐特到19世纪的莫泊桑的一些作品)——也并不是完全不可理喻。“幻由人生”，幻想归根结底是依赖于存在而存在的精神现象。就像人不能拽着自己的小辫离开地面一样，幻想最终不可能脱离现实因而也不可能没有解释、无法理解。

但是，恰恰因为幻想与现实的这种剪不断理还乱的关系，导致了幻想与现实的界限的模糊和六七十年代西方幻想美学的流产。

博尔赫斯解决了这一难题，尽管其方法是形而上学的。博尔赫斯把现实(生活)解释为幻想，认为它和所有梦境一样，是一种生命游戏，可能按照一定规律运作，也可能毫无规律。正是从这一观念出发，博尔赫斯对传统进行了颠覆，并彻底消解了现实与幻想的界限。在这样的前提下，博尔赫斯实现了幻想美学的重要建构，并推演到一系列子主题和子题材，比如生命和死亡、物质和精神、书籍和宇宙、神学和历史、杀人和被杀，等等。这些主题和题材不断循环，不断重复，一方面因为它们无法穷尽，另一方面因为它们无不相生相克，难分难解。博尔赫斯曾引用老子的话说：“天下皆知美之为美，恶已；皆知善，斯不善已。有无之相生也，难易之相成也，长短之相刑也，高下之相盈也，音声之相和也，先后之相随，恒也。”事物的辩证关系成就了重复的无限可能，同时又因为无限的不能尽述而使博尔赫斯变得极其简练。正是这种重复(并非不变)和这种简练(并非简单)，化合出博尔赫斯迷宫的不同甬道：形形色色的

① 托多罗夫：《幻想文学导言》(*Introduction à la littérature fantastique*)，巴黎，Seuil，1970年，第109页。

幻想,也为读者提供了探寻、猜测、假设、想象、思考的无限可能。

然而,这种形而上学的极端并不能真正解释真实与虚构的关系。倒是魔幻现实主义作家阿斯图里亚斯(Asturias,Miguel Angel)和卡彭铁尔(Carpentier,Alejo)的"第三范畴"说和"神奇真实"说歪打正着,或可解释虚构与真实的关系。20世纪20年代初,流亡巴黎的卡彭铁尔和阿斯图里亚斯与布勒东过从甚密,还创办了第一份西班牙语超现实主义杂志《磁石》(*Imán*)。他们尝试"自动写作法",探索梦的奥秘,参与超现实主义运动。但是,美洲的神奇、他们身上沉重的美洲包袱和他们试图表现美洲世界的强烈愿望,使他们最终摈弃超现实主义,开了魔幻现实主义的先河。

卡彭铁尔宣称:

> 我觉得为超现实主义效力是徒劳的。我不会给这个运动增添光彩。我产生了反叛情绪。我感到有一种要表现美洲大陆的强烈愿望,尽管还不清楚怎样去表现。这个任务的艰巨性激励着我。我除了阅读所能得到的一切关于美洲的材料之外没有做任何事。我眼前的美洲犹如一团云烟,我渴望了解它,因为我有一种信念:我的作品将以它为题材,将有浓郁的美洲色彩。[①]

1943年,卡彭铁尔离开法国,赴海地考察,"不禁从重新接触的神奇现实联想起构成近三十年来某些欧洲文艺作品的那种挖空心思地臆造神奇的企图。那些作品在布罗塞利昂德森林、圆桌骑士、墨林魔法师、亚瑟传这样一些古老的模式里寻找神奇;从集市杂要和畸形儿身上挖掘神奇;或者玩把戏似的拼凑互不相关的事物以制造神奇……""然而,神奇是现实突变的产物,是对现实的特殊表现,是对现实状态的非凡的、别出心裁的阐释和夸大。这种神奇的发现令人兴奋至极。不过,这种神奇的产生首先需要一种信仰。无神论者是不能用神的奇迹治病的,不是堂吉诃德也不会全心全意地进入《阿马迪斯》或《白骑士蒂朗》的世界。"在海地逗留期间,由于天天接触堪称神奇的现实,所以他深有感触。在

① 卡彭铁尔:《一个巴洛克作家的简单忏悔》(*Confesiones sencillas de un escritor barroco*),哈瓦那,文学艺术出版社,1964年,第32页。

这块土地上生活着成千上万渴望自由的人们，他们相信德行能产生奇迹。在黑人领袖马康达尔被处以极刑的那一天，信仰果然产生了奇迹：人们相信马康达尔变了形，于是乎死里逃生，逢凶化吉，令法国殖民者无可奈何。奇迹还导致了一整套神话和由此派生的各种颂歌。这些颂歌至今保存在人们的记忆中，有的则已成为伏都教仪式中不可缺少的一部分。“这是因为美洲的神话之源远未枯竭：它的原始与落后、历史与文化、结构与本原、黑人与印第安人，恰似缤纷的浮士德世界，给人以各种启示。”①

阿斯图里亚斯与卡彭铁尔不谋而合。因为，阿斯图里亚斯浪子回头，居然发现了美洲的第三范畴：“魔幻现实”。他说：

> 简而言之，魔幻现实是这样的：一个印第安人或混血儿，居住在偏僻的山村，叙述他如何看见一朵彩云或一块巨石变成一个人或一个巨人……所有这些都不外是村人常有的幻觉，谁听了都觉得荒唐可笑、不能相信。但是，一旦生活在他们中间，你就会意识到这些故事的分量。在那里，尤其是在宗教迷信盛行的地方，譬如印第安部落，人们对周围事物的幻觉能逐渐转化为现实。当然那不是看得见摸得着的现实，但它是存在的，是某种信仰的产物……又如，一个女人在取水时掉进深渊，或者一个骑手坠马而死，或者任何别的事故，都可能染上魔幻色彩，因为对印第安人或混血儿来说，事情就不再是女人掉进深渊了，而是深渊带走了女人，它要把她变成蛇、温泉或者任何一件他们相信的东西；骑手也不会因为多喝了几杯才坠马摔死，而是某块磕破他脑袋的石头在向他召唤，或者某条置他于死地的河流在向他召唤……②

同时，超现实主义对他们产生的影响又毋庸置疑而至为重要。它使他们发现美洲神奇现实（也即魔幻现实）之所在。卡彭铁尔说：

① 卡彭铁尔：《这个世界的王国·序》（“Prólogo”, *El reino de este mundo*），墨西哥城，21世纪出版社，1949年，第1—3页。

② G. W. 劳伦斯（Lawrance, G. W.）：《访阿斯图里亚斯》（“Conversación con Asturias”），《新世界》（*Nuevo Mundo*），巴黎，1970年第1期，第15—18页。

对我而言，超现实主义的意义十分重要。它启发我观察以前从未注意的美洲生活的结构与细节……帮助我发现神奇的现实。[①]

阿斯图里亚斯说：

超现实主义是一种反作用……它最终使我们回到了自身：美洲的印第安文化。谁叫它是一个耽于潜意识的弗洛伊德主义流派呢？我们的潜意识被深深埋藏在西方文明的阴影之下，因此一旦我们潜入内心的底层，就会发现川流不息的印第安血液。[②]

"人们对周围事物的幻觉能逐渐转化为现实"；"不是堂吉诃德也不会全心全意地进入《阿马迪斯》或《白骑士蒂朗》的世界。"诚哉斯言！

三

蒙田说："强劲的想象可以产生事实。"[③]骑士小说恰恰是一种致使"美梦成真"的强劲的想象。它的想象或幻想一定程度上是对中世纪真实生活的否定，一如哥特式小说是对中世纪神学的否定。而塞万提斯则是否定之否定，并以子之矛，攻子之盾。其中的想象或幻想基于骑士小说，又超乎骑士小说，这其中多少掺杂了阿拉伯及东方文学的想象和类哥特式小说的某些元素。

西班牙骑士文学的时间跨度相当长。不仅歌颂骑士的谣曲可以追溯到遥远的过去，即便是骑士小说，也横跨了两三个世纪。最早的一部骑士小说叫作《西法尔骑士之书》，原名《上帝的骑士——门顿的国王西法尔及其生平事迹》，其生成时间应为13世纪末、14世纪初。顾名思义，《西法尔骑士之书》写西法尔从一个普通骑士擢升为门顿国王的事迹。

① 《一个巴洛克作家的简单忏悔》，第32页。

② 路·阿尔瓦雷斯（Alvárez, Luis）：《阿斯图里亚斯对话录》（*Conversaciones con Miguel Angel Asturias*），马德里，Magisterio Español，1974年，第81页。

③ 《蒙田随笔》（*Essais*），梁宗岱等译，人民文学出版社，2005年，第69页。

作品除西法尔营救妻子格里玛、勇敢骑士在魔塘冒险以及西法尔之子罗伯安在神岛登陆等少数几个神奇段落外,基本上是现实主义的。在20世纪60年代以前,一般文史学家并不重视《西法尔骑士之书》,直至1965年罗杰·沃克发表《〈西法尔骑士之书〉的有机构成》一文。罗杰·沃克在肯定小说的文学价值时认为,《西法尔骑士之书》的作者不仅开了西班牙骑士小说的先河,而且具有很高的艺术造诣。另一部颇有争议的早期骑士小说叫作《大征服》,其中穿插了查理大帝的故事和天鹅骑士的传说。

15与16世纪是骑士小说的繁荣时期。当时,西班牙赢得了"光复战争"的胜利,成为不可一世的新兴帝国。为捍卫各小王国利益立下汗马功劳的骑士阶层实际上已经完成了历史使命。由于作为西班牙"光复战争"的中坚力量,在抗击摩尔人统治的战斗中谱写了无数可歌可泣的篇章,骑士仍是许多西班牙人心目中的英雄。骑士小说则是这种心态的反映。一般文史学家都认为,它受到过英国的骑士故事和法国英雄史诗的影响,但正宗的源头似乎应该是西班牙本土的史诗、传说与谣曲,如《熙德之歌》、《西法尔骑士之书》和许许多多有关"光复战争"的"边境谣"。另一方面,火枪的发明使战争和军队改变了形式。同时,大部分骑士都已被封王封侯,远离了铁马金戈,开始了文明的贵族生活。于是,过去的骑士生活被逐渐艺术化。比如,多数骑士小说的主人公是浪漫的冒险家;他们为了信仰、荣誉或某个意中人不惜赴汤蹈火;他们往往孤军奋战,具有鲜明的个人英雄主义倾向。

《白骑士蒂朗》(又译《骑士蒂朗》,1490)、《阿马迪斯》(1508)、《埃斯普兰迪安的英雄业绩》(1510)、《希腊人堂利苏阿尔特》(1514)、《帕尔梅林·德·奥利瓦》(1511)和《骑士西法尔》(1512)是当时最为流行的骑士小说。它们的共同特点是,主人公具有崇高的理想和精湛的武功,即他们为爱情、信仰和荣誉不惜冒险甚至牺牲生命;他们除暴安良,见义勇为,而且总是单枪匹马。在这些作品中,最著名的无疑是《阿马迪斯》和《白骑士蒂朗》。

《阿马迪斯》曾在全欧洲广为流传,对此后的骑士小说产生了巨大影响。正因为如此,塞万提斯的《堂吉诃德》几乎是对它的一种反讽。小说的作者和初版时间一直是有关文史学家争论不休的话题。曾有研究家称小说的作者是葡萄牙人儒安·瓦斯科·洛佩拉，但不久即遭西班牙学者否定。根据西班牙学者的考证,作品由巴利亚多利德的一名地方长官加尔西·罗德里格斯·德尔·蒙塔尔沃于1508年定稿，同年在萨拉戈萨出版,但加尔西·罗德里格斯·德尔·蒙塔尔沃在序言中又自称是续写者。尽管伪托译本或续写在当时可谓风气使然,但种种迹象表明,这位地方长官的续写之说不一定是伪托之词。首先，续写的确也是风气使然。在小说流行后不久,即有多种续写本问世,其中的一个版本竟从最初的四卷扩展到后来的十余卷。其次,主人公是在苏格兰长大成人的。盖因他是高卢王佩里翁的私生子,出生后即被抛入大海并被人救起、送入苏格兰宫廷。无论如何,小说对西班牙文学所产生的影响可谓独一无二。除了使骑士小说在西班牙风靡之外,它还直接影响了塞万提斯。从某种意义上说,《堂吉诃德》几乎是对《阿马迪斯》的讽刺性摹仿。

许多文史学家认为,他是欧洲骑士理想的典型形象。弱冠之年,已经擢升为骑士的阿马迪斯来到英国王宫,不久便爱上了奥里阿娜公主。为了爱情,阿马迪斯开始了无数惊心动魄的冒险。当他无意中得知自己的身世后,便正式表白了爱意。这时,佞臣阿尔卡劳斯暗中破坏并挑唆国王将他逐出宫门。然而,公主对阿马迪斯痴情不改;国王恼羞成怒,将她遣送罗马。途中,落难公主被阿马迪斯所救。最后,阿马迪斯粉碎了佞臣的篡位阴谋,国王对他大为赞赏,不仅亲自为他和公主主婚,而且主动退位让贤,把王位交给了他。

《白骑士蒂朗》也是塞万提斯在《堂吉诃德》中多次提到的骑士小说。它最初是在西班牙的瓦伦西亚出版的,而且用的是卡塔罗尼亚语言(卡塔兰文)。作者在献词中称该小说系由英文至葡萄牙文再至卡塔兰文翻译而成。这也曾引起关于作者及初版时间的不少争论。一般认为它的作者是西班牙人苏亚诺·马托雷尔和马蒂·苏安·德·加尔巴。前者于1468年去世,留下了未竟之作;后者用了十几年时间续完小说,却依然没能看到全书的出版。小说由三部分组成。第一部分写瓦洛亚克伯爵受命于英国国王,率领军队击溃了摩尔人。大功告成后,瓦洛亚克归隐山林。与此同时,年轻白骑士蒂朗赴英国参加英国国王和法国公主的大婚典礼,路遇瓦洛亚克并得到后者的真传。因此,蒂朗在一系列骑士比武中胜出,被英王封为“骑士之花”。第二部分写蒂朗还乡后效命于法国国王，率领军队赴罗得岛抗击摩尔人。和他并肩而行的是法国王子菲力普。他们一路奔去，不久就到了西西里岛，受到了西西里人的热烈欢迎。在促成了菲力普和西西里公主的好事之后，蒂朗抵达罗得岛并设计攻破敌阵，解救了被围的骑士。把摩尔人赶出罗得岛以后，蒂朗重返西西里岛，参加了菲力普和公主的婚礼。第三部写蒂朗受命于君士坦丁堡皇帝挥师抗击土耳其军队，并和储君卡梅西娜公主产生了爱情。第四部分是苏安续写部分，写蒂朗在非洲海岸遇险后沦为俘虏，结果又因英勇善战而得到突尼斯国王赏识的故事。最后，蒂朗准备与卡梅西娜公主完婚并继承皇位，却途中染病而亡。卡梅西娜见到蒂朗的遗体后殉情而死。

这些骑士小说迎合了一般读者的消遣心态。它们处理人物和情节的方式虽然不尽相同，但总体上是程式化的；内容更是游离于社会现实，不能反映文艺复兴时期的人文主义精神。因此，它们基本上是前文艺复兴时期的文学遗产，体现了封建时代，尤其是中小贵族阶层的审美理想。

但是，为了追求可信度，骑士小说往往十分重视逼真。《阿马迪斯》的作者在序言中写道：

> 较之那些伟大的战争场面，古来智者即使亲历，其笔墨也总是那么吝啬。我们也是如此，目睹并见证了时代的战斗，企望记录某些基于真实的奇妙信息，不仅为逝者留下永恒的英名，而且为来者提供阅览和崇敬的对象，一如那些记录希腊人、特洛伊人和古来征战的英勇事迹。
>
> ……在我们神圣的光复战争中，我们英勇的天主教国王堂菲迪南光复了格拉纳达王国，并使它鲜花烂漫，玫瑰似锦。而辅佐他的，正是那些骑士，不畏艰险、勇往直前的骑士。

由此，加尔西·罗德里格斯·德尔·蒙塔尔沃将自己的宗旨释为“本人不揣浅陋，只望留下一片记忆的影子。本人不敢将雕虫小技与智者的杰作相提并论……”但是，这位作者对其幻想的“真实性”却充满自信。小说是这样开场的：“救苦救难的吾主基督献身后不久，在小小岛国不列颠出现了一位十分虔诚的基督教国王，叫作加林特。他行为端正，信奉真理，与高贵的王后生下二女：一个嫁给了苏格兰王朗基尼斯……另一个，爱莉塞娜，和父亲的客人高卢国王佩里翁有了私情……”阿马迪斯便是爱莉塞娜和佩里翁的私生子，被母亲放在橡木凿制的摇篮里，送入大海，后被一个苏格兰骑士甘戴尔斯所救。他把孩子带回自己家里，和自己的孩子甘达林一同抚养，后来他们俩成了莫逆之交。阿马迪斯被称为“海之子”；大家都知道他身世不凡，盖因甘戴尔斯将他救起时发现他颈上有一羊皮纸书卷，说他是国王的儿子，摇篮里还有许多珍贵物品。苏格兰王不知道这“海的孩子”就是自己的姨侄，却视若己出，所以把他带到宫里去养育。这一段描写不仅逼真，而且非常写实。随着情节的展开，夸张和想象占据了主要地位。从阿马迪斯的爱情到三兄弟的冒险经历，英雄们被逐渐神化了。而且由于小说最后是以大团圆结束的，也便为后来的许多“续编”和仿作提供了空间。

《白骑士蒂朗》同样以写实开始，故事也更追求逼真。诚如作者在序言中宣称的那样：“经验证明，人们的记性相当薄弱，不仅容易将遥远的过去遗忘，而且眼前的事情也经常难以记住。因此，用文字记叙古来英雄好汉的丰功伟绩是十分必要的……罗马著名演说家塔利奥就是这样说的。”作者于是历数古来英雄好汉，并说白骑士蒂朗是“其中最为出众”的一个。①

可见，逼真是骑士小说赖以风靡的重要因素。这是亚里士多德主义取代柏拉图主义的结果。而《堂吉诃德》从一开始就打破了小说的逼真性，自始至终都在摹仿之摹仿和否定之否定间徘徊和游离。首先，塞万提斯是对想象或虚构的对象化表现（正如魔幻现实主义是对拉丁美洲集体无意识的对象化表现）。他在序言中否定了骑士小说的真实性；小说的开篇也充满了不确定性，谓“不久以前，有位绅士住在拉曼恰的一个村里，村名我不想提了”。人物的真实姓名也忽而吉哈诺，忽而吉哈达，一味地似是而非。至于那个“真正的作者”，即阿拉伯历史学家，则充满了元文学意味和反逼真游戏。盖因经过长达八个世纪的侵入与光复战争，阿拉伯人的话在一般西班牙人眼里几乎是可以和“天方夜谭”画等号的。明证之一是16世纪西班牙全国对改教摩尔人的歧视与迫害。而叙述者或我或他，更是意味深长。《堂吉诃德》第九章这样写道：

① 《白骑士蒂朗》，马德里，行星出版社，2005年，第3—4页。

> 依我看,这个趣味无穷的故事大部分是散佚了。这使我非常沮丧。一想到散佚部分无从寻觅,而我只读了一小部分,才觉得格外心痒难耐。那样一位好骑士,却没有博学的人来将他的丰功伟绩记录下来,我认为于情于理都说不过去。凡是游侠骑士,行侠冒险者,从来都少不了文人墨客为其树碑立传呢。他们好像总有一两个御用文豪似的,不仅能把他们的功勋记载下来,而且连他们无论多么隐秘琐碎的无聊心思,也从不落掉……①

于是,第三人称叙述者退隐了。"我"终于在一个集市上发现了阿拉伯历史学家的手稿,而它正是踏破铁鞋无觅处的《堂吉诃德》。试想,面对一个由阿拉伯人撰写的卡斯蒂利亚骑士小说,其可信度如何尚且不论,时人恐怕马上会联想到《一千零一夜》或《卡里来和笛木乃》之类。

其次,骑士之美,美在风流倜傥、英武盖世,而堂吉诃德却自始至终都是个反英雄、反骑士形象。五十多岁的老绅士,无所事事、想入非非暂且不论,单说他那穷困潦倒、骨瘦如柴的样子,就足以解构此骑士故事的真实性了。况且塞万提斯在序言中说得明白:"这部奇情异想的故事,无须确凿的证据,也不用天文学般的观测,或几何学般的论证、修辞学般的雄辩,更不必向谁说教以裨取信于人,只消将文学和神学杂糅一下就足够了……描写的时候摹仿真实;摹仿得愈亲切,作品就愈好。"塞万提斯甚至借"友人"极而言之,谓即使有人"证明你写的是谎言,也不能剁掉你的手啊"。②凡此种种,无疑道出了塞万提斯的虚构观。而这一虚构观也即他的真实观。诸如此类,不是恰好与锡德尼爵士的辩护殊途同归、不谋而合吗?二者之和,则或可成为文艺复兴鼎盛时期柏拉图让位于亚里士多德的一个明证。

---

① 《堂吉诃德》,西班牙皇家语言学院及西班牙语国家语言学院2004年联合版,第85页。

② 同上,第10页。

第四章 《堂吉诃德》:经典的偶然性与必然性

有无相生,难易相成,长短相形,高下相盈,音声相和,前后相随,恒也。

——《老子》

经典的产生往往建立在对以往经典的传承、翻新,甚至反动(或几者兼有之)的基础之上。传承和翻新不必说,但奇怪的是,即使反动,也每每无损以往作品的生命力,反而能使它们获得某种新生。这就使得文学不仅迥异于科学,而且迥异于它的近亲——历史。套用阿瑞提的话说,如果没有哥伦布,迟早会有人发现美洲;如果伽利略没有发现太阳黑子,也总会有人发现。同样,历史可以重写,也不断地在重写,用克罗齐的话说,"一切历史都是当代史"。但奇怪的是,如果没有塞万提斯,又会有谁来创作《堂吉诃德》呢?有了《堂吉诃德》,又会有谁来重写它呢?即使重写,他们和它们又缘何不仅无损塞万提斯及《堂吉诃德》的光辉,反而能使他和它更加灿烂辉煌呢?①

首先,文学是由作为个体的作家创造的(这就十分偶然),其历史的"生成"因为个体的不同而具有明显的偶然性和不可预知性。其次,文学作为一种艺术,既源于现实,又指向现实;既耽于想象,又超乎想象(或谓源于生活而高于生活,情理之中而又意料之外);既具有时代的认知

① 博尔赫斯在《〈吉诃德〉的作者梅纳德》一文中借梅纳德重写《堂吉诃德》失败,隐喻了重写经典的徒劳。同时在《卡夫卡及其先驱》中,博尔赫斯又形而上地认为,不是先人影响了后人,而是后人使先人得到了复活。("Pierre Menard, autor del *Quijote*", "Kafka y sus precursores", *Obras completas*, Barcelona, Emecé, 2001)

价值和审美高度,又不乏这一个或这一些作家的个性化取向;因而既具有某种历史的必然性,又是不可再造的,透着某种偶然性。

下面拟以《堂吉诃德》为个案,对这一文学经典形成的偶然性和必然性及一系列二元关系略呈管见。

一

人类历史的必然进程中充满了偶然性。这是毋庸置疑的。马克思就曾说过,其"发展的加速或延缓在很大程度上是取决于这些'偶然性'的"。[①]然而,文学与历史不尽相同。比如,没有曹雪芹,便没有《红楼梦》;没有《红楼梦》,中国文学的历史便不再只是加速或延缓的问题。对于西班牙文学,塞万提斯和《堂吉诃德》具有同样的意义。这就是说,它们本质上是偶然的,而且无法再造。这或可说明文学这种意识形态的特殊性,也或可说明文学经典的偶然性。诚然,这种偶然性并不能否定时代社会中的这一个人(包括其认知方式和创作方法等等)的某种必然性。于是,偶然与必然分明构成了一种剪不断、理还乱的复杂关系,而这种复杂关系既源出又决定了文学经典其所以成为经典(或非经典)的复杂性。同时,文学作品的经典化或非经典化过程又绝妙地反射出时代社会有所偏侧、有所扬弃及其隐含的特殊的认知方式、价值判断和审美取向。如今,后现代主义之后的"无中心"、"多元化"情态不正契合了二元论"解构"之后"不分你我"、"不分西东"的跨国资本主义的全球化(即跨国资本的一元化)态势吗?换言之,跨国资本主义时代的极端个人主义本质上是消解民族的、地域的价值判断和认知方式的,但是这并不意味着所有二元关系将从此消弭。

就《堂吉诃德》而论,都说它为骑士小说敲响了丧钟,但事实并不尽然。从某种意义上说,它对骑士小说的戏仿确实意在为后者掘墓,同时也为后者树起了丰碑。无论作者如何信誓旦旦地说他写《堂吉诃德》是为了把骑士小说扫除干净,但事实证明它非但没有将其扫除干净,反而因为自己的不朽而使后者获得了永恒。这就像一把双刃剑,或者一枚钱

① 《马克思恩格斯全集》,第33卷,人民出版社,1973年,第210页。

币的两面。用博尔赫斯的话说，不是先人繁衍了后人，而是后人使先人得到了复活。[①]当然这是形而上学的一种说法。辩证地说，二者的关系应该是互为因果，相辅相成的。换言之，批判和继承、继承和创新在《堂吉诃德》这部经典小说中得到了有机的统一。

二

欲识《堂吉诃德》，必先识骑士小说。这是不言而喻的，其原因至少有二：

（一）塞万提斯在《堂吉诃德·序言》中开宗明义，谓其"目标是消除骑士小说的影响及世人对它的痴迷"，其方法则是充满讥嘲的戏仿。

（二）塞万提斯对骑士小说的看法并非攻其一点，不及其余。也就是说，他的批判是一种扬弃，即批判中不乏继承。

首先，塞万提斯并非反骑士小说之第一人，骑士小说也并未因《堂吉诃德》的问世而销声匿迹（传统塞学在这一问题上不无偏颇）。早在1540年代，西班牙教士加斯帕尔·卡尔迪略·德·维利亚尔邦多就向骑士小说发起了进攻，谓骑士小说和新教一样害人匪浅。他因此而在特兰托教务会议上声名鹊起。他并于1557年在塞万提斯的故乡出版了《理论学大全》。该书的最大亮点在于揭示骑士小说的巨大危害，即它不仅在市民阶层广为流布，而且还是僧侣阶层的案头读物。此后，路易斯·比维斯、梅尔乔尔·卡诺、阿莱霍·维内加斯、佩德罗·梅西亚、阿隆索·德·乌利奥亚、路易斯·德·格拉纳达、贝尼托·阿里阿斯·蒙塔诺、佩德罗·马隆·德·查德等西班牙学者、作家都曾揭露过骑士小说的荒诞不经。而塞万提斯正是在这样的背景下创作《堂吉诃德》的，因此一直被视为"官方作家"、"罗马教廷的忠诚儿子"。这种看法主要来自19世纪海涅等欧洲经典作家和西班牙学者梅嫩德斯·伊·佩拉约有关观点所从出的塞万提斯同罗马教会、西班牙当局的关系。1905年，梅嫩德斯·伊·佩拉约引经据典，大做文章，论证了塞万提斯与西班牙当局及宗教法庭的"特殊关系"，并得出结论，认为塞万提斯是"官方作家"，他所接受和宣达的也"主要是官方意识"。为此，梅嫩德斯·伊·佩拉约考证了特兰托教务会议

① 《博尔赫斯全集》，第二卷，巴塞罗那：埃梅塞出版社，2001年，第90页。

之后产生的大量反骑士道作品,其中有:佩·梅希亚的《帝国史》(1545)、卢·梅希亚的《闲散论》(1546)、富恩特斯的《自然的哲学》(1547)、格拉西安的《道德论》(1548)、奥维多的《致巴利阿多里德法庭》(1549)、卡诺的《神学》(1563)、蒙塔纳的《修辞学》(1569)、格拉纳达的《信仰》(1582)、查依德的《玛格达莱娜》(1588)等等。①

此后还有措辞更加激烈的《家书》(巴尔德斯,1603)和《圣赫洛尼莫教团史》(西昆萨,1605)等。而塞万提斯的《堂吉诃德》恰恰是在这个时候,经当局(书检机关)审查批准后出版的第一部“反骑士小说”。难怪塞万提斯难脱“官方作家”之嫌。

塞万提斯同时代的这一干文人不是疏虞时机,便是流于肤浅,以至于钟爱骑士文学的各色人等对其充耳不闻、视而不见。用塞学家金塔纳的话说,“要扫除此等瘟疫,非猛药不可也”;“当然时机也很重要”。②

其次,塞万提斯并没有将洗澡水和小孩一起倒掉。虽然他在作品中抨击了骑士文学,却并不打算丢弃骑士风范,尤其是其中的理想主义精神。而且他很清楚,即使就方法而论,骑士小说也并非一无是处。事实上,近现代不少诗人作家正在使中世纪的这些故事复活,他们热衷于描写战斗,如 18 世纪的沃尔特·司各特以及 20 世纪的霍尔金、罗琳等许多作家。塞万提斯倘若看到了他们的作品,准会视同骑士文学,尽管可能是他心仪的骑士文学。这是说,塞万提斯之目的并不在讽刺骑士精神以及骑士小说的全部内容,而是要肃清其中之迷信与俗套。他在第一部第四十七和四十八章中借教长之口说:“我实在觉得所谓骑士小说对国家是有害的。我有时是无聊,有时是上当,几乎把这种小说每本都看过一个开头,可是总看不下去,因为千篇一律,没多大出入。我认为这种作品……都荒诞不经,只供消遣,对身心没有好处,和那种既有趣又有益的故事大不相同。尽管这种书的宗旨是解闷消遣, 可是连篇的胡说八道,我不懂能有什么趣味。人要从实际或想象的事物上看到或体味到完美、和谐,才会心旷神怡;一切拙劣、畸形的东西不会引起快感。如果小说里讲一个十六岁的孩子, 挥剑把一个高塔似的巨人像杏仁糕那样切

① 梅嫩德斯·伊·佩拉约:《西班牙美学思想史》,第742—743页。

② 金塔纳:《塞万提斯生平轶闻》,转引自《〈堂吉诃德〉解读》,第84页。

成两半，或者描写打仗，敌军有百万之众，而主人公匹马单枪，准获全胜，不管读者信不信，这种小说怎么能动人呢？……或者写一个王后或女皇，见到素不相识的游侠骑士，就投身到他怀里，这样有失体统，我们还有什么说的呢？”此外，“虚构的故事必须得到读者的理解与首肯，变不可能为可能，变庄严奇崛为平实可亲，这样才能引人入胜，达到情理之中意料之外，令人既惊奇又愉悦的效果。不过，不懂得逼真描摹自然的人是做不到这一点的，而这恰恰又是创造完美艺术的前提。但我没见过哪部骑士小说能够称得上部分和整体协调一致的。它们连启承转合都做不到，哪里还能首尾呼应、前后相承呢？而往往是些七拼八凑，似乎作者有意要创造出一个妖魔鬼怪来”。

至于骑士小说的好处，塞万提斯说：“那就是它为有才情、有想象力的人提供了广阔的天地，可以任由挥洒，描写什么海难呀、风暴呀、格斗呀、搏杀呀；刻画出十全十美的将校，他不仅足智多谋，能识破狡猾对手的神机妙算，还巧舌如簧，颇能循循善诱、鼓舞士气，而且既能深思熟虑又可当机立断，能攻能守；或者时而是可歌可泣的场面，时而是令人喜出望外的情景；还有美貌纯真、聪颖守礼的仕女，精诚虔敬、勇敢机警的骑士；或者狂妄粗俗的牛皮大王，英明睿智、英勇无畏的君王；或者善良忠诚的臣民，高尚慈祥的爵爷。作者甚至可以炫耀其非凡的学识，如星象学或地理学，或者高超的音乐和行政才能，或者兴之所至当一回魔法师……总而言之，他可以将这些优秀品质集于一人之身，也可以将它们分摊在众人身上，只要笔触超逸，构思巧妙，而且尽可能生动逼真，就一定会写出色彩斑斓、美轮美奂的作品来。一旦完成，必然秀色可餐、美妙绝伦，既给人以教益，又悦人至深。我说过，这才是天下文章应当追求的最高旨趣。通常，这类书籍用的是散文体，作者可以自由自在地写出史诗、抒情诗、悲剧、喜剧，总之是文学和修辞所能涵括的一切门类。”

而《堂吉诃德》亦步亦趋地戏仿骑士小说的过程，恰恰既是批判，也是继承。

此外，事实上，《堂吉诃德》也并未使骑士小说销声匿迹。因为正是在这个时候，一发而不可收的骑士小说还照样出，照样流行，而且其数量较之特兰托教务会议之前竟毫不逊色，《阿马迪斯》等较为流行的作品更是反复再版或重印，直至17世纪末叶。

从另一个角度看,塞万提斯创作《堂吉诃德》并非一蹴而就的神来之笔,而是走投无路的偶然之作。其所以偶然,是因为小说在当时尚属不登大雅之堂的末流艺术。莫说一般大诗人不屑于此,就连塞万提斯也心知肚明:自己是第一个吃螃蟹的人。这就是说,塞万提斯的生平及创作道路不知不觉地将他引向了这块不毛之地,其中的冒险成分和游戏色彩也是显而易见的。比如在第一部第六章里,神甫和理发师检查了堂吉诃德的藏书,其中竟有一本塞万提斯自撰的《伽拉苔亚》。不宁惟是,那理发师居然还是作者的老朋友,他对此书的作者并不十分佩服,认为他与其说是多才,不如说是多灾;他还说这本书开头写得不错,但结局还不得而知,书里有些想象也还算新奇。理发师是塞万提斯想象的产物,却评点起塞万提斯来了。

用塞学家迪亚斯·德·本胡梅亚的话说,《堂吉诃德》正是塞万提斯人生经历的写照。"身体羸弱,却意志坚强";"在童年时期,塞万提斯就喜欢阅读骑士文学,对冒险故事充满了好奇,并萌发了最初的匪夷所思的英雄梦。在青年时代,他的所有人生计划和美梦都一个个破灭了,没有奖励,没有勋章,只有失望和失败。金塔纳说过,《堂吉诃德》是灵感的产物,是自然的造化。里奥斯则认为它是塞万提斯拉曼恰之行的偶得之作……"他甚至认为,塞万提斯的作品完全是对其生平的象征性表现:"……他受不幸之星的刺激和鞭策,注定要同可恶的敌人、无耻的阴谋进行战斗。而那些敌人是看不见的,他们躲在阴暗的角落里向他发起进攻。这就好比同邪魔巨人展开搏斗,英雄注定要骑上他的瘦马驽骍难得……然而骑士要面对的并非别的武士,而是脚夫和皮囊、流氓和无赖。这正是塞万提斯的生活。而《堂吉诃德》这个充满人性的故事,正是他给予自己的最佳奖赏、给予敌人的最好还击。也就是说,生活在他的笔下升华了,成为了诗。这就是塞万提斯精神,也是《堂吉诃德》的真正奥秘。"①反过来看,时代分明需要这样一部反骑士小说。至于它的创作方法,尤其是它的戏仿或反讽,亦非无源之水。据语文学家梅嫩德斯·皮达尔的考证,为《堂吉诃德》奠定戏仿基调的恰恰是一部入选《谣曲之花》(1591)的佚名幕间短剧《堂帕斯瓜尔·德尔·拉巴诺》。这部幕间剧为

① 迪亚斯·德·本胡梅亚:《有关〈堂吉诃德〉的真相》,第220—237页。

我们展示了一位名叫巴尔托洛的既可怜又可笑的农夫形象。他沉溺于谣曲的传奇故事,并滑稽地模仿谣曲中的骑士,结果失去了理智。这和骑士小说使堂吉诃德癫狂有异曲同工之妙。那个农夫的疯话与堂吉诃德第一次出征及有关那些托莱多商人的描写也惊人地相似。农夫因为疯狂而成了一名士兵,他自认为是摩尔谣曲中的英雄,想去保护一位被人骚扰的牧羊姑娘,结果却被那人夺去长矛,并被打倒在地。同样,堂吉诃德也被一支商队中的一个骡夫夺去长矛并拷打一顿。巴尔托洛被打后根本不能站立,他甚至认为自己遭此不幸并不是他的过错,而是他的马不得力。他以这种方式聊以自慰。堂吉诃德趴在地上站不起来,也说过同样的话。他说:“这不是我的错,都怪我的马,我才落得如此下场。”① 从文学借鉴的角度看,这个幕间短剧使塞万提斯获得了极大的想象空间,而这个空间很大程度上又恰好与其讽刺对象,即天马行空的骑士小说,十分相符。

可见,即便从发生学的角度看,文学经典的偶然性和必然性也是难以简单推断、截然区分的。

三

如果说反骑士小说是时代的需要,诸多反骑士道著作是历史的必然产物,那么塞万提斯及其《堂吉诃德》呢?虽然历史是既成事实,不能假设,但这一个塞万提斯及其《堂吉诃德》的偶然性也是显而易见的。金塔纳说过:“人们如此沉溺于斯,必得有相应的时机和高招才能令其迷途知返。倘无娱人之术,便不能将娱人之害驱逐;倘无令人耳目一新之书,便不能取代五花八门的传奇故事。《堂吉诃德》充满创造性、想象力和哲理之光辉,并基于真理和审美之原则,终使雅俗共赏、皆大欢喜。”② 然而,恰恰是这样一部充满创造性、想象力和哲理之光辉并基于真理和审美之原则的巨著,竟并未被同时代文学评论家所认可。

---

① 梅嫩德斯·皮达尔:《〈堂吉诃德〉研究》,第9—60页。

② 金塔纳:《塞万提斯生平轶闻》,转引自《〈堂吉诃德〉解读》,第84—85页。

我总是夜以继日地劳作,
自以为具有诗人的才学,
怎奈老天无情毫不理会。①

这是塞万提斯对自己的总结,它出现在1614年的长诗《帕尔纳索斯山之旅》上当非偶然,因为可怜的塞万提斯一直未能跻身于西班牙"黄金世纪"大诗人的行列。用当时文坛泰斗洛佩·德·维加的话说,简直"没有比塞万提斯更糟糕的诗人,也没有哪个傻瓜会喜欢堂吉诃德……"②在一首致塞万提斯的十四行诗中,洛佩更是竭尽揶揄贬抑之能事:

……
堂吉诃德何足挂齿,
光着腚子到处乱跑,
只会兜售姜黄笑料,
惟有粪坑是其归宿。③

虽说洛佩的疾言厉色只是个别现象,但时人确实未能发现《堂吉诃德》的"真正价值",故而普遍视其为不登大雅之堂的遣闷、逗乐之作。谁也没把他(堂吉诃德)视为值得尊重的严肃人物;恰恰相反,他们拿他作笑柄。

此外,对《堂吉诃德》的戏仿之戏仿蔚然成风。其中阿隆索·费尔南德斯·德·阿维利亚内达的《堂吉诃德》第二部就严重歪曲了堂吉诃德的形象。围绕阿维利亚内达的真实身份,学术界进行了旷日持久的探讨与辨析,可谓众说纷纭,莫衷一是。除洛佩·德·维加外,卡斯蒂略·索罗尔萨诺、利尼安·德·里亚萨、路易斯·德·阿利亚加修士、萨拉斯·德·巴尔巴迪略、赫罗尼莫·德·帕萨蒙特、蒂尔索·德·莫利纳、格雷戈里奥·贡萨莱斯等,都曾是怀疑对象。同时,随之产生的还有众多善意的仿作,如纪

① 《塞万提斯全集》,第1190—1221页。

② 洛佩·德·维加:《书信集》,第68页。

③ 《洛佩致塞万提斯十四行诗》,《〈堂吉诃德〉四百年》,第26页。

廉·德·卡斯特罗的同名长篇小说、卡尔德隆·德·拉·巴尔卡的同名喜剧等等。著名学者梅嫩德斯·佩拉埃斯称类似仿作仅17和18世纪的西班牙就多达三十余种。

前面说过,阿维利亚内达在"序言"中为自己辩护并公开污蔑塞万提斯。

无独有偶,赫罗尼莫·萨拉斯·德·巴尔巴迪略也于1614年抛出了他的仿作《准点骑士》。此作除了歪曲堂吉诃德的形象,还刻意创造了一个毫无理想主义色彩的投机分子。这个所谓的骑士使出浑身解数,只为混迹宫廷、跻身上流社会,但最终免不了戏法被人戳穿的尴尬和落魄,以至于不得不回到乡村,在极端的孤苦和潦倒中终其一生。他在致堂吉诃德的信中,谓斗巨人、荡城堡并不难,"难的是面对此时此地的所有不幸,并同各色人等及其丑恶、愤怒与傲慢作不懈的斗争。因为,惟有这些恶行与恶习才是真正的、强大的敌人"。

由此可见,《堂吉诃德》并未被同时代人所认可,而是一个多世纪以后才真正踏上经典之路的。这个过程既有偶然性,也有必然性。

(一) 崇高与滑稽

传统塞学的第一个重要发现无疑是崇高与滑稽的统一。堂吉诃德的滑稽自不待言,但后世读者愈来愈看清了他崇高的一面,尤其是在浪漫主义者眼里,他简直成了崇高的化身。海涅说,《堂吉诃德》"把高超的事物和平常的事物结合在一起,互相烘染衬托"。①他这里所说的高超和平常,在我们看来正是崇高和滑稽的对立统一。因此,海涅读它时,每每泪流满面,连大自然都在一同哭泣。同理,屠格涅夫说:"我们常常把'堂吉诃德'这几个字简单地理解为小丑,'堂吉诃德性格'这几个字在我们这儿是与荒唐、愚蠢这几个字意义相等的。可是,我们应当承认,在堂吉诃德的性格中有着崇高的自我牺牲的因素,只不过是从滑稽的方面来理解罢了。"②

然而,不仅堂吉诃德本身概括了崇高和滑稽的最高艺术范畴,就连

① 《精印本〈堂吉诃德〉引言》,钱锺书译,《海涅文集·批评卷》,人民文学出版社,2002年,第413—433页。为统一起见,个别译名稍有改动。

② 屠格涅夫:《哈姆雷特与堂吉诃德》,尹锡康译,《莎士比亚评论汇编》,第465—485页。为统一起见,有关译名稍有改动。

他的随从桑丘也分明体现了这两种品性。此外,若将他们主仆二人置于一处,则更可体现崇高与滑稽的有机并存和巧妙转换了。有时,桑丘的琐小和滑稽衬托了堂吉诃德的崇高和伟大,但有时桑丘的功利和务实又反衬了堂吉诃德的滑稽和疯癫;反之,堂吉诃德的虚妄和可笑常常用以衬托桑丘的朴实与忠厚(这又何尝不是一种崇高),而桑丘作为堂吉诃德的第一个读者,又注定要见证和揭露堂吉诃德的荒唐,从而"成为堂吉诃德的最大悲剧"[①]。

从最初的接受看,《堂吉诃德》却是因为滑稽(或误读)而广为流布的;尔后,则因流布而使更多的人注意到了它崇高的一面。于是,从嘲笑到哭泣,从喜剧(甚至闹剧)人物到悲剧英雄,构成了《堂吉诃德》经典化过程的第一个二元对立或统一。

(二)理想与现实

理想与现实这对永恒矛盾的发现印证并且深化了浪漫派的感悟。由此,《堂吉诃德》成为经典似乎是必然的。塞学家曼努埃尔·德·拉·雷维利亚继承浪漫派传统,强调《堂吉诃德》的理想主义和现实主义的对立统一,并将《堂吉诃德》一分为二,谓"一部是塞万提斯有意识创作的《堂吉诃德》","另一部是塞万提斯无意识创作的《堂吉诃德》":"塞万提斯有意识创作的《堂吉诃德》正是他同时代人认识和评论的《堂吉诃德》,也是之后极大多数批评家眼里的《堂吉诃德》。这是历史的《堂吉诃德》。这部《堂吉诃德》的惟一主旨便是对骑士文学以及中世纪的骑士理想竭尽嘲讽、批评之能事。塞万提斯无意识创作的《堂吉诃德》,是他不曾预想、不曾设计、在无意识中创作的《堂吉诃德》。这是永恒的《堂吉诃德》。这部《堂吉诃德》高屋建瓴、深刻无比地揭示了理想和现实的永恒的矛盾……"他还说,"那荒唐而夸张的理想主义并非源自理性,而是情感与幻想的产物。它指向难以实现的目标,无视时间和地点,或要复活过去,或要遁入未来。这正是堂吉诃德所象征的理想主义,塞万提斯用讥嘲的鞭子对其进行了无情的鞭笞……由此,《堂吉诃德》成了人类最富有哲学底蕴、最具有道德力量,同时也最具有现实意义的天才之作。"[②]

借用雷维利亚的说法,我们或可认为《堂吉诃德》的经典化过程是

① 卡夫卡:《桑丘·潘沙的真相》,转引自《〈堂吉诃德〉四百年》,第297页。

② 转引自《塞万提斯作品批评述要》,第三卷,第123—124页。

必然的。其所以必然是因为理想与现实的矛盾乃人类永恒的矛盾。

另一种理想与现实的对立统一是前面说到的堂吉诃德和桑丘·潘沙的完美结合。用海涅的话说:“他俩从头到尾彼此学嘴学样，衬得可笑,可是彼此也相济相成,妙不可言。所以两口儿合起来才算得这部神奇小说的真正主人公。这也见得这位创作家在艺术上的识力以及他那深厚的才力。旁的文人写小说,只有一个主角云游四海;作者势必假借独白呀,书信呀,日记呀,好让人知道这位主角的心思观感。塞万提斯可以随处来一段毫不牵强的对话;那两位人物一开口就是彼此学舌取笑,作者的用意因此更彰著了。塞万提斯的小说所以巧夺天工,都承这两位的情,从此大家纷纷模仿。整整一套小说从这两个角色里生发出来,就像从一颗种子里长出那种印度大树,枝叶纷披,花香果灿,枝头上还有猴子跟珍禽异鸟。不过把一切都算是女婢学夫人似的模仿,也不免冤枉……堂吉诃德和桑丘·潘沙的词令可用几句话来概括:前面一位讲起话来,就像他本人那样,老是骑了一匹高头大马;后面一位讲起话来,也像他自己那样,只跨着一头低贱的驴子。”[①]一瘦一胖,一高一矮,一疯一憨,一虚一实,仿佛我国相声艺术中的逗捧关系,可谓浑然天成。然而,从堂吉诃德第一次单独出征及其与幕间短剧的关系看，桑丘的出现具有相当的偶然性，而它恰恰也是塞万提斯超越那个幕间短剧的最佳佐证。当然,桑丘也不是无本之木、横空出世的,因为在骑士小说《西法尔》的侍从形象中可以找到他的源头。

(三)真实与虚构

塞万提斯在其《训诫小说集》的序言里写道,人不能待在神殿里,也不能总守着教堂或从事崇高的事业;人也要有娱乐的时间,使忧心得以消释、心绪得以平静。这样的理念不可谓不超前。也许正是基于这样的理念,他在《堂吉诃德》中不时地游走于严肃与诙谐、真实与虚构之间。前者使他得以在载道和游戏之间徘徊，后者则分明将他带到了现代与后现代。且说堂吉诃德把自己最疯狂、最不切实际的梦想付诸行动,最后却开始怀疑起自己和书本的真实性来了。用陀思妥耶夫斯基的话说,他突然有了一种“真实的怀想”。[②]而那个真实恰恰是他此前否定并努力

① 海涅:《精印本〈堂吉诃德〉引言》,《海涅文集·批评卷》,第413—433页。

② 转引自《〈堂吉诃德〉四百年》,第216页。

破坏的。这是很多混同于堂吉诃德的浪漫主义者最不希望看到的(小说)结局。因为这与其说是他发现了自己的疯狂与荒唐,毋宁说是恢复了世俗的理智,放弃了英雄的理想。然而,问题是骑士小说固然荒诞不经,那么真实又是什么?是阿拉伯史学家的著作,还是堂吉诃德和桑丘·潘沙的所见所闻?前者虽说是文学家惯用的追求逼真法,相当于谓予不信转而引经据典,但问题是那个阿拉伯人就可信吗?这里的潜台词显然是双重的,即它极易使人想起山鲁佐德及《一千零一夜》和形形色色的他者(摩尔人)的故事。《一千零一夜》的虚构性不必说,作为他者的摩尔人在西班牙时人的眼里几乎也是形同鬼魅。既然如此,那么塞万提斯在小说第九章中就对《堂吉诃德》的真实性进行了自我解构。至于堂吉诃德和桑丘的所见所闻,即便是“真实”,那“真实”就不会骗人吗?塞万提斯的回答显然是肯定的。从囚徒的故事到海岛总督,《堂吉诃德》中充满了真实的谎言、谎言的真实,用塞万提斯的话说,那叫“障眼法”;用堂吉诃德的话说,那叫“魔法”。如此,真真假假,假假真真,不正对应了曹雪芹“假作真时真亦假,无为有处有还无”的意境吗?

(四) 知与行

堂吉诃德是人类知行统一的典范。同理想和现实一样,知和行是构成人类品行的两大要素。从浪漫派到之后的许多革命家,大都从堂吉诃德身上看到了行动的重要性,尽管这种行动有时意味着冒险乃至牺牲。屠格涅夫在比较《堂吉诃德》和《哈姆雷特》时说过:“所有的人都或多或少地属于这两个典型中的一个,我们几乎每一个人或者接近堂吉诃德,或者接近哈姆雷特。诚然,现在哈姆雷特比堂吉诃德要多得多,但堂吉诃德还没有绝迹。”“堂吉诃德本身表现了什么呢?如果我们不是匆匆地向他一瞥,停留在表面和琐细的事物上,那我们就不会把堂吉诃德仅仅看作一个悲伤的骑士,一个只是为了嘲笑古老的骑士小说而被创造出来的人物。大家知道,这个人物的意义在他的不朽的创造者的笔下是扩大了。下集里的堂吉诃德,是公爵和公爵夫人的可爱的朋友,是他那做了省长的侍从的英明的导师,他已经不是上集里,特别是小说开始时我们所看到的那个堂吉诃德,不是那个饱受打击的怪诞而可笑的怪物了;所以我也试图深入到事情的本质里去。我再重复一遍:堂吉诃德本身表现了什么呢?首先是表现了信仰,对某种永恒的不可动摇的事物的信仰，对真理的信仰，简言之，对超出个别人物之外的真理的信仰，这真理不能轻易获得，它要求虔诚的皈依和牺牲，但经由永恒的皈依和牺牲的力量是能够获得的。堂吉诃德全身心浸透着对理想的忠诚，为了理想他准备承受种种艰难困苦，准备牺牲自己的生命……他完全把自己置之度外（如果可以这样说的话），他活着是为了别人，为了自己的弟兄，为了除恶，为了反抗敌视人类的势力——巫师、巨人——即反抗压迫者。在他身上没有自私自利的痕迹，他不关心自己，他整个儿都充满了自我牺牲精神——请珍重这个词吧！他有信仰，强烈地信仰着而毫无反悔。因此他是大无畏的、能忍耐的，满足于自己贫乏的食物和简单的衣服——这些他是不在意的。他有一颗温顺的心，他的精神伟大而勇敢；他不怀疑自己和自己的使命，甚至自己的体力；他的意志是不可动摇的意志……他的坚强的道德观念（请注意，这位疯狂的游侠骑士是世界上最道德的人）使他的种种见解和言论以及他整个人具有特殊的力量和威严，尽管他无休止地陷于滑稽可笑的、屈辱的境况之中……堂吉诃德是一位热情者，一位效忠思想的人，因而他闪耀着思想的光辉。哈姆雷特又是什么呢？……他是一个利己主义者。”[①]

（五）新与旧

海涅说《堂吉诃德》是除旧布新的。事实上，它是继承与创新的典范。通常，人们容易将继承与创新对立起来，甚至连伟人也不例外，是谓“不破不立”、“大破大立”。而塞万提斯在破与立的关系上为文学乃至人类知行提供了一条永远可资借鉴的美妙路径。这是必然的。前面说过，《堂吉诃德》并不全盘否定骑士小说，他甚至有意借鉴了骑士小说的文体和情节。对于堂吉诃德的理想主义，他的笑也明显是饱含同情、带着泪花的。

说到借鉴，塞万提斯的那些（在西方文学史上前无古人的）文字游戏（或冒险）就很令人迁思东方文学。比如《卡里来和笛木乃》（见《塞万提斯的反讽或戏仿》）。比如《罗摩衍那》，史诗末篇写罗摩的两个儿子不知生父是谁，他们栖身森林，由一个苦行僧教会读书识字。奇怪的是，那位苦行僧即《罗摩衍那》的作者蚁垤本人，而他教两个少年时所用的课

① 屠格涅夫：《哈姆雷特与堂吉诃德》，《莎士比亚评论汇编》，第485页。为统一起见，有关译名稍有改动。

本竟又是《罗摩衍那》。一天,罗摩举行马祭,蚁蛭带两位门徒前来,并让他们用琵琶伴奏演唱了《罗摩衍那》。罗摩听了自己的故事,认了自己的儿子,酬谢了诗人……《一千零一夜》中也有类似写法。这个神奇的故事集由一个中心故事衍生出许多小故事来,枝繁叶茂,令人眼花缭乱,最令人惊奇的是那个神奇的第六百零二夜的穿插。那夜,国王从山鲁佐德嘴里听到了她自己的故事,他听到那个包括所有故事的故事之纲,还不可思议地听到了故事本身。这意味着故事完全可以周而复始,而《一千零一夜》将没有终点(当然也没有剩余的三百九十九夜了)……这颇似我们常说的"山上有座庙,庙里有一群和尚,老和尚给小和尚讲故事,说'山上有座庙……'"。

在塞万提斯诞生之前,阿拉伯人统治伊比利亚半岛近八个世纪,其文化已然融入西班牙的每一个角落。《一千零一夜》和经阿拉伯人演绎的印度神话史诗与传奇故事,如《卡里来和笛木乃》等,在西班牙则更是家喻户晓。人们因而习惯地将一切"奇谈怪论"归功或归咎于阿拉伯人。具体说来,阿拉伯文学非但是西班牙骑士小说的一个重要源头,而且同样也是塞万提斯艺术想象的一个重要源泉。正因为如此,塞万提斯在《堂吉诃德》第一部第九章中突然将这部作品归功于阿拉伯历史学家,说"作者是阿拉伯历史学家熙德·阿梅特·贝南赫利";他还临时改用第一人称说,"有一天,我正在托雷多的阿尔伽那市场,有个孩子跑来,拿着些旧抄本和旧手稿向一个丝绸商人兜售……我从丝绸商人手里抢下这笔买卖,花一个子儿买了那孩子的全部手稿和抄本"。这时原先的叙述者变成了编辑,并对作品(或谓信史)评头品足。

这些偶然的戏谑皆因西班牙文化的多元复杂而带有某种必然性,同时大大擢升了塞万提斯有关新与旧、真实与虚构等一系列关键问题的思考,并使《堂吉诃德》成了20世纪七八十年代以来西方批评家眼中的"元小说"及自我解构的典范。但这显然不是它的主要内容。一如《红楼梦》从"石头记"经"脂砚斋"到曹雪芹,这里既有游戏的成分,也有文字狱(在塞万提斯时代是宗教裁判所)的影子。

综上所述，作为经典的《堂吉诃德》无疑是一系列二元对立（或统一）的产物。其历史的偶然性与必然性犹如这些二元对立，常常相辅相成，很难截然割裂。同时，考察其关系足以反映塞万提斯其人其文及其时代社会乃至文学形态的深度和广度。反过来说，《堂吉诃德》的偶然性和必然性恰恰又是在它的产生和经典化过程中显现出来的。除了时代的最高价值（比如宗教改革和反改革运动时期的意识形态）及一般现实主义精神，还有更为重要的"普世价值"，即对普遍真理和人类矛盾本性的形象而生动的揭示。前者使他在历史的长河中成为丰碑，后者则可使其永葆青春。这或许是文学经典的必由之路，尽管程度不同，形式相左。同时，戏仿作为《堂吉诃德》对骑士小说的扬弃方式，又从方法论的角度上奠定了它"现代小说鼻祖"的独特的艺术地位。此外，作品中的所有二元对立几乎都构成了相互解构又彼此衬托（"重构"）的奇妙关系。它们并不会因为后现代主义或解构主义风潮而受到轻视。恰恰相反，它们为后现代话语提供了不可多得的场域与切入点（也即其解构的主要目标），并因而受到了更大的关注。同时，作为对立统一关系的所有传统意义上的真假、善恶、美丑依然存在，只不过认知角度、认知方法发生了变化，或谓人们的立场和观点更具相对性和个性化特征罢了。

第五章 否定之否定　认识之认识

在漫长的塞学史中,除却最初阶段,基本没有产生过严格意义上的否定性批评,纳博科夫几乎可以说是一个绝无仅有的例外。他恰似当年老托尔斯泰之于莎士比亚,出其不意地对塞万提斯进行了猛烈的批评与颠覆,其方法具有片面的深刻性,即攻其一点不及其余的形而上学特征,而这非常契合冷战思维,可以说是20世纪50年代意识形态批评的一种极端表现。他在哈佛大学讲授《堂吉诃德》,便是以当众撕毁这部作品开场的。

一

纳博科夫在讲稿《引论》中首先分析了《堂吉诃德》的时间地点,尽管他事先说明,他将"尽最大的努力避免在小说里寻找所谓的'现实生活'这样的后果严重的错误",并且认为"一部虚构的作品的细节越是生动、越是新鲜,它离所谓的'现实生活'就越远"。[1]

也许纳博科夫没有注意到西班牙作家阿索林的《堂吉诃德之路》[2],或者对之视而不见也未可知。他近乎武断地认为:"《堂吉诃德》的不稳定的背景是虚构的——而且还是相当不能令人满意的虚构。"因为正如果戈理对于俄罗斯中部知之甚少,"塞万提斯对于西班牙似乎了解得也很少"。"倘若我们从地理角度来考察堂吉诃德的冒险旅程,我们就会面

① 转引自纳博科夫:《〈堂吉诃德〉讲稿》,金绍禹译,上海三联书店,2007年。下同。

② 阿索林:《堂吉诃德之路》,马德里:国内外文库,1905年。此书详细描述了堂吉诃德和桑丘·潘沙的行踪,并使之成为20世纪西班牙文化旅游的首选路径。

对让人目瞪口呆的混乱。详细情况我就不向你们解释了，我只说一件，那就是这些冒险旅程从头至尾每一步都是一团糟，非常不准确。”在此，纳博科夫还有意加了个注，即法国学者保罗·戈鲁萨克（Groussac，Paul）的《一个文学之谜：阿维利亚内达的〈堂吉诃德〉》（*Une Enigme Literaire：Le* Don Quichotte *d'Avellaneda*），其用意不言自明。

纳博科夫接着说：“作者回避了那些很具体的文字以及可能被查证的描述。倘若要顺着这一路线跨越四个省或六个省，在西班牙的中部漫游，那是绝对不可能做到的，因为在这个漫游过程中，在到达东北部的巴塞罗那之前，一个知名的村镇也不会遇到，一条河流也不会蹚过。塞万提斯对于地方村镇的无知是不分青红皂白、彻头彻尾的……”

且不说纳博科夫的观点自相矛盾，即使如他所说，塞万提斯也是有言在先：“不久以前，有位绅士住在拉曼恰的一个村上，村名我不想提了……”然而，阿索林在其《堂吉诃德之路》中写得明白，塞万提斯之所以从一开始就含糊其词，谓村名不想提了，可能是因为他在拉曼恰有过不堪的遭遇。也就是说，他曾被羁押于拉曼恰的蒙德拉诺监狱，它就在一个叫阿尔加马西利亚的村庄附近，距离塞万提斯的故乡阿尔卡拉·德·埃纳雷斯也很近，而《堂吉诃德》恰恰又是在这座监狱中着床的。何况，塞万提斯在小说第一部结尾处有意假托阿尔加马西利亚学者，以献词、凭吊和墓志铭的方式说出了村名：

干雷隆隆响彻拉曼恰上空，
横扫千军胜过克里特王子①；
脑瓜儿机敏恰似风信鸡头，
剑头所向永远是南辕北辙。

他短臂大力威名西方远扬，
从契丹到加埃塔无所不及；
他聪敏过人才思无人可比，
铜像在他面前也黯然失色。

① 指古希腊传奇人物克里特王子伊阿宋。

他坚强无畏却又柔情似水，
阿马迪斯也不能望其项背；
……
如今长眠于这冰冷的石冢。

另一首墓志铭写道：

骑士长眠于斯，
一生度尽劫波，
骑着驽骍难得，
踏遍坎坷歧途。
桑丘傻容可掬，
永远陪伴身旁，
人间侍从无数，
谁能与之媲美？

正因为如此，阿维利亚内达在其伪作中明确写道：堂吉诃德是阿尔加马西利亚人氏，其故乡就在阿尔卡萨尔德圣胡安附近。诸如此类，不一而足。塞万提斯故意隐去真名，不仅与《红楼梦》如出一辙（个中原因可供无数钩沉索隐者探询），而且客观上扩大了小说的地理覆盖面。

关于《堂吉诃德》的时间问题，也即作品所表现的历史背景和社会状况，纳博科夫采取了同样的方式，认为“到底塞万提斯是一个虔诚的天主教徒抑或亵渎神圣的天主教徒，实际上并没有多大的关系；甚至他是一个好人还是一个坏人，也没有什么关系；他对于他那个时代的状况的态度，无论他采取的是什么样的态度，我认为也是不很重要的。就个人的意见来说，我更倾向于接受这样一个观点，即他并不怎样关注这些状况”。

然而，按照批评家洛夫乔依的说法，一般读者往往非杰作不读。但是，在他看来，那些永恒的天才作家往往是超越时间地点的，盖因天才作家关心的是人类的普遍品行，相反二流作家才更加关注周遭的现实。洛夫乔依曾援引另一位批评家的话说：“一个时代的发展趋向在次要作家的笔下比在高水平的天才作家的笔下显得更为清楚明晰。后者像讲述他们所生活的时代那样讲述过去和未来。他们是为各个时代写作的。但是在反应敏感的、缺乏创造力的作家手里,当时的理想清清楚楚地记录了自身。”①

洛夫乔依们的观点固然不乏绝对化之嫌,但并非完全没有道理。重要的是他说出了西方学术界一个心照不宣的传统:不唯上,不从众。从这个意义说,纳博科夫倒是沾了一点这个学术传统的边。

值得注意的是,我们的文学批评常常具有某种随风倾向,即不是唯上(权威意见或领导意志),就是从众(媒体追捧或大众趣味)。譬如《红楼梦》成了经典,红学便泛滥一时;而“绿学”(如《绿野仙踪》之类)则如夏炉冬扇,几乎无人问津。或者,言鲁茅郭、巴老曹者不谈徐钱张,反之则不屑于前者而定后者为尊。不信你就随便翻一翻近二十几年出版的近两千种中国文学史。以上述两类情形为鉴,其雷同状况(包括立场、观点、方法和材料)几可说达到了无以复加的地步。

二

关于小说形式,纳博科夫以颇为轻蔑的口吻说道:“《堂吉诃德》属于很早、很原始的小说类型。它是与流浪汉和无赖冒险小说非常紧密地关联的——所谓流浪汉与无赖,源自西班牙语 pícaro一词,它在西班牙语里是流氓无赖的意思——是如同葡萄藤覆盖的山一样古老的故事,这一类故事里都有一个滑头的人,一个流浪汉,一个江湖骗子,或者任何一个或多或少有一点古怪滑稽的人作为主角。同时这个主角追寻一个或多或少是反社会或者非社会的目标,他干着一件又一件的活,说着一个又一个笑话,出现在一连串有声有色、结构松散的片段里②,而实际上喜剧的成分压倒任何的抒情或悲剧的含义……当然,在我们这个沉湎于空想的吉诃德的冒险旅程中,我们所看到的远远不止一瘦一胖两

① 转引自《文学批评理论——从柏拉图到现在》,第434页。

② 在讲稿的另一个地方(“结构问题”一节),纳博科夫说道:“塞万提斯在写他这部作品的时候,似乎有过清醒与模糊交替出现的时期,有过有意的计划和毫无条理的模糊交替出现的时候,颇有点像他的主人公精神错乱的间歇性发作。”

个丑陋人物的磨难,但是这本书从本质上看仍属于原始的小说形式,属于结构松散、杂乱无章、光怪陆离的流浪汉和无赖冒险故事一类,而且最初的读者就是把它当作这样的故事来接受、来欣赏的。"显然,纳博科夫从17和18世纪的阅读反应中找到了证据。但是,他没有看到塞万提斯在《堂吉诃德》中有意保持了这样一种随心所欲的松散结构(惟其如此,他对骑士小说,乃至流浪汉小说的反讽,才形神兼备,入木三分)。此外,纳博科夫似乎同样没有注意到塞万提斯的其他作品,如结构严谨的、一前一后的《伽拉苔亚》和《贝雪莱斯和西吉斯蒙达历险记》。再者,塞万提斯在其《训诫小说集》的序言中多少表达了他对流浪汉小说的不屑,因此流浪汉在《训诫小说集》中非但遭到诟病,而且并不好笑。

三

关于人物,纳博科夫更是竭尽贬斥之能事。他把堂吉诃德的笑料当作塞万提斯的寒碜,并且很不以为然地断言:为了上演一出粗糙、原始的闹剧,塞万提斯让我们看到他的主人公只穿一件衬衣……而衬衣的长度还不能完全遮住他的屁股。说到堂吉诃德的那副盔甲,塞万提斯就更不像话了,因为它已经发霉,而且头盔是用理发师的洗脸盆代替的,那个脸盆上还有一个凹口。堂吉诃德又高又瘦,两条如柴的腿上还长着毛,而且又脏又臭,连寄生虫都不屑于光顾。纳博科夫于是毫不留情地称堂吉诃德为"病人"。而人物的坐骑同样瘦骨嶙峋……"列举了这样一些令人生厌的细节我必须道歉,"纳博科夫如是说。然而,在他看来,堂吉诃德"是一个神志清醒的疯子,或者说他是一个神志清醒的准精神错乱者;一个另类的狂人,头脑愚昧但是伴有间歇性的清醒"。他最后"放弃了自己的信仰,这既不是处于对他基督教的神的感恩,也不是在神的逼迫之下作出的选择——而是因为他的决定符合他的愚昧时代的道德功利标准"。纳博科夫认为"这个决定是个仓猝的投降行为"。

至于桑丘·潘沙,纳博科夫干脆称之为"猪猡肚子白鹤腿"。他认为桑丘仍是个游民,"骑在驴背上活像一个教皇——那庄严的模样颇让人感到'死气沉沉'和'年事已高'"。"他是一个彻头彻尾的无赖,不过他还是一个巧于辞令的无赖,由文学中无数个无赖点点滴滴集中起来构成的。”这种近乎诅咒的评点方式颇似我们的“文革”语言，当然更令人迁思西方某些极端言论对共产党人的丑化。然而，在多数西班牙读者眼里，即使堂吉诃德疯疯癫癫，桑丘·潘沙猪头猪身，小说结构松散、杂乱无章、光怪陆离，那也是十分有趣的。据纳瓦罗考证：“17世纪的西班牙读者，无论有意无意，大多视堂吉诃德为有血有肉的凡胎真身，而非脱离现实、纯属虚构的文学人物。”

纳博科夫进而得出结论说：“堂吉诃德当然并不有趣。他的扈从，尽管他凭着他的惊人的记忆，肚子里装着许多的老古话，但是与他的主子比较起来，甚至更加显得无趣。”这里，纳博科夫否定了他赖以依从的古典批评，即17世纪西班牙读者的接受。最初阶段，西班牙人在堂吉诃德身上看到了自己的影子，和他同命运共欢乐，从而使源自现实生活的人物重新回到了生活。罗德里格斯·马林也曾考证，早在堂吉诃德诞生初期，西班牙人就接纳了他。从1605年到1621年间，在古都巴利亚多利德和塞维利亚、萨拉曼卡、科尔多瓦、萨拉戈萨等许多西班牙城市都出现了堂吉诃德的形象。人们视堂吉诃德为喜庆的标志，在庆祝活动中予以演示：“堂吉诃德和桑丘、杜尔西内娅一起，出现在众多民间喜庆节目中，被人们当作逗乐的小丑到处演示……”“谁也没把他（堂吉诃德）视为值得尊重的严肃人物；恰恰相反，他们拿他的形象和德行做笑料……”波雷尼奥于1662年出版的《好王费利佩三世言行记》同样记叙了类似景况，谓国王远远看到有人在哈哈大笑，就对身边的侍从说，“那个读书人不是疯了，便是被堂吉诃德的故事逗乐了”。国王猜对了，因为侍从的调查结果是，那个年轻人果然在读《堂吉诃德》（详见第一编第一章第二节）。

那么，纳博科夫缘何认为堂吉诃德和桑丘·潘沙了无趣味呢？问题的答案在于他们或者说塞万提斯的“残酷性”和“欺骗性”。

四

纳博科夫说道：“现在我打算来解决蒙骗主线、残酷性主线这个问题。我准备解决这个问题的方法是这样的。首先，我要把小说第一部里的旨在让人开心的折磨肉体的残酷性实例一个个列举出来……其次，我还将讨论小说第二部中描述的折磨精神的残酷性表现。

“《堂吉诃德》上下两部书构成了一部以残酷性为题的货真价实的百科全书。从这个角度来考察,这部书是有史以来写下的最难以容忍、最缺乏人性的书之一,而且它的残酷性是具有艺术性的。那些杰出的评论家们,戴着博士帽、戴着法冠,大谈这部书幽默、仁慈地烘托出成熟的基督教气氛,大谈‘一切都因充满爱和友好感情的仁慈举动而变得美好’[①]的幸福世界,尤其是那些大谈第二部某一个‘和蔼可亲的公爵夫人’、‘热情款待堂吉诃德’的评论家们——这些滔滔不绝地大谈特谈仁慈的专家们可能读的是别的书,或者他们是透过一层又一层的玫瑰色薄纱来观察塞万提斯的缺乏人性的世界的。

“……我们就从第三章开始,在这一章里,路边客栈的老板让一个形容枯槁的疯子在他的店里留宿,就是为了取笑他,要叫所有住店的客人都来取笑他。然后我们在尖声大笑中继续翻下去,那是一个壮实的农民用一根皮带抽打被剥光了上衣的男孩(第四章)。还是在第四章,那是一个赶骡的人朝着孤立无助的堂吉诃德不住地抽打,就像在磨坊里打麦子一样,我们笑得肚子都抽筋了。在第八章,几个旅行修道士的仆人抓住桑丘的胡子一根根地拔,并且毫不留情地用脚踢他,我们又一回笑得肚子都痛。多么骇人的放纵场面!

“即使堂吉诃德实际上并没有用上雪水和沙子混合的灌肠剂,就像一本写骑士的书里所说的那样,但是他也差不多已经到了这个地步了。同样是在第十五章里,像桑丘·潘沙那样要站却站不起来的极其痛苦的身体姿势,又激起了一阵哈哈的欢笑声。到了这个时候,堂吉诃德已经失去了半只耳朵了——当然除了失去四分之三只耳朵之外,怎么也比不上失去半只耳朵来得有趣——好了,现在请留意一下他在一天一夜的时间里所挨的打:第一,用货囊支架打的伤;第二,在客栈的时候下巴挨了一拳;第三,黑暗中被乱揍一通;第四,脑袋上被铁做的风灯敲了一下。第二天早晨,天气晴朗,可是他的牙齿却大多没有了,那是几个牧羊人用石头砸的。翻到第十七章,戏谑就确实变得兴高采烈了,在这一章有名的用床单抛人这一场景,几个工匠——梳毛工和锉针工,书上说

① 指杰拉尔德·贝尔(Bell, Gerald):*Cervantes*, Norman, University of Oklahoma Press, 1947年,第12—13页。

'他们都是性格快乐的人,没有一点恶意,就是调皮捣蛋,而且爱玩'——他们抓住桑丘,要拿他寻开心,于是把他扔到床单上,朝空中抛起来,这是男人们在忏悔节玩狗的伎俩——随意中说到了仁慈、幽默的风俗。

"造成肉体上痛苦的残酷性当然好笑,而造成精神上痛苦的残酷性也一样好玩……现在我们翻到这部仁慈、幽默的小说的第二部。与第一部的戏谑相比较,第二部采用的精神上的表现形式,引人发笑的残酷性达到了一个更高、更残暴的程度,而在肉体上的表现形式方面,它的残酷性则跌入了一个难以置信的粗暴新低谷。蒙骗性主线变得更加地突出;施展的魔法和魔法师俯拾皆是。"

一如第一部,堂吉诃德在第二部中又写了一封信,派桑丘捎给杜尔西内娅,然而桑丘同样没有把这封信发出去,而是随便将路遇的三个村姑之一指给了他的主人。而那个所谓的杜尔西内娅浑身冒着蒜臭,嘴角上还长着一大粒带毛的黑痣。堂吉诃德先是失望,但转眼又觉得那是邪恶的魔法师在捣鬼,把美貌绝伦、贤淑无比的意中人变成了这副模样。因此,第二部通篇都说堂吉诃德愁容满面,不知道该如何消除魔法师的魔咒、让意中人恢复原样。

纳博科夫认为另一个骗局是学士参孙·卡拉斯科的建议:由他自己装扮成游侠骑士去和堂吉诃德决斗,然后将后者击败,并迫使其履行骑士规则——放弃行侠远游。第三个骗局是由公爵夫妇设计的。

"现在我们来讨论书中主要的一对凶恶的魔法师,那就是公爵夫人和她的公爵。本书的残酷性在这里达到了残暴的高度。公爵的蒙骗主线,占了小说第二部全部的二十八章,大约二百页的篇幅(从第三十章至第五十七章)。而且另外还有两章(第六十九章和第七十章)写的也是同一个主线,于是,在这些章节之后,离全书结束就只剩下四章,即大约三十页内容了。

"现在,塞万提斯开始编织一个有意思的图案。接着将会有一个双重魔法,即两套魔咒。这两套魔咒有时候重叠,有时候按照各自的方式加以实施。有一个系列的魔咒是由公爵和公爵夫人详详细细策划的,并且由他们的仆人大致上是忠实地执行的。然而,有时候他们的仆人主动提出创议,可能这是要让他们的主子感到意外,让他们大吃一惊,也可能是他们都抵挡不住要玩弄这个瘦削的疯子和十足的大傻瓜的诱惑。

“一连串残酷的恶作剧,从第三十二章态度一本正经的女仆把态度温顺的吉诃德的脸涂上肥皂开始。这一个恶作剧是仆人们想出来的第一个玩笑……”

总之,纳博科夫列数《堂吉诃德》的种种残忍和不人道的戏法。既然如此,《堂吉诃德》何以成为经典呢?纳博科夫于是解释说:“《堂吉诃德》曾经被说成是有史以来写下的最杰出的小说。这个话当然是胡说八道。实际上,甚至它是世界上最杰出的小说之一这样的话也不能说,但是,这部小说的主人公的个性特点却是塞万提斯的天才之一举。因为这个任务,一匹瘦马的背上骑着的一个瘦削的巨人,如此奇妙地在隐约间耸立在文学的地平线上,于是这部书存活下来了,并且将继续存活下去。究其原因,就因为塞万提斯在一个非常凌乱、缺乏条理的故事的主要人物身上注入了活力,同时,也因为这个人物的创造者的神奇艺术直觉,使得他的堂吉诃德在故事的恰当时刻活动起来,这个人物才得救,而没有崩溃。”“那么,我们的最后意见是什么?”纳博科夫将《堂吉诃德》的成功归功或归咎于传播,即它的“非常奇怪的传播”方式。他认为这比它本身的价值更为重要。“这部书一出,立即就在国外翻译出版,这一点是很重要的……关于桑丘就没有什么可说了。他是因他的主子的存在而存在的。”他甚至补充说,“在这部小说原著之外,则有一大批堂吉诃德,他们或者是在不诚实的译本的污水池里产生的,或者是在用心良苦的译本的温室里培养的。毫无疑义,这个善良的骑士在世界各国茁壮生长,繁衍生息,而且最终到处都一样能适应:在玻利维亚,是狂欢节上的喜庆人物,而在俄国则是高尚但又无骨气的政治抱负之抽象象征。我们的面前摆着一个有意思的现象:一个文学作品人物渐渐地与产生这个人物的书脱离了关系;他离开了他的祖国,离开了他的创作者的书案,在游历西班牙之后又来游历世界。因此,堂吉诃德比塞万提斯构思的时候要伟大得多。三百五十年以来,他穿越了人类思想的丛林与冻原——而他的活力更充沛,他的形象更高大。我们已不再笑话他。他的纹章是怜悯,口号是美。他代表了一切的温和、可怜、纯洁、无私以及豪侠。这诙谐的模仿已经变成杰出的典范。”

至此,纳博科夫终于将人物——堂吉诃德从塞万提斯手上剥离了出来,通篇胡子眉毛一把抓的否定得到了缓解:一、将作者和叙述者混为一谈;二、将作者、叙述者和作品内容混为一谈;三、将作者、叙述者、作品和读者接受混为一谈。而最终惟一得到肯定的其实只有堂吉诃德,尽管因为这个肯定他最后也不得不勉强承认塞万提斯。

至于说堂吉诃德已经并不可笑,倒不是纳博科夫的发明。其实早在一百年前,海涅已经用悲恸回应了堂吉诃德的不幸。海涅说他从小不曾用笑声迎接过这个英雄。“他遭人嘲笑害得我很难受,正像他受了伤叫我心里不忍。上帝创造天地,把讽刺搀在里面,大诗人在印刷成书的小天地里,也就学样;我还是个孩子,领会不到这种讽刺,看见这位好汉骑士,空有义侠心肠,只落得受了亏负,挨了棍子,便为他流辛酸的眼泪。我那时不大会看书,每个字都要高声念出来,所以花鸟林泉和我一起全听见了。这些淳朴无猜的天然品物,像小孩子一样,丝毫不知道天地间的讽刺,也一切当真,听了那苦命骑士当灾受罪,就陪着我哭。一株衰老不材的橡树微微啜泣,那瀑布般的白色长髯飘扬得越发厉害,仿佛在呵斥人世的险恶。看到那头狮子无心迎斗,转身以屁股相向,我们依然以为这位骑士的英雄气魄可敬可佩。愈是他身体又瘦又干,披挂破烂,坐骑蹩脚,愈见他的所作所为值得夸赞。我们瞧不起那些下流俗物,那种人花花绿绿,穿着绫罗,谈吐高雅,而且顶着公爵头衔,却把一个才德远过他们的人取笑……有一场比武真惨,这位骑士很丢脸,输在人家手里,我一辈子也忘不了念到这段情事的那一天。那是个阴霾的日子,灰暗的天空里一阵阵都是气色凶恶的云,黄叶儿凄凄凉凉从树上落下来,憔悴的晚花奄奄待尽,头也抬不起,花上压着沉甸甸的泪珠,夜莺儿早已不知下落,望出去是一片衰盛无常的景象。我读到这位好汉骑士受了伤,摔得昏头昏脑,躺在地上。他没去掉面盔,就向那占上风的对手说话,声音有气无力,仿佛是坟墓里出来的……我看到这里,心都要碎了……”

海涅并没有因此而否定塞万提斯,就像我们不能因为夏洛克而否定莎士比亚一样。那么,纳博科夫何以如此这般地不分青红皂白、对塞万提斯乱砍滥伐呢?回顾一下此公身世及其惯常表现,答案也就不言自明了。

我们知道,十月革命一声炮响,把贵族出身的纳博科夫一家送上了流亡之路。适值现代主义在西方风起云涌,充满不甘的青年纳博科夫与追求“新”、“奇”、“怪”和语不惊人死不休的各色先锋风潮一拍即合。于是,我们从纳博科夫那儿听到或者看到的不仅是他对塞万提斯和《堂吉诃德》的否定,他还以近似的方式攻击过许多作家作品。他称劳伦斯(Lawrence,David Herbert)是臭大粪,庞德(Pound,Ezra)是老骗子,康拉德是无可救药的稚童,陀思妥耶夫斯基是丑陋而笨拙的感官刺激家,弗洛伊德学说是极端的自欺欺人,布莱希特(Brecht,Bertolt)和加缪(Camus,Albert)则什么也不是,托马斯·曼的《死于威尼斯》(*Der Tod in Venedig*)和帕斯捷尔纳克(Pesternak,Boris)的《日瓦戈医生》(*Doctor Zhivago*)像垃圾筒,福克纳的作品是玉米棒似的编年史……在他看来,所有这些作家作品都是荒诞不经,都像是被施了催眠术的人在与椅子做爱。可见,纳博科夫的文学思想比他的小说更偏激,也更具想象力。

然而,纳博科夫做梦也不会想到,他竟然也会在4月23日这个塞万提斯(同时也是莎士比亚)的忌日与世长辞。文学就是这么神奇,这么巧合。

当然,这种偏激的文学观并不能完全解释纳博科夫何以如此充满火药味儿地轰击和否定塞万提斯及其《堂吉诃德》。意识形态也许是真正的决定因素。虽然丹尼尔·贝尔(Bell, Daniel)很快就会倡议“终结”意识形态(*The End of Ideology*),但20世纪50年代末毕竟还是冷战时期。未几,越南战争也将如火如荼地进行。纳博科夫显然把自己当成了堂吉诃德,而苏联,乃至整个世界或许就是他不得不面对和忍受的残酷与虚伪。无论如何,特殊的意识形态属性决定了文学与特定时代、特定生活的生成转换的交互关系。伊格尔顿(Eagleton,Terry)认为文学批评和文学创作一样,是一种意识形态化的审美过程。也就是说,文学文本只有被置于特定意识形态所支配的某种接受和批评的常规性框架中才可以理解。这种常规性框架表现为一般意识形态和文学审美特性的辩证结合。这是因为,文学作品是作者在一定的意识形态结构中创作出来的,作者必定要以一定的审美形式来对意识形态进行加工。无论这种加工是有意的还是无意的,作品在意识形态和审美形式上的二重组合始终是读者解读的根据。文学的审美价值在本质上具有意识形态属性,即文本的意识形态信息引起读者这样那样的思考,从而对特定意识形态作出评价。评价可能是肯定的,也可能是否定性的,是非曲直,皆因人而异。盖因文学不是导向意识形态的文献,不是对意识形态的理性图解。它作为语言艺术,本身即是一种特殊形式,通过对一般语言的常规结构和指涉方式的特殊加工而制造丰富的意义,从而显示作者意识形态与社会一般意识形态之间的某种特殊的复杂关系。阅读也是在极为复杂的解读中进行的。[①]这类观点对我们来说应该最熟悉不过,但问题是我们的批评似乎愈来愈关注形式或"单纯的"审美价值或"无毛两足动物的基本根性"(钱锺书《围城·序言》)而疏虞意识形态了。何也?欲解此问题,非稍加回溯、思考不可。

五

意识形态的"终结"或淡化说穿了只是冷战一方的终结和淡出而已。它和形形色色的后现代思潮一样,客观上顺应了跨国资本主义的发展。

后现代或后工业时代等概念的提出,可以追溯到 20 世纪 70 年代。1973 年,美国学者丹尼尔·贝尔在《后工业社会的来临》(*The Coming of Post-Industrial Society*)一书中认为,美国等西方国家已经进入后工业时代。在他看来,后工业社会的主要特征首先是服务型、资本型经济取代生产型经济,其次是控制技术、信息技术的飞速发展。此外,在贝尔看来,迄今为止人类社会的发展过程主要由前工业社会、工业社会和后工业社会三个阶段构成。这些观点不久即演变成了轰动一时的所谓"大趋势"(*Megatrends: Ten New Directions Transforming Our Lives*,1982)或"第三次浪潮"(*The Third Wave*,1984)。此外,前面说过,贝尔早在 1960 年就开始主张淡化意识形态,认为意识形态对峙犹如传统殖民方式,正明显阻碍生产力的发展。即便白宫并未从一开始就接受贝尔的意见,但是到了 80 年代,美国政府明显开始两条腿走路,即在保持军事和经济压力的同时,有意放松了对意识形态的控制,为冷战时期乃至 60 年代的内部对峙(如在越南战争、代沟、学潮等问题上对抗)和六七十年代的反共政策蒙上了面纱。这一定程度上为后现代主义的风行创造了条件,

① 伊格尔顿:《马克思主义与审美价值》("Marxism and Aesthetic Value"),《西方马克思主义美学文选》(陆梅林主编),漓江出版社,1988年,第705—706页。

因为多数后现代主义者至少一度是以反对西方制度或西方文化传统为初衷的。90年代初，随着冷战的结束，美国政府全面接受了贝尔们的思想，在“淡化”意识形态、加强跨国资本运作的同时，开始实施“信息高速公路”战略。当时日本正沾沾自喜地发展传真机。然而，以互联网为核心的信息技术一日千里，不仅迅速淘汰了传真机，而且创造了一个又一个的利润奇迹并使世界变成了名副其实的“地球村”。

与此同时，法国学者利奥塔(Lyotard, Jean-Francois)于1979年出版了《后现代状态》(*The Postmodern Condition: A Report on Knowledge*)一书。他从认识的多元性切入，夸大了认识的相对性，并由此阐述了后工业时代文化的无中心、无主潮特征，从而引发了后现代主义热潮。拿西方文化而言，从古代的神话传说、歌谣史诗到近代的人文主义、浪漫主义、现实主义、自然主义和现代主义，每个时代都有特定的文学或文化主潮(用我们的话说是主旋律)。而后现代文化的特征恰恰是多元并存，在利奥塔看来，无所谓谁主谁次、谁中心谁边缘。于是，到了20世纪80年代，法国学者德里达、雅克·拉康、福柯和美国耶鲁学派的德曼、米勒、布鲁姆和哈特曼等几乎同时对以语音(逻各斯)中心主义和理性主义为核心的传统认知方式发起了解构攻势。于是解构主义大行其道。解构主义也称后结构主义，它是针对结构主义而言的，是对结构主义的扬弃。

于是，解构、消解、模糊、不确定这样一些概念开始大行其道，从而否定了认识和真理的客观性，从而导致绝对的相对性取代了相对的绝对性。

相对于现代主义，后现代主义具有强大的意识消解作用。现代主义的主要特征是：(一)认为真理是可以认识的；(二)认为现实是可以表现的，并致力于探索各种形式。后现代主义的主要特征则表现为：(一)真理是不存在或不确定的；(二)认识是破碎的，即碎片化的、不断变化的、难以捉摸的。由于后现代主义没有统一的定义，也没有完整的理论体系，一般的理解只能建立在其主要倾向上，比如它们大都是虚无的、极端的和否定性的，并且普遍具有非中心化、反正统性和强调不确定性、非连续性和多元性的特征。

然而，文学作为一种特殊的意识形态，不完全受制于生产力和社会发展水平。而且文学大都来自作家的个体劳动，所面对的也是作为个体的读者，因此是一种个人化的审美和认知活动，取决于一时一地的作家、读者的个人理智与情感、修养与好恶。另一方面，无论多么特殊，文学又毕竟是一种意识形态，终究是时代、社会及个人存在的反映。从历史的角度看，世界文学（从最初的神话传说到歌谣或诗，从悲剧、喜剧、悲喜剧到小说）体裁的盛衰或消长印证了这一点；以个案论，也没有哪个作家或读者可以拽着自己的小辫离开地面。但是，文学的个性体现却是逐渐实现的（由集体经验或集体无意识向个性或个人主义转化）。在西方，在古希腊文学当中，个性隐含甚至完全淹没在集体性中。从古希腊神话传说到荷马史诗乃至希腊悲剧，文学所彰显的是一种集体意识，个人的善恶、是非等价值判断是基本看不见的。神话传说不必说，在荷马史诗中，雅典人和特洛伊人之间并不存在谁是谁非问题。帕里斯带走了海伦，阿伽门农发动战争，但无论是帕里斯还是阿伽门农，都是大英雄，基本没有谁对谁错、谁好谁坏、正义和非正义的问题。在古希腊悲剧中，比如三大悲剧作家笔下，个性和价值观也都是深藏不露的，甚至是稀释难辨的。如果有什么错，那也是命运使然。俄狄浦斯没有错，他的父亲母亲也没有错，他们是命该如此，而一切逃脱命运的企图最终都成为实现命运的条件。因此，当时关注的焦点是情节。亚里士多德的《诗学》(*Poetics*)用了近三分之一的篇幅来讲情节，而且认为情节是关键，位居悲剧的六大要素之首，然后才是戏景、性格、语言、唱词和思想。[①]古罗马时期，尤其是在以基督教文化为核心的善恶观确立之后，西方取得了相对统一的世界观，而这种世界观几乎贯穿了整个中世纪。作家的个性和价值取向一直要到人文主义的兴起才开始凸显出来。是谓“人文主义的现实主义”。到了浪漫主义时期，作家的个性得到了空前的张扬，甚至开始出现了主题先行、观念大于情节的倾向。正因为如此，相对于席勒的观念化倾向，马克思恩格斯十分推崇情节与内容完美结合的“莎士比亚化”。[②]但主题先行的倾向愈演愈烈，许多现代派文学作品则几乎成了观念的演示。情节被当作冬扇夏炉而束之高阁。于是文学成了名副其实的传声筒及作家个性的表演场。因此，观念主义、形式主义、个人主义大行

① 亚里士多德：《诗学》，陈中梅译，商务印书馆，1996年，第63—65页。

② 《马克思恩格斯选集》，第四卷，人民出版社，1972年，第339—347页。

其道。

与此同时,文学主观空间恰好呈现令人困惑的悖论式发展态势。一方面,文学(包括作家)的客观空间愈来愈大(从歌之蹈之的狭小区域逐渐扩展至整个世界),但其主观空间却愈来愈小。比如文学(尤其是人物)的视野从广阔的外在世界逐步萎缩到了内心深处。也就是说,荷马时代的海陆空间逐步变成了卡夫卡式的心理城堡。而今,互联网的虚拟空间又迅速取代了这个心理城堡,从而使人与人的交流变得更加困难。每个人都在自话自说,从而形成了众声喧哗的狂欢景象。表面上人言啧啧,但实际呢?谁也听不见谁的真实心声。犹如身处高分贝噪音之中,无论你如何扯着嗓门喊叫,也无法使别人听到。这就是说,一方面世界变成了地球村,但另一方面人与人的关系愈来愈冷漠。生活愈来愈依附于物质,而非他者。竞争取代了互助。这在农牧社会即前工业时代是不可想象的。人与人的关系发生了质变。

然而,文学终究是复杂的,它是人类复杂本性的最佳表征。就拿貌似简单的"作家是人类灵魂工程师"这个老命题来说,我们所能看到的竟也是一个复杂的悖论,就像科学是悖论一样。比方说,文学可以改造灵魂,科学可以改造自然。但文学改造灵魂的前提和结果始终是人类的毛病、人性的弱点;同样,科学改造自然的前因和后果永远是自然的压迫、自然的报复。因此,无论文学还是科学,都常常自相矛盾,是人类矛盾本质的鲜明体现。文学的灵魂工程恰似空中楼阁,每每把现实和未来构筑在虚设的过去。问题是:既有今日,何言过去?用鲁迅的话说是"人心很古"。科学的前进方式好比西绪福斯神话,总是胜利意味着失败,结果意味着开始,没完没了。问题是:既有今日,何必当初?用恩格斯的话说,"我们对自然界的胜利"总是导致"自然界的报复";胜利愈大,报复愈烈。

我们不妨以生态批评为例,来说明问题的复杂性。生态批评确实对生态保护起到了积极作用,这毋庸讳言,但极端的环境保护主义就未必具有普世效应了。记得加西亚·马尔克斯 1982 年在诺贝尔奖领奖台上说过这么一番话:当欧洲人正在为一只鸟或一棵树的命运如丧考妣的时候,两千万拉美儿童未满两周岁就夭折了。这个数字比十年来欧洲出生的人口总数还要多。因遭迫害而失踪的人数约有十二万,这等于乌默奥全城的居民一夜之间全部蒸发。无数被捕的孕妇在阿根廷的监狱里分娩,但随后便不知其孩子的下落和身份了。实际上,他们有的被别人偷偷收养,有的被军事当局送进孤儿院。为了改变这种局面,全大陆有二十万男女英勇牺牲。十多万人死于中美洲三个小国:尼加拉瓜、萨尔瓦多和危地马拉。如果这个比例用之于美国,后果当不堪想象。同时,智利这个以好客闻名的国家,竟有十分之一即一百万人外逃。乌拉圭素有美洲大陆最文明国家之称,竟每五个公民中便有一人被放逐。1979年以来,萨尔瓦多的内战,几乎每二十分钟就迫使一人逃难,如果把拉美所有的流亡者和难民合在一起,便可组成一个国家,其人口将远远超过挪威。[①]加西亚·马尔克斯的这番话置于今天也难说过时。可见,对于发展中国家而言,重要的是保证人的生存:一种接近于文明的体面生活。首先是人的生存问题,是发展权的问题。想当初伦敦不就是因为工业革命而成了雾都吗?可如今由于发达国家产业结构的调整,温室气体正在得到有效的控制,从而一方面把些高能耗、高资源消耗和劳动密集型产业转移到发展中国家,另一方面又指责后者的能源消耗及温室气体排放过多。近来,欧美的一些人文学者甚至对发展提出怀疑和否定,这更是站着说话不腰疼、饱汉不知饿汉饥的极端姿态。反过来说,没有节制的开发肯定是一种明知故犯:对来者、对他者的犯罪。

世界就是这么矛盾、这么莫衷一是。同理,英国伯明翰大学的文化研究所在2002年6月27日已正式撤销,这被一些人说成是"多元文化的终结"。而事实上,世界正在进入前所未有的跨国狂欢时代:不同声部、不同色彩聚集在一起,不分主次,不分你我,或者你中有我,我中有你。近年来我国的文学创作和批评不也是如此吗?老的、新的、土的、洋的,杂然纷呈。尤其是近年兴起的网络文学和博客写作,更是五花八门,令人目眩。由此,与英国最具盛名的布克(Booker)奖并列,新近又出现了博客奖(Blogger),以奖掖方兴未艾的网络文学。

其次,代表本土利益的第三世界作家并没有真正参与到这个跨国公司时代的狂欢当中。那些所谓的后殖民作家,虽然生长在前殖民地国家,但他们的文化养成和价值判断未必有悖于西方前宗主国的意识形态。像近年来获得诺贝尔奖的加勒比作家沃尔科特(Walcott, Derek)、奈

① 加西亚·马尔克斯:《拉丁美洲的孤独》,斯德哥尔摩,1982年。

保尔(Naipaul, Vidiadhar Surajprasad)和南非作家库切(Coetzee, John Maxwell),与其说是殖民主义的批判者,不如说是地域文化的叛逆者。沃尔科特甚至热衷于谈论多元文化,说那些具有强烈本土意识的作家是犬儒主义和狭隘民族主义者。[①]

这往往会使我们联想到歌德关于世界文学的说法。在歌德看来,世界文学的远景正是你中有我、我中有你、各民族文学并存交流的美好的、和谐的图景。而歌德恰恰是在读了《好逑传》、《花笺记》、《玉娇梨》等清代小说或者还有印度的《莎恭达罗》等之后,大受启发,认为人类感情的相同之情远远超过了异国之理。然而,马克思不相信这种盲目的乐观主义态度。马克思在《资本论》中预见和描绘过垄断资本主义,谓"各国人民日益被卷入世界市场网,从而资本主义制度日益具有国际的性质"。[②]如今,事实证明了马克思的预见,而且这个世界市场网的利益流向并不均等。它主要表现为:所谓"全球化",实质上是"美国化"或"西方化",形式上则是"跨国公司或跨国资本化"。据有关方面统计,20世纪60年代以降,资本市场逐渐擢升为世界第一市场。到90年代后期,世界货币市场的年交易额已经高达六百万亿美圆,是国际贸易总额的一百倍;全球金融产品交易总额高达两千万亿美圆,是全球年GDP总额的七十倍。[③]这其中的泡沫显而易见,利益流向也不言而喻。此外,资本带来的不仅是利益,还有思想,即意识形态和价值观。凡此种种,极易使第三世界国家陷入两难境地。逆之,意味着失去发展机会;顺之,则可能被"化"。

可见,全球化和多元文化并不意味着平等。它仅仅是文化思想领域的一种狂欢景象,很容易让人麻痹,以为这世界真的已经自由甚至大同了。而这种可能的麻痹对谁最有利呢?

当然是跨国资本。虽然后现代主义留下的虚无状态不只是在形而上学范畴,其怀疑和解构明显具有悲观主义甚至虚无主义倾向,已经对世界造成了深远的影响,客观上造就了跨国资本主义时代全球化背景

① 沃尔科特:《黎明怎么说》(*What the Twilight Says*), New York:Farrar, Straus & Giroux,1998, p.37。

② 《资本论》,第一卷,人民出版社,2004年,第874页。

③ 王建:《对当代资本主义全新形态的初步探索》,《文化纵横》,2008年12期,第19页。

下的文化及文学的多元性和发散态势。

从这个意义上说，全球化和多元性其实也是一个悖论，说穿了是跨国资本主义的一元论。而整个后现代主义针对传统二元论（如男与女、善与恶、是与非、美与丑、西方和东方等等）的解构风潮恰恰顺应了跨国资本的全球化扩张：不分你我，没有中心。于是，网络文化推波助澜，使世界在极端的文化相对主义和个人主义狂欢面前愈来愈莫衷一是。于是，我们很难再用传统的方式界定文学，回答文学是什么这个古老而又常新的问题。借用昆德拉关于小说的说法，或可称当下的文学观是关乎自我的询问与回答。这就回到了哲学的千古命题：我是谁？从哪里来？到哪里去？只不过哲学的这个根本问题原本是指向集体经验的，而今却愈来愈局限于纯粹的个人主义或个性化表演了。

以上所说的只是当代文学或文化景象的小小一斑。与此同时，无论是理论界还是创作界，高扬主旋律、孜孜拥抱现实主义传统的还大有人在。历尽解构，从认知到方法的重构也愈来愈为学界所期待。再说生活是最现实的；跨国公司在全世界取得的业绩和利润也是实实在在的，一点都不虚幻。比尔·盖茨们才不管那些玄而又玄的理论呢，尽管这些理论如何违背初衷并客观上不同程度地帮了他们的忙：消解传统认知（包括经典）及其蕴涵的民族性与区域或民族价值及审美认同。

总之，第二次世界大战以后，随着民族解放运动的高涨，传统殖民方式已经难以为继，而业已完成资本的地区垄断和国家垄断的帝国主义正以跨国公司的形式，即所谓“全球化”对发展中国家实施渗透和掠夺。因此，前面的这些理论大都朝着有利于跨国资本主义的方向发展：模糊意识形态，消解民族性。这些思潮首先于20世纪80年代对苏联东欧产生了影响，导致了文化思想的多元，意识形态的淡化以及随之出现的新思维等等。90年代以来，网络技术的迅猛发展所带来的虚拟文化又对上述“后主义”起到了推波助澜的作用。或者从某种意义上说，美国于90年代实施的信息高速公路战略多少包含着贝尔等人对于世界发展态势的估量。像“人权高于主权”以及亨廷顿的文化冲突论等等，只有在资本完成了地区垄断和国家垄断并实行国际垄断的情况下才可能提出。

于是，在目下愈演愈烈、势不可挡的“全球化”进程中，在跨国资本主义时代，在“去精英化”的大众消费时代，在人类从自然繁衍向克隆实验、从自然需求向制造需求转化的时代,文学及所有人文工作者任重道远:是听之顺之、随波逐流呢,还是厚古薄今地逆历史潮流而动?笔者以为最好的办法莫过于学习马克思。马克思深谙资本主义是人类社会发展过程的必然环节,却并不因此而放弃站在代表未来社会发展的要求和大多数人的立场上批判资本主义的不合理性。也就是说,存在的并非都是合理的。这应该是人文学者的一个起码的共识,也是经典重构、学术重构、价值重构的基本前提。

然而,后主义的喧嚷和以互联网为标志的信息技术的飞速发展,使世界变成了众声喧哗的自慰式狂欢。其中的极端个人主义、极端虚无主义、极端相对主义模糊蒙蔽了不少人的视阈。从这个意义上说,纳博科夫的《〈堂吉诃德〉讲稿》对我们倒是一种极好的提醒。

第六章 《堂吉诃德》与经典背反

世界文学一路走来,其规律并非羚羊挂角,无迹可寻。童年的神话、少年的史诗、青年的戏剧、中年的小说、老年的传记是一种概括;由高向低、由强至弱、由大到小等等,也不失为一种轨辙。当然,这些并不能涵盖文学的复杂性和丰富性。事实上,认知与价值、审美与方法等等的背反或迎合、持守或规避所在皆是。况且,无论"六经注我"还是"我注六经",经典是说不尽的,这也是由时代社会和经典本身的复杂性和丰富性所生发的。

一

且说世界文学由高向低,一路沉降,形而上形态逐渐被形而下倾向所取代。倘以古代文学和当代写作所构成的鲜明反差为极点,神话自不必说,东西方史诗也无不传达出天人合一或神人共存的特点,其显著倾向便是先民对神、天、道的想象和尊崇;然而,随着人类自身的发达,尤其是在人本取代神本之后,人性的解放以几乎不可逆转的速率使文学完成了自上而下、由高向低的垂直降落。如今,世界文学普遍显示出形而下特征,以至于物主义和身体写作愈演愈烈。以法国新小说为代表的纯物主义和以当今中国为代表的下半身指涉无疑是这方面的显证。前者有罗伯·葛里耶的作品。葛里耶说过:"我们必须努力构造一个更坚实、更直观的世界,而不是那个'意义'(心理学的、社会的和功能的)世界。首先让物体和姿态按它们的在场确定自己,让这个在场继续战胜任何试图以一个指意系统——指涉情感的、社会学的、弗洛伊德的或形而上学的意义——把它关闭在其中的解释理论。”[①]与此相对应,近二十年中国小说(乃至一般大众文艺)的庸俗化趋势和下半身指向一发而不可收。如是,从摹仿到独白、从反映到窥隐、从典型到畸形、从审美到审丑、从载道到自慰、从崇高到渺小、从庄严到调笑……“阿基琉斯的愤怒”变成了麦田里的脏话;“路漫漫兮其修远,吾将上下而求索”变成了“我做的馅饼是世界上最好吃的”……诸如此类,于 20 世纪末化合成形形色色的后现代形态。而后现代文学的出现客观上又正好顺应了跨国资本主义时代极端个人主义的推演与发散(“人权高于主权”便是其典型论调)。是谓下现实主义。

由外而内是指文学的叙述范式如何从外部转向内心。关于这一点,现代主义时期的各种讨论已经说得很多。众所周知,外部描写几乎是古典文学的一个共性。亚里士多德在《诗学》中明确指出,动作(行为)作为情节的主要载体,是诗的核心所在。亚里士多德说:“从某个角度来看,索福克勒斯是与荷马同类的摹仿艺术家,因为他们都摹仿高贵者;而从另一个角度来看,他又和阿里斯托芬相似,因为二者都摹仿行动中的和正在做着某件事情的人们。”同时,他又对悲剧和喜剧的价值作出了评判,认为“喜剧摹仿低劣的人;这些人不是无恶不作的歹徒——滑稽只是丑陋的一种表现”。这一定程度上道出了古希腊哲人对于文学崇高性的理解和界定。此外,在索福克勒斯看来,“作为一个整体,悲剧必须包括如下六个决定其性质的成分,即情节、性格、语言、思想、戏景和唱段”,而“事件组合是成分中最重要的,因为悲剧摹仿的不是人,而是行动和生活”。[②]恩格斯关于批判现实主义的论述,也是以典型环境为基础的。随着文学的内倾,外部描写逐渐被内心独白所取代,而意识流的盛行可谓世界文学由外而内的一个明证。

由强到弱则是文学人物由崇高到渺小,即从神至巨人至英雄豪杰到凡人乃至宵小的“弱化”或“矮化”过程。神话对于诸神和创世的想象见证了初民对宇宙万物的敬畏。古希腊悲剧也主要是对英雄传说时代的怀想。文艺复兴以降,虽然个人主义开始抬头,但文学并没有立刻放

① 罗伯·葛里耶:《小说的未来》,转引自拉曼·塞尔登《文学批评理论》,刘象愚、陈永国等译,北京大学出版社,2003年,第68页。

② 索福克勒斯:《诗学》,陈中梅译,商务印书馆,1996年,第42、58、64页。

弃载道传统。只是到了20世纪,尤其是在现代主义和后现代主义时期,个人主义和主观主义才开始大行其道。而眼下的跨国资本主义又分明加剧了这一趋势。于是,宏大叙事变成了自话自说。

由宽到窄是指文学人物的活动半径如何由相对宏阔的世界走向相对狭隘的空间。如果说古代神话是以宇宙为对象的,那么如今的文学对象可以说基本上是指向个人的。昆德拉在《受到诋毁的塞万提斯遗产》中就曾指出,“堂吉诃德启程前往一个在他面前敞开着的世界……最早的欧洲小说讲的都是一些穿越世界的旅行,而这个世界似乎是无限的”。但是,“在巴尔扎克那里,遥远的视野消失了……再往下,对爱玛·包法利来说,视野更加狭窄……”而“面对着法庭的K,面对着城堡的K,又能做什么?”[①]但是,或许正因为如此,卡夫卡想到了奥维德及其经典的变形与背反。

由大到小,也即由大我到小我的过程。无论是古希腊时期的情感教育还是我国古代的文以载道说,都使文学肩负起了某种集体的、民族的、世界的道义。荷马史诗和印度史诗则从不同的角度宣达了东西方先民的外化的大我。随着人本主义的确立与演化,世界文学逐渐放弃了大我,转而致力于表现小我,致使小我主义愈演愈烈,尤以当今文学为甚。固然,艺贵有我,文学也每每从小我出发,但指向和抱负、方法和视野却大相径庭,而文学经典之所以比史学更真实、比哲学更深广,恰恰在于其以己度人、以小见大的向度与方式。

上述五种倾向在文艺复兴运动和之后的自由主义思潮中呈现出加速发展态势。众所周知,自由主义思潮自发轫以来,便一直扮演着资本主义快车润滑剂的角色,其对近现代文学思想演进的推动作用同样不可小觑。它甫一降世便以摧枯拉朽之势颠覆了欧洲的封建制度、扫荡了西方的封建残余。但它同时也为资本主义保驾护航,并终使个人主义和拜物教所向披靡,技术主义和文化相对论甚嚣尘上。而文艺复兴运动作为人文主义或人本主义的载体,无疑也是自由主义的温床。14世纪初,但丁在文艺复兴的晨光熹微中窥见了人性(人本)三兽:肉欲、物欲和狂妄自大。未几,伊塔大司铎在《真爱之书》(*El libro de buen amor*)中把金钱描绘得惊心动魄,薄伽丘则以罕见的打着旗帜反旗帜的狡黠创作了

① 昆德拉:《小说的艺术》,董强译,上海译文出版社,2004年,第9—11页。

一本正经的“人间喜剧”《十日谈》。15世纪初，喜剧在南欧遍地开花，幽默讽刺和玩世不恭的调笑、恶搞充斥文坛。16世纪初，西、葡殖民者带着天花占领大半个美洲，伊拉斯谟则复以恶意的快乐在《疯狂颂》中大谈真正的创造者是人类下半身的“那样东西”，惟有“那样东西”[①]。17世纪初，莎士比亚仍在其苦心经营的剧场里左右开弓，而塞万提斯却通过堂吉诃德使人目睹了日下世风和遍地哀鸿(详见第七章)。18世纪，自由主义鸣锣开张，从而加速了资本主义在经济基础和上层建筑的双向拓展……一不留神几百年弹指一挥间。如今，不论你愿意与否，世界被跨国资本主义拽上了腾飞的列车。

二

再说如上五种倾向相辅相成，或可构成对世界文学的一种大处着眼的扫描方式，其虽不能涵盖文学的复杂性，却多少可以说明当下文学的由来。但过程中始终不乏奇崛的背反及由此化生的特殊丰碑，比如荷马史诗和古希腊悲剧，又比如《神曲》和《堂吉诃德》、《人生如梦》和《浮士德》、《三国演义》和《红楼梦》、《人间喜剧》和《战争与和平》、《尤利西斯》和《变形记》以及加西亚·马尔克斯的《百年孤独》等等。

都说塞万提斯的《堂吉诃德》是反骑士道的，但实际效果却在浪漫派及之后的接受中获得了背反，即它被大多数浪漫主义者和革命家当成了理想主义的经典。这就使得被嘲讽的堂吉诃德逐渐高大起来。屠格涅夫在比较《堂吉诃德》和《哈姆雷特》时说过，堂吉诃德“首先是表现了信仰，对某种永恒的不可动摇的事物的信仰，对真理的信仰，简言之，对超乎个别人物的真理的信仰，这真理不能轻易获得，它要求虔诚的皈依和牺牲，但经由永恒的皈依和牺牲的力量是能够获得的。堂吉诃德全身心浸透着对理想的忠诚，为了理想他准备承受种种艰难困苦，准备牺牲自己的生命……哈姆雷特又是什么呢？……他是一个利己主义者”。[②]然而，塞万提斯生活的时代恰恰是利己主义、个人主义开始高涨的时代。

① 转引自卡斯特罗：《塞万提斯思想》，第20页。

② 屠格涅夫：《哈姆雷特与堂吉诃德》，《莎士比亚评论汇编》，第485页。有关译名稍有改动。

人文主义带来的人性解放和市民文化在他的那个时代导致了利己主义和拜金主义。于是,神本让位于人本,信仰让位于利益,集体主义让位于个人主义。正因为如此,塞万提斯对堂吉诃德的嘲讽是带泪的。用海涅的话说,他读《堂吉诃德》时就连大自然都在哭泣。而塞万提斯"自己就是位英雄,大半世光阴都消磨在骑士游侠的交锋里,身经勒班托之役,损失了左手博来点勋名,可是他暮年还常常引为乐事"。"……他是罗马教会的忠诚儿子,不仅在好多骑士游侠的交锋里,他身体为它的圣旗流血,并且他给异教徒俘虏多年,整个灵魂受到殉道的苦难。"[①]塞万提斯是否罗马教廷的忠诚儿子有待探究,但有一点是值得肯定的,那便是《堂吉诃德》不仅没有将骑士小说一扫而光,反倒(至少因为自己的成功)为它树立了丰碑,而且骑士道的那一套理想主义也因之而在以后的世纪中大放异彩。而这一点又恰好与时代即资本主义的发展趋势相悖逆。作品的美妙之处在于它犹如双簧戏或钱铸两面,一前一后、一正一反的否定之否定。首先,假如塞万提斯对此不做必要的交代(比如开宗明义要将骑士小说扫除干净,最后又必得使人物回光返照、进行忏悔),不以反讽的手法(把堂吉诃德描写成十足的疯子),那么《堂吉诃德》就完全不可能得到出版许可。且不说特兰托教务会议已然将骑士小说和新教相提并论,即使是宗教裁判所和书检官也无法容忍堂吉诃德的疯癫(比如让信仰面临危机、让现实如此不堪等等)。然而,矛盾使然,或者塞万提斯有意模糊正反两面。一方面,他表示自己写《堂吉诃德》只为扫除骑士文学的那一套;另一方面,他又竭力演绎骑士小说,可谓细节毕露,而愁容骑士所代表的理想主义又是如此美好,相形之下,现实却如此不堪,世道人心更是一片黑暗。同时,骑士的疯癫每每令人忍俊不禁,但浪漫派和无数革命者却在笑声中泣血流泪。其次,堂吉诃德是因为沉迷于骑士小说,以致走火入魔,成了游侠骑士。于是,按照《阿马迪斯》及经典骑士小说的范式,堂吉诃德开始行侠仗义。但堂吉诃德并不总是疯的,他成人之美,做过好事,而且大战风车也只不过是"一时糊涂",因为他坚信自己看见的、面对的是巨人,而不是风车;至于何故巨人变成了风车,那必定是魔法师捣的鬼,有意跟他作对。诸如此类,颇让人迁思贾

① 海涅:《精印本〈堂吉诃德〉引言》,钱锺书译,《海涅文集·批评卷》,人民文学出版社,2002年,第413—433页。个别译名稍有改动。

宝玉的痴愚。后者不思进取、淡薄功名,却一味地沉溺于胭脂香粉或戏文倡优之类,岂不是和堂吉诃德如出一辙?只不过曹雪芹取法的是正面描写,而塞万提斯却采用了反讽手法。有评论将塞万提斯与堂吉诃德相提并论,谓后者只不过是对前者坎坷人生和怀才不遇的一次艺术再现:"塞万提斯的一生,尤其是在他的年轻时代,都在努力与敌对势力或异己力量作斗争。用哲学家塞内加的话说,这是件'值得上帝关注的事情'。从某种意义上说,《堂吉诃德》难道不正是塞万提斯这些人生经历的写照吗?……他羸弱,却意志坚强,同那些阻碍人们幸福的事物进行不懈的斗争。显然,诗人的生活遭际和种种不幸无不渗透在其作品之中。我相信,而且有足够的证据相信,塞万提斯在《堂吉诃德》中浸注了全部生活理念。在童年时期,塞万提斯就喜欢阅读骑士文学,对冒险故事充满了好奇,并萌发了最初的匪夷所思的英雄梦。在青年时代,他的所有人生计划和美梦都一个个破灭了,没有奖励,没有勋章,只有失望和失败……他受不幸之星的刺激和鞭策,注定要同可恶的敌人、无耻的阴谋进行战斗。而那些敌人是看不见的,他们躲在阴暗的角落里向他发起进攻……这正是塞万提斯的生活。"[①]如此看来,《堂吉诃德》的讽刺,多少也是塞万提斯的自嘲。因此,《堂吉诃德》对于时代社会的背反很大程度上也即认知方式和价值观的背反。而从审美的角度看,作品的反讽精神打破了洛佩·德·维加的妥协,因为这种妥协很大程度上也即莎士比亚式的、持守与迎合之间的徘徊。

此外,哈罗德·布鲁姆认为"现代的唯我主义就是植根于莎士比亚(以及他之前的彼特拉克)作品中的。但丁、塞万提斯和莫里哀依靠的是笔下人物的互动关系,这似乎比莎士比亚高度的唯我主义更不自然,也许他们确实没那么自然"。"莎士比亚笔下人物没有像堂吉诃德与桑丘那样的相互交流,因为他写的朋友和恋人们从不认真地听取别人的倾诉。试想安东尼死亡的场景,克莉奥佩特拉听到和窃听到的大多是自己的声音;或试想一下福斯塔夫和哈尔之间的戏耍,此时福斯塔夫由于王子不断的攻击而被逼着要保护自己。有一些较轻微的例外出现在《皆大欢喜》中的罗瑟琳和西利娅等人身上,但并不常见。莎士比亚式的个性

① 迪亚斯·德·本胡梅亚:《有关〈堂吉诃德〉的真相》,马德里,加斯帕尔(Gaspar)出版社,1878年,第220—237页。

是无可比拟的,但其代价也是巨大的。塞万提斯的自我中心受到乌纳穆诺的夸赞,也总是被桑丘和堂吉诃德的自由关系所限定,他们相互给予游戏空间。塞万提斯和莎士比亚在创造个性上都是超群的,但是最杰出的莎士比亚式人物,如哈姆雷特、李尔、伊阿古、夏洛克、福斯塔夫、克莉奥佩特拉及普洛斯佩罗等人,最终都在内心孤独的氛围中悲壮地凋萎。堂吉诃德和桑丘却是互相解救的。他们的友谊是经典性的,并且部分地改变了往后的经典本质。"他同时还认为,堂吉诃德"是一个道道地地的传统主义者"。[①]

加西亚·马尔克斯深谙塞万提斯或堂吉诃德之道。于是,当文学一头扎进个人主义和主观主义的死胡同时,他(《百年孤独》)效法塞万提斯并比前人走得更远,居然演绎了一部可歌可泣的现代神话:从创始到末日、从神谕到逃遁到神谕灵验。无论他是在有意反动,还是无意间让文学来了个大逆转、大回环,马孔多和布恩蒂亚家族的命运无不令人迁思《圣经》之类的古老神话、英雄传说时代的神奇故事。是的,它是一部完整的神话,从马孔多的创立和布恩蒂亚家族的繁衍到洪水和世界末日的降临。它又是一个典型的英雄传说,一如古希腊悲剧《俄狄浦斯王》所昭示的那样,神谕—逃避命运—预言灵验正是布恩蒂亚家族乃至拉丁美洲民族和整个美洲的一个完满的故事。加西亚·马尔克斯的笔触再次从故乡(位于加勒比海岸的热带小镇阿拉卡塔卡)伸出,既反映了这个热带小镇马孔多的兴衰,同时也是对整个拉丁美洲历史和人类文明的象征性表现,可谓覆焘千容,包罗万象。秘鲁著名作家巴尔加斯·略萨以其敏锐的艺术直觉体察到《百年孤独》非凡的艺术概括力,认为它象征性地勾勒出了迄今为止人类历史,即从原始社会、奴隶社会、封建社会到资本主义和垄断资本主义社会的主要轨迹。[②]这一方面应了原型批评派的猜想,另一方面却是世界文学经典之旅的一座高耸的航标。

诸如此类的背反并非塞万提斯或加西亚·马尔克斯的专利。曹雪芹(《红楼梦》)不待说,早在三千年前,盲人荷马就以缤纷的色彩创造了文学世界的第一个大回环。尽管荷马们像初民那样把历史变成了神话,但19世纪德国学者施里曼和英国考古学家伊文斯用确凿无疑的证据"还

① 布鲁姆:《西方正典》,江宁康译,译林出版社,2005年,第100—101页。

② 巴尔加斯·略萨:《G.加西亚·马尔克斯:弑神者的历史》,巴塞罗那,1971年。

原”了历史。公元前13—12世纪,也即克里特-迈锡尼文明时期,地处地中海欧亚海陆交通要塞的特洛伊繁荣昌盛,古希腊人正是觊觎其财富和劳动力才悍然发动了战争。此后,这次远征一直为古希腊人所传诵,并逐渐演化为气势恢弘、充满神奇的荷马史诗。当然,不仅是荷马史诗,但凡史诗,便大都具有这样的性质。这其中分明蕴涵着先民对世界本原及伟大祖先的玄想与膜拜。这种玄想与膜拜被人类文明所逐渐扬弃,其中大部分随着岁月的流逝而慢慢淡出我们的生活,但小部分仍通过宗教等现代文明得以传承。

然而,古希腊悲剧作家,尤其是作为其最高典范的索福克勒斯,身在古希腊城邦制社会的极盛时期却并不满足于表现时代气息,而是发古之幽情,并一味追怀远逝的“英雄传说时代”,借以自我解嘲。如是,索福克勒斯虽则作为温和的民主派人士参与了反对寡头派的斗争,却将其艺术视角转向神人共存的遥远过去,以此揭示人的意志在强大的命运或神的意志面前竟如此无奈、如此脆弱、如此不堪。这或许反映了雅典自由民对社会现实的悲观情绪,但又何尝不是文学家厚古薄今的主观怀想。就像那位无名祭司所言,俄狄浦斯“是受到神的援助,感悟出(司芬克斯——引者注)谜底,/解救了我们,使国家脱离苦难”。但无论如何,人类始终还是神的一颗微不足道的棋子。即使你暂时可以有所作为,最终也还是在一步步地完成神的预期。正如歌队长所吟唱的那样:“……请看,这就是俄狄浦斯,/他猜出了那著名的谜语,成为最伟大的人物,/哪个公民不曾用羡慕的眼光注视过他的好运?/瞧,他现在掉进了可怕灾难的汹涌浪里了。/因此,一个凡人在尚未跨过生命的界限最后摆脱痛苦之前,/我们还是等着看他这一天,/别忙着说他是幸福的。”①

如果说古希腊悲剧一定程度上是人类摆脱蒙昧之后的一种自我解嘲,那么但丁的《神曲》多少是面对人性丑恶(及其更大程度的膨胀或释放)发出的一声长叹。从某种意义上说,在人本取代神本之前,但丁便已有洞识,谓“这部作品的意义不是单纯的,毋宁说,它有许多意义。第一种意义是单从字面上来的,第二种意义是从文字所指的事物来的;前一种叫作字面的意义,后一种叫作寓言的、精神哲学的或秘奥的意义”。从

① 《索福克勒斯悲剧》,《古希腊悲剧喜剧全集》,第二卷,张竹明、王焕生译,译林出版社,2007年,第7、110页。

字面上说,《神曲》顾名思义,是写灵魂的。而从寓言来看,其"主题就是人凭自由意志去行善行恶,理应受到公道的奖惩"。[①]但丁还明确表示,他写《神曲》是"为了影响人的实际行动","为了对邪恶的世界有所裨益",即"把生活在现世的人们从悲惨的境地中解救出来,引导他们达到幸福的境界"。[②]而这个境界显然主要是神学意义上的境界。如是,过去关于但丁人文主义思想的诸多评说,多少是现代文人的一厢情愿。虽然恩格斯说他是新时代的最初一位诗人,但他毕竟也是中世纪的最后一位诗人。而作为信仰和神学的象征,贝雅特丽齐当是中世纪真善美的典范。与之相对应,那幽暗森林中挡住但丁这迷途羔羊的三头野兽(豹、狮、狼)何尝不是对人类罪恶和人性弱点的隐喻。

正是基于诸如此类的立场,体现时代精神和市民审美取向的莎士比亚受到了老托尔斯泰的批判。后者认为前者缺乏信仰。而所谓信仰,或许正是巴尔加斯·略萨厚古薄今的所谓"君子之道"。毫无疑问,信仰既可以指向过去,也完全可以非常现实或超前。托尔斯泰和巴尔扎克们若非凭借方法优势(恩格斯称之为现实主义的胜利),其厚古薄今的结果恐怕就不是与塞万提斯比肩,而是要成为堂吉诃德了。同理,乔伊斯和卡夫卡等现代巨匠也为文学的背反提供了新的注解。这主要不在其意识流或表现主义等形而上形式,而在其更为本质的现实主义精神及其体现幻灭的彻底和反向追怀的极致。诸如此类,不一而足。然而,"人心很古",而且未来亦然(至少是在可以想见的未来),因此无论背反还是持守,如上作家貌似厚古薄今,本质上却与希望相同,即多少蕴含着某种乌托邦式的理想主义精神。

此外,经典的界定一直是个悬而未决的问题,尤其是在解构风潮之后,何为经典几乎像何为文学一样众说纷纭,莫衷一是:随变的还是普世的?民族的还是世界的?时代的还是恒久的?但无论如何,对于我们这样一个尚处弱势的民族,基本信仰是不容阙如的。集体主义、民族精神一旦丧失,任何振兴、复兴便无从谈起。如是,对下现实主义的背反不仅必要,而且紧迫。

① 转引自朱光潜《西方美学史》,人民文学出版社,1979年,第134—135页。

② 转引自田德望《神曲·译文序》,人民文学出版社,2002年,第11页。

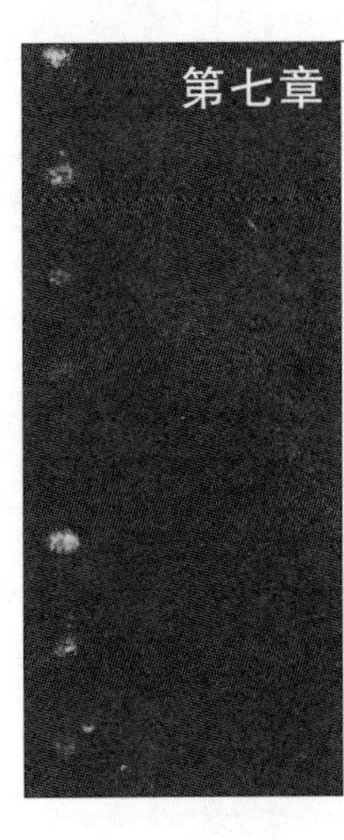

第七章

《堂吉诃德》与文艺复兴运动

> 在人生的中途，我发现我已经迷失了正路，走进了一座幽暗的森林，啊！要说明这座森林多么荒凉、艰险、难行，是一件多么苦难的事啊！……
>
> 我说不清我是怎样走进这座森林的，因为我在离弃真理之路的时刻，充满了强烈的睡意……[①]

这是14世纪初但丁在《神曲》(直译应作《神间喜剧》或《神圣喜剧》)(*Divina Comedia*)开篇处写下的文字，当时作者四十几岁，也就是说已过不惑。但丁写他来到一座光线幽暗的山下，被三头猛兽挡住了去路。它们是豹子、狮子和狼。正在危急之际，古罗马诗人维吉尔出现了，他应但丁心仪的女子贝雅特丽齐所托引导但丁游历了地狱和炼狱。最后，贝雅特丽齐又亲自带领但丁参观了她所在的天国。恩格斯称但丁是"中世纪的最后一位诗人，同时又是新时代的最初一位诗人"。[②]这当然是没有问题的。问题是无论在恩格斯之前还是之后，人们对文艺复兴的评价几乎是千篇一律的大褒大奖。我还得用恩格斯的话说，"这是一次人类从来没有经历过的最伟大、进步的变革，是一个需要巨人而且产生了巨人——在思维能力、热情和性格方面，在多才多艺和学识渊博方面的巨人的时代"。这当然也没有问题。问题是，人们总是忘记恩格斯的另一句话，即这些巨人是"给现代资产阶级统治打下基础的人物……"这些人物无疑包括达芬奇、米开朗琪罗、拉斐尔等等，尽管他们并"不受资产阶级

① 但丁：《神曲·地狱篇》，田德望译，人民文学出版社，2002年，第1页。

② 《马克思恩格斯选集》，第一卷，人民出版社，1972年，第249页。

的局限”。[①]同样，马克思认为文艺复兴是新兴的资产阶级借用古希腊罗马之名演出的一场新戏。[②]以上自然不仅仅是马克思、恩格斯的思想，它们是马克思、恩格斯总结几百年欧洲学术界所探讨和揭示的文艺复兴思想的一种方式，但这种方式多少改变了西方人文主义学术对于文艺复兴运动的界定，因为那些界定始终不尽准确。

现在的问题是，不仅西方资产阶级主流意识形态一味地推崇文艺复兴运动，就连我们也趋之若鹜、视如拱璧，且不说对文艺复兴运动的实际情况不甚了了，也无心了了，对马克思、恩格斯并看两面的观点也全然置若罔闻。

如是，但丁指向中世纪文化的伟大总结被淡化了、剔除了，而他的所谓文艺复兴的人文主义思想则犹如东方的太阳冉冉升起，越升越高。

我的问题是：但丁果然写出了文艺复兴的绚丽曙光吗？他的三头猛兽又意味着什么？进而，文艺复兴运动就真的那么完美无瑕吗？文艺复兴运动本身——从但丁到塞万提斯的另一个维度当可给出答案。

鉴于文艺复兴运动的伟大毋庸置疑，它的另一个维度(或谓另一张面孔)便一直乏人究诘、罕有诤评。这个维度便是但丁在晨光熹微中窥见的人性三兽，而它们正是在文艺复兴运动诸人颠覆诸神的嬉皮笑脸中招摇过市的。

一

胡适有句名言，谓待人在有疑处不疑，问学在不疑处有疑。在回答这三个“不是问题”的问题之前，我想瞻顾一下当今中国文坛。

康有为、梁启超的“托古改制”[③]或托古喻今法众所周知，这正是他们取法文艺复兴思想的一个见证。梁启超同时还说要“以古证今”、“以中证洋”，也就是说不能直接照搬洋人，因为那样国人不会接受，而是要借古人之名以证今学、借中学以正西学。然而，他们地下有知，一定不会想到我们今天是如此这般地迷恋洋学，以至于食洋不化；又如此这般地

① 《马克思恩格斯选集》，第四卷，第506—507页。

② 《马克思恩格斯选集》，第一卷，第603页。

③ 这与马克思在《路易·波拿巴雾月十八日》中的说法如出一辙。

从老祖宗那里取舍无度,以至于食古不化。

这并不是说我们没有创新。托古托洋终究是为了开新。我们除了依稀保留着老祖宗的些许美德或马克思主义及德先生、赛先生之类的影子或口号,还实实在在地有了"三俗"文化。同时,我们还有了五百多部电影、一万二千多集电视剧的巨大年产,也有了三千多部长篇小说、一万五千多部各色文集、一百余万部网络小说的巨大年产。但是,所有这些产品的总和所产生的影响,也许都抵不过几个哗众取宠者的表演。

此话或有耸人听闻之嫌,因而难免遭人诟病。我之所以要冒极而言之大不韪,无非是因为考虑到面对如今这样一个众声喧哗、莫衷一是的狂欢时代,非极言几乎犹如轻风拂过、细水入海,不能给人留下半点印象。换言之,这也是对如上几位当今风流人物和诸如其类的愤笔大嘴的一种摹仿。

话虽如此,但他们的影响绝对不容小觑,因为传统价值如集体主义、民族主义等等,正是在类似于文艺复兴运动时期的调笑和恶搞中坍塌、消解的。而西方个人主义、自由主义、物质主义思想则顺理成章地进入并迅速覆盖了华夏大地。

这就是说,我们用了三十多年的时间,完成了文艺复兴运动历时三百多年才完成的历史使命,同时也史无前例地唤醒了令但丁毛骨悚然的那三头猛兽——肉欲、傲慢与贪婪。

那么,文艺复兴运动又是如何唤醒那三头猛兽的呢?

人们对此早已麻木不仁。盖因人们只记得人性取代神性、人权颠覆神权、人学打倒神学以及诸如此类的伟大和光荣。于是,众声喧哗,众人狂欢。

然而,人性的弱点如猛兽般畅行无阻,人性的缺点似瘟疫般蔓延肆虐。它们同资本联起手来,将世界推向罪恶的深渊。虽然资本主义是人类社会发展的一个必然的历史过程,但若任其以加速度和无节制的方式发展下去,却未必让人类等得到大同的一天。单从当今几何级增长的核能利用这一项看,威胁又何啻是潜在的。切尔诺贝利核泄漏和伊朗未竟核电站遭骇客恶意入侵的事实当可说明这一显在威胁(任何一座核电站一旦爆炸,便可能造成数百倍于原子弹的破坏能量,即足以使方圆数百公里的世界在数百年之内惨遭荼毒、沦为蛮荒),遑论核战争!

于是，这世界愈来愈令人不安。尽管人类开始言说"消解人本位"的自然伦理，却不知亡羊补牢，犹未为迟；还是创造一个真正的乌托邦为时已晚？天作孽，犹可救；人作孽，不可活。我们大可以认为霍金关于世界末日的预言耸人听闻，却不能不承认面前的灭顶之灾不仅是显在的，而且几乎近在眼前。

于是，反思是不可避免的。一方面，针对人类欲望势不可挡、技术革命一日千里的严峻现实，人文价值的调整是不可避免的，一种更为理想的自然伦理、和谐伦理也正呼之欲出。这既是平衡道器的需要，也是文学经典必须保持的一个基本向度。另一方面，面对跨国资本主义的全球扩张，如果我们毫无自觉，那就只能被化；反之避之犹恐不及，肯定也是死路一条。因此，既不能放弃发展，更不可随波逐流。这其实是摆在所有发展中国家的两难选择。在这种情况下，我们不仅需要堂吉诃德式的理想主义，也需要哈姆雷特式的怀疑主义：对资本逻辑、对文艺复兴以来的西方主流意识形态、对怀疑一切的后现代思潮的怀疑。盖因知进退、善取舍、构建相对平衡的价值体系、守护民族凝聚力和向心力并防狭隘极端不仅重要，而且殊是紧迫。

二

下面回到正题——《堂吉诃德》与文艺复兴运动的关系。关于这一层关系（比如塞万提斯的人文主义精神），前人有过诸多阐述，而本著所要探询的却是塞万提斯对文艺复兴运动的否定之否定。这就牵涉到文艺复兴运动的另一个维度，即西方诸神和但丁所说的真理（或曰传统价值）是如何在文艺复兴运动的"人间喜剧"中颠覆、瓦解的。

先说宗教政治的高压政策使喜剧乃至一般意义上的文学幽默远离了中世纪文学。当然，这并不意味着日常生活对幽默的疏虞。从但丁时代的俗语、俗语文学以及民间喜剧的兴起当可想见，日常生活中并不缺乏幽默。保存较多的中世纪卡斯蒂利亚语谣曲则是这方面的最佳见证。屈为比附，即使在"文化大革命"时期，幽默也仍然是我国人民日常生活的重要调料，尽管当时的文艺作品确实罕有幽默或喜剧的影子。从这个意义上说，东方传统的进入确实是中世纪末年西方喜剧，乃至幽默传统复苏的一针强心剂。且不说阿拉伯文学如何充满了诙谐和幽默。即便是在中国，幽默(调笑)的基因也从未中断。从先秦诸子笔下洋溢着讽刺意味的诙谐段子，如《守株待兔》、《揠苗助长》等等，到后来愈来愈向下指涉的各种笑话(见《笑林广记》)，以至于当今无处不在的黄绿段子，真可谓源远流长、绵延不绝。诚然，政治高压确实是幽默和调侃、喜剧或闹剧的最大敌人。反过来说，如果没有万历年间由变革等引发的相对宽松的社会氛围，《金瓶梅》及冯梦龙的《笑史》、《笑林》等就不可能出现；如果不是乾隆中晚期相对开放的时代背景，《笑林广记》也不可能编撰成如此规模。而西方喜剧原是颇有渊源的，阿里斯托芬和米南德等古希腊喜剧创作显然是西方喜剧的源头和根基。只不过从阿里斯托芬到米南德就已然显示出了向下的趋势。概括地说，阿里斯托芬的喜剧因其讥嘲权贵名人而指向形上，而米南德的喜剧则因表现家长里短等相对地指向形下。

再说中世纪末叶，西方宗教政治的高压态势相当程度上是在文艺界的调笑声中被慢慢消解的。开始是东学西渐，阿拉伯人经由伊比利亚半岛将相对轻松、奇崛的东方文学翻译成拉丁文。在众多作品中，数夸张的《天方夜谭》和幽默的《卡里来和笛木乃》影响最大。于是，巨人、阿里巴巴和两个人做梦的故事不胫而走；狡猾的笛木乃、聪敏和愚钝的动物以及农夫和农妇的逗笑故事广为流传，并如一股清风吹动了相对静滞的西方文坛，从而导致了广义的喜剧的中兴。14世纪，意大利作家萨凯蒂(Sacchetti, Franco)(尤其是赫拉尔多夫妇的故事)显然受到了《卡里来和笛木乃》的影响。萨凯蒂笔下的赫拉尔多老人古怪而可笑，七十高龄时居然心血来潮，从佛罗伦萨出发去邻近的一个村庄参加比武大会，结果被几个居心不良的家伙戏弄了一番（他们将一把铁兰草塞进其坐骑的尾巴，使那匹马突然狂奔起来还不时地弓背跳跃，直到回到佛罗伦萨才消停下来)。在所有人的哄笑声中，他妻子将这位被愚弄的老人接回家里，一边让他躺在床上给他治疗身上的挫伤，一边对他愚蠢的疯狂举动大加呵斥。15世纪，普尔契(Pulci, Luigi)和博亚尔多(Boiardo, Matteo Maria)也以玩笑的态度对待之前的文学或文学人物。前者为奥兰多的故事添加了不少民间笑料，后者则索性让奥兰多这么一位身经百战的人坠入情网后变成了笨拙害羞、被安赫丽卡玩弄于股掌之间的傻瓜。这种调笑在阿里奥斯托(Ariosto, Lodovico)和拉伯雷的笔下演化为“戏说”与“大话”或“狂欢”,而在曼里克等人的喜剧中则已然发展为“恶搞”。这种比严格意义上的讽刺更为随意但也更有感染力的调笑与文艺复兴早期蓬勃兴起的喜剧化合成一股强大的文化力量，将相对僵硬的中世纪慢慢解构、融化。

如此,骑士罗兰(奥兰多)“因迷恋安赫丽卡而发疯”。都说描写他发疯的过程和心理变化是阿里奥斯托最出彩的地方，因为作者借此嘲笑离奇的冒险,歌颂爱情、忠贞和勇敢,并由此体现出人文主义思想。

福伦戈(Folengo, Teofilo)在其长诗《巴尔杜斯》(*Baldus*)中则有意将意大利俗语，尤其是日常生活中带有戏谑和嬉闹功能的词汇和概念同一本正经的拉丁语杂糅起来,以便用前者颠覆后者。作品因此而获得了强烈的喜剧效果。这颇让人联想到韩寒等年轻写手对某些八股腔和主流意识形态中某些空洞语汇的讽刺性模仿。巴赫金以狂欢的欣喜拥抱了拉伯雷，并且认为后者的狂欢（《巨人传》,*La vie de Gargantua et de Pantagruel*)多少受到了《巴尔杜斯》的影响。

几乎是在同一时期,巨人卡冈都亚降生了,他呱呱坠地就能喝掉上千头奶牛的乳汁,以至于在摇篮里就迫不及待地将一头奶牛吞入腹中。而这一直被认为是拉伯雷人文主义的表征：从另一个角度表现了人的精神(也即对巨人或巨神的嘲笑和丑化)。

狂欢之后是恶搞。这是宗教僧侣们始料未及(即使不想见也难以阻止)的。在西班牙作家曼里克(Manrique, Jorge)等人的喜剧中,调笑和狂欢获得了新的维度。于是,约瑟变成了笑容可掬的老头儿,他甚至会说这样搞笑的话：

呵,不幸的老头!
命运是如此漆黑,
做玛利亚的丈夫,
被她糟践了名誉。
我看她已经怀孕,
却不知何时何如;
听说是圣灵所为,

而我却一无所知。[①]

或者,还有无名诗人的恶搞:

修行生活
固然圣洁,
只因他们
皆系耆老。[②]

类似恶搞颇多。听众、读者在哈哈的笑声中被消解并消解了一切。

就这样,萨凯蒂或普尔契、博亚尔多或阿里奥斯托、福伦戈或拉伯雷、曼里克或无数无名诗人的讥嘲、调笑和恶搞嬉皮笑脸地在民间蔓延。到了15和16世纪,南欧大小不等的各色喜剧院、喜剧场如雨后春笋,从而以燎原之势对教廷和宫廷文化形成了重重包围。

俗话说,"笑一笑,十年少"。生活不能没有笑,逗笑也确是西方近现代文艺的要素之一,但含泪的笑、高雅的笑往往并不多见,多数调笑大抵只为搞笑、指向低俗。比如卡冈都亚暴殄天物,用手指"梳头"、"洗脸"之后,便"拉屎、撒尿、清嗓门、打嗝、放屁、呵欠、吐痰、咳嗽、呜咽、打喷嚏、流鼻涕……"又比如庞大固埃在教会图书馆里看到的《囊中因缘》、《法式裤裆考》、《神女卖笑》、《修女产子》、《童贞女之赝品》、《寡妇光臀写真》、《臀外科新手术》、《放屁新方》种种以及曼里克们的诸多恶搞;再比如薄伽丘们或伊塔司铎们打着旗帜反旗帜的兴高采烈的性描写、性指涉。这些不是很让我们联想到当下充斥中国文坛艺坛的轻浮搞笑和下半身指涉吗?然而,这里我暂且不说性和下半身写作,只说与《堂吉诃德》有关的喜剧和调笑、嬉闹和恶搞。

亚里士多德早就说过,"索福克勒斯是与荷马同类的摹仿艺术家,因为他们都摹仿高贵者;而从另一个角度来看……喜剧摹仿低劣的人;

---

① 见拙著《西班牙文学黄金世纪研究》,南京:译林出版社,2007年,第73页注①。

② 同上,第74页。

这些人不是无恶不作的歹徒——滑稽只是丑陋的一种表现。”①这些丑陋从创作主体滑自己之稽、滑他者之稽,直抵滑天下之大稽。传统价值及崇高、庄严、典雅等等在大庭广众的嬉笑和狂欢中逐渐坍塌,乃至分崩离析。

也许正是基于诸如此类的立场和观点,体现市民价值(或许还包括喜剧和悲剧兼容并包,甚至在悲剧中掺入笑料)的莎士比亚受到了老托尔斯泰的批判。如果不是因为他的悲剧作品,单凭喜剧他是断断无法高踞世界文学之巅的。然而,即使作为悲剧作家,据有关莎学家的最新考证,莎士比亚居然也会借哈姆雷特们之口夹杂大量性指涉,以博观众一笑及一般市民的青睐;也许,其在当时的逗笑效果当不亚于当下的许多小品相声、电影电视或二人转。

然而,群众喜闻乐见并不是衡量艺术高下的尺度,也不是艺术应当追求的向度,至少不应是其重要的向度。《花花公子》(*Playboy*)自 1953 年创刊以来平均每期行销百万份,最高月销量七百万份。我敢说《花花公子》或《花花公主》(*Playgirl*)或《阁楼风情》(*Penthouse*)之类比那些大话、戏说、恶搞和调笑更有市场。因此,收视率和发行量绝对不是衡量艺术的标准,更不是其惟一标准。用桑塔亚那的话说,经典之维不在接受之众寡,而在接受之深度。这个深度自然应该包含其在时间上的长度。

三

虽然文艺复兴运动轰轰烈烈的狂欢为资产阶级战胜封建王朝奠定了思想基础,但即使在启蒙运动之后,资产阶级登上历史舞台靠的依然是武装斗争。这且不说。学者卡斯特罗认为,随着文艺复兴运动的兴起,一方面人们前所未有地强调理智和理想的力量,另一方面也前所未有地重视对身边现世价值的追求。两种倾向都在 15 和 16 世纪新兴的文学体裁中获得新生。塞万提斯称西方第一部悲喜剧《塞莱斯蒂娜》(*La Celestina*)是“神书”同时也是“人书”,这种观点清晰地表达了上述情况(指其亦庄亦谐的风格和雅俗对立的人物)。英雄史诗以及描写骑士或者理想、爱情的作品站到了流浪汉文学以及喜剧的对立面。

① 亚里士多德:《诗学》,陈中梅译,商务印书馆,1996年,第42—59页。

在卡斯特罗看来，但丁时代的意大利已经十分明确地认识到了这两种艺术形式，在那里它们分别以费契诺的新柏拉图主义［如桑纳扎罗(Sannazaro, Jacopo)的《阿卡迪亚》(*Arcadia*)］和普尔契的世俗精神［如其《摩尔干提》(*Morgante*)］为代表。两种观点在产生过程中应该有过交锋，于是便有了人文的、世俗的一方对神奇的、超然的另一方的猛烈攻击。那些理想的原型匆忙地借助喜剧顺坡而下，而这坡儿则是通过诸如阿里奥斯托和他的追随者们的作品作铺垫的。伊拉斯谟看到了这一点。他带着恶意的喜悦在《疯狂颂》［或《愚人颂》(*The Praise of Folly*)］中写道："面对震撼了奥林匹斯山的人，众神之父、人类的君王不得不放下了他的权杖……当他想操练那项时常奏效的技能时，我是想说，当他想繁殖小朱庇特的时候，这个可怜的矮子像小丑那样戴上了面具……我想，我的先生们，人类繁衍的工具是那样东西……那样东西，是那样东西，而非毕达哥拉斯派所说的数，那样东西才是万物的、生命的神圣源泉。"①我们仿佛听到了面对奥林匹斯山倒塌的流浪汉式的哈哈大笑。人同此心，心同此理。在这一点上，伊拉斯谟的思想影响了流浪汉小说的兴起和调笑文艺的发展。反过来，《小癞子》(*Lazarillo de Tormes*)的故事或小沈阳的调笑远比伊拉斯谟的反宗教批判或持不同政见者的反体制攻击要更有力量。

伊拉斯谟熟谙并偏爱的卢恰诺［又作卢奇安(Lucianus)］就曾彻头彻尾地展示过这种颠覆的本领。米希利奥对公鸡说："我恳求你说一说特洛伊城被围困的事儿是否像荷马所写的那样。公鸡说：相信我，那个时候不像书中写的那样，根本没有那么美好：埃杰克斯没有那么高大，雅典娜也不像很多人想象的那么貌美倾城。"②图口舌之快、无所顾忌的阿里奥斯托不是也表现过相同的精神吗？请看这段描写：

埃涅阿斯并非那样虔诚，
阿喀琉斯的臂膀也不是强壮无比，
赫克托耳更不像传说的那么勇敢……
奥古斯都当然亦非维吉尔所吹嘘的

① 转引自卡斯特罗：《塞万提斯思想》，马德里：埃尔南多出版社，1925年，第20页。

② 卢恰诺，《对话集》(*Dialogos*)，转引自卡斯特罗：《塞万提斯思想》，第20页。

那般神圣与善良。[1]

如是,世俗的力量一旦生发便几何式地增长、发散,为16世纪西方艺术的发展开辟出一片无比自由的土壤,在那里精神只为凡人和世俗而兴奋。文学与宗教展开了真正的较量,后者被古典的权威光环与时代的杰出智慧所湮没,顿时显得岌岌可危。文学毫无阻力地走向世界,公然将天国抛诸脑后。而调笑在这里起到了关键作用。这也造成了另一个后果:在人们经历了文艺复兴胜利的第一次陶醉之后,天主教会终于在16世纪中叶改变阵容,全面退防,于是一次被动的反击开始了:通过特兰托教务会议对文学进行了强有力的监视,遏制了那些骑士小说以及"宣讲、涉及、叙述或教授淫荡或淫秽之物的书籍"。[2]生机勃勃的调笑一发而不可收并逐渐融入了西方文化,乃至对一般人等的精神生活产生了深刻的影响。

于是,以明图尔诺(Minturno, Sebastian)为代表的保守派与钦提诺(Cinthio, Girandi)为代表的激进派围绕悲剧和喜剧进行了旷日持久的古今之争,尽管这一争论并未(甚至至今没有被)上升到政治的高度。在这期间,贺拉斯(Horatius, Quintus)的《诗艺》(*Ars Poetica*)由于在悲剧和喜剧的认知上对亚里士多德多有修正,因而以"寓教于乐"思想以及将喜剧和悲剧一视同仁的态度(欲使人笑,必自己先笑;欲使人哭,必自己先哭)契合了人文主义和喜剧化表演的需要。

而塞万提斯所取法的,正是以其人之道还治其人之身:用调笑嘲讽了人性所蕴涵的丑恶以及骑士小说对骑士道的歪曲,从而同时写出了人性的高低、世界的悲喜。他的这种反转或辩证显然得益于巴洛克艺术。

一般认为巴洛克艺术起源于16世纪的南欧诸国,是文艺复兴和启蒙运动之间的一个间隙性流派,巴洛克具有文艺复兴时期的人文主义基因,但同时又明显背离文艺复兴运动的托古方法和世俗化倾向。巴洛克(barroco或barrocco, baroque, barrueco)一词源于南欧的拉丁方言,意为玑子(即变形大珍珠)。文艺复兴时期,由于珠宝商哄抬价格,一度使玑

① 转引自克莱门辛《堂吉诃德》校注本,第四卷,马德里,亚古阿多出版社,1835年,第55页。

② 卡斯特罗:《塞万提斯思想》,第23页。

子颇受青睐,以致其富于变化、难有相同的天然形态成了精美绝伦的代名词。因此,玑子常被用来与名贵宝石组合成不同的形象,如16世纪价值连城的坎宁宝石,便用一颗巨大的"人身鱼尾"玑子做了海神的躯干。巴洛克艺术的成因固然复杂,但其中的重要原因大致可以归纳如下:16世纪20年代,西班牙雇佣军洗劫罗马,意大利的其他文艺复兴重镇也先后经历兵火与动乱。以天主教国王和神圣罗马皇帝卡洛斯(史称查理五世)为首的西班牙帝国开始称雄欧洲。这个封建主义的堡垒虽然历时短暂,但在维系天主教罗马教廷、反对宗教改革和欧洲资本主义崛起的战斗中一度举足轻重。从繁琐的宫廷礼仪的建立到文学的贵族化(或谓巴洛克化),西班牙无不一马当先。然而,无论西班牙怎样努力,包括在雇佣军洗劫罗马时调动其在意大利的驻军保卫罗马教廷,天主教明日黄花的局面已然不可逆转。此外,文艺复兴运动的"托古改制"方法也已经不能满足急剧变化的时代需求。早期人文主义向往自然、关注人性的呐喊在迅速膨胀的个人主义和纷纷崛起的资本主义城市中走向自己的反动。于是,市民社会中金钱的罪恶正血淋淋地蔓延、人性的乖谬则嬉皮笑脸地暴露无已,从而与欧洲各封建王国和天主教廷的奢靡、腐败之风殊途同归。巴洛克艺术与其说是开拓风尚的,毋宁说是反映现实的。这在当时意大利的宗教建筑和西班牙文学中得到了很好印证。比如,罗马教廷为了抵御新教,借艺术展开了新一轮宣德教化,即一方面努力抑制人文主义的世俗情调,另一方面加大投入,加速圣彼得大教堂等重要建设工程,并大量使用贵重材料和豪华、繁复的装饰,以夺人眼球、表现"信仰的胜利"。这些建筑除了强调华美和雕饰,还赋予了变化和起伏,每每令人眼花缭乱。与此同时,西班牙文学蓬勃兴起,这与它擢升为欧洲最大的帝国、欧亚通商要埠有关,也与它的文化多元不无关系。多数文学史家认为,西班牙巴洛克文学对文艺复兴运动既有继承,也有反动。首先,巴洛克作家运用的题材和体裁主要来自文艺复兴时期,所不同的是方法,但不同方法的背后隐藏着不同的认知方式和价值判断。众所周知,文艺复兴时期(尤其是早期)的人文主义者普遍相信人对于社会和自然的权利,相信人可以认识和征服世界,并由衷地捍卫人本和人权。这些既表现为对古典"黄金时代"的美化,也表现为对现实和未来世界的信心。在这方面,加尔西拉索的作品堪称典范与高峰。但形势急剧变化,天主教会竭力阻止宗教改革运动,王室的一系列对外政策受挫,信仰危机和经济危机迅速降临。与此同时,科学技术的飞速发展进一步加剧了信仰的坍塌。现实中的美与丑、善与恶、真与假、奢华与赤贫、教义与物欲,以及人性的复杂性和多面性动摇了理想主义的基础。流浪汉小说记录了这个过程:从开始的相对客观的现实主义到后来愈来愈主观、愈来愈花哨的巴洛克主义,逼真地反映了16世纪中至17世纪初西班牙文人从心态到方法的变化。另一方面,现实的矛盾、人性的矛盾导致了怀疑主义的弥漫。由于资本主义和市民社会的发展并没有给世界带来更多的光明,许多艺术家陷入了神性与人性、理想与现实之间的复杂矛盾。为了逃避诸如此类难以调和的矛盾,不少艺术家开始在两个极端构建自己的"天堂":一边是指向过去的神话和基督教传统,一边是面向未来的乌托邦式的艺术想象。意大利作家马里诺、西班牙诗人贡戈拉等许多艺术家都曾在充满神话和宗教、悲剧和喜剧交融的艺术追求中体现了博采众长、融会贯通的巴洛克风格。有关天堂和死亡的思考也悖论式地存在于新一代西班牙宗教诗人和文人墨客的字里行间,以至于相对统一的人文主义的价值观和审美观被相对多元的价值观和审美观所取代。毫无疑问,相对于文艺复兴时期崇尚的自然、和谐与简洁,巴洛克艺术倾向于追求原创与变化、夸张与繁缛。面对自然,文艺复兴初期人们看到的是理想化的和谐与美丽,巴洛克作家则不然。自然"母亲"在巴洛克作家(如格拉西安)笔下常常以"后娘"的形态出现。正因为如此,格拉西安修士曾经这样批评前人的做法,即把"艺术当作自然的补充";于是,"自然被赋予了另一张漂亮的面孔……当然,那是一张虚构的面孔,自然的自然状态、不堪状态被忽略不计,一切都是那么美好:倘非如此,便是粗俗和不雅"。[①]人性的两面或多面日渐暴露并化作愈来愈严重的社会问题。此外,一如文艺复兴初期的艺术,巴洛克艺术虽然继续尊重古希腊罗马文艺,但已经不再像前人那样言必称希腊了。他们大都不再相信言必有宗的师承,也不再认为古希腊艺术不可超越。因此,自我作古、并看多面的精神开始取代"托古改制"和亦步亦趋的模仿甚至移译。

① 格拉西安:《批评家》(又译《针砭时弊者》),马德里:卡特德拉出版社,1980年,第7页。

从某种意义上说，从亚里士多德时代到巴洛克时代恰似我国文学由相对单纯的"载道"思想到相对复杂的"主体"意识的沿革。虽然早在汉代甚至先秦,文学的主体意识已初露端倪,但真正产生本质效应的却必得在魏晋南北朝。有鉴于此,日本学者提出了"魏晋文学自觉说",[①]理由是曹丕的《典论·论文》;继之是鲁迅所谓的"曹丕时代"。[②]从此,"魏晋文学自觉说"不胫而走。[③]这其中许有侧重的不同,但把魏晋时代视为中国文学的自觉时代几乎是学界的一个共识。然而，近来有学者提出异议,比如认为汉代已是中国文学的自觉时代。[④]其依据是:一、班固的《汉书·艺文志》证明汉代的文学已经从广义的学术中分化出来,成为了独立的门类;二、《后汉书·文苑列传》证明汉代对文学体裁有了较细的区分和认识;三、扬雄的《解嘲》、张衡的《二京赋》证明汉代对文学的审美特性有了自觉的意识。这并非没有道理。但总体说来,无论是体裁的数量还是对文学自身关注的程度而言，汉代均不可以与魏晋时期同日而语。这中间也有一个量变与质变的问题。而且,两相比较,也明显存在着"为他"和"为己"的区别。相对而言,汉代文学并未摆脱"载道"思想,而魏晋文学却已有相当一部分"为艺术而艺术"了(比如曹丕的"文气说",又比如阮籍、嵇康之后的玄学,再比如后来普遍崇尚的"诗赋欲丽"和南北朝的形式主义,等等)。尤其是从曹丕、陆机到刘勰(《文心雕龙》)、钟嵘(《诗品》),中国文学才真正形成一套内涵丰富的诗学。与此同时,体裁发生了重大的变化,出现了小说和新的诗体(如古诗变体、长短体、小诗)以及律体的逐渐形成、山水诗和色情文学的产生,等等。其中的极端表现,便是后人批判的"六朝文风",即所谓身居江湖,心怀富贵;虽奉释道,却写艳情;口谈清修,体溺酒色;总之是浮虚淫侈、华艳绮丽之风盛极一时。同样,巴洛克时代是西方文学思想、文学体裁和文学形式普遍产生、

① 铃木虎雄:《中国诗论史》,许总译,广西人民出版社,1989年,第37页。

② 《鲁迅全集》,第三卷,人民文学出版社,1981年,第504页。

③ 李泽厚:《美的历程》,文物出版社,1981年,第85—96页;袁行霈:《中国文学史》,第二卷,高等教育出版社,1999年,第3—4页。

④ 龚克昌:《汉赋——文学自觉时代的起点》,《文史哲》,1988年第5期;詹福瑞:《从汉代人对屈原的批评看汉代文学的自觉》,《文艺理论研究》,2000年第5期;赵敏俐:《"魏晋文学自觉说"反思》,《中国社会科学》,2005年第2期;等等。

定型的时期。拿西班牙文学为例,其巴洛克时期同我国的魏晋南北朝时期似有诸多相近之处。首先,那是中世纪以后的一个相对黑暗的时代。由于封建统治集团的腐朽无能以及对外战争不断,造成经济凋敝、民生困顿。其次,文艺复兴运动逐渐被形式主义文学取代。这主要有两方面的原因:一是荒淫奢靡的君主贵族取代教会,掌握了文学的领导权。一如陈后主"不虞外难,荒于酒色,不恤政事"(《南史·陈后主本纪》),费利佩三世非但没有卧薪尝胆,反而沉湎于酒色,致使国是荒废,大权旁落。宠臣莱尔马公爵专权腐败,给西班牙经济带来了更大不幸;二是在莱尔马公爵执政时期,一方面,西班牙上流社会继续骄奢淫逸,肆意挥霍美洲金银;另一方面,为阻止新教思想和科学精神的渗入,西班牙大兴文字狱(这正是神秘主义诗潮产生的历史原因之一)。于是,一些作家诗人文过饰非,竭尽矫饰、机巧之能事,导致了巴洛克文学的兴盛。这时的文人墨客已经大都不再是能文能武的"骑士",有些已完全变成了依附宫廷甚至迎合王公贵族荒淫奢侈、附庸风雅的玩家。

塞万提斯虽然能文能武,却没有感受到文艺复兴运动的多少世俗的恩惠。相反,他见证了家族的没落、西班牙的盛极而衰和林林总总的时代悲剧。同时,西班牙文化的多元混杂却为他提供了得天独厚的想象的天空。如是,他在《堂吉诃德》中谈及《堂吉诃德》的"由来"时曾经戏言,它是阿拉伯历史学家贝南赫利的著作,是作者请人从阿拉伯文翻译过来的。作者姑妄说之,我们姑妄听之。有趣的是,塞万提斯反喜剧之道而行之,表现了崇高的毁灭。而后者正是古典悲剧的力量之所在。只不过塞万提斯与时俱进地采用了方兴未艾、横扫千军的喜剧因素,用调笑表现了庄严。于是,悲剧英雄既具有一般时代小丑的特征,又明显托举起了古典的崇高之美,《堂吉诃德》也便成了用苦笑演绎的理想主义挽歌。正因为如此,如果说但丁标志着一个神的时代的终结,一个人的时代的来临,那么塞万提斯同样标志着一个时代的终结,另一个时代的开始:从一方面说,也即一个唯心主义时代的终结,一个唯理主义时代的开始;从另一方面说,则是一个英雄主义时代的终结,一个小人主义时代的开始,或者一个理想主义时代的终结,一个物质主义时代的开始。当然,这并不是非此即彼的排中律,之间的复杂人所共知,无需多言,但总体上说,此乃私有制或资本主义发展的必然结果。

如此，西方文艺复兴运动用三百多年的时间改变了世界，也唤醒了人性以及人性三兽；我们却只用了三十多年的时间完成了"文艺复兴"，在改变世界的同时唤醒了人性三兽，并以史无前例的速度兴高采烈、欢呼雀跃或者懵懵懂懂、不知不觉地奔向了跨国资本主义。顺便说一句，所谓的"经济全球化"只不过是自欺欺人的说法罢了。用马克思的话说，资本在取得地区垄断和国家垄断之后，必然会走向国际垄断，这时"各国人民日益被卷入世界市场网，从而资本主义制度日益具有国际的性质"。[①]这一性质当然不仅仅局限于经济领域，它还一定会随着资本的逻辑将其色彩洒满世界。而调笑无疑已经是、依然是并将(如果我们不加阻止的话)继续是颠覆和消解传统价值乃至任何非资本主义、非个人主义、非自由主义意识形态的最有力的武器，尽管它表面上有利于人们的身心愉悦健康、社会的暂时和谐稳定。

需要特别说明的是：文艺领域的调笑和喜剧化表演本身并没有错，错的是不加甄别、没有节制的追捧与不分场合、无论雅俗的褒扬。此外，反思文艺复兴并不意味着否定文艺复兴，而是借其托古之法以观当今中国文艺之维。况且早有学者匡谬正俗先我就现代性、现代化和异化等源自人文主义的一系列问题提出了高见，我只不过是从旁增点添滴而已。顺便说一句，真正的文化自觉、大学风范乃进退中绳、将顺其美；无论中学西学，皆取舍有度，并且首先对本民族的文明进步、长治久安有利，其次才是更为宽泛的学术精神、客观真理、世界道义等等，尽管它们通常相辅相成、难分伯仲。

学者施米特(Schmitt，Carl)在反思现代性时说过，从一开始这就是一个"世俗的时代"。[②]除了伊拉斯谟所说的那个惟一重要的东西、那件惟一重要的事情而外，一切都井井有条，就连幽默、调笑和嬉闹也走上了制度化的轨道。遣散了庄严，驱逐了崇高，没有了敬畏，解放了欲望，等待人类的便果真是"娱乐至死"[③]。

① 《资本论》，第一卷，人民出版社，2004年，第874页。

② 迈尔(Meier，Heinrich)：《古今之争中的核心问题——施米特的学说与施特劳斯的论题》(*Die lehre Carl Schmitts und das thema von Leo Strauss*)，林国基等译，华夏出版社，2004年，第7页。

③ 波兹曼(Postman，Neil)：《娱乐至死》(*Amusing Ourselves to Death*)，章艳、吴燕莛译，广西师大出版社，2009年。

附录一

重要文献

一、西班牙语部分

Abaurre y Mesa, José: *Historia de varios sucesos ocurridos en la aldea después de la muerte del Ingenioso Hidalgo Don Quijote de la Mancha*, Madrid: Sucesores de Ribadeneyra, 1901.

Abreu Gómez, Ermilo: *Don Quijote, genio y figura,* México: B. Costa-Amic, 1966.

Abreu Gómez, Ermilo: *La Letra del Espíritu,* México: Ediciones Oasis, S.A., 1972.

Abreu Gómez, Emilio: *Bellas, claras y sencillas páginas de la literatura castellana,* México: Costa-Amic Editores, 2000.

Acosta Rodríguez, Luis: "El marco histórico de la época cervantina", En *Cervantes* (Caracas) (1949), pp.169—199.

Actas Cervantinas (1905—1916), Alcalá de Henares: Ayuntamiento, 1996.

Actas de la I Conferencia de Hispanistas de Rusia 1994, Madrid: Ministerio de Asuntos Exteriores, 1996.

Actas del Coloquio Cervantino (Würzburg 1983), Münster Westfalen: Aschendorffsche Verlagsbuchhandlung, 1987.

Actas del Tercer Congreso de Hispanistas de Asia (Tokyo 1993), Hiroto Ueda, ed. Tokyo: Asociación Asiática de Hispanistas, 1993.

Actas del III Congreso Argentino de Hispanistas:España en América y América en España (Argentina 1992), Buenos Aires: Universidad de Buenos Aires, 1993.

Actas del Primer Congreso Internacional de Hispanistas (Oxford 1962), Oxford: The Dolphin Book, Co. Ltd., 1964.

Actas del Segundo Congreso Internacional de Hispanistas (Nimega 1965),

Nimega: Instituto Español de la Universidad de Nimega, 1967.

Actas del Tercer Congreso Internacional de Hispanistas (México 1968), México: El Colegio de México, 1970.

Actas del Cuarto Congreso Internacional de Hispanistas (Salamanca 1971), Salamanca: Universidad de Salamanca, 1982.

Actas del Quinto Congreso Internacional de Hispanistas (Bordeaux 1974), Bordeaux: Universidad de Bordeaux III, 1977.

Actas del Sexto Congreso de la Asociación Internacional de Hispanistas (Toronto 1977), Toronto: University of Toronto, 1980.

Actas del Séptimo Congreso de la Asociación Internacional de Hispanistas (Venecia 1980), Venezia: Bulzoni Editore, 1982.

Actas del Octavo Congreso de la Asociación Internacional de Hispanistas (Providence 1983), Madrid: Ediciones Istmo, 1986.

Actas del IX Congreso de la Asociación Internacional de Hispanistas (Berlín 1986), Frankfurt am Main: Vervuert Verlag, 1989.

Actas del X Congreso de la Asociación Internacional de Hispanistas (Barcelona 1989), Barcelona: PPU, 1992.

Actas del XI Congreso de la Asociación Internacional de Hispanistas (Irvine 1992), Inerve: University of California, 1994.

Actas del XII Congreso de la Asociación Internacional de Hispanistas (Birmingham 1995), Birmingham, UK: University of Birmingham, Doelphin Books, 1998.

Actas del XIII Congreso de la Asociación Internacional de Hispanistas (Madrid 1998), Madrid: Editorial Castalia, 2000.

Actas del XIV Congreso de la Asociación Internacional de Hispanista (Nueva York 2001), Newark, Del.: Juan de la Cuesta–Hispanic Monographs, 2004.

Actas del XV Congreso de la Asociación Internacional de Hispanistas (Monterrey 2004), México: Fondo de Cultura Económica, 2007.

Actas del Primer Coloquio Cervantino Internacional (Guanajuato), Guanajuato: Gobierno del Estado de Guanajuato, 1988.

Agostini Banus, Edgar R.: *Breve estudio del tiempo y del espacio en el* Quijote, Ciudad Real: Instituto de Estudios Manchegos, 1958.

Agostini de del Río, Amelia: *Compañero del estudiante del* Quijote, San Juan de Puerto Rico: Edit. Cordillera, 1975.

Agramonte y Pichardo, Roberto: *Cervantes y Montalvo,* La Habana: Universidad de la Habana, 1949.

Aguilera, Ricardo: *Intención y silencio en el* Quijote, Madrid: Editorial Ayuso, 1972.

Aguirre, Mirta: *La obra narrativa de Cervantes,* La Habana: Editorial Arte y Literatura, 1976.

Aguirre, Mirta: *Un hombre a través de su obra: Miguel de Cervantes Saavedra,* La Habana: Editorial Letras Cubanas, 1979.

Aguirre Bellver, Joaquín: *El borrador de Cervantes: Cómo se escribió* El Quijote, Madrid: Ediciones Rialp S.A., 1992.

Aguirre Prado, Luis: *Geografía del* Quijote, Madrid: Publicaciones Españolas (Servicio de publicaciones del M.I.T), 1963.

Aguirre Sirera, José Luis: *Cervantes y* Don Quijote, *Colección Estudio y Vida,* Valencia: Cosmos, 1959.

Ahumada Gual, Luis de: *Quijotaciones: digresiones en do menor para curiosos, perplejos y desorientados,* Alcoletge, Lleida : Editorial Ribera & Rius, 1995.

Alatorre, Antonio: "Perduración del 'ovillejo cervantino'", *NRFH,* (38), México: El Colegio de México, 1990, pp.643—674.

Alba-Buffill, Elio: *Los estudios cervantinos de Enrique José Varona,* New York: Senda Nueva de Ediciones, 1979.

Alborg, Juan Luis: *Historia de la Literatura Española,* Madrid: Gredos, 1966.

Alcalá, Manuel: *El cervantismo de Alfonso Reyes,* México: Universidad Nacional Autónoma de México, 1964.

Alcalá Zamora, Niceto: *El pensamiento de* El Quijote *visto por un abogado,* Buenos Aires: Editorial Guillermo Kraft Ltda., 1947.

Alía Pazos, Isabel: *Castellanización de España por* Don Quijote, Madrid: Gráficas Sánchez, 1951.

Alonso, Amado: *Materia y forma en poesía,* Madrid: Gredos, 1969.

Alonso, Dámaso: *Del Siglo de Oro a este siglo de siglas (Notas y artículos a través de 350 años de letras españolas),* Madrid: Gredos, 1968.

Alonso, Dámaso: *La novela cervantina,* Santander: Publicaciones de la Universidad Internacional Menéndez Pelayo, 1969.

Alvárez Vigaray, Rafael: *El derecho civil en las obras de Cervantes,* Granada: Editorial Comares, 1987.

Anales cervantinos, Madrid: CSIC, 1951—.

Andres-Suárez, Irene: *La novela y el cuento frente a frente,* Lausanne: Sociedad Suiza de Estudios Hispánicos, 1995.

Aranda Pérez, Francisco(et.): *La monarquía hispánica en tiempos del* Quijote, Madrid: Siílex Ed., 2005.

Arboleda, Carlos Arturo: *Teoría y formas del metateatro en Cervantes,* Salamanca: Ediciones Universidad de Salamanca, 1991.

Arco y Garay, Ricardo del: *La sociedad española en las obras de Cervantes,* Madrid: Patronato del IV Centenario de Cervantes, 1951.

Arellano, Ignacio (et.): *Temas del barroco hispánico,* Pamplona: Universidad de Navarra ; Madrid: Iberoamericana; Frankfurt am Main: Vervuert, 2004.

Aribau, Buenaventura Carlos: *Vida de Miguel de Cervantes Saavedra*, Madrid: Atlas, 1943.

Armas y Cárdenas, José de: El Quijote *y su época,* Madrid y Buenos Aires: Edit. Renacimiento, 1915.

Armero, Gonzalo (ed.): *Cuatrocientos años de* Don Quijote *por el mundo,* Madrid: Ed. Poesía, 2005.

Arrabal, Fernando: *Un esclavo llamado Cervantes*, Madrid: Espasa-Calpe, 1996.

Asensio [y Toledo], José María: *Cervantes y sus obras,* Barcelona: F. Seix, Editor, 1902.

Astrana Marín, Luis: *Cervantinas y otros ensayos,* Madrid: Afrodisio Aguado S. A., 1944.

Astrana Marín, Luis: *Vida ejemplar y heroica de Miguel de Cervantes Saavedra. Con mil documentos hasta ahora inéditos y numerosas ilustraciones y grabados de época* (7 vols.), Madrid: Instituto Editorial Reus, 1948—1958.

Aubier, Dominique: Don Quijote, *profeta y cabalista,* Barcelona: Ediciones Obelisco, 1981.

Avalle-Arce, Juan B.: *Nuevos deslindes cervantinos,* Barcelona: Ariel, 1975.

Avalle-Arce, Juan B.: Don Quijote *como forma de vida,* Madrid: Fundación Juan March/Castalia, 1976.

Avalle-Arce, Juan B.: *Enciclopedia cervantina,* Alcalá de Henares: Centro de Estudios Cervantinos, 1997.

Avalle-Arce, Juan B. y Riley, Edward C. (ed.): *Suma cervantina,* London: Tamesis Books, 1973.

Ayala, Francisco: *Experiencia e invención,* Madrid: Taurus, 1960.

Ayala, Francisco: *Teoría y crítica literaria,* Madrid: Aguilar, 1971.

Ayala, Francisco: *Cervantes y Quevedo,* Barcelona: Seix Barral, 1974.

Babelon, Jean: *Cervantes,* Buenos Aires: Editorial Losada, S. A., 1947.

Bailón-Blancas, José Manuel: *Historia clínica del caballero Don Quijote,* Madrid: Gráficas Cañizares, 1993.

Bandera, Cesáreo: *Mímesis conflictiva. Ficción literaria y violencia en Cervantes y Calderón,* Madrid: Gredos, 1975.

Benedicto, José Manuel: *Léxico de Cervantes,* Madrid: Imprenta de los Hijos de M. G. Hernández, 1905.

Beniítez Reyes, Felipe (et.): *Nuevas visiones del* Quijote, Oviedo: Ed. Nobel, 2000.

Bergamín, José: *La corteza de la letra (palabras desnudas),* Buenos Aires: Editorial Losada, 1957.

Bertrand, J. J. A.: *Cervantes en el país de* Fausto, Madrid: Ediciones Cultura Hispánica, 1950.

Bickermann, Joseph: Don Quijote *y* Fausto. *Los héroes y las obras,* Trad. del P. Félix García, Barcelona: Casa Editorial Araluce, 1932. [*Don Quijote und Faust. Die Helden und die Werke,* Berlin: A. Colignon, 1920]

Boedo, Fernando: *El Contraquijote. Estudio crítico*, Madrid: Tip. de la Sociedad Editorial de España, 1916.

Bonilla y San Martín, Adolfo: *Cervantes y su obra*, Madrid: Francisco Beltrán, Librería Española y Extranjera, 1916.

Caballero, Fermín: *Pericia geográfica de Miguel de Cervantes demostrada con la historia de don Quijote de la Mancha*, Madrid, Imprenta de Yenes, 1849.

Carrasco Urgoiti, Soledad(et.): *De Cervantes y el Islam,* Madrid: Ministerio de Cultura : Sociedad Estatal de Conmemoraciones Culturales, 2006.

Casalduero, Joaquín: *Estudios de Literatura Española,* Madrid: Gredos, 1973.

Casalduero, Joaquín: *Sentido y forma del* Quijote (1605—1615), Madrid: Insula, 1975. [Primera edición, 1949]

Castro, Américo: *El pensamiento de Cervantes,* Madrid: Hermando, 1925.

Castro, Américo: Hacia Cervantes, Madrid : Taurus, *1967.*

Cejador y Frauca, Julio: *Miguel de Cervantes Saavedra (Biografía, Bibliografía y Crítica),* Madrid: Imprenta de la Revista de Archivos, Bibliotecas y Museos, 1916.

Cejador y Frauca, Julio: *La lengua de Cervantes* (2 vols.), Madrid: Establecimiento Tipográfico de Jaime Ratés, 1905—1906.

Cervantes, Miguel de: *Obras completas,* Valbuena Prat ed., Madrid, Castalia, 1991. [《塞万提斯全集》,董燕生、杨绛等译,北京:人民文学出版社,1996 年]

Cervantes, ante la Prensa española en su Cuarto Centenario, Madrid: Subsecretaría de Educación Popular, Hemeroteca Nacional, 1947—1948.

Chesterton, Gilbert K.: *El regreso de Don Quijote,* Barcelona: Ponsa Imp., 1944.

Clemencín, Diego: "Prólogo a la edición de *Don Quijote de la Mancha*", Madird: AGUADO, 1834, pp.I—VI.

Colombi, María Cecilia: *Los refranes en el* Quijote: *texto y contexto,* Potomac, Maryland: Scripta Humanistica, 1989.

Cortacero y Velasco, Miguel: *Cervantes y el Evangelio o el simbolismo del* Quijote, Madrid: Imprenta de los Hijos de Gómez Fuentenebro, 1915.

Cotarelo y Mori, Emilio: *Ultimos estudios cervantinos. Rápida ojeada sobre los más recientes trabajos acerca de Cervantes y el* Quijote, Madrid: Tip. de la Revista de Archivos, Bibliotecas y Museos, 1920, 66 pgs.

Cueto, Juan: *La vida y la raza a través del* Quijote, Luarca: Talleres Gráficos Manuel Méndez, 1916.

Curtius, Ernst Robert: *Literatura europea y Edad Media latina*, México: Fondo de Cultura Económica, 1956.

De-Benito, José: *Hacia la luz del* Quijote, Madrid: Aguilar, 1960.

Derjavin, C.: *La crítica cervantina en Rusia*, Madrid: Tipografía de Archivos, 1929.

Descouzis, Paul M.: *Cervantes y la generación del 98*, Madrid: Ediciones Iberoamericanas, S.A. (E.I.S.A.), 1970.

D'Halmar, Augusto: *La Mancha de Don Quijote*, Santiago de Chile: Ercilla, 1935 (zª ed.).

Díaz de Benjumea, Nicolás: *La verdad sobre el* Quijote, Madrid: Gaspar, 1878.

Díaz-Plaja, Guillermo: *En torno a Cervantes*, Pamplona: Eunsa, 1977.

Díaz-Solís, Ramón: *Ejercicios de Quijote*, Bogotá: Ediciones de Tercer Mundo, 1981.

Dotor y Municio, Angel: *Don Quijote y el Cid*, Madrid: Editora Nacional, 1945.

Echeverría, José: El Quijote *como figura de la vida humana,* Santiago de Chile: Ediciones de la Universidad de Chile, 1965.

Echeverría, José: *Libro de convocaciones I: Cervantes, Dostoyevski, Nietzsche, A. Machado,* Barcelona: Anthropos, 1986.

Eisenberg, Daniel: "Repaso crítico de las atribuciones cervantinas", *NRFH* (38), México: El Colegio de México, 1990, pp.477—492.

Eisenberg, Daniel: *Estudios cervantinos,* Barcelona: Sirmio, 1991.

El Quijote: *biografía de un libro 1605—2005,* Madrid: Biblioteca Nacional, 2005.

Ertler, Klaus-Dietes (et.):El Quijote *hoy: la riqueza de su recepción,* Madrid: Iberoamericana; Frankfurt am Main: Vervuert, 2007.

Espín Rael, Joaquín: *Investigaciones sobre* El Quijote *apócrifo,* Madrid: Espasa-Calpe, S.A., 1942.

Estades Rodríguez, Damián: *El tesoro mágico de* Don Quijote de la Mancha, Madrid: Ornigraf-Arsango, 1976.

Falconi Almeida, Patricio: *El síndrome de* Don Quijote*,* Quito: FundaFuturo, 1996.

Fernández Duro, Cesáreo: *Conocimientos geográficos de Cervantes* (Discurso), Madrid: Editorial Academia de la Historia, 1905.

Fernández Figueroa, J.: *Tres ensayos quijotescos,* Madrid: Ediciones Índice, 1957.

Fernández Gómez, Carlos: *Vocabulario de Cervantes,* Madrid: Real Academia Española, 1962.

Fernández Navarrete, Martín: *La vida de Miguel de Cervantes Saavedra*, Madrid: La Imprenta Real, 1819.

Fernández S.J., Jaime: *Invitación al* Quijote, Madrid: Ediciones José Porrúa Turanzas S. A., 1989.

Fernández S.J., Jaime: *Bibliografía del* Quijote *por unidades narrativas y materiales de la novela,* Alcalá de Henares: Centro de Estudios Cervantinos, 1995.

Fernández Suárez, Alvaro: *Los mitos del* Quijote, Madrid: Aguilar, 1953.

Ferreras, Juan Ignacio: *La estructura paródica del* Quijote,Madrid: Taurus, 1982.

Ferreyra Videla, Fidel: *Andanzas de Don Quijote y Fierro,* Buenos Aires: Edit. Dolmen, 1953.

Flores Arroyuelo, Francisco: *Alonso Quijano, el hidalgo que encontró el tiempo perdido,* Murcia: Secretariado de Publicaciones, Universidad de Murcia, 1979.

Flores López, Santos: *Análisis filosófico del* Quijote, Managua (Nicaragua): Editorial Atlántida, 1953.

Foix, Pere: *Sancho Panza el idealista,* México: Editores Mexicanos Unidos, S. A., 1972 (2ª ed.).

Forcione, Alban K.: "Cervantes en busca de una pastoral auténtica", *NRFH*(36), Mexico: El Colegio de Mexico, 1988, pp.1011—1043.

Fors, Luis Ricardo: *Criptografía quijotesca,* La Plata: Sesé y Larrañaga, 1905.

Fredén, Gustaf: *Tres ensayos cervantinos.* Madrid: Insula, 1964.

Frenk, Margit: *Entre la voz y el silencio (La lectura en tiempos de Cervantes),* Alcalá de Henares: Centro de Estudios Cervantinos, 1997.

Fucilla, Joseph G.: "Bibliografía italiana de Cervantes (Suplemento a Ford and Lansing: Cervantes: A Tentative Bibliography)", *RFE* (Anejo 59), Madrid: CSIC, 1953, pp.50—62.

Fuentes, Carlos: *Cervantes o la crítica de la lectura,* México: Cuadernos de Joaquín Mortiz, 1976.

Fuentes Gutiérrez, Hermenegildo: Don Quijote *de Cervantes. De La Mancha a Sanabria,* Madrid: Rehyma Artes Gráficas, 1983.

Gaos, Vicente: *Temas y problemas de literatura española,* Madrid: Ediciones Guadarrama, 1959.

Garaudy, Roger: *La poesía vivida:* Don Quijote, Córdoba: Ediciones El Almendro de Córdoba, S.L., 1989.

García Gibert, Javier: *Cervantes y la melancolía. Ensayos sobre el tono y la actitud cervantinos,* Valencia: Ediciones Alfones El Magnánim, 1997.

García Lorca, Francisco: *De Garcilaso a Lorca,* Madrid: Istmo, 1984.

García Martín. Manuel: *Cervantes y la comedia española en el siglo XVII,* Salamanca: Ediciones de la Universidad de Salmanca, 1980.

García Puertas, Manuel: *Cervantes y la crisis del Renacimiento español,* Montevideo: Universidad de la República, 1962.

García Rey, Verardo: *Nuevos documentos cervantinos hasta ahora inéditos.* Madrid: Imprenta Municipal, 1929.

García Sánchez, Jesús: *La generación del 27 visita a* Don Quijote, Madrid: Visor Libros, 2003.

Garet Mas, Julio: *Poesías y notas quijotescas,* Montevideo: Editorial Florensa & Lafon, 1972.

Garrido Domínguez, Antonio: *El texto narrativo,* Madrid: Síntesis, 1996.

Garrote Bernal, Gaspar: *Quijote versus Sancho. Dos visiones del mundo,* Madrid: Ediciones Temas de Hoy, S.S., 1995.

Garrote Pérez, Francisco: *La naturaleza en el pensamiento de Cervantes,* Salamanca: Ediciones Universidad de Salamanca, 1979.

Gavalda, Antonio C.: *Los animales en el* Quijote, Barcelona: Cunillera, 1951.

Gerchunoff, Alberto: *La jofaina maravillosa: Agenda cervantina,* Buenos Aires: M. Gleizer, 1927.

Ghiano, Juan Carlos: *Cervantes novelista,* Buenos Aires: Ediciones Centurión, 1948.

Giralt y Alemany, Pedro: *Bellezas del* Quijote, *Comentario y glosa de las maravillas que contiene el gran libro de Cervantes,* La Habana: Imprenta Avisador Comercial, 1905.

Givanel y Mas, Juan: *Una mascarada quixotesca celebrada en Barcelona l'any 1633*, Barcelona: Imprenta de l'Avenc, 1915.

Goicoechea Arrondo, Eusebio: *La Mancha tierra de Don Quijote* (Vol. III), Madrid: Editorial Dosbe, 1978.

Gómez Tejedor, Jacinto: *Un naturalista ante el* Quijote, Bilbao: Ediciones Mensajero, S.A., 1994.

Gonthier, Denys A.: *El drama psicológico del* Quijote, Prólogo de Julián Marías.

Madrid: Ediciones Studium, 1962.

González de Amezúa y Mayo, Agustín de: *Cervantes, creador de la novela corta española* (2 vols.). Madrid: C.S.I.C., 1956—1958.

González Ruiz, Nicolás: *Dos genios contemporáneos: Cervantes y Shakespeare*, Barcelona: Editorial Cervantes, 1945.

González Stefani, José María: *El sepulcro de Sancho Panza*, Madrid: Editorial ZYX, 1964.

Goyanes [Capdevila], José: *Tipología de* El Quijote. *Ensayo sobre la estructura psicosomática de los personajes de la novela,* Madrid: S. Aguirre, 1932.

Green, Otis H.: *España y la tradición occidental* (4 vols.). Madrid: Gredos, 1969.

Guillén, Claudio: *El primer Siglo de Oro. Estudios sobre géneros y modelos,* Barcelona: Editorial Crítica, 1988.

Gutiérrez Noriega, Carlos: *Contribución de Cervantes a la psicología y a la psiquiatría,* Lima: Editorial Lumen, S.A., 1944.

Gutiérrez Noriega, Carlos: *Significado y trascendencia del humorismo en Cervantes,* Lima: Edit. Lumen, 1948.

Gutiérrez Phillips, Damato: *Divagaciones pedagógicas sobre la historia y el* Quijote (Primera Parte), Madrid: Imprenta Sáez Hermanos, 1933.

Guzmán, Eugenio: El Quijote *y los libros de caballerías,* Barcelona: Casa Editorial Maucci, 1947.

Hatzfeld, Helmut A.: "¿Don Quijote asceta?", *NRFH* (2), 1948, pp.57—70.

Hatzfeld, Helmut A.: *Estudios de literaturas románicas,* Barcelona: Planeta, 1972.

Hatzfeld, Helmut A.: *Estudios sobre el barroco,* Madrid: Gredos, 1973 (3ª ed.).

Henrich, Manuel: *Iconografía de las ediciones del* Quijote *de Miguel de Cervantes* (3 vols.), Barcelona: Henrich y Cía en Comandita, 1905.

Homenaje a Cervantes (México), México: Imprenta Universitaria, 1948.

Homenaje a Miguel de Cervantes Saavedra (Argentina), Buenos Aires:Universidad de Buenos Aires, Facultad de Filosofía y Letras, 1947.

Icaza, Francisco A. de: *Supercherías y errores de Cervantes puestos en claro,* Madrid: Renacimiento, 1917.

Icaza, Francisco A. de: *Estudios cervantinos,* Selección y prólogo de Andrés

Henestrosa, México: Secretaría de Educación Pública, 1947.

Illades [Aguilar], Gustavo: *El discurso crítico de Cervantes en* El cautivo, México: Universidad Nacional Autónoma, 1990.

Insúa Escobar, Alberto A.: *El alma y el cuerpo de Don Quijote,* Madrid: Imp. Renacimiento, 1915.

Isla, J. Jesús de la: *Sentencias y refranes del* Quijote, México, D.F.: Editorial Dinosaurio, S.A., 1979.

Jaccaci, August F.: *El camino de* Don Quijote. *Por tierras de la Mancha,* Madrid: Imp. Clásica Española, 1915.

Jay Allen, John: Don Quijote *en el arte y pensamiento de Occidente,* Madrid: Cátedra, 2004.

Jiménez García de la Serrana, Manuel: *Don Quijote Socialista,* Toledo: A. Medina, 1933.

Koppen, Erwin: *Thomas Mann y* Don Quijote. *Ensayos de literatura comparada,* Barcelona: Editorial Gedisa, S.A., 1990.

La Barbera, Enrico Mario: *Las influencias italianas en la novela de* El curioso impertinente *de Cervantes,* Roma: Ed. Vittorio Bonacci, 1963.

Lafuente, Federico: *El Romancero del* Quijote, Madrid: Librería de Fernando Fe, 1916.

Landestoy Garrido, Pedro y Landestoy Duluc, Pedro: El Quijote *oculto* (La Cueva de Montesinos desvelada), Santo Domingo: Editora Alfa y Omega, 1982.

Lanuza, José Luis: *Las brujas de Cervantes,* Buenos Aires: Academia Argentina de Letras, 1973.

Lapesa, Rafael: *De la Edad Media a nuestros días. Estudios de historia literaria,* Madrid: Gredos, 1971.

Lara, Justo de: *Cervantes y el* Quijote, La Habana: Editorial Letras Cubanas, 1980.

Lara Zavala, Hernán: *Las novelas en el* Quijote (Amor, libertad, imaginación), México: Universidad Nacional Autónoma de México, 1988.

Levisi, Margarita: *Autobiografías del Siglo de Oro,* Madrid: Sociedad General Española de Librería, S.A., 1984.

Lloréns Castillo, Vicente: *Literatura, historia, política* (Ensayos), Madrid: Ediciones de la Revista de Occidente, 1967.

Lloréns, Washington: *Dos mujeres del* Quijote, San Juan de Puerto Rico: Talleres Gráficos de la Milagrosa, 1964.

Lope de Vega y Carpio, Félix: *Antología de cartas*, Madrid: Castalia, 1985.

López Barrera, Joaquín: *Cervantes y su época* (Lecturas cervantinas), Madrid: Imprenta de los Hijos de Gómez Fuentenebro, 1916.

López Grigera, Luisa. *La retórica en la España del siglo de Oro. Teoría y práctica,* Salamanca: Ediciones de la Universidad de Salamanca, 1994.

López Méndez, Harold: *La medicina en el* Quijote, Madrid: Editorial Quevedo, 1969.

López Navia, Santiago A.: *El autor ficticio Cide Hamete Benengeli y sus variantes y perviviencia en las continuaciones e imitaciones del* Quijote, Madrid: Editorial de la Universidad Complutense, 1990.

López Navia, Santiago A.: *La ficción autorial en el* Quijote *y en sus continuaciones e imitaciones,* Madrid: Universidad Europea de Madrid-CEES Ediciones, 1996.

Madrid, Lelia: *Cervantes y Borges: La inversión de los signos,* Madrid: Editorial Pliegos, 1987.

Maeztu, Ramiro de: *Don Quijote, Don Juan y la Celestina*; *ensayos de simpatía,* Madrid: Espasa-Calpe, 1968(10ª ed.).

Maldonado, Horacio: *El sueño de Alonso Quijano,* Montevideo: A. Monterde y Cía. Editores-Depositarios, 1920.

Maldonado de Guevara, Francisco: *Lo fictivo y lo antifictivo en el pensamiento de San Ignacio de Loyola y otros estudios,* Granada: Universidad de Granada, 1954.

Mann, Thomas: *Travesía marítima con* Don Quijote (*1935*), Madrid: Ediciones Júcar, 1974.

Mañach, Jorge: *Examen del quijotismo,* Buenos Aires: Editorial Sudamericana, 1950.

Marasso, Arturo: *Cervantes y Virgilio,* Buenos Aires: Instituto Cultural Joaquín V. González, 1937.

Marasso, Arturo: *Cervantes. La invención del* Quijote, Buenos Aires: Librería Hachette, S.A., 1954.

Maravall, José Antonio: *Utopía y contrautopía en el* Quijote, Santiago de Compostela:

Editorial Pico Sacro, 1976.

Marías, Julián: *Cervantes clave española,* Madrid: Alianza Editorial, S.A, 1990.

Márquez Villanueva, Francisco: *Fuentes literarias cervantinas,* Madrid: Gredos, 1973.

Márquez Villanueva, Francisco: *El problema morisco (desde otras laderas),* Madrid: Libertarias, 1991.

Martínez Ruiz, José (Azorín): *La ruta de Don Quijote,* Madrid: Biblioteca Renacimiento, 1905.

Martínez Ruiz, José (Azorín): *Con permiso de los cervantistas,* Madrid: Biblioteca Nueva, 1948.

Marval de McNair, Nora de: *El retablo de las maravillas y el retablo de Maese Pedro de Miguel de Cervantes Saavedra,* Prólogo y traducción de Samuel Sosnen, New York: Las Américas, 1968.

Mayans y Siscar, Gregorio: *Vida de Miguel de Cervantes Saavedra,* Madrid: Espasa-Calpe, 1972.

Medina, José Toribio: *Cervantes en Portugal,* Santiago de Chile: Edit. Nascimiento, 1926.

Medina Vidal, Jorge: *Aspectos de la poesía lírica de Cervantes,* Montevideo: Universidad de la República (Facultad de Humanidades y Ciencias), 1959.

Medina-Bocos Montarelo, Amparo: *Temas constantes en la literatura española,* Madrid: Ediciones Akal, S.A., 1991.

Menéndez Pelayo, Marcelino: *Estudios de crítica literaria* (5 vols.), Madrid: Pérez Dubrull, 1884—1908.

Menéndez Pelayo, Marcelino: *Orígenes de la novela* (4 vols.), Madrid: Bailly-Bailliere e Hijos, 1905—1915.

Menéndez Pelayo, Marcelino: *Estudios cervantinos,* Buenos Aires: Editora y Distribuidora del Plata, 1947.

Menéndez Pelayo, Marcelino: *Historia de las ideas estéticas en España*(I), Madrid: CSIC, 1974.

Menéndez Pidal, Ramón: *España en su historia* (2 vols.), Madrid: Ediciones Minotauro, 1957.

Meregalli, Franco: *Introducción a Cervantes,* Barcelona: Ariel, 1992.

Mesa, Carlos E.: *Cervantismos y quijoterías,* Bogotá: Instituto Caro y Cuervo, 1985.

Millares, Julio: *La máquina de la imitación. La analogía en* Don Quijote *y el Renacimiento,* Tesis de doctorado, Stockholm: Romanska Institutionen, Stockholms Universitet, 1988.

Millé y Giménez, Juan: *Sobre la génesis del* Quijote, Barcelona: Araluce, 1930.

Miner y Olasagasti, Luis: *El cura según Cervantes. Estudio crítico del cura Pero Pérez y del clérigo Sansón Carrasco, personajes del* Quijote, Vitoria: Imprenta y Librería del Montepío Diocesano, 1916.

Molho, Maurice: *Cervantes: raíces folklóricas,* Madrid: Gredos, 1976.

Moneva y Pujol, Juan: *El clero en el* Quijote, Zaragoza: Tip. Mariano Salas, 1905.

Monroy, Juan Antonio: *La Biblia en el* Quijote, Madrid: Editorial V. Suárez, 1963.

Montalvo, Juan: *Capítulos que se le olvidaron a Cervantes,* París: Casa Editorial Garnier Hermanos, 1921.

Montero Díaz, Santiago: *Cervantes, compañero eterno,* Madrid: Editorial Aramo, 1957.

Montesinos, José F.: "Cervantes anti-novelista", *NRFH* (7), 1953, pp.499—514.

Montolíu, Manuel de: *El alma de España y sus reflejos en la literatura del Siglo de Oro,* Barcelona: Editorial Cervantes, 1942.

Morales Oliver, Luis: *Sinopsis de* Don Quijote, Madrid: Fundación Universitaria Española, 1977.

Moreyra, Carlos Alberto: *Esoterismo religioso del Siglo de Oro español,* Córdoba (Argentina): Edición del autor, 1965.

Morón Arroyo, Ciriaco: *Nuevas meditaciones del* Quijote, Madrid: Gredos, 1976.

Motta Salas, Julián: *En recuerdos del* Ingenioso Hidalgo, Neiva: Imprenta Departamental, 1950.

Navarro González, Alberto: *Robinsón y Don Quijote*, Madrid: Editora Nacional, 1962.

Navarro González, Alberto: *El* Quijote *español del siglo XVII*, Madrid: Ediciones Rialp, S.A., 1964.

Navarro González, Alberto: *Cervantes entre el* Persiles *y el* Quijote, Salamanca: Ediciones Universidad de Salamanca, 1981.

Navarro y Ledesma, Francisco: *El ingenioso hidalgo Miguel de Cervantes Saavedra,* Madrid: Imp. Alemana, 1905.

Olmeda, Mauro: *El ingenio de Cervantes y la locura de Don Quijote,* México: Ed. Atlante, 1958.

Olmos García, Francisco: *Cervantes en su época,* Madrid: Ricardo Aguilera Editor, 1970.

Orico, Osvaldo: *Camoens y Cervantes,* Santiago de Chile: Editorial Nascimiento, 1945.

Orozco Díaz, Emilio: *Cervantes y la novela del Barroco,* Granada: Universidad de Granada, 1992.

Ortega y Gasset, José: *Meditaciones del* Quijote, Madrid: Residencia de Esdudiantes, 1914.

Ortés, Federico: Don Quijote *y Compañía,* Sevilla: Edic. del autor, 1997.

Ortiz Alfau, Angel Ma: *En la ruta de Don Quijote,* Durango: Leopoldo Zugaza, Editor, 1976.

Oruesagasti Gallástegui, Angel F.: *Cervantes en su tiempo, en su patria y en su obra universal. Con tesis de unidad de tiempo de las aventuras del* Quijote, México: Costa-Amic, Editor, 1965.

Osterc, Ludovik: El Quijote, *la Iglesia y la Inquisición,* México: Universidad Nacional Autónoma de México, 1972.

Osterc, Ludovik: *El pensamiento social y político del* Quijote. *Interpretación histórico-materialista,* México: Universidad Nacional Autónoma de México, 1975.

Osterc, Ludovik: *Dulcinea y otros ensayos cervantinos,* México: Joan Boldó i Climent, Editores, 1987.

Osterc, Ludovik: *Breve Antología crítica del cervantismo,* México: Coordinación de Difusión Cultural, Dirección de Literatura/UNAM, Ediciones del Equilibrista, 1992.

Pabón Núñez, Lucio: *Por la Mancha de Cervantes y Quevedo,* Madrid: Ediciones Hispanolusoamericanas, 1962.

Pardo García, Pedro Javier. *La tradición cervantina en la novela inglesa del siglo XVIII,* Salamanca: Ediciones de la Universidad de Salamanca, 1997.

Parr, James A.: *Confrontaciones calladas: el crítico frente al clásico (Ensayos so-*

bre literatura clásica española), Madrid: Editorial Orígenes, 1990.

Paz Gago, José María: *Semiótica del* Quijote. *Teoría y práctica de la ficción narrativa,* Amsterdam-Atlanta, GA: Editions Rodopi B.V, 1995.

Peña, Aniano: *Américo Castro y su visión de España y de Cervantes,* Madrid: Editorial Gredos, 1975.

Percas de Ponseti, Helena: *Cervantes y su concepto del arte. Estudio crítico de algunos aspectos y episodios del* Quijote, Madrid: Gredos, 1975.

Pérez, Ismael Diego: *Filosofía del simbolismo y del mito,* México: Editorial Orión, 1971.

Pérez Capo, Felipe: El Quijote *en el teatro. Repertorio cronológico de 290 producciones escénicas, relacionadas con la inmortal obra de Cervantes,* Barcelona: Editorial Millá, 1947.

Pérez Fernández, José: *Ensayo humano y jurídico de* El Quijote, Madrid: Imprenta Pueyo, 1965.

Pérez Gutiérrez, Leticia: *El manierismo en el* Quijote, Monterrey: Publicaciones del Instituto Tecnológico y de Estudios Superiores de Monterrey, 1972.

Pérez Pastor, Cristóbal: *Documentos cervantinos hasta ahora inéditos, recogidos y anotados* (2 vols.). Madrid: Estudio Tipográfico de Fortanet, 1897—1902.

Pérez-Rubín, Luis: *La Literatura del* Quijote, Valladolid: Imp. y Librería de Viuda de Montero, 1916.

Perona Villareal, Diego: *Geografía cervantina. Jornadas, lugares y nuevo replanteamiento de las rutas en* El Quijote de la Mancha, Madrid: Albia-Grupo Espasa, 1988.

Picón-Salas, Mariano: "El Quijote en la nueva caballería", *Cuadernos Americanos* (5), México, D.F.: Ediciones Cuadernos Americanos, 1947.

Piernas y Hurtado, José M.: *Ideas y noticias económicas del* Quijote, Madrid: Est. Tip. de los Hijos de Tello, 1916.

Piluso, Robert V.: *Amor, matrimonio y honra en Cervantes,* New York: Las Americas Publishing Company, 1967.

Plaza Sánchez, Julián: *La Mancha de Cervantes: evolución en el tiempo; avance estudio etnológico,* Alcazar de San Juan : Patronato Casa Municipal de Cultura, 2001.

Querol Gavaldá, Miguel: *La música en las obras de Cervantes,* Barcelona: Ediciones Comtalia, 1948.

Ramiro León, Eulalio: *Paisaje moral del quijotismo,* Madrid: Editorial Nueva Acrópolis, 1988.

Redondo, Augustin: *Otra manera de leer el* Quijote. *Historia, tradiciones culturales y literatura,* Madrid: Editorial Castalia, 1997.

Ríos Vicente, Enrique: *La ética en la obra de Cervantes,* Madrid: Universidad Complutense. Facultad de Filosofía y Ciencias de la Educación. Departamento de Ética y Sociología, 1988.

Riquer, Martín de: *Caballeros andantes españoles,* Madrid: Espasa-Calpe S.A., 1967.

Riquer, Martín de: *Cervantes, Passamonte y Avellaneda,* Barcelona: Sirmio, 1988.

Riquer, Martín de: *Nueva aproximación al* Quijote, Barcelona: Teide, 1989.

Rius, Leopoldo: *Bibliografía crítica de las obras de Miguel de Cervantes Saavedra* (3 vols.), Barcelona/Madrid: Murillo,1895—1905. [New York: Burt Francklin, 1970]

Rivas, Arturo: *Dulcinea,* Guadalajara: Summa, 1971.

Rodríguez, Juan Carlos: *La literatura del pobre,* Granada: Editorial Comares, 1994.

Rodríguez, Leandro: *Don Miguel judío de Cervantes,* Santander: Editorial Cervantina, 1978.

Rodríguez Marín, Francisco: *Estudios cervantinos,* Madrid: Atlas, 1947.

Rojas, Ricardo: *Cervantes,* Buenos Aires: Editorial Losada, S.A., 1948.

Rosales, Luis: *Cervantes y la libertad* (2 vols.), Madrid: Gráficas Valera, 1960.

Rosenblat, Angel: *La lengua del* Quijote, Madrid: Gredos, 1971.

Rueda Contreras, Pedro: *Los valores religioso-filosóficos de* El Quijote, Valladolid: Ediciones Miraflores, 1959.

Ruffinato, Aldo (ed.): *Miguel de Cervantes. Flor de aforismos peregrinos,* Barcelona: Edhasa, 1995.

Ruiz Contreras, Luis (et all.): *El secreto de Cervantes,* Madrid: Imprenta de Juan Pueyo, 1916.

Ruiz Pérez, Pedro: *El espacio de la escritura. En torno a una teoría del espacio del texto barroco,* Bern: Peter Lang, 1996.

Russell, Peter E.: *Temas de* La Celestina *y otros estudios: Del* Cid *al* Quijote, Barcelona: Ariel, 1978.

S.P., J.B.: *Avellaneda,* Madrid: Instituto Editorial Reus, 1951.

Sabor de Cortázar, Celina: *Para una relectura de los clásicos españoles,* Buenos Aires: Academia Argentina de Letras, 1987.

Salas, Miguel (con la colaboración de Alfredo J. Ramos): *Claves para la lectura de* Don Quijote de la Mancha *de Miguel de Cervantes,* Barcelona: Punto Clave Ediciones, S.A., 1988.

Salazar Quintana, Luis Carlos: *La poética de la imaginación en el texto narrativo: elementos para la interpretación simbólica de la primera parte del* Quijote *de Miguel de Cervantes,* Valladolid: Universidad de Valladolid, 2008.

Salazar Rincón, Javier: *Fray Luis de León y Cervantes,* Madrid: Insula, 1980.

Salazar Rincón, Javier: *El mundo social del* Quijote, Madrid: Editorial Gredos, 1986.

Salcedo Pizani, Ernestina: *Una lectura del* Quijote *desde la visión manierista,* Caracas: Cuadernos Literarios de la Asociación de Escritores de Venezuela, 1982.

Salillas, Rafael: *Un gran inspirador de Cervantes. El doctor Juan Huarte y su* Examen de Ingenios, Madrid: Imprenta a cargo de Eduardo Arias, 1905.

Salinas, Pedro: *Ensayos completos* (3 vols.), Madrid: Taurus, 1983.

Saltillo, Marqués del: *Dos mecenas de Cervantes: El Duque de Béjar y Don Rodrigo de Tapía,* Madrid: Imprenta y Editorial Maestre, 1952.

San José, P.E. de: *Cervantes y la España de su época. Estudio crítico histórico,* Santiago de Chile: Impr. Chile, 1916.

Sánchez, Alberto: Cervantes: bibliografía fundamental (1900—1959), Madrid, C. S. I. C. , 1961.

Sánchez Rojas, José: *Las mujeres de Cervantes,* Barcelona: Montaner y Simón, 1916.

Sánchez-Castañer, Francisco: *Penumbra y primeros albores en la génesis y evolución del mito quijotesco,* Velencia: Universidad de Valencia, 1948.

Santiago Cruz, Francisco: *Cervantes y el sueño de América,* México: Editorial Tradición, S.A., 1981.

Santullano, Luis: *Las mejores páginas del* Quijote. *Precedidas de unos estudios y comentarios sobre la personalidad y la obra del autor. Seguidas de un vocabulario cervantino,* México: Aguilar, 1948.

Sanz, Atilano: *El Romancero y* El Quijote. *Breves apuntes acerca de las afinidades existentes entre ambos libros,* Madrid: Imp. del Asilo de Huérfanos del S. Corazón de Jesús, 1919.

Sasaki, Takashi(ed.): *El pensamiento español a través del* Quijote, Tokyo: Hakusuisha, 1986.

Sbarbi, José M.: *In illo tempore y otras frioleras. Bosquejo cervántico o pasatiempo quijotesco por cuatro costados,* Madrid: Imprenta de la Viuda e Hijos de Gómez Fuentenebro, 1903.

Sedó Peris-Mencheta, Juan: *Ensayo de una bibliografía de miscelánea cervantina: comedias, historietas, novelas, poemas, zarzuelas, etc., inspiradas en Cervantes o en sus obras,* Barcelona: Impr. Escuela de la Caridad, 1947.

Seluja Cecín, Antonio: *Los oficios en la época de Cervantes,* Montevideo: Universidad del Trabajo del Uruguay, 1972.

Silveira y Montes de Oca, Jorge A.: *Los romances hispánicos contenidos en* El ingenioso hidalgo don Quijote de la Mancha, Miami, Fla.: Editorial Arcos, 1987.

Silver, Philip W.: *Fenomenología y razón vital. Génesis de* Meditaciones del Quijote *de Ortega y Gasset,* Madrid: Alianza Editorial, 1978.

Sletsjöe, Leif: *Sancho Panza, hombre de bien,* Madrid: Insula, 1961.

Socorro, Manuel: *Menéndez Pelayo y Cervantes,* Las Palmas de Gran Canaria: Tip. Alzola, 1957.

Sola, Emilio y De la Peña, José F.: *Cervantes y la Berbería (Cervantes, mundo turco-berberisco y servicios secretos en la época de Felipe II),* México: Fondo de Cultura Económica, 1995.

Soons, C. Alan: *Ficción y comedia en el Siglo de Oro,* Madrid: Estudios de Literatura Española, 1967.

Strosetzki, Christoph: *Discursos explícitos e implícitos en el* Quijote, Pamplona: Ediciones Universidad de Navarra, 2006.

Suñé Benages, Juan: *Fraseología de Cervantes. Colección de frases, refranes, proverbios, aforismos, adagios, expresiones y modos adverbiales que se leen en las obras cervantinas,* Barcelona: Ed. Lux, 1929.

Svetlakova, Olga: *Don Quijote de Cervantes. Problemas de la poética,* San Petesburgo: Universidad de San Petesburgo, 1996.

Teijeiro Fuentes, Miguel Angel: *Moros y turcos en la narrativa áurea (El tema del cautiverio),* Cáceres: Universidad de Extremadura, 1987.

Tomás Ortuño, Francisco: *Miguel de Cervantes Saavedra. Nuevo* Quijote: *estudio analítico,* Murcia: Rosell, 1997.

Torrente Ballester, Gonzalo: *El* Quijote *como juego,* Madrid: Guadarrama, 1975.

Trapiello, Andrés: *Las vidas de Miguel de Cervantes,* Barcelona: Planeta, 1993.

Trinker, Martha K. de: *Las mujeres en el "Don Quijote" de Cervantes comparadas con las mujeres en los dramas de Shakespeare,* México, D.F.: Talleres de la Editorial Cultura, 1938.

Unamuno, Miguel de: *Vida de Don Quijote y Sancho*, Madrid: Fernando Fe, 1905.

Urdaneta, Amenodoro: *Cervantes y la crítica,* Caracas: La Opinión Nacional, 1878.

Urbina, Eduardo: "El caballero anciano en Tristán de Leonís y don Quijote, caballero cincuentón", *NRFH* (29), 1980, pp.164—172.

Urbina, Eduardo: *Principios y fines del* Quijote, Potomac, Maryland: Scripta Humanistica, 1990.

Urbina, Eduardo: *Cervantes y el IV Centenario del* Quijote, Vilagarcia de Arousa: Mirabel Editorial, 2004.

Urbina, Eduardo/Maestro, Jesüs (eds.): *Política y literatura: Miguel de Cervantes frente a la posmodernidad,* Vigo: Ed. Academia del Hispanismo, 2009.

Uribe-Echevarría, Juan: *Cervantes en las letras hispanoamericanas,* Santiago: Ediciones de la Universidad de Chile, 1949.

Urzaiz R., Eduardo: *Exégesis cervantina,* Mérida, Yucatán: Ediciones de la Universidad de Yucatán, 1950.

Vaccaro, Alberto José: *La sabiduría de Cervantes,* Buenos Aires: Ediciones Antonio Zamora, 1947.

Valera, Juan: *Cervantes y el* Quijote, Madrid: Galiano, 1864.

Valbuena Prat, Angel: *Obras completas de Cervantes*, Madrid: Castalia, 1999.

Valverde, José María: *Cervantes,* Barcelona: Editorial Antártida, 1991.

Varo, Carlos: *Génesis y evolución del* Quijote, Madrid: Ediciones Alcalá, 1968.

Verbitsky, Bernardo: *Hamlet y Don Quijote,* Buenos Aires: Editorial Jamcana, 1964.

Vevia Romero, Fernando Carlos: *Un aspecto de la sexualidad en las novelas de Cervantes,* Guadalajara: Editorial Universidad de Guadalajara, 1990.

Vilanova, Antonio: *Erasmo y Cervantes,* Barcelona: Editorial Lumen, 1989.

Villegas, Baldomero: *Estudio tropológico sobre el* Don Quijote de la Mancha *del sin par Cervantes,* Burgos: Imp. de El Correo de Burgos, 1897 y 1899.

Wichtrey, Antje: *Miguel de Cervantes,* Don Quijote *1605—2005,* Granada: A. Wichtrey, 2005.

Zambrano, María: *España, sueño y verdad.* Barcelona/Buenos Aires: Edhasa, 1965.

Zamora Vicente, Alonso: "Sobre la tarea cervantina de Américo Castro", *Estudios sobre la obra de Américo Castro.* Madrid: Taurus, 1971, pp.413—441.

Zavala, Iris M.: "*El Quijote* y la crítica del logocentrismo", *NRFH* (40), 1992, pp. 305—322.

Zea, Leopoldo: "*Don Quijote* y su lección sobre la realidad", *El Nacional,* México, 19 de octubre de 1947.

Zubieta, Manuel: *El* Quijote *y los Quijotes,* México: Editorial Patria, 1947.

二、英语部分

Aguirre, Reynaldo (comp.): *Works by Miguel de Cervantes Saavedra in the Library of Congress,* Washington: Library of Congress, 1993.

Armas Wilson, Diana: *Cervantes, the Novel, and the New World,* Oxford: Oxford University Press, 2000.

Aylward, E.T.: *Towards a Revaluation of Avellaneda's False* Quixote, Newark, DE: Juan de la Cuesta, 1989.

Barret Linton, Thomas: *Barron's Simplified Approach to Cervantes: Don Quixote,* Woodbury, N.Y.: Barron's Educational Series, 1971.

Bell, Aubrey F.G.: *Cervantes,* Norman, Oklahoma: University of Oklahoma Press, 1947.

Bloom, Harold: *The Western Canon: The Books and School of the Ages,* New York: Harcourt Brace & Company, 1994. [《西方正典》,江宁康译,译林出版社,2005 年]

Booth, Wayne C.: *The Rhetoric of Fiction*, The University of Chicago Press, 1961.

Cascardi, Anthony J.: *The Bounds of Reason. Cervantes, Dostoevsky, Flaubert,* New York: Columbia University Press, 1986.

Church, Margaret: *Don Quixote: The Knight of La Mancha,* New York: New York University Press, 1971.

Close, Anthony J.: *The Romantic Approach to* Don Quixote. *A Critical History of the Romantic Tradition in Quixote Criticism,* Cambridge: Cambridge University Press, 1978.

Croft-Cooke, Rupert: *The Quest for Quixote*, London: Lecker & Warburg, 1959.

Crooks, Esther J.: *The Influence of Cervantes in France in the Seventeenth Century*, Baltimore: The Johns Hopkins University Press, 1931.

Disalvo, Angelo J.: *Cervantes and the Augustinian Tradition*, York, South Carolina: Spanish Literature Publications Company, 1989.

Doi, Takeo: *The Psychological World of Natsume Sôseki*, Cambridge (Ma.) and London: Harvard Univ. Press, 1976.

Drake, Dana B. and Finello, Dominick L.: *An Analytical and Bibliographical Guide to Criticism on* Don Quixote (1790—1893). Newark, Delaware: Juan de la Cuesta, 1987.

Efron, Arthur: *Don Quixote and the Dulcineated World,* Austin: University of Texas Press, 1971.

Eisenberg, Daniel: *Romances of Chivalry in the Spanish Golden Age,* Newark, DE: Juan de la Cuesta, 1982.

Eisenberg, Daniel: *A Study of* Don Quixote, Newark, Delaware: Juan de la Cuesta, 1987.

El Saffar, Ruth Anthony: *Novel to Romance*: *A Study of Cervantes's* Novelas ejemplares, Baltimore, Maryland/London: The Johns Hopkins University Press, 1978.

El Saffar, Ruth Anthony: *Beyond Fiction. The Recovery of the Feminine in the Novels of Cervantes,* Berkeley: University of California Press, 1984.

Elliot-Gartner, Marie Elizabeth: *Mythotheatrics: Archetypal psychology as the Hauntings of* Don Quixote, Carpinteria, Calif. : Pacifica Graduate Institute, 2003.

Entwistle, William J.: *Cervantes,* Oxford: Clarendon Press, 1940.

Esquival-Heinemann, Bárbara P.: *Don Quijote's Sally into the World of Opera,* Libretti between 1680 and 1976. New York: Peter Lang, 1993.

Finello, Dominick L.: *Pastoral Themes and Forms in Cervantes's Fiction,* Lewisburg: Bucknell University Press, 1994.

Fitzmaurice-Kelly, James: *The Relations Between Spanish and English Literature,* Liverpool: University Press, 1910.

Flores, Robert M.: *The Compositors of the First and Second Madrid Editions of* Don Quixote *Part I,* London: The Modern Humanities Research Association, 1975. Ediciones.

Flores, Robert M.: *Sancho Panza Through Three Hundred Seventy-five Years of Continuations, Imitations and Criticism, 1605—1980,* Newark, Delaware: Juan de la Cuesta, 1982.

Forcione, Alban K.: *Cervantes, Aristotle and the* Persiles, Princeton/New Jersey: Princeton University Press, 1970.

Forcione, Alban K.: *Cervantes and the Humanist Vision: A Study of Four* Exemplary Novels, Princeton, NJ: Princeton University Press, 1982.

Ford, J.D.M. and Lansing, Ruth: *Cervantes: A Tentative Bibliography of his Works and of the Bibliographical Material Concerning Him,* Cambridge, Mass.: Harvard University Press, 1931.

Gerhard, Sandra Forbes: Don Quixote *and the Shelton Translation. A Stylistic Analysis,* Madrid: José Porrüa Turanzas, S. A., 1982.

Gilman, Stephen: *The Novel According to Cervantes.* Berkeley: University of California Press, 1989.

Ginés, Montserrat: *The Southern Inheritors of* Don Quijote, Baton Rouge: Louisiana State Univ. Press, 2000.

Goetz, Rainer H.: *Spanish Golden Age Autobiography in Its Context*, New York: Lang, 1994.

Gómez-Moriana, Antonio: *Discourse Analysis as Sociocriticism. The Spanish Golden Age*, Minneapolis/London: University of Minnesota Press, 1993.

Gorfkle, Laura J.: *Discovering the Comic in* Don Quixote, Chapel Hill: North Carolina Studies in the Romance Languages and Literatures, 1993.

Green, Otis H.: *The Literary Mind of Medieval and Renaissance Spain,* University Press of Kentucky, 1970.

Hart, Thomas R.: *Cervantes and Ariosto. Renewing Fiction,* Princeton: Princeton University Press, 1989.

Hathaway, Robert L.: *Not Necessarily Cervantes: Readings of the* Quixote, Newark, Delaware: Juan de la Cuesta, 1995.

Haydn, Hiram: *The Counter-Renaissance,* New York: Harcourt, Brace & World, 1950.

Herrero, Javier: *Who was Dulcinea?* New Orleans: Graduate School of Tulane University, 1985.

Higuera, Henry: *Eros and Empire. Politics and Christianity in* Don Quixote, Lanham, Maryland: Rowman & Littlefield Publishers, Inc., 1995.

Hutchinson, Steven: *Cervantine Journeys,* Madison: The University of Wisconsin Press, 1992.

Ihrie, Maureen: *Skepticism in Cervantes,* London: Tamesis Books Limited, 1982.

Johnson, Carroll B.: *Madness and Lust. A Psychoanalytical Approach to* Don Quixote, Berkeley: University of California Press, 1983.

Johnson, Carroll B.: Don Quixote. *The Quest for Modern Fiction,* Boston: Twayne Publishers, 1990.

Johnson, Carroll B.: *Cervantes and the Material World,* Urbana: University of Illinois Press, 2000.

Johnson, Robert A.: *Transformation: Understanding the Three Levels of Masculine Consciousness,* San Francisco: HarperSanFrancisco, 1991.

Lagrone, Gregory G.: *The Imitations of* Don Quixote *in the Spanish Drama,* Philadelphia, PA: University of Pennsylvania Press, 1937.

Lewis, D.B. Wyndham: *The Shadow of Cervantes,* New York: Sheed & Ward, 1962.

Linsalata, Carmine R.: *Somollett's Hoax:* Don Quixote *in England,* Stanford: Stanford University Press, 1956.

Machen, Arthur: *Hieroglyphics*: *A Note Upon Ecstasy in Literature,* London: The Unicorn Press, 1960.

Mades, Leonard: *The Armor and the Brocade: A Study of* Don Quixote *and* The

Courtier, New York: Las Americas Publishing Co., 1968.

Mancing, Howard: *The Chivalric World of* Don Quijote: *Style, Structure, and Narrative Technique,* Columbia & London: University of Missouri Press, 1983.

Seventeenth-Century Spanish Culture, Ithaca and London: Cornell University Press, 1991.

Mariscal, George: *Contradictory Subjects. Quevedo, Cervantes,* Madrid: Ediciones José Porrúa Turanzas S. A., 1990.

Martín, Adrienne Laskier: *Cervantes and the Burlesque Sonnet,* Berkeley: University of California Press, 1991.

Maugham, William Somerset: *Don Fernando or Variations on Some Spanish Themes.* Garden City, New York: Doubleday, Doran & Company, 1935.

McGaha, Michael D. (ed.): *Cervantes and the Renaissance,* Newark: Juan de la Cuesta, 1980.

Milton, Joyce: *Miguel de Cervantes'* Don Quixote, Woodbury, N.Y.: Barron's Educational Series, 1985.

Murillo, Luis A.: *The Golden Dial. Temporal Configuration in* Don Quijote, Oxford: The Dolphin Book Co. Ltd., 1975.

Murillo, Luis A.: *A Critical Introduction to* Don Quixote, New York: Peter Lang, 1988.

Nabokov, Vladimir: *Lectures on* Don Quixote, New York: Harcourt Brace Jovanovich Publishers, 1983. [《〈堂吉诃德〉讲稿》,金绍禹译,上海:三联书店,2007年]

Nadeau, Carolyn A.: *Women of the Prologue: Imitation, Myth, and Magic in* Don Quixote I, Lewisburg: Bucknell University Press; London: Associated University Presses, 2002.

Parker, Alexander A.: *The Philosophy of Love in Spanish Literature, 1480—1680,* Edinburgh: Edinburgh University Press, 1985.

Paulson, Ronald: Don Quixote *in England: The Aesthetics of Laughter,* Baltimore: Johns Hopkins University Press, 1998.

Percas de Ponseti, Helena: *Cervantes the Writer and Painter of* Don Quijote. Columbia: University of Missouri Press, 1988.

Person, James (ed.): *Guide to Gale Literary Criticism Series: Cervantes,* Kansas

City: Gale Research Company, 1987.

Presberg, Charles: *Adventures in Paradox: Don Quixote and the Western Tradition,* University Park, Pa. : Pennsylvania State University Press, 2001.

Quint, David: *Cervantes's Novel of Modern times: a New Reading of* Don Quijote, Princeton: Princeton University Press, 2003.

Quixotic Desire: *Psychoanalytical Perspectives on Cervantes,* Ithaca and London: Cornell University Press, 1993.

Randall, Dale B.J.: *The Golden Tapestry. A Critical Survey of Non-chivalric Spanish Fiction in English Translation* (1547—1657), Durham, North Carolina: 1963.

Riley, Edward C.: *Cervantes's Theory of the Novel,* Oxford: Clarendon Press, 1964. [*La Teoría de la novela en Cervantes,* Madrid: Taurus, 1971]

Rosenkranz, Hans: *El Greco and Cervantes in the Rhythm of Experience,* London: Peter Davies, 1932.

Russell, Peter E.: *Cervantes,* Oxford: Oxford University Press, 1985.

Ruzicka, Jeannie: *Gustave Doré. Illustrations to* Don Quixote, London: Academy Editions, New York: St. Martin's Press, 1974.

Saldivar, Ramón: *Figural Language in the Novel: The Flowers of Speech from Cervantes to Joyce,* Princeton: Princeton University Press, 1984.

Selig, Karl-Ludwig: *Studies on Cervantes,* Kassel: Edition Reichenberger, 1993.

Sinnigen, John J.: "Themes and Structures in the Bodas de Camacho", *MLN* (84), Baltimore: Johns Hopkins University Press, 1969, pp.157—170.

Spadaccini, Nicholas and Talens, Jenaro: *Through the Shattering Glass. Cervantes and the Self-Made World,* Minneapolis and London: University of Minnesota Press, 1993.

Spitzer, Leo: "Linguistic Perspectivism in the *Don Quijote*", *Linguistics and Literary History,* Princeton: Princeton University Press, 1948, pp.41—85. ["Perspectivismo lingüístico en el *Quijote*", *Lingüística e historia literaria,* Gredos: Madrid, 1955, pp.135—187]

Spitzer, Leo: "On the Significance of *Don Quijote*", *MLN* (77), 1962, pp.113—129.

Sullivan, Henry W.: *Grotesque Purgatory. A Study of Cervantes's* Don Quixote, *Part II,* Pennsylvania: The Pennsylvania State University Press, 1996.

Suñé Benages, Juan: *A Critical Bibliography of Editions of* Don Quijote *printed between 1605 and 1917 and continued down to 1937,* Cambridge, Mass.: Harvard University Press, 1939.

Swabey, Marie Collins: *Comic Laughter: A Philosophical Essay.* New Haven and London: Yale University Press, 1961.

Syverson-Stork, Jill: *Theatrical Aspects of the Novel: A Study of* Don Quixote, Valencia: Albatros Ediciones (Hispanófila), 1986.

Torbert, Eugene Charles: *Cervantes' Place-Names: A Lexicon,* Metuchen: The Scarecrow Press, Inc., 1978.

Trachman, Sadie Edith: *Cervantes' Women of Literary Tradition,* New York: Instituto de las Españas en los Estados Unidos, 1932.

Trend, J.B.: *Cervantes in Arcadia,* Cambridge: R. I. Severs, Ltd., 1954.

Trueblood, Alan S.: *Letter and Spirit in Hispanic Writers. Renaissance to Civil War. Selected Essays,* London: Tamesis Books Limited, 1986.

Turkevich, Ludmilla B.: *Cervantes in Russia,* New York: Gordian Press, 1975.

Walton, J.B.: *The Living Thought of Cervantes,* London: Cassell, 1947.

Weiger, John G.: *The Substance of Cervantes,* Cambridge: Cambridge University Press, 1985.

Weiger, John G.: *In the Margins of Cervantes,* Hanover, NH: University Press of New England, 1988.

Welsh, Alexander: *Reflections on the Hero as Quixote.* Princeton: Princeton University Press, 1981.

Williamson, Edwin: *The Halfway House of Fiction,* Don Quixote and *Arthurian Romance,* Oxford: Clarendon Press, 1984.

Willis, Raymond: *The Phantom Chapters of the* Quijote, New York: Hispanic Institute in the United States, 1953.

Woolf, Virginia: *The Captain's Bed an Other Essays.* New York: Harcourt, Brace & World, Inc., 1960.

Ziolkowski, Eric J.: *The Sanctification of Don Quixote. From Hidalgo to Priest,* Pennsylvania: The Pennsylvania State Univ. Press, 1991.

三、其他语种

Abreu, María Fernanda de: *Cervantes no romantismo português. Cavaleiros andantes, manuscritos encontrados e gargalhadas moralíssimas,* Lisboa: Editorial Estampa, 1994.

Barthe, Denis. *Les Aspects juridiques du Don Quichotte de Miguel de Cervantes,* Paris: L'auteur, 1994.

Bergson, Henri: *Le rire. Essai sur la signification du comique,* Paris: Presses Universitaires de France, 1969.

Bertrand, J.J.A.: *Cervantes et le Romantisme Allemand,* Paris: Librairie Félix Alcan [También, Carcassonne: Imp. Gabelle], 1914.

Bigeard, Martine: *La folie et les fous littéraires en Espagne,* 1500—1650. Paris: Centre de Recherches Hispaniques, 1972.

Calvino, Italo: *Perché leggere i classici,* Milano: Oscar Mondadori, 1995. [《为什么读经典》,黄灿然、李桂蜜译,南京:译林出版社,2006 年]

Campa, Ricardo: *La destrezza e l'inganno:saggio sul Don Chisciotte di Miguel de Cervantes Saavedra,* Roma : Il Veltro, 2002.

Da Costa Vieira, Maria Augusta: *O Dito pelo Não-dito. Paradoxos de* Dom Quixote, São Paulo: Editadora da Universidade de São Paulo, 1998.

Daireaux, Max: *Cervantès*, Paris: Desclée de Brouwer, 1920.

Dorer, Edmund: *Die Cervantes-Literatur in Deutschland*, Zurich: Druck von Orell Füssli & Co., 1877.

Durand, René L.-F.: *Un chevalier errant parmi nous. Essai sur* Don Quichotte, Paris: Didier, 1950.

Endress, Heinz-Peter: *Don Quijotes Ideale im Umbruch der Werte vom Mittelalter bis zum Barock,* Tübingen: Max Niemeyer, 1991.

Fernández de la Vega, Celestino: *O segredo do humor,* Vigo: Editorial Galaxia, 1963.

García Calderón, Ventura (Ed.): *Une enquête littéraire: Don Quichotte à Paris et dans les tranchées,* Paris: Centre d'Études Franco-Hispaniques de l'Université de Paris, 1916.

Gewecke, Frauke: *Wie die neue Welt in die alte kam,* Stuttgart: Klett- Cotta, 1986.

Girard, René: *Mensonge Romantique et Vérité Romanesque*, Paris: Grasset, 1961. [《浪漫的谎言与小说的真实》,罗芃译,三联书店,1998 年]

Granados, Juana: *Motivi e Ricordi d'Italia nell'Opera Cervantina,* Milano: La Goliardica, 1960.

Grilli, Giuseppe: *Dal Tirant al Quijote,* Bari: Adriatica Editrice, 1994.

Groussac, Paul: *Une énigme littérarire de* Don Quichotte *d'Avellaneda.* Paris: Alphonse Picard et Fils., 1903.

Hartau, Johannes: *Don Quijote in der Kunst: Wandlungen einer Symbolfigur,* Berlin: Gebr. Mann Verlag, 1987.

Hausenstein, Wilhelm: *Zwiegespräch über den* Don Quijote, Munich: Kösel, 1948.

Heine, Heinrich: "Einleitung Zum Don Quichotte", *Histoire de l'admirable Don Quichotte de la Manche,* Stuttgart: Verlag der Classiker, 1837.[《精印本〈堂吉诃德〉引言》,钱锺书译,《海涅文集·批评卷》,北京:人民文学出版社,2002年]

Humm, Rudolf J.: Don Quijote *und der Traum vom goldenen Zeitalter,* Olten: Oltener Bücherfreunde e. V., 1939.

Jacobs, Jürgen: *Don Quijote in der Aufklärung,* Bielefeld: Aisthesis, 1992.

Joly, Monique: *Études sur* Don Quichotte, Paris: Publications de la Sorbonne, 1996.

Jommi, Goffredo: *Realität der irrealen Dichtung.* Don Quijote *und Dante,* Hamburg: Rowohlt, 1964.

Kästner, Erich: *Leben und Taten des scharfsinnigen Ritters Don Quichotte, nacherzählt von Kästner E,* Zurich: Atrium, 1956.

Krauss, Werner: *Cervantes und seine Zeit,* Berlin: Akademie-Verlag, 1990.

Krauss, Werner: *Miguel de Cervantes. Leben und Werk,* Neuwied & Berlin: Luchterhand, 1966.

Kundera, Milan: *L'art du roman,* Paris, Gallimard, 1986. [《小说的艺术》,董强译,上海译文出版社,2004年]

Malpique, Cruz: *Cervantes, Cidadão do Mundo,* Porto: Divulgação, 1964.

Martel, Pierre-Étienne: *La rencontre de Cervantès et du* Quichotte, Paris: Bernard Grasset, Éditeur, 1927.

Martií, Marc: *Nouvelles approaches de la voix narrative,* Paris: L'Harmattan, 2003.

Mas, Albert: *Les turcs dans la littérature espagnole du Siécle d'Or* (2 vols.), Paris: Centre de Recherches Hispaniques, 1967.

May, Louis-Philippe: *Un fondateur de la libre-pensée, Cervantes. Essai de déchiffrement de* Don Quichotte, Paris: Éditions Albin Michel, 1947.

Mensching, Steffen: *Quijotes letzter Auszug ein Monolog nach Cervantes,* Berlin: Ed. Schwarzdr. c 2001.

Metz, Reinhold: Don Quijote. *Reinhold Metz mit einer Einführung von Andreas* Franzke, München: Prestel-Verlag, 1991.

Moner, Michel: *Cervantes: Deux Thèmes Majeurs (L'amour-les armes et les lettres),* Toulouse: France-Ibérie Recherche (Université de Toulouse-Le Mirail), 1986.

Moner, Michel: *Cervantès conteur. Écrits et paroles,* Madrid: Casa de Velázquez, 1989.

Munäoz, Carlos Romero: *Le mappe nscoste di Cervantes,* Treviso: Santi Quaranta, 2004.

Neuschäfer, Hans-Jörg: *Der Sinn der Parodie im* Don Quijote, Heidelberg: Carl Winter, Universitätsverlag, 1963.

Nobre, Roberto: *Cervantes, ou, Ontem e hoje com* D. Quixote. Lisboa: Guimaraes Editores, 1972.

Pelorson, Jean-Marc: *Cervantès,* Paris: Éditions Seghers, 1970.

Portmann, Adolf: *Don Quijote und Sancho Pansa vom gegenwärtigen Stand der Typenlehre,* Basel: Verlag Friedrich Reinhardt, 1964.

Robert, Marthe: *L'ancien et le nouveau, de* Don Quichotte *à Franz Kafka,* Paris: Éditions Bernard Grasset, 1963. *[Lo viejo y lo nuevo. De* Don Quijote *a Franz Kafka,* Caracas: Monte Avila Editores, C. A., 1975]

Rothbauer, Anton: *Der unbekannte Cervantes,* Stuttgart: Goverts, 1962.

Rubin, Louis D.: *The Teller of the Tale,* Seattle-London: University of Washington Press, 1967.

Rüegg, August: *Miguel de Cervantes und sein* Don Quijote, Bern: A. Francke Verlag, 1949.

Sbarbi, José M.: *In illo tempore y otras frioleras. Bosquejo cervántico o pasatiempo quijotesco por cuatro costados,* Madrid: Imprenta de la Viuda e Hijos de Gómez Fuentenebro, 1903.

Scheerbart, Paul: Cervantes. Berlin: Schuster & Loeffler, 1904.

Schelling, Friedrich W.J.: *Philosophie der Kunst,* Leipzig: Diss. Erlangen,1802—1805.

Schlegel, Friedrich: *Seine prosaischen Jugendschriften,* Viene: Minor J. Ed., 1882.

Schopf, Walter: *Der Ritter von der traurigen Gestalt,* Innsbruck: Obelisk-Verl., 2001.

Schwering, Julius: *Literarische Beziehungen zwischen Spanien und Deutschland,* Münster: Schöningh, 1902.

Sciacca, Michele Federico: *Il chisciottismo tragico di Unamuno e altre pagine spagnole,* Milano: Marzorati Editore, 1971.

Sermain, Jean-Paul: *Metafictions(1670—1730), la réflexivité dans la literature d'imagination,* Paris: Champion, 2002.

Socrate, Mario: *Prologhi al* Don Chisciotte, Venezia: Marsilio Editori, 1974.

Speziale, A.: *Il Cervantes e le imitazioni nella novellistica italiana,* Messina: D'Angelo, 1914.

Stolz, Christiane: *Die Ironie im Roman des Siglo de Oro, Untersuchungen zur Narrativik im Don Quijote, im* Guzmán de Alfarache *und im* Buscón, Francfort/M & Berna & Cirencester UK: Peter La ng, 1980.

Studia Iberica: *Festchrift für Hans Flasche,* Bern and Munich: A. Francke, 1973.

Suarès, André: *Cervantès,* Paris: Émile-Paul Frères Éditeurs, 1916.

Thevenaz-Seingry, Robert: *Du caractère de Don Quichotte et du génie de Miguel de Cervantes,* Ginebra, 1965.

Togeby, Knud: *La composition du roman* Don Quijote, Copenhague: Libr. Munksgaard, 1957.

Turgenev, Ivan:《哈姆雷特与堂吉诃德》(1860),尹锡康译,《莎士比亚评论汇编》,北京:中国社会科学出版社,1979.

Vianna Moog, Clodomir: *Heróis da decadência: Petrônio, Cervantes, Machado de Assis,* Rio de Janeiro: Editora Civilização, 1964.

Weber von Ebenhof, Alfred: *Bacon-Shakespeare-Cervantes-Franzis Tudor. Zur Kritik der Shakespeare und Cervantes Feiern,* Leipzig: Brüder Sutschitzky, 1917.

Weich, Horst: Don Quijote *im Dialog: zur Erprobung von Wirklichkeitsmodellen im spanischen und franzosischen Roman (von Amadis de Gaula bis Jacques le fataliste)*, Passau: Wissenschaftsverlag R. Rothe, 1989.

Weigert, L.: *Untersuchungen zur spanischen Syntax auf Grund der Werke des Cervantes*, Berlin: Mayer & Müller, 1907.

Weinrich, Harald: *Das Ingenium Don Quijotes. Ein Beitrag zur literarischen Charakterkunde*, Münster, Westfalen: Aschendorffsche Verlagsbuchhandlung, 1956.

Wildi, Paul: *Das Christliche Zeugnis Don Quijotes. Herausgegeben von der Deutschschweizerischen Evangelisch-reformierten Kirche*, Buenos Aires: Imprenta Helvetia de Francisco Krembs, 1953.

人名中外文对照及索引

附录三 书、报、刊名中外文对照及索引